Irrtum des Herzens

Hannah Howell

Irrtum des Herzens

Deutsch von Angela Schumitz
und Heinz Tophinke

Weltbild

Im Angedenken an Joyce Flaberty – der besten Freundin und besten Agentin

Originaltitel: *Highland Bride*
Originalverlag: Kensington Publishing Corp., New York, NY, USA

Weltbild Buchverlag –Originalausgaben–
Lizenzausgabe 2005 für Verlagsgruppe Weltbild GmbH,
Steinerne Furt 67, 86167 Augsburg
Übersetzung: Angela Schumitz, Heinz Tophinke

Published by Arrangement with KENSINGTON PUBLISHING CORP.,
New York, NY, USA
Dieses Werk wurde vermittelt durch die
Literarische Agentur Thomas Schlück GmbH, 30827 Garbsen.

Projektleitung: Julia Kotzschmar
Umschlaggestaltung: Hauptmann und Kompanie
Werbeagentur GmbH, München
Umschlagabbildung: © Bertolini, Max via Agentur Schlück GmbH
Satz: AVAK Publikationsdesign, München
Druck und Bindung: Oldenbourg Taschenbuch GmbH,
Hürderstraße 4, 85551 Kirchheim

Gedruckt auf chlorfrei gebleichtem Papier

ISBN 3-89897-265-8

Doch wenn die Blicke ich zu dir nun wende,
ersetzt ist alles und mein Gram zu Ende.

Shakespeare

Prolog

Schottland, 1465

»Sir Eric! Sir Eric!«

Seufzend wandte sich Sir Eric Murray dem hageren Mann zu, der durch den Garten auf ihn zueilte. Er hatte sich auf eine nette, schattige, etwas abseits gelegene Steinbank zurückgezogen in der Hoffnung, in Ruhe die Nachrichten von Zuhause lesen zu können. Nun war es aus mit seiner Ruhe. Auch wenn er Sir Donald mochte, schätzte er es nicht, wenn einer seiner seltenen friedlichen Momente so abrupt gestört wurde. Als Sir Donald stolpernd vor ihm stehen blieb, richtete sich Eric auf.

»Ich wusste gar nicht, dass Ihr schon wieder da seid«, sagte Sir Donald und tupfte sich mit einem kleinen Leinentüchlein die Schweißtropfen von seinem schmalen Gesicht. »Ihr habt den Auftrag des Königs also rasch erledigen können?«

»Jawohl«, erwiderte Eric kurz angebunden. Er war sich nicht sicher, wie geheim der König die Sache halten wollte, aber er wusste, dass sich Sir Donald immer gierig auf den neuesten Klatsch stürzte.

»Der König erwartet Euch. Auch er weiß nicht, dass Ihr schon zurück seid.«

»Nein, ich habe es nicht in alle Welt hinausposaunt. Eine Reihe von Aufträgen wartet auf mich, und ich wollte erst einmal in Ruhe die Neuigkeiten von Zuhause lesen.«

»Wie geht es der schönen Gemahlin? Und den Kindern?«

»Danke, gut. Allerdings regt sich in mir das Bedürfnis heimzukehren, und das nicht nur, weil ich sie liebe. Meine kleine Gillyanne hat sich in den Kopf gesetzt, das Land zu inspizieren, das ihr als Mitgift übergeben werden soll. Meine Gemahlin weiß nicht, wie lange sie unser dickköpfiges Kind noch zügeln kann oder ob sie es überhaupt sollte.«

»Ach, das trifft sich ja ganz hervorragend! Über eben dieses Land möchte der König nämlich mit Euch reden!«

»Ich wusste gar nicht, dass jemand davon Kenntnis hatte. Wir haben uns bemüht, nichts Näheres verlauten zu lassen – zumindest was die Größe und die genaue Lage angeht.«

»Darüber wissen inzwischen aber alle am Hof Bescheid.«

»Wie das?«

Sir Donald schluckte nervös. Diese knappe Frage war in einem sehr scharfen Ton geäußert worden, und Sir Erics Miene war streng, ja fast bedrohlich. »Nun, drei Lairds von Rang und Namen, deren Ländereien an das fragliche Land angrenzen, befragten den König eindringlich nach dem Besitzer. Schließlich bekamen sie heraus, dass Euer Clan damit zu tun hat, aber Euer Verwalter lehnte es ab, ihnen Rede und Antwort zu stehen. Erst als der König persönlich ihn befragte, konnte er nicht mehr aus. Daraufhin teilte der König den drei Lairds mit, dass das Land die Mitgift Eurer bislang noch unverheirateten Tochter sei. Er geht davon aus, dass die drei demnächst bei Euch vorstellig werden.« Als Sir Eric sichtlich verärgert aufsprang, trat er hastig zurück. »Alle drei sind Ritter mit eigenem Land, Sir Eric. Ich verstehe nicht, was Ihr dagegen haben könntet, Eure Tochter mit einem der drei zu vermählen.«

»Ich habe sehr wohl etwas dagegen«, erwiderte Sir Eric halblaut, aber kühl. »Und zwar aus tiefstem Herzen! Zum einen wünsche ich, dass mein Kind wie ich, meine Brüder und viele andere aus unserem Clan aus Liebe heiratet. Zum anderen ist es mir alles andere als recht, dass Männer, die nach einem Stück Land gieren, versuchen, es durch meine kleine Gillyanne in die Hände zu bekommen. Weilen diese Ritter noch am Königshof?«

»Nein. Nachdem sie erfahren hatten, wem dieses Land gehört, blieben sie noch ein paar Tage, aber dann ritten sie weg. Einer brach mitten in der Nacht auf, die anderen beiden gleich am Morgen darauf. Wahrscheinlich wollen sie mit

Euch reden, vielleicht ja auch um die Hand Eurer Tochter anhalten.«

»Das mag sein. Aber vielleicht haben sie sich auch nur auf die Lauer gelegt, um zu sehen, wer meine Kleine als Erster schnappen und vor einen Priester zerren kann.« Sir Eric verließ mit großen Schritten den Garten, Sir Donald stolperte hinter ihm her. Eric konnte nur mehr daran denken, dass seine zarte kleine Gilly, die mit ihren rotbraunen Haaren und ihren verschiedenfarbigen Augen ihrer Mutter so ähnlich sah, von irgendeinem dahergelaufenen Schwachkopf entführt werden könnte, der nach ihrem Land gierte. Dieser Gedanke machte ihn rasend. »Der König hat ein Rudel Wölfe auf Gillyanne gehetzt. Ich hoffe inständig, dass meine Frau das Mädchen nicht fortlässt, bis ich heimgekehrt bin.«

Kapitel 1

Schottland, 1465

»Ich glaube nicht, dass sich unsere Mutter darüber gefreut hat, Gillyanne.«

Gillyanne lächelte den gut aussehenden jungen Mann an, der neben ihr ritt. James war ihr Lieblingsbruder, auch wenn die Frau, die er als Mutter bezeichnete, eigentlich seine Tante war. Bald würde er sein Erbe antreten und Laird von Dunncraig werden. Aber Gillyanne wusste, dass sie sich immer nahe sein würden, egal, wie viele Meilen sie trennten. Sie wusste auch, dass er ihren Entschluss, ihre Mitgift zu begutachten, nicht besonders klug gefunden hatte.

»Und diese dreimal verfluchten Biester, mussten die wirklich auch noch mit?«, schimpfte er.

»Jawohl! Vielleicht gibt es dort ja Ratten«, erwiderte sie seelenruhig.

Sie griff in den Korb an ihrem Sattel und kraulte ihre beiden Katzen, Lump und Schmutzfink, sanft an den Ohren. Lump war ein riesiger, schwarz-gelber Kater, der seinem Namen alle Ehre machte: Er hatte schon ein Auge verloren, an einem Ohr fehlte ein Stück und zudem hatte er aus all seinen Kämpfen zahllose weitere Narben davongetragen. Schmutzfink hingegen war eine süße, zarte Katzendame in allen möglichen Farben – schwarz, grau, orange und weiß –, deren Name rein gar nicht zu ihr passte; denn von dem Moment an, als sie gerettet und gesäubert worden war, achtete sie stets peinlich auf ihr Äußeres. Gillyanne nahm die beiden in einem mit Fell ausgeschlagenen Lederkorb, der am Sattel befestigt werden konnte, überallhin mit. Sie hatte sich von ihnen nie mehr getrennt, seit sie sie vor drei Jahren in einem von Ratten wimmelnden Verlies in einer Nachbarburg gefunden hatte, in das grausame Menschen sie geworfen hatten. Die zwei sehr geschwächten Kätzchen hatten aus zahllosen Wunden geblutet, der Boden der Zelle jedoch war mit so vielen toten und sterbenden Ratten übersät gewesen, dass Gillyanne sie gar nicht hatte zählen wollen. Und seit sie die Kätzchen nach Hause gebracht hatte, hatten es ihr die beiden schon überaus reichlich gelohnt, dass sie sich ihrer angenommen hatte.

»Das mag sein. Na, ihr zwei«, meinte James und streichelte sie sanft. Offenbar bereute er seine harten Worte. »Es geht doch nichts über unser Zuhause in Dubhlinn. Mutter und ich konnten über deinen Wohnturm leider nur in Erfahrung bringen, dass er noch nutzbar ist. Mutter meinte, der Mann, den sie befragt hatte, habe wohl nicht so recht verstanden, was sie eigentlich von ihm hatte wissen wollen. Sie hatte an Sauberkeit und Komfort gedacht, er aber nur an Sicherheit und Schutz. Na ja, schließlich meinte sie, sicher und geschützt müsse uns einstweilen reichen; um alles weitere müsse sich eben ein weibliches Wesen kümmern.«

»Es war ja früher das Land der MacMillans, und auch jetzt bewacht es einer von ihnen. Mutter kennt ihn nicht näher, sie weiß nur, dass ihn mein Großonkel MacMillan sehr lobte. Nun denn, wenn wir erst einmal dort sind, wird sich schon alles finden.«

»Ich hoffe nur, dass es einigermaßen behaglich ist.«

»Ich bin zufrieden, wenn es ein Bett, ein Bad und etwas zu essen gibt. Die schönen Dinge, die wir in Dubhlinn haben, werden im Lauf der Zeit schon noch dazukommen.«

»Stimmt«, erwiderte James. »Aber ich verstehe nach wie vor nicht recht, warum du so versessen darauf warst, dorthin zu reiten.« Er musterte sie neugierig.

»Ich glaube, ich verstehe es selbst nicht so ganz.« Gillyanne lächelte ihren Vetter freimütig an, dann zuckte sie seufzend Achseln. »Es gehört mir – mehr kann ich dazu nicht sagen. Es gehört mir, und ich möchte es kennen lernen.«

»Das wiederum kann ich gut verstehen. Auch ich fühle

mich immer zu meinem Land hingezogen, obwohl ich erst in einem Jahr oder noch später den Platz des Lairds einnehmen kann.«

»Bestimmt nicht viel später«, tröstete sie ihn.

»Wahrscheinlich nicht. Aber es macht mir auch nichts aus, wenn es noch ein Weilchen dauert. Wahrscheinlich ist es ganz gut so. Ich brauche noch etwas mehr Erfahrung, ich habe mir ja gerade erst meine Sporen verdient. Unser Cousin kümmert sich bestens um meinen Besitz, und ich muss noch einiges lernen, um in seine Fußstapfen treten zu können, denn die sind ziemlich groß. Ein unerfahrener Laird nützt meinem Clan rein gar nichts.« Er runzelte die Stirn. »Doch was werden die Leute, die auf deinem Land leben, sagen, wenn eine schmächtige junge Frau daherkommt, um ihre Mitgift einzufordern?«

»Das hat sich Mutter auch schon gefragt. Aber als sie sich bei anderen danach erkundigte, fand sie heraus, dass es kein größeres Problem sein dürfte. Schließlich ist es nur eine kleine Burg, und die paar Leute, die dort wohnen, scheinen gewillt zu sein, mehr oder weniger jeden willkommen zu heißen. Momentan steht ihnen nämlich nur ein ziemlich betagter Verwalter vor, so dass ihre Zukunft einigermaßen unklar ist. Sie hätten gerne mehr Sicherheit.«

»Das spricht für dich«, pflichtete James ihr bei. »Aber hast du denn vor, dich dort niederzulassen?«

Gillyanne zuckte abermals die Achseln. Sie wunderte sich nicht weiter darüber, dass er offenbar erraten hatte, was ihr gerade durch den Kopf ging. Sie hatte tatsächlich immer wieder einmal daran gedacht, ihren Haushalt in Ald-dabhach einzurichten. Und vielleicht würde sie auch den Namen ändern, bislang hieß dieser Besitz nämlich nur »Altes Stück Land«. Sie war ruhelos; warum, wusste sie selbst nicht genau, denn sie liebte ihre Familie von ganzem Herzen. Aber ihre Verwandten schienen ihre Rastlosigkeit nur noch zu verstärken. Vielleicht würde sie sich ja endlich ein wenig nützlicher fühlen, wenn sie ihr eigenes Land hatte, um das sie sich kümmern musste, und vielleicht würde das auch diese bohrende Sehnsucht in ihr stillen.

Außerdem gab es auch noch einen anderen Grund, der ihr das Leben im Schoß ihrer Familie erschwerte, auch wenn sie sich diesen nur sehr ungern eingestand, denn er grenzte schon fast an Neid: Es fiel ihr zunehmend schwerer, von lauter glücklich verheirateten Paaren umgeben zu sein und zusehen zu müssen, wie ihre Cousinen Familien gründeten. Bei jeder Geburt, zu der sie eingeladen wurde, überkam sie eine Mischung aus Freude und wachsendem Kummer. Sie war nun bald einundzwanzig Jahre alt und es hatte sich noch kein einziger Mann ernsthaft für sie interessiert. Auch mehrere Reisen zum Königshof hatten nichts geholfen. Jedes Mal hatte sich nur wieder deutlich gezeigt, dass Männer sie einfach nicht für begehrenswert hielten. Gegen diesen Schmerz konnten auch all die Liebe und das Verständnis ihrer Familie nichts ausrichten.

Manchmal wurde sie richtig böse auf sich selbst. Sie brauchte doch gar keinen Mann; tief in ihrem Herzen wusste sie, dass sie auch ohne einen Mann ein glückliches, erfülltes Leben würde führen können. Und dennoch sehnte sie sich nach Leidenschaft, nach Liebe und vor allem nach den Kindern, die ein Ehemann ihr schenken konnte. Immer, wenn sie eine ihrer Cousinen mit ihren Kindern beobachtete oder die lustvollen Blicke mitbekam, die zwischen Mann und Frau getauscht wurden, wusste sie, dass ihr Glück zwar nicht davon abhing, sie aber so etwas dennoch auch haben wollte.

»Wie willst du jemals einen Ehemann finden, wenn du dich auf deinem Land versteckst?«, fragte James.

Gillyanne musste sich beherrschen, ihren Vetter nicht von seinem Pferd zu schubsen. »Ich glaube kaum, dass ich mir darüber den Kopf zerbrechen muss, James. Falls es denn einen passenden Mann für mich gibt – worauf bislang wenig hindeutete –, kann er mich dort genauso leicht finden wie in Dubhlinn oder am Königshof.«

James verzog das Gesicht und fuhr sich mit der Hand durchs Haar. »Das klingt, als hättest du's aufgegeben. Elspeth und Avery waren ungefähr in deinem Alter, als sie heirateten.«

»Na, ein bisschen jünger waren sie schon. Ich glaube aber, dass sich auch vor ihrer Hochzeit gelegentlich ein Mann für sie interessierte.« Sie lächelte über die besorgte Miene ihres Vetters. »Gräme dich nicht! Meine Cousinen haben ihre Ehemänner dort kennen gelernt, wo sie nie damit gerechnet hätten. Vielleicht geht es mir ja ebenso.« Sie kamen gerade aus einem kleinen Wäldchen, und Gillyanne verkündete: »Ah, dort vorne ist es – meine Burg und mein Land!«

Ald-dabhach hatte früher offenbar nur aus einem festen Turm bestanden. Im Lauf der Zeit waren dann zwei kleine Flügel angebaut worden. Das Ganze war von einer hohen, dicken Mauer umgeben und lag auf einem steilen Hügel, war also gut geschützt und leicht zu verteidigen. Das kleine Dorf unterhalb wirkte sehr ordentlich, das Land ringsum war bebaut oder wurde von Rindern und Schafen als Weide genutzt. Hinter der Burg glitzerte ein kleiner Bach im Licht der untergehenden Sonne. Gillyanne gefiel, was sie sah, und sie hoffte, dass es auch so friedlich war, wie es wirkte. Sie spornte ihr Pferd an und galoppierte auf das Tor zu.

»Eine feste Burg!«, meinte James, der nach dem Abendessen neben Gillyanne auf der Ringmauer stand.

»Sehr wehrhaft!«, bestätigte Gillyanne und lachte froh.

Sehr viel mehr ließ sich über ihre Mitgift eigentlich nicht sagen. Alles war sauber, aber Dinge, die auf die Anwesenheit einer Edelfrau hingewiesen hätten, wie etwa ein Leinentuch auf dem Tisch im großen Saal, fehlten. Das war nicht weiter verwunderlich, denn in Ald-dabhach gab es fast nur Männer. Natürlich lebten auch ein paar weibliche Wesen im Wohnturm – zwei ältere Frauen, die mit Bewaffneten verheiratet waren, und ein sehr schüchternes Mädchen von zwölf Jahren, die Tochter des Kochs. Sir George, der Verwalter, war schon mindestens sechzig und hörte und sah ziemlich schlecht. Die meisten Bewaffneten waren mittleren Alters. Gillyanne konnte sich des Eindrucks nicht erwehren, dass die MacMillans ihre Müden und Fußlahmen nach Ald-dabhach schickten. Gerade fiel ihr Blick auf so einen, einen der wenigen jüngeren Männer auf der Burg, der zum Stall humpelte. Aber all das bestärkte sie nur in ihrer Meinung, dass es hier eigentlich sehr friedlich zuging. Die fünf Männer, die sie hierher begleitet hatten und wohl auch zu bleiben gedachten, waren fast ebenso überschwänglich begrüßt worden wie sie selbst.

»Ich glaube, deine Männer werden bleiben«, sagte James. »Das wird die Mädchen hier sehr freuen.«

»Bestimmt. Beim Abendessen wurden wir plötzlich von ziemlich vielen jungen Mädchen bedient. Sicher hat man unsere Ankunft vom Dorf aus beobachtet.«

»Und dann sind sie alle gleich hergeeilt. Na ja, der Mangel an rüstigen jungen Männern ist unübersehbar.« James seufzte. »Eigentlich hatte ich gehofft, die weniger Rüstigen hätten Ehefrauen gefunden, weil die Mädchen nicht so dumm sind zu glauben, ein lahmer Fuß sei von Bedeutung. Aber inzwischen frage ich mich, ob sie nicht einfach nur deshalb die Lahmen geheiratet haben, weil keine anderen da waren.«

»Manche vielleicht, aber viele haben sicher mehr Sinn und Verstand.« Sie deutete mit einer Kopfbewegung auf den Hinkenden, der gerade im Stall verschwand. »Ich habe ihn zusammen mit seiner Frau gesehen, bevor sie ins Dorf zurück ist. Sie hat ihn angehimmelt, als sei er der stattlichste, stärkste und tapferste junge Mann weit und breit.«

»Dann kann ich meine Zweifel wohl begraben.«

»Jawohl, und damit ist dein Glaube an das Gute im Menschen hoffentlich wiederhergestellt!«

»Deiner gerät natürlich nie ins Wanken.«

»Manchmal wankt er nicht nur, er stolpert und fällt der

Länge nach hin«, meinte sie gedehnt und lächelte, als er belustigt auflachte.

James legte den Arm um ihre Schultern und drückte ihr einen Kuss auf die Wange.

»Du siehst einfach nur zu viel und zu klar«, meinte er.

»Ich weiß.«

Sie starrte in die zunehmende Dunkelheit. »Aber das hat auch sein Gutes. Immerhin dient es uns als Warnung, nicht wahr? Elspeth sagt immer, wir müssen einfach lernen, uns gelegentlich taub zu stellen. Aber ich fürchte, diese nützliche Fähigkeit werde ich wohl nie erwerben. Gewöhnliche Menschen kann ich zwar ignorieren, aber wenn jemand etwas an sich hat, was mich neugierig macht oder mir zu verstehen gibt, dass ich besser auf der Hut sein sollte, dann muss ich unbedingt erfahren, was es ist. Elspeth kann Dinge spüren oder in den Augen anderer Menschen lesen. Und ich – ich schwöre dir, oft fühle ich richtiggehend, was um mich herum in der Luft liegt. Elspeth hat die Gabe zu erkennen, ob jemand lügt; sie spürt Angst oder wenn Gefahr im Verzug ist. Und ich? Na ja, sagen wir mal, ein voller Raum ist die reinste Folter für mich.«

»Ich wusste gar nicht, dass es so stark ist. Es ist bestimmt sehr schwer für dich, wenn du ständig von den Gefühlen der Menschen um dich herum bestürmt wirst.«

»Das ist nicht bei allen so. Deine Gefühle und auch die der meisten meiner anderen Verwandten kann ich nicht ständig lesen. Das schlimmste Gefühl ist Hass; er fühlt sich ausgesprochen widerlich an. Angst ist auch unangenehm; irgendwie weiß ich zwar, dass es nicht meine Angst ist, die da auf mich einstürmt, aber manchmal kann ich dann nicht mehr klar denken und urteilen. Ich bin schon blindlings aus einem Raum geflohen, bis ich merkte, dass die Angst weg war; sie war bei dem geblieben, der sie eigentlich spürte.«

»Und Elspeth fühlt das auch?«

»Mehr oder weniger. Sie sagt, ihre Gabe sei nicht so ausgeprägt; es kommt ihr eher wie ein Geruch vor, den sie bestimmen kann.«

»Zum Glück bin ich nicht mit einer solchen Gabe geschlagen.«

»Du hast auch etwas Besonderes, James«, murmelte Gilyanne und tätschelte seine Hand, die er auf die Mauer gelegt hatte.

»Ach ja?« Er musterte sie argwöhnisch, denn er misstraute ihrer Unschuldsmiene. »Und das wäre?«

»Du kannst einem Mädchen das Paradies auf Erden bereiten. Jedenfalls höre ich das von allen Seiten.« Sie kicherte, als er rot wurde und sie entrüstet anfunkelte.

»Cameron hat Recht«, brummte er. »Du bist als Kind nicht oft genug versohlt worden.«

»Hmmm. Als ob mir Averys großer dunkler Ritter Angst machte! Er stößt seit fast acht Jahren nur leere Drohungen aus.«

»Und du freust dich über jede Einzelne.«

»Er kann das wirklich gut. Dafür muss man ihn einfach bewundern.« Als er lachte, musste sie grinsen.

»Spürst du hier denn etwas Besonderes, Gilly?«, fragte er schließlich. »Etwas, worüber ich mir Sorgen machen müsste?«

»Nein, obwohl ich gelernt habe, nicht jeden, der mir begegnet, allzu genau zu betrachten. Wenn ich schon mit dieser Gabe geschlagen bin, dann kann ich wenigstens froh sein, dass mein Vater ein Murray ist; in diesem Clan verstehen sie meine Gabe, weil viele von ihnen ähnliche Fähigkeiten besitzen.« Sie stützte sich auf die Steinmauer und blickte über ihr Land. »Im Augenblick spüre ich nur Ruhe, Frieden, eine angenehme Zufriedenheit, aber auch eine gewisse Erwartung, ein Warten, aber keine Angst. Ich habe das Gefühl, dass es die richtige Entscheidung war, hierher zu kommen. Dieser Ort oder vielleicht auch dieses Land vermitteln mir das Gefühl, hierher zu gehören.«

»Es wird deinen Eltern wehtun, wenn du beschließt, hier zu bleiben.«

Gillyanne nickte seufzend. Das war das Einzige, was sie wirklich bedauerte. »Ich weiß, aber sie werden es verstehen. Wahrscheinlich war das sogar der Grund, warum Mutter versucht hat, mich aufzuhalten oder zumindest bis zu Vaters Rückkehr in Dubhlinn festzuhalten. Ich wollte sie nicht verlassen und, weiß Gott, wahrscheinlich werde ich von nun an ständig traurig sein, wenn ich nicht auf Schritt und Tritt über einen Verwandten stolpere. Auf dem Weg hierher kamen mir immer wieder Zweifel, aber sobald ich durch dieses Tor getreten war, hatte ich das Gefühl, dass es für mich richtig ist, hier zu sein. Ich weiß nicht, warum oder für wie lange, aber einstweilen werde ich hier meine Zelte aufschlagen.«

»Dann musst du bleiben. Du musst auf deine innere Stimme hören. Es würde dir nicht so ergehen, wenn es nicht einen Grund dafür gäbe.«

Sie lehnte sich an ihn und lächelte still. James hatte keine dieser seltsamen Gaben, die im Murray-Clan so häufig auftraten, denn er war kein Blutsverwandter. Seine Stärken waren sein Mitgefühl und sein angenehmes Wesen. Er stellte die Fähigkeiten anderer nie in Frage, ließ sich von ihnen aber auch nicht verunsichern. In der Tat war es gerade sein Mangel an solchen Gaben, der ihn in ihren Augen so liebenswert machte. Das und die Tatsache, dass sie kaum je etwas von seinen Gedanken oder Gefühlen spürte. Wenn sie zusammen waren, dann waren sie einfach nur zwei ganz gewöhnliche Menschen. Wahrscheinlich würde er nie verstehen, warum gerade dies manchmal so tröstlich für sie war.

»Aber ich bin mir nicht sicher, ob du hier jemals einen Mann finden wirst«, fuhr er fort. »Der Mangel an Männern hier ist wirklich auffallend.«

»Stimmt«, erwiderte sie. »Aber das ist nicht so schlimm. Es werden sich bestimmt genügend finden, wenn diese Burg einmal verteidigt werden muss.«

»Ich spreche jetzt nicht von Beschützern oder von Männern, die viel Kraft besitzen, das weißt du ganz genau. Hier wirst du nie einen Ehemann finden!«

Am liebsten hätte sie ihn für diese Bemerkung kräftig geohrfeigt. Aber warum reagierte sie so heftig? Es war doch nur eine Feststellung gewesen, die der Wahrheit entsprach: Hier gab es keine Männer, unter denen sie hätte wählen können, und Sir George zufolge brauchte sie von den Männern der drei benachbarten Clans keinen Anstandsbesuch zu erwarten. Ja, Sir George wirkte sogar, als sei er froh über die Nachlässigkeit dieser drei Lairds. Ein Besuch von diesen Clans würde hier jedenfalls eine gewisse Beklommenheit und erhöhte Wachsamkeit auslösen. Es herrschte zwar keine Fehde, aber eben auch keine Freundschaft. Daraus ergab sich auch der anhaltende Männermangel.

Plötzlich kam Gillyanne etwas in den Sinn, das ihr gar nicht gefiel: Entsprang der Friede, die Zufriedenheit, die sie empfand, etwa gar nicht so sehr ihrem Land und ihrer Burg, sondern vielmehr der Tatsache, dass sie tief in ihrem Inneren akzeptiert hatte, dass sie niemals mehr sein würde als Tante Gilly, die unverheiratete Tante Gilly, die alte Jungfer Tante Gilly, die verdorrte alte Gilly? Gillyanne hasste diese Vorstellung.

»Das ist nicht weiter schlimm«, sagte sie schließlich, auch wenn sie nicht daran glaubte. »Ich brauche keinen Mann, um glücklich zu sein.«

»Aber willst du denn keine Kinder? Du brauchst einen Mann, um Kinder zu bekommen.«

»Aber keinen Ehemann.« Sie musste sich ein Lachen verkneifen, als sie sah, wie schockiert James war. »Nun«, beeilte sie sich hinzuzufügen, bevor er etwas erwidern konnte, »ich könnte ja den jungen Mädchen hier beibringen, einen ordentlichen Haushalt zu führen. Oder ich könnte einige der verlassenen Kinder aufnehmen, die man überall auf den Straßen, in jedem Dorf und jedem Weiler findet. Es gibt sehr viele

Kinder, die Liebe, Fürsorge und ein Heim bitter nötig haben.«

»Stimmt, aber das ist nicht dasselbe wie eigene Kinder, oder?«

»Nein, aber wenn es nicht anders ginge, würde ich mich damit zufrieden geben. Mach dir keine Sorgen um mich, James! Ich kann mich ganz gut um mich und mein Glück kümmern. Natürlich wäre ein Leben mit einem liebevollen Ehemann und Kindern das Beste, aber ich kann auch ohne ein solches Glück Freude empfinden. Soll ich dir etwas sagen? Tatsächlich war einer der Gründe, warum ich von zu Hause wegwollte, der, dass ich es satt hatte, die Menschen immer überzeugen zu müssen, dass ich auch ohne einen Ehemann leben kann. Ihre liebevolle Besorgnis fing an, mir auf die Nerven zu gehen. Ich will das nicht mehr!«

»Tut mir Leid«, murmelte James. »Ich habe das eben auch gemacht, oder?«

»Mehr oder weniger. Offen gestanden hatte ich manchmal Angst, an meinem Neid ersticken zu müssen – und das ist wahrlich nicht besonders schön. Es tut mir zwar weh, nicht bei meiner Familie zu leben, aber wenn ich denn keinen Ehemann finde und es wirklich mein Schicksal ist, ledig zu bleiben, dann ist es so wahrscheinlich besser. Ich möchte lieber mein eigenes Leben führen und in das Leben meiner Familie nicht zu sehr verwickelt werden. Mir ist es lieber, dass man mich besucht, als dass man mir Obdach gewährt.«

»Glaubst du wirklich, man würde dich unfreundlich behandeln, Gilly?« James' Miene drückte eine merkwürdige Mischung aus Verlegenheit und Unverständnis aus.

»Nicht absichtlich, nein, das sicher nicht«, erwiderte sie ohne zu zögern. »Dennoch – sie sind alle so zufrieden mit ihrem Leben, mit ihren Männern und ihren Kindern, dass sie mir dasselbe wünschen. Und deshalb stellen sie mich ständig irgendwelchen Männern vor, zerren mich an den Hof des Königs, versuchen, mich in schöne Kleider zu stecken oder zu einer neuen Frisur zu überreden.« Gillyanne zuckte mit den Schultern. »Ich bin jetzt zwanzig, aber mit der Zeit wird dieses Drängen vielleicht nachdrücklicher, ihre Sorge offensichtlicher. Nein, es ist besser, wenn ich etwas Abstand habe. Sie können aufhören, einen Mann für mich zu suchen, und ich werde nicht mehr spüren, wie besorgt und traurig sie sind, wenn keiner auftaucht.« Sie hakte sich bei ihm ein und steuerte die steile, schmale Treppe an, die zum Hof hinabführte. »Komm, lass uns ausprobieren, wie die Betten hier sind. Es war ein langer Tag.«

James schwieg, obwohl Gillyanne das Gefühl hatte, dass er noch etwas sagen wollte. Wahrscheinlich wollte er sie aufmuntern, mit Schmeicheleien beruhigen, aus ihr, klein und schmächtig, wie sie war, eine Schönheit machen, aber ihm fiel nichts Passendes ein. So ging es allen aus ihrer Familie, und das war einer der Gründe, warum sie sich im Kreis ihrer Lieben zunehmend unwohl fühlte. Jedes Mal, wenn einer von ihnen versuchte, ihren Stolz oder ihr Selbstwertgefühl zu päppeln, wurde ihr schmerzlich bewusst, warum sie meinten, dies tun zu müssen.

Während sie sich zum Schlafengehen fertig machte, überlegte sie sich, wie sie ihre ziemlich karge Schlafkammer verschönern könnte. Es gab in Ald-dabhach viel zu tun, und sie wusste, dass diese Arbeit sie befriedigen würde. Sie würde aus ihrem Land ihre Zukunft, ihr Leben machen. Und vielleicht würde ja schließlich doch noch ein Ehemann für sie auftauchen, wenn sie und ihre Familie aufhörten, so emsig nach einem zu suchen.

Sie kletterte in das hohe Bett und kuschelte sich seufzend unter die Decke. Wahrscheinlich hatte ihr Mangel an Verehrern etwas mit ihre Größe zu tun. Sie war einfach zu klein und sie hatte zu wenig weibliche Formen, um die Männer zu beeindrucken. Männer schätzten es, wenn eine Frau Fleisch auf den Knochen hatte, doch in dieser Hinsicht konnte sie herzlich wenig vorweisen.

Plötzlich sprangen die Katzen zu ihr auf das Bett. Schmutzfink machte es sich an ihrer Brust bequem, Lump schmiegte sich an ihren Rücken, so dass sie von beiden Seiten gewärmt wurde. Als sie die Augen schloss, wünschte sie, Männer wären ebenso leicht zufrieden zu stellen wie Katzen. Ein warmer Platz zum Schlafen, ab und zu eine liebevolle Hand, die sie streichelte, ein voller Bauch – mehr brauchten Katzen nicht zu ihrem Glück. Ihren Katzen war es egal, dass sie kleine Brüste hatte, dass sie manchmal etwas zu scharfsinnig war und dass sie die Gabe hatte, eine Lüge und manchmal sogar schon die Absicht dazu zu spüren. Wahrscheinlich brauchte sie einen Mann, der einfache Bedürfnisse hatte, einen, der über ihren Mangel an Rundungen und ihre gelegentlich etwas seltsame Art hinwegsehen konnte. In ihren Träumen gab es diesen Mann, doch Gillyanne befürchtete, dass sie ihn auch nur dort würde finden können.

Kapitel 2

»Sie kommen!«

Gillyanne blickte kurz zu George, dann aß sie weiter, wobei sie ab und zu ein Stückchen Käse für Lump und Schmutzfink fallen ließ, die unter dem Tisch herumstrichen. Sie war so in Gedanken darüber vertieft gewesen, was sie in ihrem neuen Heim alles tun wollte, dass sie gar nicht bemerkt hatte, wie George hereingekommen war. Sein schmales, faltiges Gesicht wirkte wie immer sehr ernst und Gillyanne spürte, dass er sich Sorgen machte. Doch da er ihr dieses Gefühl bislang ständig vermittelt hatte, beunruhigte es sie jetzt nicht weiter. George schien es zu genießen, sich ständig nur Sorgen zu machen.

»Wer kommt?«, fragte sie und hielt ein Stückchen Hühnerfleisch hoch, so dass Schmutzfink für diesen Leckerbissen ein Männchen machen musste.

»Die Lairds«, erwiderte George.

»Welche Lairds?«

»Die drei, die wir hier nie zu Gesicht bekommen haben und eigentlich auch gar nicht sehen wollen.«

»Ach, *die*.«

»Sie werden bald an unser Tor pochen.«

»Und – soll ich es für sie öffnen lassen?«

George seufzte und zuckte seine schmächtigen, abfallenden Schultern. »Ich frage mich nur, warum sie gerade jetzt auftauchen. Natürlich reiten sie manchmal über unser Land, aber hergekommen sind sie noch nie. Vor kurzem haben sie einmal Boten hergeschickt, die wissen wollten, wem dieses Land gehört, und ich habe ihnen gesagt, den MacMillans. Doch seitdem habe ich kein Wort mehr von ihnen gehört und daraus geschlossen, dass diese Nachricht sie wohl nicht weiter beunruhigt hat. Warum also tauchen sie jetzt auf? Warum ausgerechnet jetzt?«

»Das ist eine sehr gute Frage«, erwiderte Gilly. »Aber ich

glaube, die müssen wir ihnen persönlich stellen, denn sie sind die Einzigen, die sie uns beantworten können.«

»Heißt das, wir sollen sie einlassen?«

Georges Stimme war schrill vor Angst, doch Gillyanne sah höflich darüber hinweg. »Nur die drei Lairds, allein und ohne Waffen. Dieser Forderung müssten sie doch zustimmen, wenn sie nur hergekommen sind, um mit uns zu reden.«

»Jawohl, das ist ein guter Plan.«

»Holt Sir James zu Eurer Unterstützung!«, rief sie George nach, der sich bereits auf den Weg gemacht hatte, um ihre Befehle auszuführen.

»Noch eine gute Idee!«, erwiderte er im Hinausgehen.

Zustimmung ist schön, dachte Gillyanne, aber wahrscheinlich würde diese nicht von langer Dauer sein. Vermutlich hatte George nur deshalb zugestimmt, weil sie mit nur drei Männern relativ problemlos fertig werden konnten. Doch bald würde der Verwalter merken, dass es für die Männer, die die drei Lairds mitgebracht hatten und die Ald-dabhach umzingelten, keinen Plan gab.

Soeben kam die junge Mary in den großen Saal. Geschickt wich sie den flüchtenden Katzen aus. Gillyanne wies das Mädchen an, für die Gäste Essen und Trinken bereitzustellen. Gleich bei ihrer Ankunft in Ald-dabhach hatte Gillyanne bemerkt, dass Mary trotz ihrer Jugend das Zeug zu einer ausgezeichneten Haushälterin hatte. Im Vertrauen darauf, dass ihre Befehle rasch und ordentlich ausgeführt würden, konzentrierte sie sich ganz auf die ungeladenen Gäste.

Eigentlich konnte sie sich nichts vornehmen, solange sie die drei Lairds nicht gesehen hatte und den Grund ihres Besuchs nicht kannte. Bis dahin war es wohl am besten, die Burgherrin zu mimen, höflich zwar, aber dabei hoheitsvoll und unnahbar. Sie richtete sich in ihrem Laird-Stuhl auf, so hoch sie konnte, blickte auf ihre Füße und hoffte, die Lairds würden übersehen, dass sie nicht ganz bis zum Boden reichten. Da nahten auch schon ihre Gäste. Gillyanne streckte sich noch einmal und wiederholte halblaut: Ich bin die Herrin von Ald-dabhach.

James führte die drei Männer herein. Ihnen folgten zwei ihrer Bewaffneten und dann George, der versuchte, sich im Schatten neben der Tür möglichst unsichtbar zu machen. Die drei Lairds warfen einen kurzen Blick auf Gillyanne, dann suchten sie ganz unverhohlen den Raum nach weiteren Anwesenden ab, bevor sie sich endlich wieder ihr zuwandten. Die beiden etwas kleineren Männer starrten sie mit offenem Mund an, während der Größere nur ganz kurz eine hellbraune Braue hochzog, als er sie musterte.

»Meine Lairds, willkommen auf Ald-dabhach!«, sagte Gillyanne. »Ich bin Lady Gillyanne Murray. Nehmt bitte an meinem Tisch Platz. Für Essen und Trinken wird sogleich gesorgt.«

Der schwarzhaarige Laird trat als Erster vor und verbeugte sich. »Ich bin Sir Robert Dalglish, Laird von Dunspier, dem Land, das im Osten und Süden an Eures grenzt.« Er setzte sich zu ihrer Rechten, ließ jedoch noch Platz für James, der sich rasch zwischen sie setzte.

Als Nächster trat der vierschrötige rothaarige Laird vor und verbeugte sich schon fast beleidigend knapp.

»Ich bin Sir David Gourdie, Laird von Aberwellen, dem Land, das im Westen und Süden an das Eure grenzt.« Er setzte sich Sir Robert gegenüber und ließ James nicht aus den Augen.

Langsam trat der größte der drei vor, blickte kurz ein wenig finster und verbeugte sich dann steif. »Ich bin Sir Connor MacEnroy aus Deilcladach, Laird über das übrige Euch umgebende Land.« Er ließ sich zu ihrer Linken nieder.

Unterstützt von ihren jüngeren Brüdern trug Mary nun Essen und Trinken auf und verschaffte Gillyanne damit eine willkommene Verschnaufpause. Die Männer strahlten eine beunruhigende Mischung von Wachsamkeit, Anspannung und Kampfeslust aus. Es kostete Gillyanne eine Menge Kraft, sich diese Gefühle vom Leib zu halten, aber sie machten natürlich auch deutlich, dass die Männer nicht nur gekommen waren, um sie willkommen zu heißen.

Am liebsten hätte sie unverzüglich eine Erklärung von ihnen verlangt, doch sie wusste, dass sie dann möglicherweise schwach erscheinen und ihre Unsicherheit preisgeben würde. So versuchte sie also, in Ruhe ihren Wein zu trinken und aus James, der völlig gelassen neben ihr saß, Stärke zu ziehen.

Sir Robert schien ganz umgänglich zu sein. Er hatte sich elegant verbeugt und freundlich geklungen. Nachdem er seine anfängliche Überraschung überwunden hatte, wirkte er hauptsächlich neugierig. Doch bei Sir David war sie auf der Hut. Der Mann schien ihr Recht auf die Position der Burgherrin in Frage zu stellen. Gillyanne hatte das Gefühl, dass Sir David die Vorstellung, eine Frau könne Land oder etwas anderes von Wert besitzen, ganz und gar nicht behagte. Sir Robert war ein Höfling, Sir David ein brachialer Krieger. Gillyanne wusste zwar, dass sie damit grob vereinfachte, aber es half ihr, mit diesen beiden Männern zurechtzukommen, bis sie mehr über sie erfahren hatte.

Der Mann zu ihrer Linken bereitete ihr das größte Kopfzerbrechen. Wenn sie sich auf den beeindruckend großen Sir Connor konzentrierte, spürte sie überhaupt nichts, nichts bis auf eine gewisse Vorsicht, mit der er den beiden anderen Lairds zu begegnen schien.

Allerdings war ihr nicht klar, ob sie diese Vorsicht wirklich spürte oder nur glaubte, sie in den Blicken entdecken zu können, mit denen er die anderen beiden gelegentlich musterte. Zu ihr blickte er so gut wie nie.

Er verwirrte sie, aber sie war sich nicht sicher, woran das lag: an seiner Größe, an ihrer Unfähigkeit, etwas von ihm zu erspüren, oder an seinem – wie sie innerlich seufzend zugeben musste – unverschämt guten Aussehen. Sir Connor MacEnroy war ein sehr großer Mann mit breiten Schultern und stählernen Muskeln. Seine Bewegungen wirkten sehr elegant. Sein kräftiges, golden schimmerndes Haar wellte sich bis über die Schultern. Sein gut geschnittenes Gesicht würde wohl jede Frau aufseufzen lassen, trotz der Narbe, die sich vom linken Augenwinkel in einem schwachen Bogen über die hohen Wangenknochen hin zum linken Ohr zog. Und auch der leichte Knick der langen, geraden Nase, der darauf hinwies, dass diese mindestens einmal gebrochen war, schmälerte seine Schönheit nicht.

An seinem markanten Kinn entdeckte Gillyanne ebenfalls eine kleine Narbe, und eine weitere auf der Stirn. Seine wohlgeformten Brauen waren dunkler als das Haar, ebenso die dichten, langen Wimpern. In den seltenen Momenten, in denen er sie direkt ansah, hatte ihr Herz sofort schneller geschlagen. Noch nie hatte sie so wunderschöne blaue Augen gesehen; sie hatten die Farbe ihrer Lieblingsblume, der Glockenblume. Ein rascher Blick auf seine Hände zeigte, dass auch sie wunderschön waren – stark, wohlgeformt, mit langen, eleganten Fingern. Doch auch die Handrücken wiesen Narben auf. Dieser Mann hatte trotz seiner Jugend schon in vielen Schlachten gekämpft.

»Ihr erhebt also Anspruch auf Ald-dabhach?«, fragte Sir David in einem Ton, der diese Frage eher wie eine Herausforderung klingen ließ.

»Jawohl, es gehört mir«, erwiderte Gillyanne sanft. »Mein Großonkel hat es mir als Mitgift überlassen.«

»Aber wenn ein Mädchen Land als Mitgift erhält, dann gehört dieses Land dem Ehemann. Seid Ihr denn verheiratet oder verlobt?«

»Nein.« Diese Frage war unverschämt. Gillyanne fiel es zunehmend schwer, ihren freundlichen Ton zu wahren. »Mein Großonkel hat mir versichert, dass ich keinen Mann brauche, um Ald-dabhach mein Eigen zu nennen. Dieses Land gehört mir.« Als Sir David sie zornig anfunkelte und ein unverständliches Brummen von sich gab, hätte Gillyanne ihn am liebsten geohrfeigt, doch James legte rasch eine Hand auf ihre geballte Faust.

»Ihr braucht einen Ehemann!«, verkündete Sir David. »Und eben deshalb sind wir hier.«

»Um mir einen Ehemann zu besorgen?«

»Da brauchen wir nicht lange zu suchen: Wir werden Euch heiraten.«

»Ihr alle? Ich glaube kaum, dass die Kirche damit einverstanden wäre.« Gillyanne hörte einen leisen Laut zu ihrer Linken, beschloss aber, Sir David nicht aus den Augen zu lassen. Wahrscheinlich würde sie ohnehin nicht herausfinden, was Sir Connors Räuspern zu bedeuten hatte.

»Nein. Ihr werdet einen von uns wählen«, erklärte Sir David, ohne die Miene zu verziehen.

Offenbar war ihm die Ironie von Gillyannes Worten völlig entgangen. Fast hätte sie ihn ausgelacht. Sir Robert blickte auf den Mann, als wüsste er nicht recht, ob er diesen Dummkopf auslachen oder schlagen sollte. Ein rascher Blick auf Sir Connor zeigte ihr, dass er sie nun sehr eingehend musterte. Warum, wollte sie lieber nicht wissen.

»Und weshalb sollte ich das tun?«, fragte sie.

»Ein Mädchen kann kein Land besitzen«, beharrte Sir David. »Ihr braucht einen Mann, der die Führung übernimmt.«

»Mylady«, warf Sir Robert rasch ein, bevor Gillyanne auf Sir Davids arrogante Bemerkung reagieren konnte, »mein Freund hier mag nicht die passenden Worte finden, aber es liegt ein Körnchen Wahrheit in dem, was er sagt.«

Doch Gillyanne ließ sich nicht von Sir Robert beschwichtigen. Dazu hätte er sich schon stärker ins Zeug legen müssen.

»Es sind unruhige Zeiten, Mylady«, fuhr Sir Robert fort. »Jeder Clan muss Stärke zeigen und ständig bereit sein, in die Schlacht zu ziehen. Ihr mögt durchaus klug genug und auch willens sein, aber auf diese Aufgabe werden nun einmal nur Männer vorbereitet.«

»Das weiß ich wohl. Aber eben deshalb fühle ich mich hier als Laird so sicher. Und ich werde nicht nur von meinem Vetter Sir James Drummond, Laird von Dunncraig, und den Männern, die mein Vater, Sir Eric Murray, ausgebildet hat, tatkräftig unterstützt, sondern auch von Sir George, einem sehr erfahrenen Mann, den mein Großonkel persönlich für diese Aufgabe ausgewählt hat.« Gillyanne faltete die Hände auf dem Tisch und lächelte die drei Männer an. »Und außerdem bin ich von drei starken Lairds umgeben, die uns hier noch nie belästigt oder bedroht haben, wie Sir George mir versichert hat.«

»Mylady ...«, begann Sir Robert.

»Lasst es bleiben, Robbie«, fuhr Sir David ihn an. »Das Mädchen verschließt sich vernünftigen Argumenten, das ist ja wohl klar.«

»Vernünftigen Argumenten? Ihr habt gesagt, ich bräuchte unbedingt einen Ehemann, und ich habe Euch sehr höflich widersprochen«, erwiderte Gillyanne. »Nicht mehr und nicht weniger.«

»Stellt Euch doch nicht so dumm! Ihr wisst genau, dass wir das Land wollen und daran interessiert sind, dass einer von uns es bekommt und nicht irgendein schmächtiges Ding, dem es ein lieber Verwandter geschenkt hat. Ihr wählt jetzt unverzüglich einen von uns als Ehemann, oder wir übernehmen diese Entscheidung für Euch!«, knurrte Sir David und stand auf.

Sir Robert und Sir Connor zögerten kurz, dann folgten sie seinem Beispiel.

Gillyanne stieß einen bedauernden Seufzer aus. »Ihr seid Euch also einig?« Als Sir Robert diese Frage mit einem Nicken bejahte, blickte sie auf Sir Connor. »Ihr habt bislang noch nichts gesagt, Sir Connor. Seid Ihr auf Seiten dieser Männer und teilt deren Absichten, was mich und mein Land angeht?«

»Es ist gutes Land, Mylady«, erwiderte Sir Connor. »Ein

Land, auf das wir alle schon lange ein Auge geworfen haben.«

Gillyanne hätte am liebsten laut geflucht, als die drei hinausmarschierten. James beeilte sich, sie zum Tor zu begleiten und dieses fest hinter ihnen zu verriegeln. Kaum zwei Tage auf ihrer Burg lag sie schon im Streit mit drei Nachbarclans, und das nach all den Jahren, in denen hier offenbar Friede geherrscht hatte! Hastig schenkte sie sich Wein nach und nahm einen kräftigen Schluck.

»Ich glaube, wir haben ein kleines Problem«, meinte James gedehnt, als er in den Saal zurückkam.

»Ach ja?«, murmelte sie.

James bedachte sie mit einem leicht vorwurfsvollen Blick, dann setzte er sich zu ihr und goss sich ebenfalls etwas Wein nach. »Sie sind scharf auf dich.«

»Nicht auf mich, sondern auf mein Land.«

»Wir sind verloren«, stöhnte George, als er aus dem Schatten neben der Tür trat, zum Kopf des Tisches ging und sich auf den Platz zu Gillyannes Linken niederließ. »Vor unseren Toren stehen ziemlich viele Männer.«

»Wirklich?«, fragte Gillyanne James.

»Ja«, bestätigte er, »aber ich glaube nicht, dass sie uns alle auf einmal angreifen werden.«

»Nein? Und warum nicht?«

»Sie werden sich nicht gegenseitig daran hindern, Anspruch auf dich zu erheben, aber sie werden sich dabei auch nicht unterstützen. Ich glaube, jeder wird es erst einmal allein versuchen.«

»Und wie entscheiden sie, wer als Erster an die Reihe kommt?«, fragte Gillyanne.

»Sie werden wohl knobeln, mit Strohhalmen, Münzen oder Würfeln.«

James zuckte mit den Schultern.

»Ist das denn wichtig?«

Gillyanne schüttelte den Kopf. »Nein. Offenbar ist das Geschenk meines Großonkels doch nicht der Segen, für den ich es gehalten habe.«

»Aber immerhin hast du drei Heiratsanträge bekommen!« James lachte und wich ihrem halbherzigen Versuch aus, ihn zu schlagen.

»Warum akzeptiert Ihr nicht einen von ihnen, Mylady?«, fragte George. »Alle drei sind zum Ritter geschlagene Lairds, und keiner kam mir unansehnlich vor, auch wenn ich nicht genau weiß, was in den Augen junger Frauen den Ausschlag gibt. Alle drei sind jung und stark. Und sie besitzen gutes Land.«

»Bestimmt ist jeder von ihnen ein feiner Mann«, sagte Gillyanne und versuchte, den bekümmerten Sir George mit einem Lächeln aufzumuntern. »Aber wenn ich es richtig verstanden habe, wollen sie nicht mich, sondern mein Land. Natürlich wollen sie keinen Krieg oder eine Fehde auslösen, indem sie sich einfach nehmen, wonach ihnen der Sinn steht. Aber in mir sehen sie jetzt die Chance, sich das Land ohne Probleme anzueignen. Wenn ich einen von ihnen erhört hätte, hätten sich die beiden anderen gefügt. Ich bin zu einem Preis in einem Wettkampf geworden. Nicht unbedingt die hohe Minne, von der ein Mädchen träumt.«

»Aber nur wenige Mädchen können behaupten, dass richtig um sie geworben wird.«

»Traurig, aber wahr.«

Seufzend trommelte sie mit den Fingern auf den Tisch. »Doch wie dem auch sei – ich möchte nicht, dass es deshalb zu einem Blutvergießen kommt.«

»Ich weiß nicht, wie sich das vermeiden ließe, wenn Ihr vorhabt, sie um Euch kämpfen zu lassen.«

»Ich glaube, dass es nicht gleich zu einem richtigen Kampf kommen wird. Zuerst werden sie unsere Stärke und unsere Geschicklichkeit prüfen. Und ich glaube auch nicht, dass sie Ald-dabhach und seinen Bewohnern wirklich Schaden zufügen wollen.«

»Das nicht, und außerdem müssen sie natürlich aufpassen, dass sie Euch nicht verletzen oder gar töten.«

»Es wäre in der Tat ein wenig schwierig, mich zu heiraten und mein Land zu beanspruchen, wenn ich tot bin. Es würde meinen Großonkel gegen sie aufbringen, worauf sie anscheinend nicht erpicht sind, und auch mit meinem eigenen Clan werden sie sich nicht anlegen wollen. Mich halten sie wohl für keine allzu große Bedrohung, aber immerhin riskieren sie, meinen Großonkel zu verärgern, wenn sie darauf drängen, mich gegen meinen Willen zu verheiraten.«

James rieb sich nachdenklich das Kinn. »Als sie herausfanden, dass dieses Land einem unverheirateten jungen Mädchen gehört, haben sie wahrscheinlich befürchtet, du würdest bald jemanden heiraten, dem es nach mehr Land gelüstet. Die MacMillans waren bislang sehr friedliebende Nachbarn, wenn nicht sogar echte Verbündete. Dein zukünftiger Ehemann könnte sich als sehr viel weniger liebenswürdig erweisen.«

»Nachdem hier alles so friedlich wirkte, dachte ich, die Lairds würden erst einmal versuchen, mit uns zu verhandeln«, meinte Gillyanne.

»Es war hier nicht immer so friedlich, Mylady«, erwiderte George. »Die Väter dieser drei Lairds, ihre Großväter und die Generation davor waren streitsüchtige und habgierige Männer. Auch Ald-dabhach hat unter ihnen gelitten, wenngleich sich das überwiegend darauf beschränkte, dass die gegnerischen Parteien das Land durchquerten oder als Speisekammer plünderten. Ständig wurden irgendwelche Verträge geschlossen und wieder gebrochen, Betrug stand auf der Tagesordnung und dieses schöne Land färbte sich rot vom Blut der drei Clans, aber auch von unserem.«

»Und wie endete dieser Streit dann wirklich?«, fragte Gillyanne.

»Die Väter der drei Lairds brachten sich gegenseitig um. Außer verbrannter Erde und viel zu vielen Gräbern war kaum mehr etwas übrig. Ich glaube, die MacEnroys hatten die größten Verluste zu beklagen. Die Lairds waren damals zwar noch recht jung, aber sie traten aus den Ruinen und schlossen einen Pakt mit dem Ziel, Krieg und Gemetzel ein Ende zu setzen. Gute Freunde, die einander wahrhaftig vertrauen, sind sie zwar nicht geworden, aber sie kämpfen auch nicht mehr gegeneinander. Würde einer von ihnen wortbrüchig und einen von ihnen angreifen, sähe er sich mit zwei Gegnern konfrontiert. Wenn ein Fremder einen von ihnen bedrohen würde, hätten sie es zwar nicht eilig, ihm zu Hilfe zu eilen, aber sie würden sich auch nicht auf die Seite des Feindes schlagen.«

»Es wurde also vereinbart, Frieden zu halten, aber nicht unbedingt, sich gegenseitig beizustehen?«

»Richtig, und an diese Abmachung haben sie sich nun seit fast zwölf Jahren gehalten. Ab und zu kam es zwar zu einem kleineren Vergehen oder einer Beleidigung, aber dadurch wurde weder ein Krieg noch eine Fehde ausgelöst. Die Lairds setzten sich zusammen und fanden eine Lösung.«

»Nun, wenn das alles so schlimm war, wie Ihr es geschildert habt …«, meinte Gillyanne.

George fiel ihr ins Wort. »Mylady, glaubt mir, als die alten Lairds starben, war ich überrascht, dass es überhaupt noch Überlebende gab, die sich aus den Ruinen schleppen und von vorne anfangen konnten.«

»Das erklärt immerhin, warum sie nicht wollen, dass mich ein Fremder heiratet und meine Mitgift einfordert.«

Gillyanne machte es sich auf dem großen Stuhl bequem, starrte auf die dicke hölzerne Tischplatte und versuchte, ihre wirren Gedanken zu ordnen. Als Erstes musste sie Zeit gewinnen, und zwar so viel, bis ihr Vater nach Ald-dabhach kam.

Sie wusste instinktiv, dass er herbeieilen würde, sobald er die Geschäfte für den König erledigt hatte. Dann würde er die drei Lairds mit seinen herausragenden Überredungskünten umstimmen und dieses Wirrwarr rasch ordnen. Doch bis dahin musste sie an Ald-dabhach und ihrer Jungfräulichkeit festhalten, ohne dass jemand zu Schaden kam, egal, auf welcher Seite – ein schwieriges Problem.

»Ihr werdet kämpfen, nicht wahr?«, fragte George, den Tränen nahe.

»Nur ein bisschen«, tröstete sie ihn. »Das verspreche ich Euch. Ich brauche nur etwas Zeit. Bald wird mein Vater kommen und uns aus dieser schwierigen Lage befreien. Die Lairds werden mit ihm bestimmt zu einer Übereinkunft gelangen.«

»Das glaube ich auch«, pflichtete James ihr bei. »Aber wir wissen nicht, wann er hier sein wird.«

»Deshalb habe ich George ja versichert, dass ich weder besonders hart noch besonders lange kämpfen werde. Ich will lediglich etwas Zeit gewinnen und beten, dass uns Vater rasch zu Hilfe kommt. Das ist zwar wenig ehrenhaft, lässt sich aber leider nicht ändern. Es ist wirklich Pech, dass ich beim ersten richtigen Problem hier tatsächlich einen Mann brauche – einen älteren und mächtigeren als dich, James«, fügte sie mit einem entschuldigenden Grinsen hinzu.

»Also stellen wir uns darauf ein, den einen oder anderen Angriff zurückzuschlagen.«

»Aber wir werden behutsam vorgehen. Ich möchte niemandem einen wirklichen Schaden zufügen.«

»Tja, dann werde ich wohl Kissen auf sie werfen müssen.« James lachte und wich wieder einmal einem ihrer halbherzigen Versuche aus, ihm eine Ohrfeige zu versetzen, ehe er wieder ernst wurde.

»Wir müssen mit List vorgehen und uns einiges einfallen lassen, um einem Angriff standzuhalten.«

»Glaubst du denn, dass wir morgen schon mit dem ersten Versuch rechnen müssen?«

»Ja. Die drei sind ebenso versessen darauf, die Sache zu klären, wie wir es sind, sie hinzuhalten, bis Vater eintrifft.«

»Dann sollte ich mich am besten gleich daran machen, meine erste Überraschung zu brauen«, meinte Gillyanne und stand auf.

»Und was wird das sein, Mylady?«, fragte George, während er mit James hinter Gillyanne aus dem großen Saal ging.

»Etwas, das möglichst schrecklich stinkt und dazu noch sehr gut haftet. Man muss einen Mann nicht unbedingt verletzen, um ihn dazu zu bringen zu fliehen, und zwar so rasch und so weit er nur kann.«

»Aber wenn es so übel riecht, dann werden wir bei der Herstellung dieses Gebräus auch ziemlich zu leiden haben, oder?«

»Ich fürchte, solche Kampftechniken erfordern ihren Preis.« Gillyanne lachte über die Grimassen ihrer Begleiter. »Keine Sorge, gar so schlimm wird es schon nicht werden. Die übelste Zutat kommt erst ganz zum Schluss. Und denkt daran – wir können uns von dem Gestank fern halten, aber die armen Idioten, auf die wir das Zeug kippen, werden wahrscheinlich tagelang danach stinken, selbst wenn sie ihre Kleider verbrennen.«

Als Gillyanne ihre Begleiter in die Küche führte, ertappte sie sich bei der Hoffnung, dass Laird MacEnroy nicht der erste Angreifer sein möge. Aber warum sollte er es nicht sein? Er war ihr als der Entschlossenste der drei vorgekommen und konnte deshalb sehr wohl auch der Gefährlichste sein. Doch dann verscheuchte sie ihre wirren Gedanken und sagte sich, wahrscheinlich waren sie ihr nur deshalb in den Sinn gekommen, weil es doch wirklich eine Schande wäre, einen solch stattlichen Mann mit dem Gestank zu verunzieren, den sie jetzt gleich zusammenbrauen würde.

»Und wie kommt es, dass du erst als Dritter an der Reihe bist?«, fragte Diarmot, als er sich zu seinem Bruder Connor kauerte, der unter einem Baum hockte. »Du hast doch sonst immer so viel Glück.«

Connor ließ Ald-dabhach nicht aus den Augen. »Als Dritter dranzukommen ist gar nicht so schlecht.«

»Was soll daran gut sein, diesen zwei Blödmännern den Vortritt zu lassen?«

»Tja, ich lasse ihnen auch den Vortritt, eine Niederlage einzustecken.«

»Hat das Mädchen denn ein Heer mitgebracht?«

»Ein halbes Dutzend gesunder, gut ausgebildeter Männer.«

»Das ist nicht sehr viel.«

»Wenn sie so gut ausgebildet sind, wie das Mädchen behauptet, kann ein halbes Dutzend Männer die Burg bestimmt eine Weile verteidigen. Ein schlauer Laird könnte das auch, und dieses Mädchen ist schlau.«

Diarmot setzte sich und blickte nun auch auf die Burg. »Ein schlaues Mädchen kann eine wahre Plage sein. Vielleicht solltest du doch einen der anderen gewinnen lassen.«

»Nein. Ich will Ald-dabhach. Der Boden bringt viel mehr Ertrag, als die hier Lebenden brauchen. Wir haben in Deilcladach keinen solchen Überfluss. Außerdem hättest du dann auch eine Burg, die du beschützen, und Leute, die du anführen könntest. Die anderen Lairds haben etwas, was sie ihren Brüdern geben können. Ich habe vier Brüder und kann ihnen nicht einmal ein kleines Landhaus anbieten. Das Mädchen mag so schlau sein, wie es will – es gibt viele Gründe, warum ich hoffe, dass die MacEnroys dieses Land bekommen.«

»Woher willst du wissen, dass sie so schlau ist? Du hast nicht sehr lange mit ihr gesprochen.«

»Lang genug. Sir David glaubt, er müsse nur ein paar Leute beiseite schubsen, einmarschieren und sie vor einen Priester zerren. Er hat wenig Respekt vor den Menschen, die hinter diesen Mauern leben, und noch weniger vor dem Mädchen. Das ist dumm von ihm. Sir Robert ist nicht viel besser, auch wenn er immerhin klug genug ist zu ahnen, dass ihm der Preis nicht kampflos zufallen wird. Ich bin mir nahezu sicher, dass beide scheitern werden, und deshalb werde ich einfach hier sitzen und zuschauen. Es interessiert mich sehr, was diese Lady tun wird und wie hoch der Preis ist, den sie ihren Leuten abverlangt.«

Connor dachte kurz über das schmächtige Mädchen nach, das jetzt im Besitz von Ald-dabhach war. Irgendetwas an dieser jungen Frau faszinierte ihn, auch wenn er nicht sagen konnte, was.

Lady Gillyanne war klein – wenn sie sich aufrecht hinstellte, reichte sie ihm wahrscheinlich gerade bis zur Achsel – und ihre weiblichen Rundungen waren nur ein schwaches Abbild dessen, womit viele andere Frauen aufwarten konnten. Ihr Haar war weder rot noch braun, die Augen eine Mischung aus grün und blau – das eine eher blau, das andere eher ein wenig grün. Alles an ihr war zart, von den anmutigen Händen mit schlanken Fingern hin zu den zierlichen Füßen, die, wie er bemerkt hatte, nicht ganz den Boden berührten, wenn sie auf dem Stuhl des Lairds saß. Eigentlich war sie ganz und gar nicht der Typ Frau, der ihn erregte, aber dennoch tat sie es. Das konnte natürlich problematisch werden. Außerdem hatte er das Gefühl, dass diese seltsamen und dennoch wunderschönen Augen viel mehr sahen als so manch andere.

»Wir werden also ein paar Tage hier bleiben«, sagte Diarmot und störte Connors müßige Gedanken über die Lady, die er für sich einzufordern gedachte.

»Jawohl. Du solltest diesen Priester nicht aus den Augen lassen«, riet Connor. »Er kam nicht gerade freiwillig mit und könnte versuchen, sich aus dem Staub zu machen.«

»In Ordnung. Ich sage einem unserer Männer, dass er ihn in die Dorfkirche bringen und dort festhalten soll. Ich glaube, es reicht nicht, wenn du dir das Mädchen schnappst; die zwei anderen werden dich deshalb noch lange nicht als Sieger anerkennen.«

»Nein, ich muss mir die Kleine schnappen, sie heiraten, die

Ehe vollziehen und sie so rasch wie möglich nach Deilcladach bringen.«

»Da sie ja offenbar keinen von euch zum Mann haben wollte, wird sie möglicherweise den einen oder anderen Einwand gegen eine solch überstürzte Ehe vorbringen.«

Connor zuckte mit den Schultern. »Das spielt keine Rolle. Ich werde mir sie und ihr fruchtbares Land holen. Ich werde gewinnen.«

Kapitel 3

»Sie kommen!«

James sprach ein kleines Dankgebet, und Gillyanne stimmte im Herzen mit ein. Selbst die stark parfümierten Tücher, die sie sich vor die Nasen gebunden hatten, machten den Gestank dessen, was das heranrückende Heer in Eimern und Töpfen auf den Mauern erwartete, kaum erträglicher. Sie wunderte sich selbst über den äußerst üblen Geruch des Zeugs, das sie zusammengebraut hatte. Es roch so intensiv, dass sie nicht sicher war, ob man die Eimer und Töpfe mit dem speziellen Reinigungsmittel, das sie ebenfalls hergestellt hatte, sauber bekommen würde. Gillyanne vermutete, falls sie jemals einem Bewohner von Ald-dabhach anbieten würde, ihm etwas zu brauen, würde dieser entweder sofort die Flucht ergreifen oder sie auf Knien anflehen, es nicht zu tun.

»Welcher Laird ist es denn?«, fragte sie George, der sich links von ihr hinter der Mauer versteckt hatte.

»Sir David«, erwiderte er nach einem raschen Blick über die Mauer.

»Aha. Das ist gut!«

»In der Tat. Der verdient es am allermeisten, dass wir ihm gleich dieses verfluchte Zeug auf den Kopf kippen!«

»Hoffentlich ist es klebrig genug geworden.«

»Nun, der junge Peter hat ein wenig auf sein Hemd gekleckert und es nicht mehr wegbekommen, so fest er auch gerieben hat.«

»Habt ihr meine Reinigungsmixtur ausprobiert?«

»Ja, und sie wirkt auch ganz gut. Aber bis wir damit ankamen, hatte er sich schon das Hemd vom Leib gerissen und war dabei, seinen Arm zu schrubben.«

»Ach ja? Dann ist das Zeug also durch das Hemd gedrungen?«

»Ja. Er meinte, am schlimmsten sei das Brennen. Es war

wie eine richtige Verbrennung, er kippte sich eimerweise Wasser auf den Arm.«

»Es hat ihn verbrannt?«, fragte Gillyanne leicht entsetzt.

»Nein, nein. Sobald er es abgewaschen hatte, ließ der Schmerz nach und auch die Rötung verschwand wieder. Wahrscheinlich war seine Haut von der ganzen Schrubberei so rot geworden.« George rieb sich die grauen Bartstoppeln. »Jetzt sieht es nur noch wie ein ganz leichter Ausschlag aus.«

Gillyanne lehnte sich erleichtert an die Mauer. »Gott sei Dank! Ich wollte ja niemanden ernsthaft verletzen. Aber vielleicht sollten wir es ihnen doch nicht direkt auf die Köpfe gießen, es könnte ihre Augen verätzen.« Sie merkte, dass George sie mit einem Blick bedachte, wie es auch James manchmal tat – ein Blick, der absolutes Unverständnis ob solch weiblichen Zartgefühls ausdrückte.

»Die Kerle, die da auf unsere Burg zugaloppieren, machen sich um uns sicher keine solchen Sorgen«, erinnerte James sie. »Sie schauen eher so aus, als wären sie ganz gut vorbereitet auf ein wenig Verstümmeln und Morden. Und außerdem sind sie drunten und wir droben, es ist also ganz unmöglich, diesen widerlichen Mist *nicht* auf ihre Köpfe zu kippen.«

»Ich weiß. Aber sagt unseren Leuten, bevor sie das Zeug ausgießen, sollen sie schreien: Passt auf eure Augen auf!« Als George und James ihren Befehl weiterleiteten, wunderte sie sich nicht, dass ein paar Leute aufstöhnten und andere kicherten über so viel Mitgefühl, das wirklich nur eine Frau empfinden konnte. »Hoffentlich schafft es jemand, diesem Idioten eine gute Dosis unseres Gebräus zu verabreichen«, sagte sie, als Sir David immer näher kam.

Sir David Goudie mit seinem übersteigerten Selbstwertgefühl war ein rotes Tuch für Gillyanne. Bestimmt gehörte er zu der Sorte Männer, die dachten, Frauen seien nur für eine Sache gut, und wahrscheinlich glaubte er, er tue der Welt einen großen Gefallen, wenn er ihr die Herrschaft über Ald-dabhach entwand. Am liebsten hätte sie ihn ein paar Tage mit den weiblichen Mitgliedern ihrer Familie in ein Zimmer gesperrt, um ihn ein bisschen erziehen und auch ein wenig piesacken zu lassen.

»Wenn alle Stricke reißen und du gezwungen bist, einen der Lairds zu heiraten, dann wohl nicht ihn«, meinte James.

»Diesen Schwachkopf? Bestimmt nicht!«

»Lady Gillyanne!«, brüllte Sir David. »Seid Ihr bereit, Euch zu ergeben?«

»Warum sollte ich das?«, rief sie zurück.

»Weil ich ein gottverdammtes Heer vor Euren Mauern versammelt habe!«

»Die werden sich in Bälde so fühlen«, murmelte sie, worauf sich James und George ein leises Lachen nicht verkneifen konnten. »Meine Mauern sind sehr hoch und sehr dick, Sir David«, fuhr sie fort, »und um der Wahrheit die Ehre zu geben: So groß ist Euer Heer nun auch wieder nicht.«

»Ihr würdet also um Eurer Jungfräulichkeit willen das Leben Eurer Leute aufs Spiel setzen?«

»Und wegen dieses Landes. Aber auch meine Jungfräulichkeit ist mir teuer. Ich denke in der Tat daran, ins Kloster zu gehen; dann würde dieses Land als meine Mitgift an die Kirche gehen.«

»Nur über meine Leiche!«

»Zu schade, dass ich zu weichherzig bin, um diese Herausforderung anzunehmen«, murmelte Gillyanne. Dann sah sie, dass Sir David seinen Mannen das Zeichen zum Angriff gab, und rief: »Jetzt, Männer! Noch bevor sie einen einzigen Pfeil abschießen können!«

»Passt auf eure Augen auf!«, erklang es vielstimmig.

Gillyanne freute sich, dass man ihr so widerspruchslos gehorchte. Sie war zwar nur eine schmächtige Frau, aber die Menschen von Ald-dabhach schienen sie ohne Zögern als ihre Herrin akzeptiert zu haben. Wahrscheinlich half es, dass sich die Männer, die sie mitgebracht hatte, ihren Befehlen vorbehaltlos unterordneten; aber auch dieses Wissen tat dem berauschenden Gefühl, das sie in diesem Moment empfand, keinen Abbruch.

Als die grässliche Mixtur über die Mauern gekippt wurde, entstand unten erst einmal ein verblüfftes Schweigen. Gillyanne fragte sich, ob die Männer vor Schreck erstarrt waren, weil sie befürchteten, man hätte sie mit siedendem Öl oder dergleichen begossen, oder ob ihnen der Gestank die Sprache verschlagen hatte. Doch bald erhob sich ein wütendes Geschrei und Gefluche.

Als sie einen kurzen Blick nach unten wagte, verspürte sie tatsächlich etwas Mitleid, denn viele der Männer würgten jämmerlich und erbrachen sich. Ihre Leute hatten das üble Gebräu gut verteilt. Auch etliche eigenartige kleine Gegenstände flogen durch die Luft und trafen die Männer, die etwas weiter von der Mauer entfernt standen. Gillyanne stimmte in den Jubel der anderen ein, als mehrere dieser Geschosse Sir David trafen.

»Was waren das für Dinger?«, fragte sie Sir George.

»Ein paar Burschen hatten die Idee, das Zeug in eine Schweinsblase zu füllen, damit man es weiter befördern kann«, erwiderte George. »Wir haben es zuerst mit Wasser ausprobiert. Es funktioniert hervorragend, nicht wahr?«

»In der Tat. Wie viele Schweine mussten dafür denn ihr Leben lassen?«

»Nicht viele. Die Burschen haben auch die Därme genutzt. Aber jetzt solltet Ihr lieber nicht nach unten schauen, Mylady. Einige der Männer reißen sich gerade die Kleider vom Leib.«

»Ja, ich habe schon einige nackte Hintern auf der Flucht gesehen. Zu dumm, dass sie ihre Kleider zurückgelassen haben, denn dadurch hält sich der Gestank für meinen Geschmack doch ein wenig zu nahe.«

»Ich kann ja einen oder zwei Männer hinschicken, um die Kleider einzusammeln und zu verbrennen. Ich glaube nicht, dass das jetzt noch sehr gefährlich ist. Aber sie werden unseren Fluss verpesten.«

»Der hat ja eine kräftige Strömung. Was immer ins Wasser gelangt, wird rasch fortgespült.«

»Meint ihr, dass der nächste Laird es heute noch wagen wird anzugreifen?«

»Das glaube ich nicht«, erwiderte James. »Wahrscheinlich kommt er morgen früh. Offenbar gehen sie sehr direkt vor: Sie rücken an, fragen die Lady, ob sie sich ergibt, und greifen dann an. Heute ist Sir David an der Reihe. Die anderen warten sicher ab, ob er es noch einmal versucht.«

»Aha, du denkst also, jeder hat seinen Tag bekommen?«, fragte Gillyanne.«

»Richtig. Einen Tag, um ihr Glück zu versuchen. Aber auf alle Fälle sollten wir Wachen auf die Mauer stellen, auch wenn sich heute wohl nichts mehr tun wird.«

»Du glaubst also nicht, dass wir noch einmal mit Sir David rechnen müssen?«

»Möglicherweise würde er es gerne versuchen, aber solange seinen Leuten von dem Gestank noch die Augen tränen, wird er sie kaum überreden können, sich diesen Mauern noch einmal zu nähern.«

»Dann sollten wir uns an einen angenehmer riechenden Ort zurückziehen und die nächsten Schritte überlegen.«

»Glaubst du, sie hat sie mit siedendem Öl übergossen?«, fragte Diarmot seinen Bruder, während sie den chaotischen Rückzug von Sir Davids Männern beobachteten.

»Ich kann mir nicht vorstellen, dass sie so brutal ist«, erwiderte Connor und grinste, als er sah, dass immer mehr Goudies nackt davonrasten. »Wenn doch, dann wären jetzt einige von ihnen stolpernde Fackeln. Aber ich sehe keinen Rauch, auch wenn viele sehr erpicht zu sein scheinen, sich ihrer Kleider zu entledigen.«

Die beiden standen auf einer kleinen Anhöhe, und als ein

leichter Wind aufkam, weiteten sich Connors Augen entsetzt und Diarmot hielt sich fluchend die Nase zu. Bald tat es ihm Connor gleich und kurz darauf hielten sich sämtliche Mitglieder seines kleinen Heeres die Nase zu und versuchten verzweifelt, dem Gestank auszuweichen, der auf sie zuwehte.

»Sie hat die Nachttöpfe auf die Leute geleert!«, sagte Diarmont.

»Wenn die Nachttöpfe von Ald-dabhach so stinken würden, könnte sich keiner in der Burg aufhalten«, murmelte Connor, der allmählich merkte, dass der Gestank nach dem ersten Schock nachließ und ein wenig erträglicher wurde.

»Faule Eier«, sagte ein Mann und wagte es, etwas tiefer Luft zu holen.

»Nee, Schweinemist«, vermutete ein anderer.

»Ich glaub immer noch, es waren die Nachttöpfe«, meinte Diarmot.

»Und ich glaube, es war eine Mischung aus allem.« Connor schüttelte den Kopf. »Das Mädchen hat alles Übelriechende, was sie nur finden konnte, in einen Topf gekippt, um dieses grauenhafte Gebräu herzustellen. Und so, wie die Männer ihre Kleider wegwerfen, vermute ich, dass es auch noch kleben bleibt.«

Wirklich ein bemerkenswert kluger Schachzug, dachte Connor. Sie hatte ihren Feind in die Flucht geschlagen, bevor dieser auch nur einen Finger hatte rühren können, und dieser Sieg hatte keinen Tropfen Blut gekostet. Connor hatte schon vermutet, dass Lady Gillyanne ihre Leute vor Schaden bewahren wollte, und freute sich, dass er Recht behalten hatte. Aber jetzt war klar geworden, dass sie versuchte, auch die Männer zu schonen, die sich das Land aneignen wollten, das rechtmäßig ihr gehörte.

»Glaubst du, Sir David wird es noch einmal wagen?«, fragte Diarmot. »Er hat ja noch bis Sonnenuntergang Zeit, das sind noch einige Stunden.«

»Vielleicht würde er gerne, aber ich glaube, dieser Kampf

ist vorüber. Seine Leute werden keinen zweiten Guss riskieren wollen, und wie es aussieht, ist die Hälfte von ihnen nackt. Es heißt zwar, wir hätten früher immer nackt gekämpft, aber seine Männer werden wohl neue Kleider haben wollen, bevor sie wieder in den Kampf ziehen.«

Diarmot lachte auf, blickte dann aber stirnrunzelnd auf die Mauern von Ald-dabhach. »Glaubst du, sie hat noch mehr von diesem üblen Gebräu? Vielleicht sogar noch so viel, um zwei Angriffe abzuwehren?«

»Das bezweifle ich. Aber morgen werden wir die Antwort erfahren, wenn Sir Robert und seine Mannen ihr Glück versuchen. Ich vermute, sie werden behutsam vorgehen. Sir Robert mag die Lady zwar nicht so verachten wie Sir David, aber er hat sicher nicht damit gerechnet, dass sich seinem Sieg Probleme in den Weg stellen könnten. Deshalb hat er sich auch geärgert, als er nicht die Chance bekam, als Erster loszuziehen. Ich glaube, er hat jetzt etwas mehr Respekt und wird sich entsprechend verhalten.«

»Du hast sie von Anfang für ziemlich schlau gehalten, nicht wahr?«

Connor nickte. »Ich wäre nicht allzu überrascht, wenn wir alle beim ersten Versuch scheitern würden.«

»Nun, ich bete, dass unsere Niederlage zumindest besser riecht.«

* * *

Gillyanne verschränkte die Arme und betrachtete die beiden Kräuterhaufen auf dem Tisch im großen Saal. Beim zweiten Mal würde es nicht mehr so leicht sein, die Feinde in die Flucht zu schlagen. Ihre Pläne wiesen eine Reihe von Unwägbarkeiten auf. Aber sie wollte Sir Robert unbedingt schlagen, falls er der Nächste vor ihrem Tor sein sollte. Der Gedanke, dass er sie besiegen und vor den Traualter schleifen würde, erfüllte sie mit Grauen, auch wenn sie nicht recht wusste, warum. Immerhin sah er gut aus und schien recht höflich zu sein, doch alles in ihr sträubte sich gegen die Vorstellung, ihn zu heiraten.

»Wollen wir sie nun unglücklich machen?«, fragte James und deutete auf einen der Haufen, »oder glücklich?«, wobei er auf den zweiten zeigte.

»Ich weiß es nicht.« Gillyanne seufzte. »Wenn der Wind sich gegen uns wendet ...«

»Ich schwöre Euch, Mylady«, warf George ein, »der Wind weht um diese Jahreszeit immer vom Fluss weg, der hinter der Burg vorbeifließt.«

»Dann sollte er also auch den Rauch von uns wegwehen.« Gillyanne rieb sich die Schläfen.

»Natürlich wird er auch auf die beiden anderen Lairds und ihre Männer zuwehen.«

»Das geschieht ihnen ganz recht. Sie sollten nicht dort draußen herumlungern und sich den Kopf zerbrechen, wie sie mir am besten mein Hab und Gut entreißen könnten.«

»So ist es.«

»Außerdem wird er sie nicht allzu sehr belästigen. Bis er sie erreicht, ist er sicher schon viel schwächer geworden.«

»Also, was tun? Sind wir nett oder sind wir gemein?« James grinste, als Gillyanne ihm die Zunge herausstreckte.

»Ich glaube, wir sind lieber nett. Nicht, dass ich Euren Worten misstraue, George, aber das Schicksal und das Wetter könnten sich gegen uns wenden und den Rauch zurückblasen. Wenn man den Rauch dieser Kräuter hier einatmet« – sie deutete auf den einen Haufen – »dann wird man sehr ruhig und schläft ein. Die anderen können sehr unangenehm wirken, und zwar schon beim geringsten Hautkontakt.«

»Also gut, lass uns freundlich sein«, willigte James ein. »Wenn der Rauch zu uns weht, schützen wir uns mit Tüchern.«

»Gut. Wir sollten darauf achten, dass jeder von uns ein Tuch zur Hand hat.«

»Aber wie schaffen wir es, dass unsere Feinde in der Nähe der Feuer bleiben? Sie werden doch sicher Argwohn schöpfen, wenn sie sie sehen. Schließlich können wir sie am helllichten Tag schlecht als Wachfeuer ausgeben.«

»Na ja, das ginge schon, solange wir sie vor Sonnenaufgang entzünden. Haben wir genug Holz, George?«

Der Verwalter nickte. »Das schon, auch wenn es unseren Vorrat ziemlich dezimieren wird. Aber wir können ja wieder welches sammeln.«

»Wir müssen uns nur noch etwas überlegen, damit sie auch in der Nähe der Feuer bleiben«, mahnte James. »Du weißt ja«, meinte er, an Gillyanne gewandt, »du hast eine Möglichkeit, aber ich werde dich nicht dazu drängen.«

»Ja, ich weiß.« Gillyanne schüttelte den Kopf. »Ich verstehe zwar nicht, warum, aber es wirkt und wird auch bei ihnen seine Wirkung nicht verfehlen. Deshalb wäre ich dumm, diese Möglichkeit nicht zu nutzen.«

»Was nutzen?«, fragte George.

»Sie wird dem nächsten Laird und seinen Leuten etwas vorsingen«, erwiderte James.

»Tja, ich glaube ja gern, dass Ihr ein hübsches Stimmchen habt, Mylady, aber …« George stockte, als James die Hand hob.

»Sing George etwas vor, meine Liebe«, bat James.

Gillyanne seufzte, faltete die Hände und sang das kürzeste Lied, das ihr einfiel. Die Stille danach überraschte sie nicht weiter, denn so war es meistens, wenn sie sang. Sie errötete leicht, als sie sich umblickte und feststellte, dass George nicht der Einzige war, der ihr gelauscht hatte, und auch nicht der Einzige, der sich jetzt eine kleine Träne aus dem Augenwinkel wischte.

»Das war doch ein fröhliches Lied!«, murrte Gillyanne.

»Ja, das war es«, erwiderte George schniefend. »Das sind nur Freudentränen!«

James lachte leise und drückte Gillyanne einen Kuss auf

die Wange. »Du hörst es anders als wir, und das ist vielleicht auch besser so. Andernfalls würdest du wahrscheinlich kein Lied zu Ende singen können, und das wäre wirklich sehr schade. Der Klang deiner Stimme schmeichelt dem Ohr und rührt die Seele an. Dich haben die Engel gesegnet, und ich glaube, das spüren alle, wenn du singst.«

»Jetzt bringst du mich aber wirklich in Verlegenheit!«, flüsterte sie und bedeckte ihre flammend roten Wangen mit den Händen.

»Hauptsache, du bist nicht zu verlegen, unseren Feinden morgen ein Liedchen zu singen!«

»Ich glaube, ich werde unseren Leuten sagen, dass sie sich die Ohren zustopfen«, meinte George.

James nickte. »Gute Idee. Sie sollen von Gillyannes Gesang ja nicht so überwältigt werden, dass sie nicht mehr mitbekommen, ob sich der Wind dreht oder der Feind unseren Trick durchschaut, bevor er kampfunfähig wird. Schließlich wollen wir nun wirklich nicht unserer eigenen List zum Opfer fallen.«

Er blinzelte Gillyanne zu.

»Wie läuft das Ganze denn nun genau ab?«

»Wir müssen die Kräuter ins Feuer werfen. Ihr Rauch wird die Männer benebeln, so dass sie sich wie in einem Traum vorkommen. Wenn sie genug eingeatmet haben, schlafen sie ein oder werden so benommen, dass unsere Männer sich anschleichen und sie außer Gefecht setzen können. Ich hatte daran gedacht, die Kräuter mit Pfeilen in die Feuer schießen zu lassen, aber das wird nicht klappen; denn sobald wir einen Pfeil abschießen, werden unsere Gegner denken, wir greifen an. Ich glaube nicht, dass mein Gesang sie dazu bringen wird, einen plötzlichen Pfeilregen zu ignorieren.«

»Das stimmt. Vielleicht könnten wir die Kräuter einfach in die Feuer werfen.«

»Aber das würde sie ebenfalls misstrauisch machen. Ich glaube, es ist am besten, sie hegen keinerlei Argwohn.«

»Wir könnten an jedes Feuer einen Posten stellen«, meinte George.

»Wird diesen Leuten nichts passieren?«, fragte Gillyanne.

»Ich glaube nicht. Niemand wird sich etwas dabei denken, wenn sich jemand um ein Feuer kümmert. Nur ein Narr lässt ein Feuer unbewacht. Und wenn unsere Leute sehen, dass sich der Feind nähert, können sie die Kräuter ins Feuer werfen und sich dann hinter die Mauer flüchten.«

James nickte. »Und wenn sich jemand rasch zurückziehen muss, ist es nicht weiter verwunderlich, dass er sich nicht die Zeit nimmt, das Feuer, das er bewachen sollte, zu löschen.«

»Seltsam, aber die Tatsache, dass uns zu jedem Problem so viele gute Lösungen einfallen, verunsichert mich ein wenig«, murmelte Gillyanne.

»Du grübelst zu viel, Gilly.« James betrachtete die Kräuterbüschel. »Aber meinst du denn, das Zeug reicht?«

»Um das Heer ruhig zu stellen auf alle Fälle. Ich bin mir nur nicht sicher, ob der Rauch auch stark genug ist, um sie alle einschlafen zu lassen.«

»Wir haben noch mehr«, meinte George.

Gillyanne starrte noch einmal auf die Kräuter, die in der richtigen Dosis ein ganzes Heer bewusstlos machen konnten. Dann blickte sie fragend auf George. »Woher?«

»Ach, eine Frau aus dem Dorf, die alte Hilda, sammelt die Pflanzen, wenn sie reif sind, ob wir sie nun brauchen oder nicht. Sie trocknet und lagert sie hier in der Burg. Diese Kräuter wuchern überall in dieser Gegend. Wir haben ein ganzes Fass mit getrockneten und zerkleinerten Pflanzen. Die alte Hilda wird jedes Jahr dafür bezahlt, und sie sammelt sie jedes Jahr wieder, auch wenn wir noch nicht alles aufgebraucht haben. Sie hat das Recht, sich zu holen, was sie braucht, und wahrscheinlich sucht sie sich gern aus einem großen Vorrat die schönsten Pflanzen aus.«

»Leg noch ein wenig zur Seite, George. Wir lassen auf alle Fälle etwas übrig, denn nichts wirkt gegen Schmerzen so gut wie dieses Kraut«, versicherte sie dem Verwalter, als er die übrig gebliebenen Pflanzen wegpackte.

»Wir machen jetzt ein paar Bündel für die Posten, die sie ins Feuer werfen sollen, und auch für uns, um nachzulegen, wenn es so aussieht, als ob der Feind eine stärkere Dosis vertragen könnte.«

»Und was stellen wir mit unseren Gegnern an, wenn alles wie gewünscht läuft und sie im Tiefschlaf liegen?«

»Wenn sie sich nicht mehr rühren, schleichen wir hinaus und entwaffnen sie.«

»Beim zweiten Versuch werden sich diese Männer gewiss nicht noch einmal so leicht übertölpeln lassen.«

»Das fürchte ich auch und deshalb bete ich, dass mein Vater bis dahin hier ist. Wenn nicht – nun ja, ich habe es Euch ja bereits versichert: Ich werde nicht zulassen, dass jemandem ein Leid geschieht, nur weil ich nicht vor den Traualtar treten will.«

»Seid Ihr bereit, Euch zu ergeben, Lady Gillyanne?«

Gillyanne starrte auf Sir Robert hinab, der auf seinem großen schwarzen Wallach eine hervorragende Figur machte. Der Wind war heute eindeutig auf ihrer Seite; er wehte sanft und hielt den zunehmend dichteren Rauch der Lagerfeuer in der Nähe von Sir Robert und seinen Leuten. Sie konnten nicht umhin, ihn einzuatmen, das bewies das gelegentliche Hüsteln, das an Gillyannes Ohr drang.

Sie atmete tief durch, dann trat sie auf die Mauer. James hielt sie an den Knöcheln fest, damit sie nicht ins Wanken geriet. Er hatte darauf bestanden, dass sie ihr bestes Kleid anzog – ein langes, elfenbeinfarbenes Gewand mit goldener Borte – und ihr Haar lose herabfallen ließ. Aus der Art und Weise, wie Sir Roberts Männer zu ihr heraufstarrten, schloss sie, dass James Recht gehabt hatte – ihr Anblick zog die Blicke der Männer nahezu ebenso stark an, wie ihr Gesang deren Herzen und Gedanken in Bann schlagen würde. Sie hoffte nur inständig, dass der Rauch ihnen bald die Sinne benebelte.

»Nein, Sir Robert, ich glaube, das werde ich nicht tun«, entgegnete sie.

»Warum steht Ihr dort oben? Wollt Ihr mich heranlocken, dass Ihr mich ebenfalls mit diesem stinkenden Gebräu begießen könnt?«

»Oh nein, Sir! Wir haben gestern alles bei Sir David aufgebraucht. Bloß keine halben Sachen machen, lautet meine Devise.«

»Selbstverständlich. Aber nun steigt lieber wieder herunter! Ich möchte Euch beim Angriff nicht verletzen oder gar töten.«

Er schüttelte den Kopf, als wolle er ihn klar bekommen. Gillyanne bemerkte, dass einige seiner Männer lächelten und manche sich sogar schon hingesetzt hatten. Der Rauch des brennenden Krauts zeigte also schon seine Wirkung.

»Diese Kämpfe, nur um meine kleine blasse Hand zu erringen, erinnern mich an ein Lied, das ich einmal gehört habe«, sagte sie und lächelte Sir Robert freundlich zu. Sie freute sich, als er ihr Lächeln erwiderte und dann abermals den Kopf schüttelte. »Ich hörte es, als ich in Frankreich weilte. Sprecht Ihr Französisch, Sir?«

»Das sollte man wohl meinen. *Maman* war Französin, müsst Ihr wissen.«

»Er klingt betrunken«, stellte James fest.

»Ich vermute, er fühlt sich auch so«, erwiderte Gillyanne und begann zu singen.

Sie legte all ihre Gefühle in ihren Gesang und trug Lieder vor, die auch sie bewegten, Weisen, deren Worte auch an ihr Herz rührten. Sie hatte gerade das fünfte Lied beendet, eine herzzerreißende Ballade über eine verflossene Liebe, als James sagte, sie könne aufhören. Sie warf einen Blick auf Sir Robert und seine Männer. Die meisten hatten sich gleich unterhalb der Burg ins Gras gelegt, ein paar waren einige

Schritte weggestolpert und dann zusammengebrochen, manche torkelten noch völlig benommen umher.

»Ich kann kaum glauben, dass es geklappt hat, James«, sagte sie.

»Ich auch nicht«, erwiderte er lachend und drückte sie an sich. »Komm, jetzt entwaffnen wir sie.«

»Jawohl. Die Feuer sind fast schon heruntergebrannt, und ich weiß nicht, wie lange die Männer bewusstlos sein werden.«

»Jetzt ist nur noch einer übrig.«

»Tja.« Gillyanne blickte zum Lager der MacEnroys hinüber, wo sie eine große Gestalt entdeckte. »Der wird nicht so leicht zu Fall zu bringen sein.«

* * *

»Sie hat sie alle umgebracht!«, flüsterte Diarmot entsetzt.

»Nein.« Connor schüttelte angewidert den Kopf, als einer von Sir Roberts Leuten herantaumelte, sich an einen seiner Männer klammerte und ihm sagte, was für ein hübscher Bursche er doch sei. »Das war ein Gebräu, um sie ihrer Sinne zu berauben. Die sind ja blind vor Glück!« Er blickte auf einen Mann, der mitten auf dem Feld kniete und wirres Zeug stammelte. »Oder sie sind in ihren Träumen gefangen. Sie kann von Glück sagen, dass keiner von Sir Roberts Männern eine versteckte Geisteskrankheit hatte.«

»Aber sie haben doch gar nichts zu sich genommen.«

»Es war der Rauch. Als eine leichte Brise zu uns herüberwehte, überkam dich da nicht auch ein Gefühl von …?« Connor suchte nach dem passenden Wort.

»Frieden? Freude an allem, was ich sah?«

»Ganz genau. Dieser Rauch und ihre Stimme. Der arme Sir Robert und seine Leute sind ihr auf den Leim gegangen, und jetzt sind sie kampfunfähig.«

»Tja, dieser Gesang! Beinahe hätten wir den alten Nigel

verloren, weil er von der Stimme betört immer näher zur Burg wanderte. Es war von hier aus schon ein solches Vergnügen, ihrem Gesang zu lauschen, dass es kein Wunder ist, dass Robert und seine Männer völlig gebannt waren, bis der Rauch sie umgehauen hat.« Er deutete auf Ald-dabhach, wo gerade das Tor aufging. »Jetzt bringen sie ihn um!«

Connors Männer wollten den anderen schon zu Hilfe eilen, weil sie befürchteten, mit ansehen zu müssen, wie wehrlose Männer kaltblütig ermordet wurden, doch Connor gebot ihnen Einhalt. »Nein! Sie holen sich nur die Waffen. Hört auf mich! Dieses Mädchen will kein Blutvergießen. Es wäre für sie und ihre Männer ein Leichtes gewesen, die Goudies und die Dalglishes mit Pfeilen zu durchbohren. Stattdessen hat sie diese komplizierten Pläne ausgeheckt, um ihre Feinde in die Flucht zu schlagen, ohne einen einzigen Tropfen Blut zu vergießen. Und das ist ihr jetzt schon das zweite Mal gelungen.«

»Ich verstehe ja, dass sie Sir Robert und seine Mannen entwaffnen. Aber warum ziehen sie sie denn auch aus?«, fragte Diarmot.

»Vermutlich um sie noch mehr zu demütigen. Das Mädchen sollte es nicht zu weit treiben. Die meisten Männer reagieren auf so etwas recht unwirsch, noch dazu, wenn es durch feine Frauenhände geschieht. Sir David fluchte die ganze Nacht lang und ich wette, Sir Robert wird es ihm bald gleichtun.«

»Sie werden genau beobachten, was sie mit dir anstellt.«

»Das glaube ich auch.« Connor betrachtete die Männer, die vor Ald-dabhach auf dem Boden lagen. Inzwischen waren die meisten nackt. Sogar Roberts Pferd wirkte schläfrig, als es in die Burg gezogen wurde. »Sie werden meine Niederlage kaum erwarten können.«

Diarmots Augen weiteten sich. »Du rechnest also damit, von dem kleinen Miststück geschlagen zu werden?«

»Tja, was kann man gegen solch hinterhältige Tricks schon

ausrichten – Gestank, den man nicht mehr los wird, Rauch, der einem die Sinne raubt? Ich vermute, dass sie auch uns einen ähnlichen Streich spielen wird.«

»Für jemanden, der kurz davor steht, gedemütigt zu werden, bist du aber sehr ruhig.«

»Das ist ein Teil meiner Strategie, ein notwendiger Schritt hin zu dem Preis, den ich erringen will.«

»Aha, verstehe – eine Strategie. Sehr klug! Und worin besteht deine Strategie?«

»Ich rechne einfach fest damit, dass ein Mädchen, selbst wenn sie so schlau ist wie Lady Gillyanne Murray, irgendwann keine Tricks mehr auf Lager hat.«

Kapitel 4

Der Himmel über Ald-dabhach färbte sich zartrosa und ließ den nächsten Tag erahnen. Connor stand da und musterte die Burg.

Er hatte Diarmot nicht angeschwindelt, als er ihm gesagt hatte, seine Strategie bestehe zum Teil darin, die Demütigung hinzunehmen, die diese kleine Frau wahrscheinlich auch für ihn vorgesehen hatte. Allerdings ließ ihn diese Vorstellung wahrlich nicht kalt. Aber das Ganze war ja kein richtiger Kampf, sondern eher ein kompliziertes Spiel, dessen Regeln er noch nicht völlig durchschaute. Es ärgerte ihn, dass er nicht wusste, was sie als Nächstes zu tun gedachte, er also auch nichts tun konnte, um sich darauf einzustellen oder die Bedrohung abzuwehren. Andererseits war er natürlich heilfroh, dass sie kein Blutvergießen wollte, denn ansonsten müsste er jetzt über die Gräber der Goudies und der Daglishes steigen und vielleicht auch seinem eigenen Tod ins Auge schauen.

»Connor!«, rief Diarmot leise. »Knobby ist zurück. Er hat dir etwas zu sagen.«

Connor wartete schweigend auf den Bericht des großen, dürren jungen Mannes. Das Spiel hatte begonnen, dessen war er sich sicher.

»In der letzten Stunde haben viele Ald-dabhach fluchtartig verlassen, Laird«, sagte Knobby, der trotz seiner flachen Brust eine überraschend tiefe und wohlklingende Stimme hatte.

»Bist du dir sicher, dass sie fliehen?«, fragte Connor.

»Was sollten sie sonst tun?«

»Ein Spiel spielen«, murmelte Connor, der sich nicht von seiner Meinung abbringen lassen wollte, aber auch nicht wusste, wie dieser Streich gedacht war. Wie wollte sie ihn und seine Männer schlagen, wenn sie ganz allein war? »Erzähl mir, was du gesehen hast! Langsam und von Anfang an!«

»Es lief alles recht gemächlich an. Erst verließen einzelne die Burg und ließen sich viel Zeit dabei. Dann wurden es immer mehr, sie flohen immer eiliger und sie nahmen all ihr Hab und Gut mit. Sie fliehen, glaubt mir, sie verlassen die Burg wie die Ratten das sinkende Schiff. Ich vermute, sie befürchten, dass es jetzt bald hart auf hart kommen wird, und sie wollen ihr Leben nicht verlieren, bloß weil ein Mädchen sich weigert, einen von euch zum Mann zu nehmen.«

Das war vollkommen einleuchtend. Lady Gillyanne hätte unter drei stattlichen Lairds wählen können. Warum sollten die Menschen von Ald-dabhach auch nur einen Tropfen Blut opfern wollen, nur weil die Burgherrin sich verweigerte? Lady Gillyanne mochte sich zwar Laird von Ald-dabhach nennen, aber dennoch sahen die Bewohner in ihr wahrscheinlich kaum mehr als ein Mädchen, dem ein freundlicher Verwandter ein Stück Land geschenkt hatte. Warum sollten sie eine schmächtige junge Frau eher als Laird akzeptieren als einen kampferprobten Ritter wie Robert oder David? Connor fragte sich nur, warum er nach wie vor so argwöhnisch war.

»Sind ihre eigenen Männer denn auch weg? Und ihr Cousin?«

»Nein, von denen habe ich keinen gesehen.«

»Es ist doch klar, dass die sie nicht im Stich lassen«, warf Diarmot ein.

»Das schon«, murmelte Connor. »Dann haben wir es also mit sechs Männern und einer jungen Frau zu tun.«

»Aber sie wissen doch bestimmt, dass sie die Burg so nicht halten können.«

»Und da die Lady ja bereits gezeigt hat, dass sie kein Blutvergießen will, werden sie es wahrscheinlich auch gar nicht versuchen.« Connor stemmte die Hände in die Hüfte und musterte die begehrte Burg mit finsterem Blick. »Wenn sie erfahren, dass die anderen geflohen sind, werden sie uns die Burg wahrscheinlich ohne Gegenwehr überlassen.«

»Und warum schaust du dann so aus, als wolltest du deinem Glück nicht trauen?«

»Weil ich es nicht tue. Es scheint alles so klar und einsichtig, dass ich einfach nicht glaube, dass es die ganze Wahrheit ist. Schließlich standen die Menschen von Ald-dabhach auf ihrer Seite, als sich Sir David und nach ihm Sir Robert den Preis holen wollten. Warum sollten sie sich jetzt von ihr abwenden?«

Diarmot zuckte mit den Schultern. »Vielleicht wissen sie, dass du der bessere Kämpfer bist?«

»Das würde mich natürlich freuen, aber ich glaube es nicht.«

»Vielleicht ist ihr Vorrat an Listen erschöpft und sie müssten jetzt tatsächlich gegen uns kämpfen?«

»Möglicherweise, aber trotzdem – irgendetwas ist faul an dieser Sache.« Er verzog das Gesicht und rieb sich den Nacken. »Zum Teufel mit ihr und ihren Spielchen! Ich spüre ganz deutlich, dass das wieder nur ein Trick ist, aber ich kann jetzt nicht mehr zurück. Jetzt bin ich an der Reihe zu kämpfen, und inzwischen weiß sie sicher, dass jeder von uns nur einen Tag hat. Mit diesem Wissen kann sie einfach abwarten und mich um meinen Sieg bringen.«

»Du tappst also sehenden Auges in die Falle, die sie dir gestellt hat?«

»Es bleibt mir nichts anderes übrig. Zumindest können wir uns damit trösten, dass wir nicht mit unserem Leben bezahlen werden müssen.«

»Stimmt, das ist immerhin ein Trost.«

»Sag unseren Leuten, dass jeder nur eine Waffe mitnimmt. Vielleicht schaffen sie es, auch uns zu entwaffnen, wie bei Robert und seinen Leuten. Mir ist es lieber, wir haben noch ein paar Waffen im Lager.«

»Ich gebe deinen Befehl weiter. Und ich glaube, ich werde mir auch noch etwas suchen, um meinen Unterleib zu bedecken; denn das haben sie Sir Roberts Männern gelassen, als sie sie auszogen. Ich habe keine Lust, völlig entblößt und schutzlos ins Lager zurückzulaufen.«

Als die anderen weggegangen waren, runzelte Connor verdrossen die Stirn. Er dachte an die feinen Leinenhosen, die er unter seinen Kleidern trug, und hoffte, dass alle, die sie sehen würden – falls jemand sie zu Gesicht bekam – sie für die Marotte eines reichen Lairds halten würden. Der Gedanke, jedermann weit und breit könnte erfahren, dass er solche Dinge trug, weil seine Haut keine Wolle und andere rauen Stoffe vertrug, behagte ihm ganz und gar nicht. Er hielt es für unmännlich, unter einer solchen Empfindlichkeit zu leiden. Das Einzige, was diese Blamage erträglicher machte, war, dass zwei seiner Brüder dasselbe Problem hatten.

Als die Sonne am Himmel stand, war Connor bereit. Seine Männer wirkten ebenso resigniert, wie er sich fühlte; selbst diejenigen, die im Lager bleiben und auf die übrigen Waffen und die Pferde aufpassen sollten, schienen kaum besser gelaunt. Die Goudies und die Dalglishes standen vor ihren Lagern und beobachteten den Aufbruch. Als sich Connor an die Spitze seines Trupps setzte und seine Männer sich schweigend hinter ihm aufreihten, hoffte er nur, dass er den anderen keine allzu gute Unterhaltung liefern würde.

»Sie kommen«, verkündete James, als er, gefolgt von den fünf Murray-Männern, in den großen Saal trat. »Und zwar zu Fuß.«

»Aha, er hat wohl Angst, dass ich ihm sein Pferd stehle, wie ich es bei Sir Robert getan habe«, sagte Gillyanne und machte es sich auf dem Sitz des Lairds bequem.

»Das hast du doch nicht gestohlen. So etwas nennt man Kriegsbeute.«

»Na ja – ich glaube, ich gebe es ihm zurück, wenn alles vorbei ist.«

»Warum? Es ist ein gutes Pferd!«

»Ich weiß, aber Sir Robert hängt offenbar sehr an ihm.

Selbst als ihn seine Männer wegschleiften, forderte er noch lautstark, ihm sein Pferd zurückzugeben.« Gillyanne grinste. »Das war das erste Mal, dass ich von einem Nackten angeschrien wurde.« Sie kicherte, als ihre Männer laut lachten, wurde dann aber rasch wieder ernst. »Meinst du, Sir Connor geht in meine Falle?«

James nickte. »Was bleibt ihm anderes übrig? Heute ist sein Tag, heute ist er an der Reihe. Er muss etwas tun.«

»Glaubst du, er ahnt etwas?«

»Wenn er auch nur einen Funken Verstand hat, dann schon. Aber wie ich bereits sagte – es bleibt ihm nichts anderes übrig. Heute ist er dran, und er weiß bestimmt, dass wir einfach nur warten müssen.« Er nahm noch einmal den Tisch in Augenschein, auf dem Brot, Käse, Wein und sämtliche Naschereien standen, die dem Koch eingefallen waren. »Und du bist dir sicher, dass es auch diesmal klappt?«

»Nein.« Gillyanne lächelte und zuckte mit den Schultern, als er sie stirnrunzelnd ansah. »Aber auch meine anderen Pläne bargen Risiken.«

»Nicht so viele wie dieser. Bei den anderen Plänen konnte dir keiner so nahe rücken.«

»Das ist wohl wahr, aber die sechs Bewaffneten hier werden seinen Drang, mir zu nahe zu rücken, schon bändigen. Haben wir nicht ein köstliches Festmahl bereitet? Nach ein paar Tagen Lagerfraß kann doch sicher keiner all diesen Köstlichkeiten widerstehen!« James und die anderen stimmten halbherzig zu. »Natürlich ist die Sache nicht ungefährlich, aber die Chance, dass sie klappt, besteht durchaus.«

»Tja, aber wenn er einigermaßen Grips hat, wird er sich hüten, allzu herzhaft zuzulangen.«

»Ich glaube nicht, dass er dumm ist. Und deshalb werde ich mich auch an dem Essen beteiligen.«

James fluchte leise.

»Das ist der Teil deines tollen Plans, der mir ganz und gar nicht gefällt. Iss und trink bloß nicht zu viel! So zierlich und klein, wie du bist, könnte es dich in einen tagelangen Schlaf versetzen.«

Gillyanne verschränkte die Arme und funkelte die kichernden Männer böse an. Dann wurde sie sehr ernst. »Ich glaube, ich höre die verzagte Stimme unseres guten George.«

»Er ist also geradewegs in die Höhle des Löwen marschiert«, murmelte James und nahm neben Gillyanne Platz. Die fünf Männer der Murrays stellten sich hinter ihr auf.

»Wie du ja bereits sagtest – was blieb ihm anderes übrig?«

Als Sir Connor und seine Männer hinter George den großen Saal betraten, spürte Gillyanne, wie sich ihr Herzschlag beschleunigte. Sie hegte den Verdacht, dass das nicht allein an dem gefährlichen Spiel lag, auf das sie sich nun einlassen wollte. Sir Connor MacEnroy war eine imposante Erscheinung. Gillyanne glaubte nicht, dass es auch nur eine Frau gab, die dieser große, starke Mann völlig kalt gelassen hätte. Er sah einfach blendend aus, wie ein Wikinger aus alten Zeiten, der zu neuem Leben erwacht war. Doch darüber konnte sie nun nicht weiter nachsinnen. Sie begrüßte ihn mit einem Lächeln und ignorierte den Argwohn, mit dem er den üppig gedeckten Tisch musterte.

»Ihr habt mich wohl erwartet?«, fragte er und setzte sich auf den Stuhl zu ihrer Rechten.

»Nun, als ich merkte, dass ich allein war …«, fing sie an.

»Nicht ganz allein.« Connor blickte kurz über die Schulter auf die sechs jungen Männer, die sich hinter ihr postiert hatten, dann wandte er sich wieder ihr zu. Ihre Miene wirkte viel zu unschuldig. »Ich könnte Euch einfach packen und gehen.«

»Ich glaube, das würde meinen Leuten nicht gefallen.«

»Aber Ihr habt gezeigt, dass Ihr kein Blutvergießen wollt.«

»Das will ich auch nicht, aber wenn man mit dem Rücken zur Wand steht …« Sie zuckte mit den Schultern, dann lächelte sie wieder und deutete mit einer anmutigen Handbewegung auf die Speisen. »Können wir denn nicht einfach zusammen das Brot brechen und diese traurige Angelegenheit in aller Ruhe besprechen?« Sie versuchte, sich von seinem zynischen Blick – er zog eine Braue hoch, wirkte aber doch leicht belustigt – nicht weiter beeindrucken zu lassen.

»Warum sollte ich nach dem, was Ihr mit den beiden anderen angestellt habt, Speisen und Getränken vertrauen, die Ihr anbietet?«

»Aha, ich verstehe.«

Gillyanne war stolz auf den Anflug von Verletztheit, den sie in ihre Stimme gelegt hatte. Sie goss sich aus einem der Krüge Wein in ihren Becher und nahm sich reichlich von verschiedenen Gerichten. Jetzt konnte sie noch ohne Angst essen und trinken. Harmlose Speisen waren strategisch unter die anderen platziert worden, und der Wein in dem halb vollen Krug, aus dem sie sich eingeschenkt hatte, war ebenfalls unbedenklich. Wenn sie Glück hatte, würden die Männer genug essen und trinken, bevor sie gezwungen sein würde, etwas von den »speziellen« Zubereitungen zu verzehren. Sie wich Connors starrem Blick nicht aus, trank einen herzhaften Schluck Wein und verspeiste dann genüsslich einen Honigkuchen.

Connor krümmte sich innerlich, als seine Männer das Verhalten der Burgherrin zum Zeichen nahmen, dass alles in Ordnung sei, sich setzten und ebenfalls reichlich bedienten. Er glaubte nicht, dass die kleine Darbietung der jungen Lady irgendetwas bewies, aber wenn er ihr weiterhin allzu unverhohlen misstraute, konnte ihm das als Beleidigung ausgelegt werden. Vielleicht würden die sechs Bewaffneten hinter ihr dann sehr unfreundlich reagieren, und er wollte sich eigentlich nicht mit ihnen anlegen. So beschloss er schließlich, etwas zu essen, beim Wein jedoch Vorsicht walten zu lassen.

»Was wollt Ihr denn besprechen?«, fragte er, während er eine dicke Scheibe Brot mit Honig bestrich. »Ich habe Alddabhach eingenommen. Die Burg und Ihr selbst gehören jetzt mir.« Er verspürte den seltsamen Drang zu lächeln, als er den erzürnten Blick bemerkte, den sie auf seine Männer warf, weil diese seine kühne Behauptung mit einem beifälligen Brummen quittierten.

»Nun, um genau zu sein«, meinte Gillyanne mit fester, wenn auch freundlicher Stimme, »habt Ihr Ald-dabhach nicht eingenommen, sondern wir haben Euch Einlass gewährt.«

»Ich könnte diesen feinen Unterschied rasch klären.« Sofort wurden ihre Männer unruhig und wollten schon zu ihren Schwertern greifen, doch Connor hob beschwichtigend eine Hand. »Keine Sorge, ich werde es nicht tun. Ich wollte nur auf diese klitzekleine Tatsache hinweisen. Eine Tatsache, die Euch sicher klar war, bevor Ihr uns in die Burg hereingelassen habt.«

»Da Ihr eingeladen worden seid, hatte ich gehofft, ihr würdet euch an die Regeln der Höflichkeit und der Gastfreundschaft halten.«

»Ach ja? Es freut mich, dass Ihr so vertrauensselig seid!« Er konnte den Köstlichkeiten vor seiner Nase einfach nicht widerstehen und griff noch einmal beherzt zu. »Warum zeigt Ihr Euch weiterhin so halsstarrig? Wenn Ihr von dem aufrichtigen Wunsch beseelt seid, ein Blutvergießen zu vermeiden, werdet Ihr einen von uns akzeptieren müssen.«

»Vielleicht bin ich ja von dem Wunsch beseelt, nicht zu heiraten.«

»Macht Euch nicht die Mühe, mir jetzt wieder das Märchen von Eurem beabsichtigten Klostereintritt aufzutischen. Das nehme ich Euch ebenso wenig ab, wie David es getan hat.«

Als er mehrere Kuchenstücke auf ihren Teller legte, fluchte sie im Stillen, denn diese gehörten nicht zu den ungefährlichen Speisen. Sie war mit ihrer Weisheit am Ende. Aber schließlich hatte sie ja schon einiges zu sich genommen, es würde wohl keinen allzu großen Argwohn erregen, wenn sie jetzt nur noch ein paar Bissen verzehrte. So, wie seine Männer den Speisen und Getränken zusprachen, würde sie sicher nicht mehr allzu lange auf ihren nächsten Sieg warten müssen.

»Esst auf!«, forderte Connor sie auf. »Ihr könntet wahrhaftig ein bisschen mehr Fleisch auf den Knochen vertragen!«

»Wenn Ihr vorhabt, mich davon zu überzeugen, dass es in meinem Interesse läge, einen von euch zu heiraten, dann wäre ein wenig Schmeichelei durchaus von Vorteil!«, fuhr sie ihn wütend an. Sie ärgerte sich nicht nur, weil ihr seine Worte wehgetan hatten, sondern auch, weil sie in ihrem Zorn soeben ein großes Stück Kuchen verschlungen hatte.

»Ihr wollt also umworben werden? Wozu? Letzten Endes bekommt der Bräutigam zusammen mit der Braut das, was er von Anfang an haben wollte – bare Münze oder Land.«

Ihr verschlug es fast die Sprache, auch wenn sie sich nicht sicher war, ob er wirklich glaubte, was er soeben gesagt hatte, oder ob er sie nur hatte reizen wollen. Am meisten ärgerte sie, dass er in gewisser Hinsicht sogar Recht hatte; aber noch nie hatte es jemand gewagt, ihr so etwas direkt ins Gesicht zu sagen. Dass dieser Mann an nichts von all dem glaubte, was ihrem Clan so wichtig war, störte sie mehr, als sie zugeben wollte. Und so sehr sie sich auch bemühte, es gelang ihr nicht zu spüren, was in ihm vorging. Wenn sie es versuchte, kam es ihr jedes Mal vor, als würde sie gegen eine Wand prallen. Aber vielleicht machte sich ja auch schon die Wirkung der Giftpflanzen bemerkbar, die dem Essen beigemengt worden waren?

»Warum haltet Ihr Euch dann noch zurück, wenn Ihr diese Meinung hegt? Und warum seid ihr drei überhaupt so erpicht auf diesen Unsinn? Ich habe keinerlei Lust auf Ärger, ich bin vollkommen zufrieden, wenn alles so bleibt, wie es seit vielen Jahren gewesen ist.«

»Ihr seid nicht verheiratet. Nachdem uns zu Ohren gekommen war, dass dieses Land nicht mehr dem Laird der

Macmillans gehörte, und wir nach dem neuen Besitzer suchten, dachten wir an einen Vertrag oder auch daran, das Land zu kaufen. Aber als der König uns mitteilte, dass es sich um ein unverheiratetes Mädchen handelte, konnten wir nicht umhin, uns der Meinung unseres Lehnsherrn anzuschließen: Am besten sei es, wenn einer von uns dreien das Mädchen heiratete. Möglicherweise heiratet Ihr sonst ja einen Mann, der nicht so friedliebend ist wie Ihr, ja vielleicht sogar noch einen gierigen Blick auf das Land eines benachbarten Lairds wirft.«

Connor lehnte sich zurück und fragte sich, warum er sich eigentlich so offen äußerte.

»Es ist nicht unsinnig, der Möglichkeit vorzubeugen, dass sich ein Feind in unsere Mitte schleicht. Außerdem finde ich, mit achtundzwanzig bin ich in einem Alter, in dem ich ans Heiraten denken sollte, und das hier ist gutes Land. Ich kann mir einfach keinen Reim auf Euer Zögern machen. Wir drei sind jung, stark und ansehnlich; jeder von uns könnte Euch Kinder schenken und Schutz bieten; jeder ist ein Laird über eigenes Land und nicht arm. Ich hatte eigentlich gedacht, dass sich ein Mädchen über eine solch reichhaltige Auswahl an Bewerbern freuen würde. Und deshalb frage ich mich nun, warum Ihr diese Streiche verübt, zumal Ihr keinen Krieg führen wollt. Ich glaube, Ihr wollt einfach Zeit schinden. Wofür?«

»Ich will hier ausharren, bis mein Vater kommt und Euch Narren zur Vernunft bringt!«, entgegnete sie wütend. Noch nie hatte sie einen Mann so kühl über seine Heiratsgründe reden hören, ohne dass dieser auch nur das geringste Interesse an der Frau zeigte, die er heiraten wollte.

»Aha. Und Ihr glaubt also, Euer Vater würde die Auswahl an möglichen Ehemännern nicht billigen?«

»Nein«, sagte sie und wunderte sich nicht weiter über seinen ungläubigen Blick. Schon der Tonfall seiner Frage hatte ja gezeigt, dass er sich das absolut nicht vorstellen konnte.

»Meinem Vater würde es absolut nicht gefallen, dass ihr alle nur an meinem Land und überhaupt nicht an mir interessiert seid. Wir Murrays glauben nämlich, man soll sich seinen Ehepartner selbst aussuchen und aus Liebe heiraten, nicht weil man sich Geld oder Land erhofft.«

Als sein ungläubiges Schnauben in ein Gähnen überging, bei dem seine Kiefergelenke knackten, fragte sich Connor beunruhigt, was das wohl zu bedeuten hatte. Er musterte seine Männer, die ebenfalls alle große Mühe zu haben schienen, wach zu bleiben.

Selbst Lady Gillyanne wirkte sehr schläfrig, wie er bemerkte, als er sie fragend anblickte. Plötzlich überkam ihn ein Drang, laut zu lachen. Wahrscheinlich, sagte er sich, war dies alles darauf zurückzuführen, dass sie ihnen etwas ins Essen gemischt hatte. Mit einem dumpfen Aufschlag erlagen seine Männer einer nach dem anderen ihrer Müdigkeit. Nach einem raschen Blick auf den Wein, dem er nur sehr sparsam zugesprochen hatte, blickte er auf das Essen und schüttelte den Kopf.

»Ihr habt es vergiftet!«, meinte er vorwurfsvoll.

»Nein, nicht vergiftet. Nur etwas gewürzt, damit ihr einschlaft.« Gillyanne gähnte erneut. »Schließlich würde ich mich doch nicht selbst vergiften wollen, oder?«

»Stimmt. Aber in Anbetracht all dessen, was Ihr gegessen habt, frage ich mich, wie ein so zierliches Ding noch wach sein kann.«

»Die ersten Speisen, die ich mir auftat, waren nicht mit meinem Spezialgewürz versetzt.«

Diarmot lachte. »Zumindest hatten wir eine ausgezeichnete Henkersmahlzeit«, murmelte er und ließ den Kopf auf die verschränkten Arme sinken.

»Ich würde mich freuen, wenn ihr jetzt nicht so tun würdet, als ob ich euch alle ermordet hätte«, murrte Gillyanne. »Ich habe euch nur zu einem kleinen Nickerchen verholfen!«

»Und Euch selbst zu unseren Waffen und Kleidern«, erwiderte Connor. »Ich nehme an, Eure Leute sind nicht wirklich geflohen.«

»Nein, sie sind nach Eurer Ankunft wieder in die Burg zurückgeschlichen.«

»Schlaues Mädchen!«, sagte er, als er aufstand, auch wenn er sich fragte, wozu er das tat.

»Ich würde mich an Eurer Stelle lieber wieder hinsetzen, Sir, dann fallt Ihr nämlich nicht so tief.«

Connor spürte, wie sich Sir James' Hände auf seine Schultern legten, und ließ sich von ihnen zurück auf seinen Stuhl drücken. Ihm schwanden zunehmend die Sinne, und seine Männer waren schon alle außer Gefecht gesetzt. Es war sinnlos zu versuchen, sich aus dieser Falle zu befreien.

»Ich muss Euch für Eure Listen bewundern, Mylady«, erklärte er. Ihm fiel auf, dass er wie betrunken klang.

»Danke!«

»Aber die anderen – na ja, vielleicht bewundern auch sie Euer Geschick, aber sie werden mit Euch nicht so nachsichtig sein wie ich.«

Er staunte, dass er diese Warnung noch vollständig herausgebracht hatte, doch dann überließ er sich der Dunkelheit, die ihn umfing.

»Ich dachte schon, der würde nie umkippen«, murrte Gillyanne und spritzte sich aus einer Schüssel, die George ihr reichte, kaltes Wasser ins Gesicht. Sie spürte, wie die Wirkung der Giftpflanzen ein wenig nachließ. »Er hat wahrhaftig genug gegessen!«

James nickte. »Aber er hat nicht viel Wein getrunken. Dem hat er wahrscheinlich nicht getraut.«

»Ha! Habe ich ihn also doch noch drangekriegt! Aber er war nicht sehr überrascht, nicht wahr?«

»Nein. Er hat mit so etwas gerechnet. Allerdings hoffte er wohl, er würde dir rechtzeitig auf die Schliche kommen.« James lächelte, als Gillyanne herzhaft gähnte. »Machst du jetzt auch ein kleines Nickerchen?«

»Nein, ich glaube nicht. Sonst würde ich jetzt schon längst tief und fest schlafen. George, sehr viel ist vom Essen nicht übrig geblieben, aber Ihr solltet lieber zusehen, dass alles weggeworfen wird.« Gillyanne blickte auf die schlafenden MacEnroys.

»Nun denn, beenden wir unser Werk.«

»Du glaubst also nicht, dass sie lange schlafen werden?«, fragte James und schickte sich zusammen mit den Männern des Murray-Clans an, die Waffen der MacEnroys an sich zu nehmen.

»Schwer zu sagen. Ich habe meine Mischung sehr sparsam dosiert, denn zu viel könnte einen Mann in einen Schlaf versetzen, aus dem er nicht mehr aufwacht. Wir sollten uns also beeilen.«

Bald waren die MacEnroys ausgezogen und auf Karren verfrachtet. Als Gillyanne die schnarchenden Gefangenen betrachtete, musste sie lächeln. Fast alle hatten unter ihren Kleidern eine Art Lendenschurz getragen, der ihnen natürlich gelassen worden war. Schließlich heftete sich ihr Blick auf den lang ausgestreckten Körper von Sir Connor. Es kam ihr ungerecht vor, dass jemand noch immer so gut aussehen konnte, selbst wenn er nur noch eine merkwürdige Leinenhose trug.

»Eine wirklich sehr sparsam ausgerüstete Truppe«, meinte James, als er neben sie trat. »Sie hatten sich ganz offenkundig auf eine Niederlage eingestellt. Jeder hatte nur eine Waffe bei sich, und außerdem achteten die meisten darauf, ihre Blöße mit irgendetwas zu bedecken. Merkwürdiges Zeug, was der Laird da anhat.«

»Mein Cousin hat früher auch immer so etwas getragen«, erklärte George, der ebenfalls hinzugetreten war, um noch einmal einen Blick auf den Karren zu werfen. »Seine Haut konnte bestimmte Stoffe nicht vertragen. Es juckte ihn dann immer schrecklich und er bekam einen grässlichen Ausschlag. Am schlimmsten war Wolle.«

»Ach ja?« Gillyanne wich James' Blick aus, denn sie befürchtete, bei der Vorstellung, dass dieser stattliche Laird so eine zarte Haut hatte, müssten sie beide losprusten. So gemein wollte sie aber nicht sein. »So wie bei Brennnesseln?«, fragte sie.

»Genau das hat mein Cousin auch gesagt. Aber es war ihm richtig peinlich; er meinte immer, es sei sehr unmännlich.«

Gillyanne schüttelte den Kopf.

»Unsinn! Viele Leute haben solche Probleme. Bei mir sind es Erdbeeren. Und diesen Riesen da kann man wohl kaum als unmännlich bezeichnen, oder?« George verneinte mit einem heftigen Kopfschütteln. »Nun denn, karrt sie weg, Leute!«

»Wie weit, Mylady?«, wollte George wissen.

»Nicht zu weit«, erwiderte sie. »Ein bis zwei Meilen sollten genügen. Aber weit genug, damit sie zusätzlich verwirrt sind, wenn sie aufwachen, und noch einen kleinen Fußmarsch vor sich haben.« Die Männer gehorchten und schoben die Karren durch eine gut versteckte Hintertür zur Burg hinaus.

»Wenn du wählen müsstest, würdest du den letzten Laird nehmen, nicht wahr?«, fragte James.

»Er sieht wirklich sehr gut aus. Er erinnert mich an die Wikinger, die Nordmänner aus den alten Geschichten.«

»Ich glaube, er ist ein ehrlicher Mann.«

»Er hielt jedenfalls mit seiner Meinung nicht hinter dem Berg.«

»Ich bin bereit zu kämpfen!«, erklärte James standhaft, auch wenn Gillyanne den Kopf schüttelte. »Du hast etwas Besseres verdient, als vor einen Priester gezerrt zu werden, nur weil diese Narren dein Land haben wollen.«

»Ich weiß. Aber in fast einundzwanzig Jahren ist nichts Besseres aufgetaucht, oder? Obwohl das nicht ausschlaggebend ist. Ich will auf alle Fälle vermeiden, dass jemand verletzt wird oder gar umkommt. Schließlich bieten sie mir eine ehrenhafte Heirat an. Sir Connor prahlte nicht, als er aufzählte, was diese drei Lairds zu durchaus akzeptablen Ehemännern macht. Ich habe getan, was ich konnte, um durch ein paar harmlose Streiche Zeit zu gewinnen in der Hoffnung, dass Vater kommt und mir aus dieser trüben Lage heraushilft. Aber wenn es hart auf hart kommt, werde ich dem Kämpfen sofort ein Ende setzen, und du hast mir versprochen, meine Entscheidung zu akzeptieren.«

»Habe ich«, entgegnete er verstimmt. »Aber ich habe dir nicht versprochen, es gerne zu tun. Verdammt, Gillyanne, du glaubst doch wohl nicht, dass so eine Ehe nur auf dem Papier bestehen kann?«

»Nein, ich vermute, sie müsste auch vollzogen werden. Aber eine verlorene Unschuld ist keine tödliche Wunde – und vielleicht finde ich ja endlich heraus, was es mit dieser Lust auf sich hat«, fügte sie hinzu und eilte zurück in die Burg, bevor James etwas erwidern konnte.

»Verdammt noch mal, wo sind wir denn?«

Diarmots Fluchen ließ Connor zusammenzucken. Vorsichtig öffnete er die Augen. Der strahlende Sonnenschein ließ ihn seine pochenden Kopfschmerzen noch deutlicher empfinden. Mühsam rappelte er sich auf und blickte sich um. Die meisten seiner Männer waren bereits aufgewacht. Diejenigen, die sich die Mühe gemacht hatten, etwas unter ihre Hosen zu ziehen, trugen diesen Schutz noch, und auch er war seiner dünnen Leinenhose nicht beraubt worden.

»Ich glaube, unser Lager befindet sich etwa ein, zwei Meilen südlich von hier«, meinte er.

»Und jetzt müssen wir zu Fuß zurück?« Diarmot erging sich in einem Schwall höchst phantasievoller Flüche. »Wenn mir der Mann, der dieses kleine Biest hier erzogen hat, jemals in die Hände fällt, dann werde ich ihn nach allen Regeln der Kunst verprügeln!«, beendete er seine Schimpfkanonade wütend.

»Sie ist jedenfalls ein äußerst durchtriebenes kleines Ding«, meinte Knobby und rieb sich den Kopf.

»Warum hat man uns hierher verschleppt?«

Connor stand mühsam auf. »Um sicherzugehen, dass wir es nicht ein zweites Mal versuchen«, erwiderte er.

»Oh Gott«, stöhnte Diarmot und erhob sich schwankend. »Nun gut, bis wir wieder in unserem Lager sind, ist der Tag fast vorüber. Glaubst du wirklich, dieses schmächtige Mädchen hat sich all diese Listen allein ausgedacht?«

»Ich nehme an, ihr Vetter hat ihr kundigen Beistand geleistet, aber die Streiche hat sie sicher selbst ausgeheckt.«

»Und du willst sie wirklich heiraten?«, fragte Diarmot und reihte sich hinter Connor ein, der sich anschickte, seinen kleinen Trupp ins Lager zurückzuführen.

»Ich will dieses Land.« Bei diesen Worten merkte er plötzlich, dass sein Zaudern bezüglich einer Ehe, das er am Anfang dieses Handels deutlich verspürt hatte, völlig verschwunden war. Aber das brauchte Diarmot nicht zu wissen. »Und so ein schlauer, verschlagener Kopf kann ja durchaus von Vorteil sein.«

»Oder ein wahrer Fluch. Außerdem ist sie ziemlich klein.«

»Ja, sie ist kaum größer als ein Kind, aber Frau genug um zu heiraten und Kinder zu bekommen. Zumindest kann ich getrost davon ausgehen, dass meine Kinder ihre fünf Sinne beisammen haben werden.«

»Aber nun wird es zu einem richtigen Kampf kommen. Dir mag es zwar nicht so wichtig sein, aber Sir Robert und Sir David werden es kaum erwarten können, sich für ihre Demütigung zu rächen.«

Connor nickte. »Und dabei vergessen sie vielleicht ganz, dass sie den ersehnten Preis beschädigen könnten.«

»Glaubst du, das Mädchen weiß, in welcher Gefahr es schwebt?«

»Bevor ich mir mein Nickerchen genehmigte, habe ich noch versucht, sie zu warnen.« Connor dachte kurz nach.

»Ja, ich glaube, sie weiß es. Wenn sie nach wie vor nicht will, dass es zu einem Blutvergießen kommt, wird sie etwas tun müssen, um einen Angriff zu verhindern.«

»Sie wird also einen Ehemann wählen?«

»Meinst du? Tja, das ist wahrscheinlich ihre einzige Chance. Aber bei diesem Mädchen sollten wir uns auf alles gefasst machen.«

Kapitel 5

Entscheidungen, Entscheidungen – ständig wurden ihr Entscheidungen abverlangt. Gillyanne starrte an die Decke des großen Saals und streichelte gedankenverloren die zwei Katzen, die sich neben sie auf den Stuhl des Lairds gesetzt hatten. Sie bemühte sich, ihren nächsten Schritt zu planen. Bei der Ankunft in Ald-dabhach hatte sie noch geglaubt, ihre Entscheidungen hier würden sich hauptsächlich darum drehen, jemanden dazu zu bringen, den Rauch und Staub der vielen Jahre von der Decke zu kratzen, zu der sie jetzt aufblickte. Diese Decke hatte es mit Sicherheit nötig. Aber stattdessen stand sie vor einer Entscheidung, die ihre ganze Zukunft bestimmen würde. Eigentlich hatte sie gedacht, dieses Problem sei durch ihren Umzug nach Ald-dabhach ein für allemal gelöst.

Aber nein, dachte sie verdrossen – sie, um deren Hand bislang noch keiner, und sei es noch so halbherzig, angehalten hatte, ausgerechnet sie hatte nun gleich drei Lairds, von denen jeder sie unbedingt heiraten wollte. Dabei war sie allerdings kaum mehr als die Feder, die man benötigte, um eine Überlassungsurkunde zu unterzeichnen. Und das fand Gillyanne noch beleidigender, als von den Männern ignoriert zu werden.

Nichtsdestotrotz hatte sie alle drei geschlagen, und auf diese Leistung war sie stolz. Sie hatte die drei auch gedemütigt, was sie durchaus verdient hatten, wie Gillyanne fand. Aber dafür würde sie wahrscheinlich bald bitter büßen müssen. Männer konnten Demütigungen schlecht ertragen, und erst recht nicht, wenn sie ihnen von einer schmächtigen kleinen Frau beigebracht wurden.

Sie werden nicht so nachsichtig sein wie ich. Sir Connors Warnung klang ihr noch immer lebhaft in den Ohren, auch wenn sie einigermaßen überrascht war, dass er das Ganze so gelassen gesehen hatte. Da sie seine Gedanken und Gefühle nicht lesen konnte, war sie zu dem Schluss gekommen, dass er hart und wahrscheinlich sehr stolz, auf alle Fälle aber sehr dickköpfig sein musste. Was er über die Ehe gesagt hatte, ließ vermuten, dass auch er überzeugt war, der Mann sei der Herr im Hause. Diese Sorte Mann neigte dazu, eine Demütigung nicht so leicht wegzustecken. Aber dennoch war er auf eine Niederlage gefasst gewesen. Gillyanne hatte sogar den Eindruck, dass er ihre Leistung bewundert und sich ein wenig amüsiert hatte.

Auch wenn sie im Grunde nicht aus ihm schlau wurde und aufgrund seiner törichten Ansichten nur wenig Schmeichelhaftes über ihn denken konnte, glaubte sie dennoch, dass er ihr verzeihen würde. Sie glaubte allerdings auch, dass die anderen es nicht tun würden, was er ja bereits angedeutet hatte.

Das bedeutete, dass nun wirklich ein Kampf bevorstand, wie sie sich seufzend eingestehen musste; denn sie war mit ihrer Weisheit am Ende. Der Frieden, der in diesem Land so lange geherrscht hatte, würde zerstört und Menschen würden verletzt oder gar getötet werden. Und wofür?, fragte sie sich. Weil sie keinen der drei ansehnlichen Lairds heiraten wollte? Weil sie die Herrschaft über das Land, das ihr zur Mitgift überlassen worden war, nicht aufgeben wollte? Weil sie ihre Unschuld so schätzte, dass sie nicht gewillt war, sie zu opfern, um noch ein wenig Zeit zu gewinnen, bis ihr Vater kommen und diesem Chaos ein Ende setzen würde? Obgleich es unfair war, so etwas hinnehmen zu müssen, war es doch keinesfalls wert, ein Menschenleben dafür aufs Spiel zu setzen. Dieser bitteren Wahrheit konnte sie sich nicht länger verschließen.

»Steht die Antwort, nach der du suchst, dort oben an der Decke?«

Gillyanne verzog den Mund zu einem schwachen Lächeln, als sich James neben sie setzte. »Wenn ja, dann unter all dem Schmutz.« Sie seufzte. »Wenn sich diese Narren vor unseren

Toren auf einen echten Kampf vorbereiten, dann gibt es eigentlich nur eine Antwort, oder?«

»Mir ist jedenfalls keine andere eingefallen, auch wenn ich so intensiv nachgedacht habe, dass mir jetzt der Kopf brummt.« Er atmete tief durch. »Es ärgert mich schrecklich, und es verletzt meinen männlichen Stolz, aber der Einzige, der dieses Problem wirklich in deinem Sinne lösen kann, ist dein Vater. Er ist der Einzige, der die Macht hat, diesem Irrsinn Einhalt zu gebieten. Nicht nur, weil er dein Vater ist, sondern auch, weil er dem König nahe steht.«

»Der, wie es aussieht, diese Hunde höchstpersönlich auf meine Fährte gesetzt hat.«

James runzelte die Stirn. »Den meisten wird die von ihm vorgeschlagene Lösung sehr vernünftig erscheinen. Kaum ein Vater würde etwas gegen diese Auswahl an Freiern haben, und die drei haben ja auch zuerst ihr Angebot gemacht. Es sind eher wir, die Murrays, die von den anderen mit einem scheelen Blick bedacht werden, weil wir auf unserer freien Wahl beharren.« Er lächelte bitter. »Viele würden sagen, du hast eine wesentlich größere Wahlmöglichkeit als die meisten anderen Mädchen.«

»Ja, ja, das weiß ich alles. Ich würde wohl wenig Mitgefühl ernten, wenn ich mich bei jemandem beschweren würde, der nicht unserem Clan angehört.« Sie seufzte. »Die Leute hier bringen zwar ein gewisses Verständnis auf, aber weit reicht es sicher nicht. Ich glaube, sie verstehen, dass ich keine Lust habe, mein Land einem von drei Männern zu überlassen, die sich nicht die geringste Mühe geben, um mich zu werben. Sie sehen aber auch drei stattliche Lairds, die mich heiraten wollen – weder hässlich noch alt, weder schwach noch arm. Wahrscheinlich hat jeder von ihnen alles, was sich ein Mädchen nur wünschen kann. Als ich erklärte, dass ich kein Blutvergießen wollte, waren die Leute von Ald-dabhach bereit, mir zu helfen, die Narren noch eine Weile hinzuhalten. Sie haben mir zu drei Tagen Atempause verholfen, mehr kann ich nicht verlangen. Wenn die Lairds jetzt Ernst machen wollen, muss ich das Spiel beenden.«

»Noch bevor die Nacht um ist, wissen wir wahrscheinlich, was sie planen.«

»Ach ja? Wie das?«

»Wir haben einen Burschen ausgeschickt, der sie ausspionieren soll; vielleicht kann er sich so nahe heranschleichen, dass er das eine oder andere Wort mitbekommt. Du brauchst nicht so besorgt zu schauen. Sogar George glaubte, dass unserem Späher nichts zustoßen würde. Schlimmstenfalls wird er erwischt und wir erfahren nichts; aber George meinte, sie würden ihm nichts zuleide tun. Wenn sie sich den Weg in die Burg hätten erkämpfen wollen, ohne an das Land oder die Leute zu denken, dann hätten sie es von Anfang an getan.«

»Stimmt. Ich hoffe, dass er bald zurückkommt. Meine innere Stimme sagt mir, dass ich jetzt schlafen gehen sollte, damit ich morgen ausgeruht bin. Schließlich wäre es nicht besonders höflich, eine große Veränderung des Lebens und des Schicksals mit dauerndem Gähnen zu begrüßen.«

Connor lehnte mit verschränkten Armen an einem Baum und musterte die beiden anderen Lairds missbilligend. David und Robert ließen sich von ihrem Zorn leiten. Wenn sie diesen Zorn gegen Ald-dabhach richteten, würde nicht mehr viel davon übrig bleiben, und die Frau, die sie heiraten wollten, konnte dabei verletzt oder gar getötet werden. Sie hatten ja Recht – es war bitter, von einer schwachen Frau besiegt und gedemütigt zu werden. Aber Connor fand nicht, dass dies die Zerstörung des begehrten Preises rechtfertigte. Schließlich hatte die Frau alles Recht der Welt, sich und ihr Land mit allen Mitteln zu verteidigen. Jeder von ihnen hätte dasselbe getan.

»Glaubst du, sie haben sich bis morgen früh etwas beruhigt?«, fragte Diarmot, der direkt neben ihm stand, leise.

»Nein«, erwiderte Connor, darum bemüht, ebenfalls möglichst leise zu reden. »Sie fühlen sich in ihrer Männlichkeit verletzt. Sie sinnen jetzt vor allem auf Rache; die Eroberung des Mädchens und des Landes kommt erst an zweiter Stelle.«

»Vielleicht kannst du sie überreden, dich den ersten Versuch machen zu lassen. Wenn das Tor dieser Burg schon eingetreten werden muss, dann, glaube ich, würde es die Leute von Ald-dabhach am wenigsten kosten, wenn du es machtest.«

»Aus Angst vor einer weiteren Niederlage werden sie ihr Glück nicht noch einmal einzeln versuchen wollen.« Connor schüttelte den Kopf. »Wenn David durch Lady Gillyannes kleine Hände eine weitere Niederlage erleidet, würde es mich nicht wundern, wenn ihm Schaum vors Maul treten und er sich die Haare ausraufen würde. Er wird nicht noch einmal ein Risiko eingehen.«

»Ich hätte nie gedacht, dass diese Sache so kompliziert wird.«

»Nein? Immerhin ist eine Frau im Spiel.«

Diarmot lächelte.

»Stimmt. Aber dennoch: Wie viele Mädchen können schon wirklich von sich behaupten, dass drei Lairds um ihre Hand bitten?«

»Tja, aber eigentlich haben wir sie nicht um ihre Hand, sondern um ihr Land gebeten, und das Mädchen ist ziemlich stolz. Es versteht sich zwar von selbst, dass ein Mädchen sein Land bei der Heirat dem Ehemann überlässt, aber vielleicht hätten wir doch mehr um sie werben sollen.«

»Hast du denn je um ein Mädchen geworben?«

»Nein, aber das kann ja wohl nicht so schwer sein, oder? Ein paar Küsse, ein paar nette Worte – ich denke, das hätte ich schon zustande gebracht.«

»Ich glaube, Robert kann das besser. Gut, dass es nicht dazu gekommen ist, denn bei diesem Spiel hättest du wahrscheinlich verloren.«

Connor musste Diarmot in gewisser Hinsicht Recht geben,

aber dennoch war er etwas beleidigt. Schließlich war er nicht völlig unerfahren. Er hatte zwar noch nicht sehr viele Frauen gehabt, aber das kam vor allem daher, dass er Deilcladach kaum verließ. Dort gab es einige Frauen, die jederzeit bereit waren, ihr Bett mit ihm zu teilen. Und auch außerhalb von Deilcladach hatte ihm schon die eine oder andere ihre Gunst angeboten und er hatte auf ein paar einladende Blicke reagiert.

Nach einigem Nachdenken musste er allerdings zugeben, dass so etwas – auf den lüsternen Blick einer Frau einzugehen – nichts mit Werben zu tun hatte, genauso wenig wie das Zusammensein mit einer der Huren von Deilcladach. Doch warum sollte er sich jetzt weiter darüber Gedanken machen? Bald würde er Lady Gillyanne heiraten – oder eben nicht. Man musste nicht unbedingt um seine Ehefrau werben, und um die eines anderen schon gar nicht.

»Und – wie sieht es aus? Steht Ihr auf unserer Seite oder nicht?«, wollte Sir David wissen.

Connor lenkte seine Gedanken wieder auf das anstehende Problem zurück – den Angriff auf Ald-dabhach. Er blickte auf Sir David. Der Mann wirkte so wütend und so erpicht darauf, sich für die ihm widerfahrene Demütigung zu rächen, dass Connor nicht glaubte, diesen Narren jetzt zur Vernunft bringen zu können. Noch immer roch Sir David ziemlich ranzig, was ihn wahrscheinlich ständig daran erinnerte, was Lady Gillyanne ihm angetan hatte. Momentan konnte wohl einzig und allein die kleine Lady verhindern, dass morgen Blut vergossen würde. Aber dazu würde sie einen von ihnen heiraten müssen. Connor wusste nicht, ob es für Ald-dabhach und seine Bewohner einen weiteren Aufschub geben würde.

»Und was passiert, wenn die Lady bei dem Angriff verletzt oder gar getötet wird?«, fragte er.

»Dann wird alles wieder wie gehabt.«

»Ihr glaubt also nicht, dass die MacMillans oder die Murrays oder der Clan ihres Cousins, die Drummonds, erzürnt sein werden?«

»Die Frau hat angefangen. Ich weigere mich, wie ein geprügelter Hund nach Hause zu schleichen, vertrieben von einem halbwüchsigen Mädchen. Also, steht Ihr auf unserer Seite oder nicht?«

»Jawohl, und sei es nur darum, dass ich im Moment anscheinend der Einzige bin, der es gern sähe, wenn das Mädchen lange genug leben würde, um einen von uns zu heiraten.«

»Ach du meine Güte«, murmelte Gillyanne, als George den Jungen, den er losgeschickt hatte, um die Lairds zu belauschen, in den großen Saal führte. »George wirkt sehr besorgt.«

»George wirkt immer sehr besorgt«, meinte James und nippte an seinem Wein.

»Ich habe herausgefunden, dass es bei ihm unterschiedliche Grade von Besorgtheit gibt. Jetzt wirkt er äußerst besorgt. Und der Junge sieht auch nicht sehr froh aus.«

Sie lächelte die beiden an.

»Setzt Euch, George, und du auch, Duncan – so heißt du doch, oder?« Sie schenkte ihnen etwas Wein ein, während die beiden sich setzten und die fünf Männer des Murray-Clans näher zu ihr traten.

»Jawohl, Mylady, ich heiße Duncan. Ich bin der Onkel der kleinen Mary.«

Sie ließ Duncan und George erst einmal etwas trinken, dann fragte sie: »Und was hast du in Erfahrung bringen können, Duncan?«

»Ich hatte großes Glück, Mylady«, erwiderte Duncan. »Ich konnte mich nahe genug an sie heranschleichen, um einiges in Erfahrung zu bringen, und alle drei waren da.«

»Wie freundlich von ihnen! Aber vermutlich sind sie nicht sehr gut auf mich zu sprechen?«

»Nein, wahrlich nicht. Sir Robert und Sir David sind ziemlich wütend, vor allem Sir David.«

»Das wundert mich nicht.«

»Sir Robert hat Sir David reden lassen und nichts eingewandt, er scheint also weitgehend mit ihm übereinzustimmen. Sie planen einen Angriff, und zwar schon morgen früh, Mylady.«

Gillyanne seufzte. »Das hatte ich befürchtet. Und wahrscheinlich wollen sie jetzt auch gemeinsam vorgehen.«

»Ja. Sir David sagt, morgen werden sie gemeinsam die Burg stürmen und dann beschließen, wer Euch bekommt.«

»Wenn ich den Angriff überlebe. Aber was meint denn Sir Connor?«

Duncan trank hastig einen großen Schluck Wasser. »Er hat nicht viel gesagt, Mylady. Er stand nur da und betrachtete die beiden anderen stirnrunzelnd; ab und zu hat er ein paar Worte mit seinem Bruder gewechselt. Er äußerte sich erst, als Sir David ihn direkt fragte, ob er auf ihrer Seite stehe. Er sagte, ein frontaler Angriff könne Euch gefährden. Sir David meinte, im Falle Eures Todes würde eben alles wieder wie früher. Sir Connor fragte ihn, ob er denn nicht glaube, dass Eure Verwandten darüber sehr aufgebracht wären, aber Sir David erwiderte nur, schließlich hättet Ihr angefangen und er habe nicht vor, mit eingezogenem Schwanz nach Hause zu schleichen. Daraufhin erklärte Sir Connor, er würde sich ihnen anschließen, aber nur, weil er offenbar der Einzige sei, dem es lieber wäre, Ihr würdet lange genug leben, um einen von ihnen zu heiraten.«

Sir Connor würde also an dem Angriff teilnehmen. Doch immerhin hatte er gezögert, was Gillyanne einigermaßen tröstlich fand. Natürlich hatte er Recht – niemandem wäre damit gedient, wenn sie am Ende nur vor den Priester gezerrt würde, um ihre Sterbesakramente zu empfangen. Aber es sprach für den Mann, dass er nicht in den Chor derjenigen eingestimmt hatte, die nach ihrem Blut verlangt hatten.

»Ich glaube, das Spiel ist aus«, sagte Gillyanne. »So etwas habe ich schon vermutet, doch ich hatte gehofft, sie würden sich nicht so schnell entschließen zu kämpfen. Sie hätten ja genauso gut noch etwas länger hadern oder einen letzten Versuch anstellen können, mich mit friedlichen Mitteln dazu zu bringen, ihren Wünschen Folge zu leisten. Das hätte mir noch einen Aufschub von ein bis zwei Tagen bringen können, vielleicht auch etwas länger.«

»Nach dem, was ich gesehen und gehört habe, Mylady, sind zwei dieser Lairds einfach zu wütend, um etwas in Ruhe zu besprechen. Sie haben nicht einmal darüber geredet, wie sie uns wohl am besten angreifen könnten.«

»Sie haben also vor, die Mauer zu erstürmen?«, fragte James.

»Jawohl. Ich weiß aber nicht, wie viele MacEnroys dabei mitmachen werden. Ihr Laird war von der Idee nicht sonderlich angetan, aber die Goudies und die Dalglishes schienen unsere Kampfkünste nicht zu fürchten.« Duncan lächelte kurz. »Sir Connor meinte, es bräuchte nicht allzu viel Kunstfertigkeit, um eine Horde anstürmender Narren mit Pfeilen zu spicken; sie bräuchten gar keine Leiter mitschleppen, denn wahrscheinlich könnten sie bald ihre Toten übereinander schichten und so die Mauer erklimmen. Eigentlich wollte ich sie noch etwas länger belauschen, aber einige Männer kamen meinem Versteck immer näher. Doch es war ziemlich klar, dass man auf Sir Connor nicht hören würde. Sir David ist der Anführer und Sir Robert steht auf seiner Seite, also muss Sir Connor ihnen folgen.«

»Aber sicher in gebührendem Abstand«, sagte James, der bemerkt hatte, wie unruhig Gillyanne geworden war. »Gilly, lass uns doch …«

»Nein. Ich habe zwar nicht den geringsten Zweifel an eurer Kampfkunst«, meinte sie beschwichtigend, »oder an der der Leute von Ald-dabhach, die ja schließlich ihre Heimat verteidigen würden«, fügte sie hinzu und nickte George und

Duncan zu. »Aber wegen so einer Sache sollte kein Blut fließen.«

»Sie zwingen dich in eine Ehe.«

»Sie folgen nur dem Vorschlag des Königs.« Die Mienen der Männer verzerrten sich, doch Gillyanne fuhr fort: »Wenn das Blut derjenigen vergossen wird, die vor unseren Mauern stehen, könnte dies das Ende eines langen Friedens bedeuten. Dasselbe gilt natürlich auch für uns hier drinnen. Die MacMillans, die Murrays und die Drummonds wären aufgebracht, und mit ihnen alle ihre Verbündeten. Aus einem kleinen Streit zwischen mir und diesen drei Narren könnte eine lange und blutige Fehde mit zahlreichen Beteiligten werden.«

»Gott behüte!«, murmelte James und rieb sich das Gesicht mit beiden Händen.

»Und wozu?«, fuhr Gillyanne fort. »Nur weil ich keinen der drei Lairds heiraten will?« Sie schüttelte den Kopf. »Nein, das wäre der reine Wahnsinn. Ich wollte keinen der drei heiraten, und sie wollen offenbar auch nicht so um mich werben, dass ich meine Meinung ändere. Aber ich werde mich jetzt für einen entscheiden und damit Schluss! Schließlich habe ich versprochen, dass es in dieser Angelegenheit kein Blutvergießen geben soll, und an dieses Versprechen werde ich mich halten.«

»Aber dann wirst du jemand heiraten, den du dir nicht ausgesucht hast!«

Sie konnte James' Einwand verstehen – ihr gefiel die Sache ja ebenso wenig –, aber allmählich fand sie, dass er sich nur wiederholte. »Das tue ich unter offenkundigem Zwang, was sehr viele Menschen bezeugen können.« Als die Männer plötzlich begriffen, worauf sie hinauswollte, und große Augen bekamen, nickte sie. »Sobald mein Vater da ist, wird er sich um alles kümmern. Kein anderer kann das tun, auch du nicht, James. Darüber haben wir schon mehrfach gesprochen. Ich werde zwar eine Zeit lang wenig Freude haben, aber mir wird auch nichts wirklich Schreckliches widerfahren. Ich glaube sogar, dass die winzige Chance, jemals einen Mann zu finden, den ich mir freiwillig aussuchen kann, dadurch nicht geschmälert würde. Und wer weiß? Vielleicht zeigt sich ja, dass ich denjenigen, den ich jetzt aussuche, sogar behalten möchte.« Gillyannes Blick fiel auf Mary, die sich in der Nähe der Tür herumdrückte. »Stimmt etwas nicht, Mary?«

»Nein, nein, Mylady«, erwiderte Mary und trat ein paar Schritte vor. »Ich wollte nur sehen, ob mein Onkel heil zurückgekommen ist.«

»Na, dann komm her und schau ihn dir an! Und du kannst ruhig auch mitbekommen, was hier geredet wird.«

Gillyanne lächelte, als das junge Mädchen zu seinem Onkel eilte, der nur wenig älter zu sein schien, und ihn stürmisch umarmte. Duncan errötete; er wirkte erfreut, aber auch etwas verlegen ob der Sorgen, die sich seine Nichte gemacht hatte.

Gillyanne hatte von Anfang an gemerkt, dass sich die Menschen von Ald-dabhach ebenso nahe standen wie die Murrays. Wenn einem von ihnen ein Leid geschah, würden bestimmt alle leiden. Das konnte sie ihnen einfach nicht antun, bloß weil sie keinen Fremden heiraten wollte. Gillyanne wusste, dass sie auch eine schlechte Ehe überstehen würde, zumal sie sich nahezu sicher war, so einer Ehe letztlich entfliehen zu können.

»Mary, du bist doch auch eine Frau.« Gillyanne musste sich ein Lächeln verkneifen, als das Mädchen sich reckte und mit ernster Miene nickte. »Sag mir, für welchen Mann du dich entscheiden würdest, wenn du die Wahl hättest.«

»Nicht Sir David Goudie«, kam die prompte Antwort. »Ich will damit nicht sagen, dass der Mann schlecht ist. Aber ich glaube, er hätte Euch bald so weit, dass Ihr wünschtet, Ihr wärt hart geblieben und hättet gekämpft.« Leicht errötend fügte sie hinzu: »Ich glaube, er gehört zu den Männern, die glauben, der rechte Platz für eine Frau ist dort, wo ihr der Mann seinen Stiefel ins Genick drückt.«

»Du bist ein scharfsinniges Mädchen«, lobte James. »Das allein ist schon ein guter Grund für Gillyanne, diesen Narren nicht zu wählen. Aber diesem Grund würde bald noch einer folgen.«

»Welcher denn?«, fragte Gillyanne, als James innehielt und sie angrinste.

»Nur wenige Tage nach eurer Hochzeit würdest du versuchen, den Kerl umzubringen.«

»Schon nach ein paar Stunden«, sagte sie und stimmte in das Gelächter der anderen ein, bevor sie wieder ernst wurde und sich Mary zuwandte. »Ich bin ganz deiner Meinung – Sir David wäre eine schlechte Wahl, das habe ich mir von Anfang an gedacht. Und was ist mit dem guten Sir Robert Dalglish?«

Mary runzelte die Stirn und kaute verlegen an den Lippen. »Bei dem bin ich mir nicht so sicher, Mylady. Als er uns das erste Mal besuchte, kam er mir wie ein Gentleman vor, und er sieht auch ziemlich gut aus. Aber als er merkte, was Ihr ihm und seinen Männern angetan hattet und dass Ihr ihm sein Pferd weggenommen hattet, führte er sich ebenso auf wie Sir David. Die Dinge, die er Euch an den Kopf geworfen hat, hätte ein wahrer Gentleman nie über die Lippen gebracht. Nein, wahrscheinlich nicht einmal gedacht. Tja, bei ihm bin ich mir einfach nicht sicher«, wiederholte sie schulterzuckend.

»Ganz ähnlich denke auch ich«, meinte Gillyanne. »Dann bleibt noch Sir Connor MacEnroy.«

»Jawohl, Mylady, und wenn man einen Mann nach seinem Äußeren wählen würde, dann wäre er sicher die beste Wahl.«

»Stimmt.« Gillyanne musste sich ein Lachen verbeißen, als die Männer im Saal die Augen verdrehten. »So stellen wir uns die alten marodierenden Nordmänner vor, nicht wahr?«

»Genau – ein hochgewachsener Wikinger. Im Gegensatz zu den anderen hat er das, was Ihr mit ihm angestellt habt, scheinbar ruhig und gelassen hingenommen. Mir ist noch nie etwas Schlechtes über ihn zu Ohren gekommen, aber ich habe schon viel darüber gehört, was für ein guter Laird er ist. Er hat seinen Clan vor vielen Jahren aus dem Chaos geführt und ihm seitdem zu Wohlstand verholfen, obwohl er damals selbst noch sehr jung war. Ich glaube, ich würde ihn wählen, wenn er nicht so gut aussehen würde und nicht ganz so stark wäre. Zumindest hat er gezeigt, dass er seine Wut zügeln kann.«

Gillyanne nickte beifällig, auch wenn sie es ein wenig bedauerte, dass er offenbar nicht nur seine Wut, sondern auch sämtliche anderen Gefühle zügelte. Vielleicht machte er das nur im Kampf oder wenn er sich bedroht fühlte, aber wenn es ihr nur deshalb so schwer fiel zu fühlen, was in ihm vorging, weil es da nichts zu fühlen gab, konnte auch eine sehr kurze Ehe mit ihm sehr schwierig werden.

Andererseits hatte Sir Connor vielleicht wie James einen seltsamen, unsichtbaren Panzer, der verhinderte, dass jemand wie sie zu viel sah. Gillyanne konnte einfach nicht glauben, dass ein Mann, der seinen Clan aus Ruinen und jahrzehntelangen Fehden geführt hatte, nicht ein sehr großes Herz hatte.

Sie blickte auf die Männer, die sie nicht aus den Augen gelassen hatten. »Und Ihr, Gentlemen? Stimmt Ihr mit der jungen Mary überein?« Sie nickten. »Dann ist es Sir Connor, dem ich mich überlassen werde. Morgen früh, noch bevor die Heere sich zu sammeln beginnen, werden Sir James und ich zu den Lairds gehen und ich werde ihnen meine Entscheidung mitteilen.«

James runzelte die Stirn. »Wäre es nicht besser, sie hierher zu rufen?«

»Nach dem, was ich ihnen angetan habe, werden sie wahrscheinlich nicht kommen.«

»Wohl wahr. Aber dennoch könnte es für dich gefährlich werden.«

»Warum? Sie wollen mich heiraten, um an das Land zu kommen. Ich glaube, im schlimmsten Fall fangen sie zu streiten an und wir müssten zusehen, nicht in ihren Streit verwickelt zu werden. Dass ich zu ihnen gehe, könnte sie auch davon abhalten, ihre Männer in unsere Burg zu schicken. Wenn die erst einmal hier sind, bekommt man sie sicher nur schwer wieder los.«

»Aber an diese Burg wollen sie durch die Heirat doch gerade kommen!«, meinte der Jüngste der Murray-Leute.

»Das stimmt, Iain«, erwiderte Gillyanne, »aber ich glaube, ich kann meinen zukünftigen Ehemann dazu bewegen, noch ein Weilchen zu warten, bevor er von der Burg Besitz ergreift. Der Titel des Lairds über mein Land ist ihm ohnehin sicher. Jedenfalls glaube ich – warum, weiß ich nicht –, dass der Gemahl, den ich mir ausgesucht habe, zuallererst bestrebt sein wird, mich so rasch wie möglich zu heiraten und hinter die Mauern seiner Burg in Sicherheit zu bringen.«

»Natürlich, weil er den beiden anderen Galgenvögeln nicht über den Weg traut«, sagte James.

»Ja, er misstraut ihnen«, erwiderte Gillyanne nachdenklich. »Das habe ich deutlich gespürt, als die drei hier waren. Ich denke zwar nicht, dass es zu einer Fehde kommen wird, aber ich vermute, sie werden erwägen, ihm den Preis wegzuschnappen. Ihr solltet also, egal, was passiert, die Tore gut verriegeln und erst wieder öffnen, wenn ich oder James es euch sagen. Sobald mein Vater hier ist, wird er Erklärungen verlangen, und die solltet ihr ihm liefern können. Für den Fall, dass Vater zuerst nach Dubhlinn reitet, solltest du, James, als Erstes dort Bericht erstatten. Außerdem wäre es schön, wenn du mir das, was ich jetzt nicht mitnehmen kann, bald nach Deilcladach bringen würdest.«

Darüber wurde erst einmal heftig gestritten; schließlich waren James und die Männer des Murray-Clans mit ihr nach

Ald-dabhach gekommen, um sie zu beschützen, und jetzt meinten sie, sie hätten sie ihm Stich gelassen. Gillyanne konnte sie nicht völlig überzeugen, doch ihre Pläne klangen so vernünftig, dass sich die Männer am Ende trotz ihres angeschlagenen Stolzes den Wünschen ihrer Lady beugten. Bald war sie mit einem sehr finster blickenden James allein.

»Es geht leider nicht anders, James«, sagte sie beschwichtigend. »Das weißt du doch auch, oder?«

»Mein Kopf weiß es natürlich, aber der Rest begehrt dagegen auf. Ich weiß gar nicht, wie ich es unserer Mutter sagen soll.«

»Es wird schwer für sie werden. Als meine arme Schwester Sorcha vergewaltigt wurde, wobei sie nur mit knapper Not dem Tod entrann, und dann ins Kloster ging, machte sich Vater große Sorgen um Mutters Gesundheit. Doch diese Sorgen waren eigentlich unnötig, denn Mutter ist stärker als sie aussieht. Dann nahm Cameron MacAlpin mich und Avery als Geiseln. Das hat sich für Avery als Glück erwiesen, denn sie liebt ihren dunklen Ritter, aber Mutter kam vor Sorge schier um. Und jetzt das. Ich befürchte, sie glaubt allmählich, dass auf ihren Töchtern ein Fluch liegt.«

»Und Vater wird außer sich sein vor Wut. Nicht nur wegen dem, was dir angetan worden ist, sondern auch, weil sich Mutter wieder schreckliche Sorgen machen wird.«

»Versichere ihr, dass es mir gut geht und dass ich vor allem zornig bin. Mir wird schon kein Leid geschehen.«

»Und das entspricht der Wahrheit?«

Gillyanne dachte kurz nach, dann nickte sie. »Jawohl. Das ist die Wahrheit. Ich kann Sir Connors Gedanken und Gefühle nicht lesen; er ist mir gegenüber ebenso verschlossen wie du, ja, vielleicht sogar noch mehr. Das beunruhigt mich zwar ein wenig, aber ich glaube, es fasziniert mich auch. Auf alle Fälle macht er mir keine Angst. Gut, ich werde im Bett eines Mannes landen, von dem ich nicht sehr viel weiß – aber immer, wenn ich mir deswegen Sorgen mache, erinnert mich eine kleine Stimme in meinem Kopf daran, dass er einfach sehr, sehr gut aussieht.«

James lachte und schüttelte den Kopf. »Du hast zu viel Zeit mit unserem Cousin Payton, diesem Spitzbuben, verbracht.« Dann wurde er wieder ernst. »Ich werde Mutter berichten, was du gesagt hast. Und wenn Vater da ist, werde ich auf einen angemessenen Sicherheitsabstand achten.«

»Er würde dir nie wehtun!«, protestierte Gillyanne, auch wenn der schwarze Humor in seiner Stimme unverkennbar war.

»Das weiß ich schon, aber trotzdem wird sich sein Zorn auf mir entladen.«

»Schön und gut, aber selbst wenn Vater tobt, wird er einsehen, dass es das Beste ist, dieses Problem mit Worten und nicht mit dem Schwert zu lösen. Außerdem weiß er, dass eine erzwungene Ehe wieder aufgelöst werden kann, und im Gegensatz zu den drei Lairds wird der König gewiss ein Ohr für ihn haben.« Sie zuckte die Schultern. »Aber wer weiß? Vielleicht will ich ja gar nicht mehr weg, wenn ich die Möglichkeit habe zu gehen. Zumindest weiß ich ohne Zweifel, dass ich am Ende entscheiden kann. Diese Möglichkeit haben nicht viele Mädchen. Diese Ehe ist nicht für alle Ewigkeit geschlossen.«

»Nur deshalb siehst du dich überhaupt im Stande, sie einzugehen, oder?«

»Teilweise. Aber ich habe wirklich keine Angst vor diesem Mann. Ich werde mein Eheversprechen ernst nehmen, in meinem Herzen jedoch wird das sichere und tröstliche Wissen sein, dass ich gehen kann, wenn es keine Aussicht auf eine gute Ehe gibt.«

»Wirst du das auch Sir Connor sagen?«

»Ich werde ihn warnen, was Vater betrifft. Aber etwas sagt mir, dass er nicht auf mich hören wird.«

James lächelte leise. »Der arme Narr! Er wird sich noch über Vater wundern! Und über dich genauso.«

»Zweifellos, Cousin. Er glaubt, es reicht, mich zu heiraten und meine Mitgift zu fordern, und dann wird schon alles so kommen, wie er sich das denkt. Ich bin gespannt, wie lange er braucht, bis er merkt, dass mit einer Frau aus dem Murray-Clan nichts so einfach ist.«

Kapitel 6

»Das Mädchen hat ihre Burg verlassen und wird nur von einem Mann begleitet!«, rief Sir David und wollte schon in den Sattel springen.

»Was macht Ihr da?«, fragte Connor und packte die Zügel des Pferdes.

»Ich werde mir das Mädchen holen!«, rief Sir David voller Wut.

»Sie wird nur von ihrem Cousin begleitet und trägt ein weißes Fähnchen zum Zeichen der Waffenruhe. Das müsst Ihr respektieren.«

»Ach ja, muss ich das?«

»Jawohl, das müsst Ihr«, sagte auch Robert. »Der König weiß, dass wir hier sind. Wir täten besser daran, nicht unüberlegt zu handeln!«

David zögerte kurz, dann stieg er wieder ab. Connor stieß insgeheim einen Seufzer der Erleichterung aus. Er vermutete, dass David noch immer von seiner blinden Wut auf diese kleine Frau getrieben war. Und auch Robert traute er trotz dessen bedächtiger Worte nicht über den Weg. Auch er würde sich die Lady schnappen, wenn er die Gelegenheit dazu bekäme.

»Meine Lairds«, sagte Gillyanne, die ein paar Schritte von ihnen entfernt stehen geblieben war, »ich möchte mit Euch verhandeln. Ihr habt doch bestimmt unser Fähnchen gesehen, das wir zum Zeichen des Waffenstillstands dabeihaben?«

»Jawohl«, sagte Connor. Ihre Worte zeigten ihm, dass sie die kleine Auseinandersetzung mit Sir David mitbekommen und deren Bedeutung erraten hatte. »Wir sind bereit zu verhandeln.«

»Und wenn wir keine Einigung erzielen, kann ich dann unbehelligt mit meinem Cousin in meine Burg zurückkehren?«

»Einverstanden. Ihr dürft zurück und Euch auf die

Schlacht vorbereiten!«, knurrte David und funkelte sie wütend an.

Gillyanne begegnete seinem finsteren Blick mit einem feinen Lächeln. »Ich hoffe sehr, dass ich mir nicht ansehen muss, wie Ihr in einer sinnlosen, wenn auch sehr männlichen Zurschaustellung Eurer Wut gegen die Mauern meiner Burg prallt.«

Sir David trat drohend auf sie zu, aber Sir Robert packte ihn am Arm und hielt ihn zurück. Gillyanne spürte, dass Sir David mit der Vereinbarung haderte, die die Lairds getroffen hatten. Der Mann konnte sich in Zukunft noch als ein ziemliches Problem erweisen – ein weiterer guter Grund, Sir Connor zu heiraten, fand Gillyanne. Sie spürte, dass es Sir Connor nicht viel Mühe kosten würde, mit dem brutalen Kerl fertig zu werden; Sir Robert dagegen schien im näher zu stehen. Sie hatte den Eindruck, als stünden die zwei gegen Sir Connor. Wenn ihr Vater kam, um sie zu retten, würden sich die beiden bestimmt verbünden, dessen war sie sich ganz sicher. Ebenso sicher war sie sich, dass die beiden Sir Connor alleine lassen würden, wenn sich ein Kampf mit ihrem Vater abzeichnete.

»Ich möchte Euch bitten, die Sache so lange ruhen zu lassen, bis mein Vater da ist!«, erklärte sie und blickte auf Sir Connor.

Connor verschränkte die Arme und wich ihrem Blick nicht aus. »Wozu?«

»Um diese Hochzeit mit meinem Vater zu besprechen, wie es sich gehört.«

»Aber wozu?«, fragte Connor abermals. »Der König selbst hat uns diesen Weg gewiesen. Wir haben die Billigung unseres Lehnsherrn.«

»Aber der König hat die Sache vorher nicht mit meinem Vater besprochen. Meinen Vater wird das nicht freuen, das solltet ihr nicht vergessen!«

»Ihr werdet doch wohl nicht glauben, dass Euer Vater die

Entscheidung des Königs anfechten kann«, entgegnete David in einem Ton der abgrundtiefen Verachtung.

Connor, der bemerkt hatte, dass sich die Augen der Lady wütend verengten, schritt rasch ein und rief: »Es spielt keine Rolle, ob Euer Vater den König umstimmen kann oder nicht. Wir werden die Sache hier und jetzt regeln. Und falls das Eurem werten Vater missfällt, werden wir uns später damit befassen.«

Es war klar, dass keiner der Männer glaubte, ihr Vater könnte oder würde den Wünschen des Königs zuwider handeln. Sie betrachteten den Vorschlag des Königs zur Lösung dieses Problems als einen Befehl. Gillyanne wusste, dass das ein Fehler war. Sie wusste aber auch, dass sie jetzt nichts vorbringen konnte, um sie davon zu überzeugen.

»Also gut«, murmelte sie und seufzte resigniert, auch wenn sie nach wie vor wütend war. »Als dieses idiotische Spiel anfing, habe ich geschworen, dass ich kein Blutvergießen zulassen würde.«

»Habt Ihr Eure Meinung geändert?«, fragte Sir Connor.

»Nein«, erwiderte Gillyanne. »Ich werde dieses Spiel jetzt beenden, indem ich mir Sir Connor MacEnroy zum Mann nehme.«

Einen Moment lang war es sehr still. Gillyanne spürte die Wut der anderen zwei Lairds ob ihrer Wahl. Dann nickte Connor, trat vor und packte sie bei der Hand. James wollte schon eingreifen, doch Gillyanne gebot ihm durch eine entschlossene Geste Einhalt. Ehe sie sich's versah, stürmte Sir Connor mit langen Schritten davon, sie hinter sich herschleifend, und zwar auf eine kleine Kirche zu, die man von da, wo sie sich befunden hatten, kaum hatte sehen können. James und die anderen beeilten sich, ihnen zu folgen.

»Was soll das?«, fauchte sie, bemüht, nicht ins Stolpern zu geraten.

»Ich führe Euch vor den Priester«, antwortete Connor.

»Ihr habt einen Priester mitgebracht?«

»Ja. Und er ist nicht sehr erfreut, dass er hier vier Tage herumsitzen musste!«

Sein Tonfall ließ erkennen, dass er die Schuld daran einzig und allein ihr gab. Gillyanne unterdrückte das heftige Verlangen, ihn in seinen viel zu attraktiven Hintern zu treten. »Ihr wollt mich also tatsächlich vor den Altar schleifen und die Hochzeit sofort absegnen lassen? Sollten wir nicht wenigstens ein kleines Fest feiern?« Dieses Ansinnen wurde mit einem raschen Blick über die Schulter quittiert, die Braue leicht hochgezogen – ein Blick, den Gillyanne inzwischen wirklich sehr irritierend fand.

»Ich glaube, Ihr versteht, warum ich keinerlei Neigung verspüre, noch einmal an Eurem Tisch zu speisen.«

»Aber ein Mädchen muss doch seinen Hochzeitstag feiern dürfen!«

»Ihr hattet Euer Fest bereits. Drei Tage, in denen Ihr drei Heere abgewehrt und drei Lairds besiegt habt. Alles nur mit ein paar blauen Flecken, und die wurden uns zugefügt – von Euch. Kaum ein Mädchen kann behaupten, so ein Fest gehabt zu haben!«

Dem konnte Gillyanne wenig entgegensetzen. Doch sie hatte wahrhaftig nicht damit gerechnet, das Eheversprechen auf der Stelle ablegen zu müssen. Sie war heilfroh, dass sie alles geregelt hatte, bevor sie die Burg verlassen hatte. Dass sie Ald-dabhach nicht so bald wiedersehen würde, hatte sie ja schon geahnt. In der Kirche angekommen zog Connor sie zu einem rundlichen, ziemlich missmutig wirkenden Priester und zwang sie, sich neben ihm hinzuknien. Sie hoffte nur, dass er die Ehe nicht genauso schnell vollziehen würde.

Kaum war das letzte Gelübde gesprochen, stand Connor auf und zerrte Gillyanne mit sich hoch. Er nahm sie schroff in die Arme, wobei er sie tatsächlich hochhob. Als Gillyanne Einspruch gegen eine solche Behandlung erheben wollte, küsste er sie. Seine Lippen waren warm, weich und verführerisch. Sie fühlte sich völlig von seiner Stärke und Männlichkeit eingenommen und sie hatte auch keine Angst, sondern empfand dies vielmehr als sehr angenehm. Gerade, als sich eine faszinierende Wärme in ihrem Körper ausbreiten wollte, ließ er jedoch von ihr ab, stellte sie wieder auf den Boden und zerrte sie aus der Kirche. Dem Priester wurde noch angeboten, ihn nach Hause zu begleiten, doch der lehnte diese Offerte höchst unpriesterlich ab.

»Wohin bringt Ihr sie jetzt?«, wollte James wissen, der sich Connor in den Weg gestellt hatte.

»Ich bringe meine Frau nach Deilcladach«, erwiderte Connor ungerührt.

»Wollt Ihr nicht erst Ald-dabhach einnehmen?«, fragte Robert, der ebenfalls zu ihnen getreten war.

»Wozu denn? Es gehört mir doch jetzt!« Connor zog Gillyanne an sich. »Ebenso, wie sie jetzt mir gehört. Und das reicht mir vorläufig.«

»Zum Teufel mit Euch!«, fauchte James. »Ihr könnt sie doch nicht einfach packen, heiraten und mit Euch fortzerren.«

»Ach nein? Und warum nicht?« Connor ließ James einfach stehen und machte sich zu seinem Lager auf.

Als Gillyanne einen Blick über die Schulter warf, merkte sie, dass James immer wütender wurde. Eigentlich zeigte James seine Wut nur sehr selten, aber wenn er es tat, dann richtig. »Mach dir keine Sorgen um mich, James! Du musst dich jetzt um andere Dinge kümmern!«, rief sie ihm zu. Erleichtert sah sie, dass er kurz nickte und dann den Weg zur Burg einschlug.

»Was hat er denn zu tun?«, fragte Connor, als er bei seinem gesattelten Pferd angekommen war und aufstieg.

»Er muss sich darum kümmern, dass meine Familie diese Geschichte erfährt«, erwiderte sie, während sie rasch, wenn auch einigermaßen sanft, nach oben gezogen und hinter ihm platziert wurde. »Ihr wollt nicht einsehen, dass Ihr eine Menge Ärger verursacht habt. Aber dieser Ärger wird Euch schon bald in Deilcladach einholen. Der Name Eurer Burg, Teufelsküste, wird meinen Vater nicht abschrecken. Wenn er an Euer Tor pocht, dann kann es gut sein, dass Ihr glaubt, es sei der Teufel persönlich!«

»Es ist schön, wenn ein Mädchen so viel Vertrauen in seinen Vater hat.«

Gillyanne hatte keine Gelegenheit, etwas darauf zu erwidern. Connor erteilte seinen Männern ein paar knappe Befehle, verabschiedete sich mit ebenso knappen Worten von Sir David und Sir Robert und trieb sein Pferd zum Galopp an. Sie schlang die Arme um seine schlanke Taille und klammerte sich an ihm fest. Ein Blick zurück auf das Lager, das sie rasch hinter sich ließen, zeigte ihr, dass die meisten seiner Männer ihnen folgten. Andere räumten noch zusammen, was sie zurückgelassen hatten. Gillyanne nahm an, dass diese Männer auch deshalb noch dort waren, um Robert und David im Auge zu behalten und sicherzugehen, dass sie ebenfalls aufbrachen und Ald-dabhach in Ruhe ließen – ein weiterer Beweis dafür, dass die drei Lairds nur ein Zweckbündnis eingegangen waren und sich gegenseitig weder vertrauten noch mochten.

Sie hatte zwar vermutet, dass sich die Dinge so entwickeln würden, nicht jedoch, wie schnell alles gehen würde. Das Ganze glich eher einer Entführung als einer Hochzeit. Sie hatte nur die Kleider, die sie am Leibe trug, und es würde sicher einige Tage dauern, bis James es schaffte, ihre Sachen nach Deilcladach zu bringen. Wahrlich nicht die Hochzeit, von der sie immer geträumt hatte!

Um sich bei Laune zu halten, führte sie sich noch einmal die positiven Seiten dieses Arrangements vor Augen. Alddabhach und seine Bewohner waren in Sicherheit. Ihr Vater würde ihr nacheilen und sie – falls nötig – retten. Auch wenn sie gezwungen worden war, sich für Connor zu entscheiden, so war er doch in vieler Hinsicht eine gute Wahl. So blendend aussehende und starke Männer gab es wahrhaftig nicht viele.

Der Kuss in der Kirche war nicht besonders innig und auch nicht sehr lang gewesen, aber er hatte Leidenschaft erahnen lassen. Sie legte die Wange an seinen breiten Rücken und beschloss, die Hoffnung nicht aufzugeben, dass dieser Wirrwarr auch noch angenehme Seiten haben könnte.

Mit einem typisch männlichen, befriedigten Brummen wälzte sich Connor von Gillyanne. Sie starrte an die Decke der kleinen Hütte und fragte sich, was sie nun am liebsten tun würde – weinen oder toben? Nachdem sie etwa zwei Stunden geritten waren, hatte er vor diesem Häuschen angehalten, das ältere Paar, das dort wohnte, mehr oder weniger unsanft nach draußen befördert und sie auf das Strohlager neben dem Torffeuer geworfen. Seine Küsse hatten ihren Protest unterbunden, seine Liebkosungen hatten sie schon fast dazu gebracht, die Sache zu genießen. Und dann war er plötzlich in sie eingedrungen. Ihre erwachende Leidenschaft hatte bei diesem abrupten, wenn auch fast schmerzlosen Ende ihrer Unschuld kurz nachgelassen, doch als sie sich wieder zu regen begann, hatte Connor schon alles bekommen, was er haben wollte. Er hat mich allein gelassen mit all meiner Sehnsucht und meinem ungestillten Verlangen, dachte Gillyanne wütend. Sobald er sich ihrer Unschuld bemächtigt und sie dabei weder geschrien noch geweint hatte, hatte er offenkundig aufgehört, sich darüber Gedanken zu machen, was in ihr vorging oder was sie gerne gehabt hätte.

Gillyanne richtete ihre Röcke. Er hatte weder sie noch sich vollständig ausgezogen, und inzwischen stand er schon wieder bekleidet vor ihr. Als er ihr beim Aufstehen half, hoffte sie auf einen weiteren Moment der Zärtlichkeit, vielleicht einen sanften Kuss, eine Berührung – aber nein, er stand nur da und blickte sie an, wobei um seinen schönen Mund ein Anflug von Unmut zu spielen schien.

»Habe ich dir wehgetan?«, fragte er.

»Nein, aber …«, setzte sie an.

»Gut.« Er tätschelte ihr den Rücken, dann ging er zur Tür. »Zeit, unsere Heimreise fortzusetzen.«

Gillyanne starrte ihm nach und wünschte sich einen dicken Knüppel, um ihn damit zu verprügeln. Nicht, dass sie sich vergewaltigt oder missbraucht vorkam, aber sie fühlte sich auch nicht, als sei sie geliebt worden. Es brannte ein wenig zwischen ihren Beinen, aber das war nicht so schlimm wie der tiefe, bohrende Schmerz unbefriedigter Leidenschaft. Und dass alles so wundervoll, so viel versprechend begonnen hatte, machte es nur noch unerträglicher. Halblaut vor sich hin fluchend – und ihr Vorrat an Flüchen war ziemlich groß – fand sie eine Waschgelegenheit, reinigte sich hastig, schlüpfte in ihre Unterhosen und ging hinaus. Sie war zu wütend, um verlegen zu sein, als sie bemerkte, dass Connors Leute und das alte Paar draußen gewartet hatten, bis Connor seine Ehe vollzogen hatte.

Eigentlich wollte sie dem wachsenden Unmut, der sich ihrer bemächtigte, Luft machen, und marschierte in dieser Absicht geradewegs auf Connor zu, der neben Diarmot stand. Doch die beiden beobachteten mit finsterer Miene zwei blonde junge Leute, die soeben aus den Sätteln sprangen. Gillyanne trat näher. Der kurze Blick, den ihr Mann ihr zuwarf, zeigte ihr allzu deutlich, dass er momentan vergessen hatte, dass es sie gab. Sie stieß noch ein paar leise Flüche aus und fragte sich, wie lange sie es wohl noch schaffen würde, ihre Wut zu zügeln.

»Gemahlin«, sagte Connor, »das hier sind mein Bruder Andrew und meine Schwester Fiona. Meine Gemahlin Gillyanne.«

Es kostete sie einige Mühe, ihre Überraschung zu verbergen, dass es sich bei dem kleineren der zwei Neuankömmlinge um ein weibliches Wesen handelte. Dennoch begrüßte sie die beiden mit einem freundlichen Lächeln und einem Nicken.

»Warum seid ihr uns entgegengeritten?«, fragte Connor.

»Wir haben uns allmählich gefragt, was denn mit dir los ist«, erwiderte Andrew. »Als du fort bist, dachten wir, du würdest nur ein oder zwei Tage wegbleiben.«

Connor war sich fast sicher, dass Gillyanne etwas gemurmelt hatte, was verdächtig nach »arrogantes Schwein« klang, aber es blieb ihm nichts anderes übrig, als es zu ignorieren und den strengen Blick nicht von seinen Geschwistern abzuwenden. »Ich habe euch doch gesagt, ihr sollt Deilcladach nicht verlassen!«

»Aber wir haben uns Sorgen um dich und Diarmot gemacht«, protestierte Fiona.

»Dazu bestand nicht der geringste Anlass!«, entgegnete Connor. »Aber jetzt habt ihr einen guten Grund zur Sorge – ihr habt meinen Befehl missachtet!«

Die schuldbewussten Mienen seiner Geschwister machten deutlich, dass Connor ein Mann war, der stets strikten Gehorsam erwartete. Gillyanne beschlich allerdings das Gefühl, dass die Bestrafung wohl hauptsächlich darin bestehen würde, seine Missbilligung auszuhalten. Dass das für die zwei offenbar schlimm genug war, bewies, wie nah sich die Familie stand.

Andrew räusperte sich nervös. »Na gut – nachdem du nicht bewaffnet bist und offenbar auch gewonnen hast, kehren Fiona und ich jetzt wieder nach Deilcladach zurück.«

»Ihr reitet mit uns!«, befahl Connor. »Es ist für euch nicht sicher, allein durch dieses Land zu reiten!«

Noch eine Regel, die hier offenbar missachtet worden war, dachte Gillyanne, als sie sah, wie die Schultern der beiden noch ein wenig weiter nach unten sanken. Obwohl das junge Mädchen auf den Boden zu starren schien, merkte Gillyanne, dass Fiona nicht ihre Füße, sondern die Gemahlin ihres Bruders eingehend betrachtete. Allerdings ging von ihr keinerlei Ärger oder Wachsamkeit aus, sondern nur eine starke Neugier. Gillyanne fiel ein, dass die Kleidung des jungen Mädchens möglicherweise nicht allein dem unerlaubten Ausritt geschuldet war. Aber bevor sie weiter darüber nachdenken konnte, packte Connor sie wieder bei der Hand und zog sie zu seinem Pferd.

Meine Cousinen werden mir diese Geschichte nie abnehmen, dachte Gillyanne, als sich das Pferd in Bewegung setzte. Sie konnte es ja selbst kaum fassen; ein Teil von ihr fragte sich, ob das Ganze nicht nur ein höchst seltsamer Traum sei. Eine überstürzte Hochzeit, ein überstürzter Rückzug, ein überstürzter Vollzug der Ehe, noch dazu fast in aller Öffentlichkeit, und dann die Fortsetzung des überstürzten Rückzugs. Es kam ihr fast schon komisch vor.

»Warum trägst du ein männliches Kleidungsstück?«, fragte Connor.

Gillyanne starrte verwirrt auf ihr Kleid. »Kennst du Männer, die Kleider tragen?«

»Ich meinte die Unterhosen, die du unter deinen Röcken trägst.«

»Viele Frauen in meiner Familie tragen solche Hosen.«

»Du nicht!«

Nur zu gern hätte sie diesen barschen Befehl mit einem heftigen Streit beantwortet, aber er trieb sein Pferd zum Galopp, und obwohl sie sich noch immer Gehör hätte verschaffen können, beschloss sie, den Streit für später aufzuheben. Wenn man sich anstrengen musste, im Sattel eines galoppierenden Pferdes zu bleiben, konnte man einfach nicht besonders gut streiten. Aber diese Kleiderfrage schien wieder einmal typisch für Connor und seine mangelnde Logik – ihr untersagte er, ein winzig kleines, völlig unbedeutendes männliches Kleidungsstück zu tragen, aber seine Schwester durfte als Kerl verkleidet über die Felder preschen.

Aus diesem jungen Mädchen wurde sie nicht recht schlau, aber dass sich Fiona oft, wenn nicht sogar immer wie ein Junge anzog, schien ihr immer wahrscheinlicher. So, wie die MacEnroys die letzten zwölf Jahre gelebt hatten, war es durchaus möglich, dass Fiona einfach nur wie ein weiterer

Bruder aufgewachsen war. An und für sich nicht weiter schlimm, fand Gillyanne, aber Fiona würde bald zur Frau werden. Das erklärte vielleicht auch die intensive Neugier, mit der das Mädchen sie angestarrt hatte. Doch das Rätsel Fiona würde sie sicher später noch lösen können.

Als sie auf den breiten Rücken ihres Gemahls starrte, wusste Gillyanne, dass noch eine ganze Menge Rätsel darauf warteten, gelöst zu werden – zum Beispiel dieser Mann, der ihr durch und durch rätselhaft war. Und eine Frage beschäftigte sie momentan am stärksten: Wie konnte ein so gut aussehender Mann nur ein so schlechter Liebhaber sein? Bei all dem Durcheinander hatte sie zumindest das eine gehofft: endlich zu erfahren, was Leidenschaft war. Nun, einen schwachen Vorgeschmack hatte er ihr zwar vermittelt, aber gestillt war ihre Lust damit noch lange nicht. Wenn das alles war, was sie von ihm im Bett zu erwarten hatte, dann konnte sie nur beten, dass ihr Vater möglichst bald kommen und sie retten würde.

Der Ritt nach Deilcladach dauerte noch mehrere Stunden. Als sie sich ihrem Ziel näherten, versuchte Gillyanne, die Burg gründlich zu betrachten, aber es war nahezu unmöglich, an ihrem großen Gemahl vorbei zu sehen. Für einen Mann, der wahrscheinlich kein Gramm Fett auf den Knochen hatte, war Connor ein sehr breites Hindernis. Allerdings fiel ihr auf, dass der Boden hier nicht so gut war wie in Ald-dabhach. Dort konnte man problemlos mehr erzeugen, als die Menschen brauchten, doch dieses Land hier wirkte, als würde es nur mit Mühe das Nötigste abwerfen, und das auch nur in den guten Jahren. Damit ließe sich natürlich Connors großes Interesse an ihrem Land erklären.

Unter den Leuten, die Connor und seine Männer begrüßten, fielen ihr zwei große, hellhaarige Jungen auf, zu denen sich Connor, Andrew und Diarmot sogleich gesellten, und bald waren die fünf vom ganzen Clan umringt. Gillyanne verzog das Gesicht. Offenkundig gab es also noch zwei Brüder, und genauso offenkundig hatte man sie entweder vergessen oder man erwartete, dass sie sich um sich selbst kümmerte. Sie überlegte gerade, wie sie einigermaßen elegant von Connors riesigem Pferd absteigen könnte, als Fiona vorbeikam und zu ihr hochstarrte. Das Mädchen hatte wunderschöne veilchenblaue Augen, wie Gillyanne nicht ohne Neid bemerkte.

»Meine anderen Brüder«, sagte Fiona und deutete auf die zwei jungen Männer, die Connor gerade begrüßte. »Angus und Antony. Andrew ist achtzehn, Angus zwanzig, Antony zweiundzwanzig. Sie stehen sich ziemlich nahe, nicht nur vom Alter her. Wir nennen sie Angus, Nanty und Drew.«

Fiona wartete keine Antwort ab, sondern eilte gleich zu ihren Brüdern. Angus, Nanty und Drew waren alle etwa gleich groß, sie hatten das gleiche dunkelblonde Haar und den gleichen schlanken Körper. Gillyanne vermutete, dass sie eine Weile brauchen würde, bis sie die drei auseinander halten konnte.

Im nächsten Moment waren alle im Wohnturm verschwunden und sie saß noch immer auf Connors Pferd. Gillyanne fragte sich, ob es das war, worüber sich so manche Frau beklagte: dass die Männer sämtliche Höflichkeiten einstellten, sobald das Ehegelübde gesprochen war. Doch so einfach war das Ganze in ihrem Fall wohl nicht zu erklären – Connor war ja bislang noch keineswegs höflich gewesen. Sie starrte auf den Boden. Sollte sie hinunterspringen oder hinunterrutschen? Auf alle Fälle musste sie hinunter, denn sie konnte es kaum erwarten, ihren Mann in den Hintern zu treten, und zwar mehr als einmal!

»Braucht Ihr Hilfe, Mylady?«

Gillyanne blickte auf den großen, etwas zu dünn geratenen Mann, der neben das Pferd getreten war. »Wer seid Ihr denn?«

»Man nennt mich Knobby, Mylady.«

»Nicht besonders nett, so ein Spitzname.«

»Das hat nichts weiter zu bedeuten. Eigentlich heiße ich Iain, aber weil es hier acht Iains gibt, ist es leichter, uns alle mit Spitznamen zu rufen.«

»Aha, verstehe.« Sie beschloss, die aufkeimende Belustigung in seinen dunklen Augen nicht weiter zu beachten. »Ich glaube, ich könnte tatsächlich etwas Hilfe beim Absteigen von diesem Berg gebrauchen. Offenbar hat mich mein ungehobelter Ehemann völlig vergessen!«

»Aber nein, Mylady«, protestierte Knobby und half ihr wie gewünscht. »Er hat allen erzählt, wie er es geschafft hat, den Preis heimzuholen.«

Den Preis, dachte Gillyanne, und fragte sich, ob es wohl irgendjemandem in dieser elenden, staubigen Burg auffallen würde, wenn sie sich jetzt einfach auf den Boden werfen und einen lautstarken Tobsuchtsanfall bekommen würde. Aber das wäre wohl ziemlich kindisch und auch nicht besonders befriedigend gewesen. Mit einem Blick auf ihr staubiges, zerknittertes Kleid beschloss sie, dass es genug gelitten hatte; schließlich musste es noch halten, bis James ihr ihre Sachen gebracht hatte.

»Ihr seid wahrhaftig klein geraten«, murmelte Knobby.

Gillyanne bedachte ihn mit ihrem, wie sie hoffte, finstersten Blick. Im Clan der MacEnroys gab es wohl keine kleinen Männer. »Wenn Ihr Euren nächsten Namenstag erleben wollt, wärt Ihr gut beraten, diese Meinung für Euch zu behalten!«

»Ganz wie Ihr wünscht. Seltsam, mir fällt erst jetzt auf, dass Ihr rotes Haar habt.«

»Gar nicht seltsam, es ist nämlich nicht rot, sondern braun!«, murrte sie und strich ihre Röcke glatt.

»Nein, nein, wenn die Sonne darauf scheint, ist es rot. Und ich hätte auch nicht gedacht, dass Eure Augen grün sind.«

»Ich werde dir jetzt ein Geheimnis verraten, Knobby: Wenn meine Augen diese Farbe haben, ist es ratsam, mich mit einer gewissen Vorsicht zu behandeln!« Sie nickte, als er einen kleinen Schritt zurückwich. »Und wohin sind jetzt alle verschwunden?«

»In den großen Saal, Mylady. Wir feiern den Sieg und die sichere Heimkehr unseres Lairds.«

»Wie nett«, fauchte sie zwischen zusammengebissenen Zähnen.

Sie starrte auf den harten Boden des Innenhofs und dachte, dass es allmählich wirklich zu weit ging. Nun hatte sie zwar endlich einen Ehemann, doch sie wurde nach wie vor ignoriert. Zu ihrer Verletztheit kam noch Zorn hinzu, und diese beiden Gefühle verstärkten sich gegenseitig so sehr, dass ihr fast schlecht wurde. Langsam begann sie zu zählen, um ihre stürmischen Gefühle zu bändigen. Wenn sie in ihrem momentanen Zustand mit Connor zu streiten versuchte, würde sie ihm wahrscheinlich nur wirres Zeug an den Kopf werfen und sich so zum Narren machen, dass die MacEnroys glauben würden, sie hätte den Verstand verloren, und sie einsperren würden.

»Ähem – Mylady?«, rief Knobby leicht verunsichert. »Was tut Ihr da?«

»Zählen«, erwiderte sie grimmig. Am liebsten hätte sie geheult, doch sie nutzte ihre Wut, um diesen Drang zu unterdrücken.

»Was zählt Ihr?« Knobby betrachtete stirnrunzelnd den Boden, auf den sie starrte.

Gillyanne holte tief Luft und öffnete ganz langsam ihre Fäuste. »Ich zähle einfach nur. Meine Cousine Avery sagt, man kann seine Wut unter Kontrolle bringen, wenn man ganz langsam zählt.«

»Und, funktioniert es?«

»Nein. Anstatt nur so vor mich hin zu zählen und dabei ruhiger zu werden, zähle ich innerlich all die Möglichkeiten auf, wie ich den Narren, den ich vor wenigen Stunden geheiratet habe, verletzen und foltern könnte.«

Sie sah, dass sich sein schmales Gesicht rötlich verfärbte,

und fragte sich, ob sie ihn jetzt verärgert hatte. Nach all dem, was sie bislang über die MacEnroys erfahren hatte, war es sehr wahrscheinlich, dass ihr Ehemann bei den Mitgliedern seines Clans sehr geachtet war. Doch dann merkte sie, dass Knobby nicht wütend war, sondern nur mannhaft darum kämpfte, nicht in ein lautes Lachen auszubrechen. Gillyanne seufzte resigniert. Entweder die Männer ignorierten sie, oder sie fanden sie komisch – so war es offenbar immer. Kein Wunder, dass alle Eitelkeit, die sie vielleicht einmal besessen hatte, längst verkümmert war.

»Ich glaube, ich bin jetzt bereit, in den großen Saal zu gehen«, sagte sie.

»Gut, und am besten beeilt Ihr Euch ein wenig«, sagte Knobby mit leicht gepresster Stimme. »Das Essen ist nämlich immer recht rasch weg.«

Als sie auf die eisenbeschlagenen Türflügel des Wohnturms zuging, fragte sich Gillyanne, ob Knobby deshalb so dünn war, weil er immer zu lange brauchte, um an den Tisch zu kommen. Sie blickte sich noch einmal zu ihm um und wunderte sich nicht weiter, dass er sich vor Lachen krümmte, während er Connors Pferd in den Stall führte. Sicher fand er die Vorstellung höchst amüsant, dass jemand, der so klein war wie sie, einen Riesen wie Connor ausschimpfen wollte. Aber diese Vorstellung war nur für die Männer amüsant, die keine Murray-Frauen kannten.

Mit Mühe stemmte Gillyanne die schweren Türen auf und folgte den Stimmen, die aus dem großen Saal drangen. Auf der Schwelle blieb sie stehen und sah sich um. Ihr Mann saß auf einem Stuhl am Kopfende einer langen Tafel, umgeben von all den anderen. Er unterhielt seinen Clan mit den Geschichten, die sich in Ald-dabhach zugetragen hatten. Seine Begleiter bei diesem Abenteuer unterbrachen ihn immer wieder und gaben ihre Sicht der Dinge zum Besten. Keinem der Anwesenden fiel auf, dass die Frau, die ihnen zu diesem Festschmaus verholfen hatte, nicht neben ihrem Mann saß.

Als Gillyanne bemerkte, dass für sie nicht einmal gedeckt worden war, wallte ihr mühsam gebändigter Zorn erneut auf. Sie atmete ein paar Mal tief durch, um wieder ruhiger zu werden, dann trat sie an den Tisch. Sie beschloss, erst einmal etwas zu essen und zu trinken, bevor sie ein paar ernste Worte mit ihrem frisch angetrauten Gemahl wechselte. Das Land, über das er sich so freute, war ihre Mitgift. Wenn sie ihn verließ und ihre Ehe aufgelöst würde, würde er auch das Land verlieren. Dieses Wissen verlieh Gillyanne eine gewisse Macht, und sie nahm sich fest vor, sie auch zu nutzen.

Kapitel 7

Gillyane saß ein Kloß im Hals, so dick, dass sie kaum einen Bissen hinunterbrachte. Einmal mehr gab sie sich zu bedenken, dass sie nicht aus Liebe geheiratet hatte. Connor hatte ihre Burg und ihr Land haben wollen und ihr war daran gelegen gewesen, eine blutige Auseinandersetzung zu vermeiden. Nicht Leidenschaft hatte sie zusammengeführt, sondern der König mit seinem unüberlegten Vorgehen und natürlich die menschliche Gier. Bei der Auswahl an Freiern war ihr Connor als das kleinere Übel erschienen. Sollte sie sich wirklich so getäuscht haben? Sie konnte es kaum glauben.

Doch derlei vernünftige Argumente konnten ihre Wut nicht beschwichtigen, die wieder rapide anschwoll, als sie verstohlen beobachtete, wie freundlich Connor zu einer derben Magd namens Meg war. Dass diese Frau vor aller Augen um ihn herumscharwenzelte, war schon schlimm genug, aber schlimmer noch waren die triumphierenden Blicke, die sie Gillyanne zuwarf. Die meisten Frauen übten nur an einem einzigen Ort eine gewisse Macht aus, im Haushalt. Offenbar war Meg fest davon überzeugt, dass Gillyanne sich nicht einmal dort würde durchsetzen können.

Sie versuchte, den bitteren Geschmack von Erniedrigung mit einem großen Schluck herben Weins wegzuspülen. War sie für diesen Mann wirklich nur ein Mittel zum Zweck? Hatte er sie wahrhaftig in dem Moment, in dem er sie in die Sicherheit seiner Burg geschafft hatte, völlig vergessen? Wenn Knobby ihr nicht geholfen hätte, säße sie wahrscheinlich jetzt noch auf diesem riesigen Pferd! Sie war als Letzte in den großen Saal gekommen, lange nachdem er, seine Familie und sein Gefolge Platz genommen hatten; sie hatte sogar um einen Platz an der langen Tafel und um ihr Essen kämpfen müssen. Andererseits hat es ja auch sein Gutes, wenn er mich so kaltherzig missachtet, versuchte sie sich einzureden. Sie hatte den Mann in der Hoffnung geheiratet, Zeit zu gewinnen, bis ihre Verwandten kommen und sie aus dieser misslichen Lage befreien würden. Eigentlich spielte es gar keine Rolle, was bis dahin passierte, solange sie keinen Schaden nahm. Aber dennoch schmerzte es.

Doch warum tat es so weh? Warum wollte es ihr nicht gelingen, sich einzureden, dass ja nur ihr Stolz verletzt sei, so wie früher, als die Männer sie immer ignoriert hatten? Nun, eine Erklärung war wohl, dass dieser Mann ihr Gemahl war. Ein Priester hatte sie getraut und die Ehe war vollzogen worden, wenn auch für ihren Geschmack viel zu hastig und keineswegs befriedigend. Gillyanne konnte es noch immer kaum fassen, dass ein so gut aussehender Mann ein so schlechter Liebhaber war. Wahrscheinlich, dachte sie verdrossen, hat er sich einfach nicht sonderlich angestrengt, denn für ihn war es wohl kaum mehr als das Besiegeln einer Abmachung. Bei Meg schien er sich jedenfalls wesentlich mehr zu bemühen, wie Gillyanne zähneknirschend feststellte.

Die Magd stellte sich hinter Connor und legte ihre plumpen Arme auf seine Schultern, so dass sein Kopf fast zwischen ihrem üppigen Busen verschwand. Connor lachte kurz auf. Dieses lüsterne Kichern brachte das Fass zum Überlaufen. Fluchend sprang Gillyanne auf, ignorierte die plötzlich eintretende Stille und stürmte zu ihrem Mann.

»Nimm die fort!«, fauchte sie, deutete auf Megs Brüste und schubste die Frau weg. »Mein Mann soll deutlich hören, was ich ihm zu sagen habe!«

»Nun mal langsam, Mädchen!«, sagte Connor ruhig, aber auch ein wenig beeindruckt von der Wut in ihrem kleinen Gesicht, die ihre großen, leicht verschiedenfarbigen Augen in einem interessanten Grün funkeln ließ.

»Mädchen? Gemahlin! Weißt du noch, wer ich bin? Ich bin die Frau, nach deren Burg und Land du so gegiert hast! Die, die du vor einen Priester gezerrt und so ungeschickt geliebt hast!« Sie missachtete das allgemeine Entsetzen im Saal und stellte nur sehr zufrieden fest, dass sich seine hohen Wangenknochen vor Zorn rot färbten.

»Ein Mann hat das Recht, seine Ehefrau zu schlagen!«, knurrte er warnend.

»Versuch es ruhig! Du weigerst dich zu sehen, welchen Ärger du dir bereits eingehandelt hast, du Idiot. Aber bald wird dieser Ärger in Gestalt meines Vaters laut an dein Tor pochen. Und du wirst es zehnfach büßen, wenn mein Vater auch nur einen einzigen blauen Flecken an mir entdeckt! Schon jetzt ziehst du dir seinen Zorn zu, wenn du mich so respektlos behandelst.«

»Ein Mann hat ein Recht auf seine Freuden.«

Das hätte er lieber nicht sagen sollen. Erst einmal warf sie ihm einen üblen Fluch an den Kopf, dann richtete sie sich kerzengerade auf und meinte spöttisch: »Aber dann gebührt der Frau dasselbe Recht.«

»Pass auf, was du sagst, Mädchen!«

Doch Gillyanne ließ sich nicht einschüchtern. Sie wusste zwar, dass es vernünftiger gewesen wäre, die kalte Wut in seiner Stimme zu beherzigen, aber auch sie war wütend – viel zu wütend, um vernünftig zu sein. Nach einem raschen Blick in die Runde packte sie Connors Bruder Diarmot und zog ihn so kräftig hoch, dass er sich sehr wunderte, woher sie diese Kraft nahm. Sie begann, ihn aus dem großen Saal zu schleifen, obwohl er ihr schon fast Leid tat, denn in seinem Blick stand das blanke Entsetzen geschrieben.

»Mein Gott, Mädchen, er wird mich töten!«, stammelte Diarmot. Er war zu schockiert, um sich zu wehren, und gleichzeitig auch beschäftigt, seinen Bruder nicht aus den Augen zu lassen, der soeben sehr langsam aufstand.

»Nein, nein, dich sicher nicht«, erwiderte Gillyanne, ohne sich umzudrehen. »Mich vielleicht, aber dich doch nicht. Vielleicht verprügelt er dich, aber an so etwas bist du doch sicher gewöhnt.«

Da wurde ihr Diarmot auch schon entrissen. Sie sah noch,

wie der junge Mann auf dem Hintern über den Boden schlitterte, dann fasste ein starker Arm sie um die Taille und ihr Mann trug sie wie einen Sack Mehl aus dem Saal. Gillyanne dachte kurz daran, ihre Zähne in seinen Oberschenkel zu schlagen, aber ihr Haar war im Weg und außerdem war es wohl klüger, ihn nicht noch mehr zu reizen.

Er stürmte auf einer schmalen Treppe ins Obergeschoss, trat eine schwere Tür auf und warf seine Frau auf ein breites Bett. Sie richtete sich sofort wieder auf, und als sie sah, dass er den Raum verlassen wollte, lief sie leise fluchend an ihm vorbei und schlug die Tür zu. Dann stellte sie sich mit verschränkten Armen davor und funkelte ihn wütend an. Sie wusste zwar nicht genau, was sie eigentlich von ihm wollte, aber das eine wusste sie: Sie wollte nicht in diesem Schlafzimmer allein gelassen werden, während er in den Saal zurückkehrte und sich wieder mit Meg abgab.

»Geh zur Seite, Mädchen!«, befahl Connor.

»Ich heiße Gillyanne!«, erwiderte sie schroff. »Und ich werde dich nicht zu deiner lüsternen Metze zurückkehren lassen!«

Connor starrte sie fassungslos an. Er schwankte zwischen Wut und der plötzlichen Lust, laut zu lachen. Dieses kleine zarte Ding, das ihm kaum bis zu den Achseln reichte, führte sich auf, als sei es ihm ebenbürtig. Bis auf seine Schwester Fiona hatte ihn noch nie eine Frau beschimpft, beleidigt oder gar mit Flüchen bedacht. Er verzog das Gesicht. Frauen sollten fügsam sein und ihren Männern gehorchen, vor allem Frauen aus adligem Hause. Connor fragte sich allmählich, in welcher Familie Gillyanne eigentlich aufgewachsen war, dass sie solch unumstößliche Regeln missachtete.

»Dein Gemahl hat dir befohlen, zur Seite zu gehen«, knurrte er.

»Ach ja? Ist dir wieder eingefallen, dass du verheiratet bist? Heißt das, du wirst endlich anfangen, mich wie deine Gemahlin zu behandeln?«

»Verflucht noch mal, ich behandle dich doch so!«

Gillyannes Wut machte einer gewissen Verblüffung Platz. Offenkundig meinte Connor, was er gesagt hatte. Aber das konnte doch wohl nicht sein, oder etwa doch?

»Tust du das? Dürfte ich dann vielleicht erfahren, wie du glaubst, dass ein Mann seine Gemahlin behandeln sollte?« Gillyanne klang ein klein wenig zu sanft.

»Er lässt mit Sicherheit nicht zu, dass sie es mit einem anderen treibt. Jede Frucht deines kleinen Körpers gehört ausschließlich mir!«

»Na ja, immerhin wäre es in der Familie geblieben. Diarmot ist schließlich dein Bruder.« Er wirkte schockiert, was ihr ausgesprochen gut tat. »Und nun sag mir bitte: Wie sollte ein Mann deiner Meinung nach seine Ehefrau behandeln?«

Connor war zu dem Schluss gelangt, dass sie das mit Diarmot wohl nur im Scherz gesagt hatte. »Freundlich«, erwiderte er.

Sie verzog das Gesicht. »Und weiter?«, fragte sie.

»Er muss darauf achten, dass sie genügend zu essen bekommt.«

»Ach ja? Dann könnte er sich ja auch die Zeit nehmen, ihr einen Platz am Tisch und einen vollen Teller zu sichern, bevor er sich seiner Hure zuwendet.«

Er musste zugeben, dass er das tatsächlich vergessen hatte. »Ich bin noch nicht gewohnt, mich um eine Ehefrau zu kümmern. Und die Hure heißt Meg.«

Sie heißt bald Meg, die Malträtierte, wenn sie nicht mit ihren Spielchen aufhört, dachte Gillyanne, sagte aber nur gedehnt: »Wie schön für sie. Und weiter?«

»Ein Mann muss darauf achten, dass seine Frau gut oder zumindest warm genug angezogen ist.«

Gillyanne blickte wortlos auf ihr schmutzstarrendes, zerknittertes Kleid und dann wieder mit einer hochgezogenen Braue auf ihn.

»Wir sind doch gerade erst angekommen! Schließlich

schleppe ich nicht ständig Frauenkleider mit mir herum, und ich hatte vor unserem Aufbruch keine Zeit, deine Kleider aus Ald-dabhach holen zu lassen.«

Er klang allmählich, als müsse er sich verteidigen, was Gillyanne als Zeichen nahm, dass noch nicht alles zu spät war. »Na gut. Und weiter?«

»Eine Lady sollte zärtlich geliebt und sorgsam umhegt werden, bis sie ein Kind empfangen hat.«

»Das klingt ja, als wäre ich ein dreimal verfluchter Garten!«

Connor war ziemlich sicher, dass Ladies nicht fluchen sollten, beschloss aber, vorläufig darüber hinwegzusehen. »Ladies sollten sittsam sein, und dafür gebührt ihnen Achtung und Fürsorge. Ein Mann hebt seine raueren Leidenschaften für Mägde wie Meg auf. Solche Dinge würden eine Lady nur schockieren.«

»Was für ein Unsinn! Wer hat dir denn einen solchen Quatsch erzählt?«

»Mein Onkel Sir Neil MacEnroy. Er kennt sich aus bei Ladies von Stand.«

»Ach ja?«, grummelte sie und gab sich keine Mühe, ihre Verachtung zu verbergen. »Wie viele Ladies kennt er denn, dass er sich da so sicher ist?«

Insgeheim musste Connor zugeben, dass er auf diese Frage keine Antwort hatte. Er war sich nicht sicher, wann oder ob sein Onkel jemals einer Lady begegnet war. Doch das wollte er vor dieser wütenden kleinen Frau nicht zugeben.

»Er hat mir alles beigebracht, was ich weiß«, erwiderte er nur.

Gillyannes Gesicht verzog sich kurz zu einer höhnischen Grimasse. »Dein Onkel hat offenbar andere Dinge gelernt als ich«, meinte sie. Da sie davon ausging, dass er jetzt nicht mehr einfach weggehen würde, setzte sie sich auf das Bett. »Er hat allerdings Recht, was das Essen, die Kleidung und das Zuhause betrifft.«

»Ja, genau, ein Zuhause – das biete ich dir schließlich auch.« Er freute sich, dass er wenigstens eine Sache richtig gemacht hatte.

»Na ja.« Sie beschloss, ihn nicht darauf hinzuweisen, dass sie ja eigentlich schon ein recht hübsches Zuhause gehabt hatte, aus dem er sie verschleppt hatte. »Aber als Lady von adliger Herkunft muss ich dir bei vielem widersprechen, was er dir gesagt hat.«

»Ein Mädchen streitet nicht mit einem Mann. Sein Wort ist Gesetz.«

Gillyanne starrte Connor an. Sie ärgerte sich schwarz, dass sie nach wie vor nicht wahrnehmen konnte, was in ihm vorging, und hoffte nur, dass er nicht so dumm war, all diesen Unsinn wirklich zu glauben. Jedenfalls brauchte er etwas Nachhilfe und seinen Onkel hätte sie am liebsten ordentlich verprügeln lassen.

»Dieses Mädchen streitet«, erwiderte sie.

»Das ist mir nicht entgangen.«

Sie wirkte einfach hinreißend, wie sie da auf der Bettkante saß und ihre kleinen Füße eine Handbreit über dem Boden baumelten. Connor spürte, wie sich sein Verlangen regte, und versuchte, es zu unterdrücken. Das fiel ihm nicht leicht, denn er erinnerte sich noch allzu deutlich an ihren hübschen kleinen Körper und wie warm und eng er sich angefühlt hatte. Er hatte zwar, seiner ehelichen Pflicht entsprechend, seinen Samen in den Schoß seiner Gemahlin ergossen, aber er hätte gerne noch mehr von ihr gehabt. Durch die Zurückhaltung, die er sich auferlegt hatte, war ihm nämlich einiges von dem entgangen, was die Liebe spenden konnte. Deshalb hatte er sich auch Meg zugewandt, doch sie hatte sein Verlangen überhaupt nicht geweckt, wie er sich leider eingestehen musste. Das konnte noch zu einem Problem werden, denn wenn er seine derberen Gelüste nicht anderswo befriedigen konnte, würde er es womöglich bei seiner Gemahlin versuchen, und das durfte er eigentlich nicht, denn sie war ja eine Lady. Und außerdem war sie so klein und zart, dass er Angst hatte, ihr wehzutun.

»Dieses streitsüchtige Mädchen sagt dir jetzt jedenfalls, dass ein Ehemann nichts unter den Röcken anderer Frauen zu suchen hat. So etwas nennt man Ehebruch, und Ehebruch ist eine Sünde!«

»Dann gibt es aber viele Sünder auf dieser Welt.«

»Zu viele, doch das macht die Sache nicht besser. Bei manchen Dingen wird zwar in dieser Welt ein Auge zugedrückt, aber in der nächsten bestimmt nicht.«

»Ein Mann hat eben Bedürfnisse, die häufig befriedigt werden wollen. Und dafür gibt es Mädchen wie Meg. Eine Lady könnte das nie ertragen.«

»Was für ein Mist!«

»Eine Lady sollte nicht so unflätige Wörter benutzen!«

»Wenn du weiter solchen Unsinn verzapfst, wirst du bald herausfinden, wie unflätig ich noch werden kann!« Sie ließ sich auf das Bett fallen und seufzte. »Ach, dann geh doch und treib es mit deiner Hure! Ich weiß nicht, warum ich überhaupt rede. Du warst ohnehin nicht besonders gut.« Gillyanne wunderte sich nicht, dass er plötzlich drohend über ihr stand. Mit vernünftigen Argumenten war er offenbar nicht zu beeindrucken – vielleicht half es ja, ihn zu provozieren. Im Moment sah es jedenfalls aus, als hätte sie ihn endlich aus der Reserve gelockt.

»Ich war nicht gut?«, fauchte er. »Ich habe dir deine Jungfräulichkeit genommen, ohne dir wehzutun!«

»Stimmt, aber du hast mir auch nicht besonders viel Lust bereitet.«

Er starrte sie an, als hätte er noch nie ein solch merkwürdiges Wesen getroffen. Sie erwiderte seinen Blick, doch sie konnte nichts darin lesen, keine Gedanken, keine Gefühle. Allmählich beschlich sie die dunkle Ahnung, dass das einer der Gründe gewesen war, weshalb sie sich für ihn entschieden hatte.

»Ladies wollen keine Lust, sie können keine Lust empfinden. Eine Lady erwartet, dass ihr Mann seine Geliebte mit so etwas behelligt.«

Gillyanne stützte sich auf die Ellbogen. Ihre Gesichter waren sich so nahe, dass sich fast ihre Nasen berührten. Sie fühlte sich rundum betrogen. Sie hatte gehofft, dass ihr in dieser Ehe, die sie ja nur gezwungenermaßen eingegangen war, zumindest ein wenig von jener Lust zuteil würde, die die Augen ihrer Cousinen immer so aufleuchten ließ. Stattdessen behandelte er sie, als befürchte er, sie würde zerbrechen, wenn er sie leidenschaftlich umarmte. Seine ersten Küsse waren sehr vielversprechend gewesen. Sie wollte wenigstens herauszufinden, ob er diese Versprechen einlösen konnte. Wenn nicht, dann konnte er ihretwegen tun und lassen, was er wollte, und sie würde darauf warten, aus dieser Ehe gerettet zu werden. Eine kleine Stimme in ihrem Kopf flüsterte ihr zwar zu, dass sie es nie schaffen würde, diesen Plan in die Tat umzusetzen, doch sie beachtete sie nicht weiter, denn momentan wurde sie daraus überhaupt nicht schlau.

»Ich schlage dir einen Handel vor«, sagte sie. »Du zeigst mir die Vergnügen und derben Gelüste, nach denen dir der Sinn steht. Behandle mich wie deine Geliebte und nicht wie deine Gemahlin. Wenn ich es nicht aushalte, kannst du es wieder mit deiner Hure treiben. Ich verlange nur das eine: Erspare mir die Schande, mir und deinen Leuten deine Geliebten vorzuführen, denn damit brüskierst du mich vor deinem ganzen Clan. Das werde ich nicht dulden, zumindest nicht sang- und klanglos. Also los, zeig mir, wovor ich solchen Abscheu empfinden soll!«

Connor richtete sich auf und begann, sein Wams aufzuschnüren. Er fand diesen Vorschlag sehr verlockend, denn er wollte ihr nur zu gern zeigen, wie sehr er sie begehrte. Er wollte sehen, ob es ihm gelingen würde, ihre wundervollen Augen in heißem Verlangen funkeln zu lassen. Er wollte ihre herrlich seidene Haut überall berühren, ohne sich zu sorgen, ob sie wohl schockiert wäre. Er wollte ihren perfekten kleinen Nabel küssen, sich an ihren himbeerfarbenen Brustwarzen ergötzen, ihre schlanken weißen Oberschenkel streicheln. Und auch wenn er sich ein wenig über dieses Verlangen wunderte, von dem er bislang nur gehört, es jedoch noch nie selbst empfunden hatte – er wollte sogar die weichen rotbraunen Locken zwischen diesen wundervollen Beinen küssen.

Und warum auch nicht?, dachte er, als er sich das Wams auszog. Vielleicht würde es sie erschrecken, vielleicht auch mit Abscheu erfüllen, aber sie hatte ihm erlaubt, sich zumindest ein Mal nach Herzenslust an ihr zu erfreuen. Und genau das würde er jetzt tun – solange ihr die Sinne nicht schwanden oder sie anfing, sich ihm zu widersetzen. Und wenn sie nach diesem einen Mal dazu übergehen würden, sich nur gelegentlich auf sanfte Art und nur zum Zweck der Fortpflanzung zu paaren, dann würde er sich zumindest an einer Erinnerung erfreuen können. Doch so, wie ihre Augen sich weiteten, als er nackt vor ihr stand, fragte er sich, ob ihr Mut sie nicht schon verlassen hatte.

Während sich ihr Gemahl auszog, wurde es Gillyanne immer wärmer. Sie kannte ja noch nicht sehr viel von ihm, doch nun ergötzte sie sich an seinem Anblick, an seiner glatten, golden schimmernden Haut und seinen geschmeidigen stählernen Muskeln. Unter seinem Nabel zog sich ein feiner Haarstreifen bis an seine Lenden, wo die Haare zu einem dichten Büschel wurden, und auch seine langen muskulösen Beine waren stark behaart. Er war wunderschön und sehr männlich, fand sie, als ihr Blick wieder zu seinen Lenden wanderte. Aber wahrscheinlich war es ganz gut gewesen, dass sie ihn vor ihrer ersten Vereinigung nicht so deutlich gesehen hatte; denn sie wäre sicher nicht so gelassen gewesen, wenn sie die Größe dessen gesehen hätte, was da in sie eindringen sollte. Sie hatte noch nicht sehr viele dieser Körperteile gesehen, und die, die sie zu Gesicht bekommen hatte, waren meist in einem Zustand gewesen, den ihre Cousine Avery scherzhaft als gelangweilt zu bezeichnen pflegte. Sie war sich jedoch sicher, dass Connor ganz besonders gut ausgestattet und jetzt auch ganz und gar nicht gelangweilt war.

»Hast du Angst?«, fragte er, als er sie vom Bett hochzog und anfing, sie auszuziehen.

»Nein. Mir ist nur aufgefallen, dass du – na ja, nicht gerade gelangweilt bist«, murmelte sie und versuchte, sich von der Helligkeit in diesem Raum nicht allzu sehr irritieren zu lassen.

»Was meinst du damit?«

»Meine Cousine Avery bezeichnet das männliche Glied in Ruhe als gelangweilt.«

»Wie viele hast du denn schon gesehen?«, fragte er argwöhnisch.

»Na ja, ich schleiche nicht herum und betrachte verstohlen irgendwelche Männer«, entgegnete sie, leicht gekränkt von seinem unausgesprochenen Vorwurf. »Aber in einer Burg, in der viele Menschen leben, und mit vielen Brüdern und Cousins kommt ein Mädchen nicht umhin, das eine oder andere Mal einen Blick auf so etwas zu werfen. Avery fand eine Bezeichnung für die diversen – na ja, Stellungen, die dieser Körperteil einnehmen kann: gelangweilt, ein wenig interessiert und alles andere als gelangweilt.«

»Mädchen sollten diese Körperteile nicht anschauen und ihnen auch keinen Namen geben!«

»Du und deine Benimmregeln«, murrte sie. »Wahrscheinlich sollte ich Avery sagen, dass sie aufhören soll, diesen Körperteil ihres Mannes als Sir Draigon zu bezeichnen.«

Er ließ ihr Hemd auf den Boden fallen und starrte auf ihre Beinkleider, wobei er sich das Lachen verbeißen musste. Es war ihm ein Rätsel, wie sie es immer wieder schaffte, diesen Drang in ihm zu wecken, denn eigentlich neigte er überhaupt nicht zu Übermut und Ausgelassenheit. Ab und zu ein kleines Schmunzeln, das schon, aber ein richtiges Lachen? Er konnte sich nicht daran erinnern, wann er zum letzten Mal richtig gelacht hatte.

So etwas tat ein Laird einfach nicht. Wenn er die ganze Zeit grinsend und lachend herumliefe, hätten seine Leute keine Achtung mehr vor ihm. Er musste Stärke zeigen, nur seine Stärke hielt alle zusammen.

»Du trägst ja noch immer diese Hosen«, sagte er.

»Jawohl, und ich gedenke auch nicht, damit aufzuhören«, erwiderte sie störrisch.

»Das sind Männerkleider.«

»Männer sollen also ihre empfindlichen Stellen schützen dürfen und Mädchen sollen die Kälte aushalten und sich beim Reiten wund scheuern? Nein danke! Und egal, wie sittsam ein Mädchen ist, es wird immer irgendwelche Idioten geben, die versuchen, ihr unter die Röcke zu spähen. Was unter meinen Röcken ist, geht keinen etwas an außer mir und meinem Gemahl. Du brauchst also gar nicht zu glauben, dass du mich dazu bringen kannst, meine Beinkleider aufzugeben.«

Schon der bloße Gedanke, dass ein Fremder einen noch so flüchtigen Blick auf ihre Schätze erhaschen könnte, reichte, um Connor umzustimmen. Eigentlich hatte sie Recht, solche Kleidungsstücke waren gar nicht so schlecht für Mädchen. Nachdem er ihr die Unterhose ausgezogen hatte, hob er seine Gemahlin hoch und legte sie sachte auf seinem großen Bett ab, auf dem sie beunruhigend klein, sehr zart und sehr zerbrechlich wirkte.

Gillyanne spürte, dass sie unter seinem forschenden Blick errötete. Als er die Stirn runzelte, war sie nicht nur verlegen, sondern auch ausgesprochen unsicher.

Sie wusste, dass sie klein war, aber das waren die meisten Frauen in ihrer Familie und ihren Männern schien das nichts auszumachen. Doch ein rascher Blick zeigte ihr, dass es durchaus nicht mangelndes Interesse war, was Connor die Stirn runzeln ließ.

»Willst du mich jetzt weiter anstarren oder etwas mit mir anfangen?«, fragte sie schließlich gedehnt, denn sie hielt seinen Blick nicht mehr aus.

»Letzteres«, erwiderte er und legte sich behutsam auf sie.

Sie stöhnte wohlig auf, als er ihr wieder einen seiner vielversprechenden Küsse schenkte, dann schlang sie die Arme um seinen Nacken und zog ihn ganz nahe zu sich. Er war groß, warm und schwer, aber das Gewicht seines Körpers war ihr sehr angenehm. Ihre Lippen öffneten sich, sobald seine Zunge Einlass begehrte, und als er ihren Mund erforschte, breitete sich in ihrem ganzen Körper eine köstliche, erregende Wärme aus und in ihrem Bauch begann es wunderbar zu kribbeln. Jetzt würde sie endlich erfahren, was es mit dieser Lust auf sich hatte und was diesen Blick in die Augen von Liebespaaren zauberte, der selbst sie erröten ließ!

Als Connor Gillyanne küsste, spürte er, wie sich ihre herrlichen Brustwarzen aufrichteten. Am liebsten hätte er sie sofort liebkost, aber er befahl sich, nicht zu gierig zu sein und langsam vorzugehen. Er wollte seine Gemahlin nicht gleich beim ersten Mal mit seiner Leidenschaft verschrecken, die adligen Gefühlen so gar nicht entsprach, und er hoffte inständig, dass dies nicht das letzte Mal sein würde. Außerdem wollte er mehr von ihr als von Frauen wie Meg; er wollte sie nicht nur berühren und von ihr berührt werden, ein wenig küssen und dann gezielt darauf hinarbeiten, seinen Samen zu verströmen.

Das ist überhaupt das Beste am Verheiratetsein, dachte er, während er genüsslich ihren langen, schönen Hals küsste und sich langsam zu ihren Brüsten vorarbeitete, die er so sehr begehrte. Und wenn er seine Frau neben dem Vergnügen, beim Erreichen seines Höhepunktes warm und gemütlich in ihr zu sein, dazu bringen konnte, die körperliche Liebe zumindest ansatzweise zu genießen, dann würde er vielleicht etwas empfinden, was dem Zustand vollkommener Befriedigung nahe kam.

Als sein Mund ihre Brüste erreicht hatte, stützte er sich auf und umfasste sie mit beiden Händen. Sie schmiegten sich hinein, als gehörten sie dorthin. Auch wegen seiner eigenen Größe hatte er bisher immer größere Frauen bevorzugt, stattliche, mit schweren Brüsten ausgestattete Mädchen. Jetzt aber hatte er das Gefühl, noch nie etwas so Vollkommenes in den Händen gefühlt zu haben wie Gillyannes kleine, feste Brüste und die Warzen, die sich im Einklang mit ihrem Atem an seine Handflächen drückten. Er legte die Hände an die Seiten dieser herrlichen Brüste und freute sich erst einmal am Anblick der dunklen, hochaufgerichteten, einladenden Warzen, ehe er sie genüsslich küsste. Der leise Schrei, den Gillyanne ausstieß, ließ ihn zögern. Sollte er sie etwa jetzt schon schockiert haben? Doch dann bäumte sie sich ihm entgegen und rieb sich bebend an ihm. Er umschloss erneut eine ihrer Brustwarzen mit den Lippen, und sie reagierte ähnlich wie zuvor. Offenbar erregten sie seine Liebkosungen! Rasch überwand er seine Verblüffung und machte sich weiter über sie her, leckend, knabbernd, saugend, bis er ihre Hüften festhalten musste, so sehr rieb sie sich an ihm.

Er war kurz davor, die Beherrschung zu verlieren, wollte diesen Moment jedoch möglichst lange hinauszögern. Mit langsamen Küssen wanderte er zu ihrem Bauch, küsste ihren Nabel, kitzelte ihn mit der Zunge und ließ dabei eine Hand zwischen ihre Beine gleiten. Nur sein fester Griff hinderte sie daran, sich so stark aufzubäumen, dass sie fast aus dem Bett gepurzelt wäre. Doch diesmal wusste er, was ihre Reaktion bedeutete, und er konnte ihren heißen, feuchten Willkommensgruß auch deutlich spüren. Er presste das Gesicht auf ihren Bauch. Am liebsten hätte er sie auf ihre hübschen Locken geküsst, doch dafür, fand er, war es noch zu früh. Stattdessen ergötzte er sich an dem köstlichen Geruch ihrer Haut und dem warmen, schweren Duft weiblicher Erregung, den er tief in sich einsog. Als er sich langsam wieder aufrichtete, umklammerte sie ihn mit ihren schlanken, starken Beinen, als wolle sie ihn daran hindern zu fliehen. Endlich drang er in sie ein. Ihre Enge und Hitze ließen ihn laut aufstöhnen. Mit vor Erregung heiserer, bebender Stimme flüsterte sie seinen Namen, und er spürte, wie ihm jegliche Beherrschung zu entschwinden drohte. Als er anfing, sich zu bewegen, ermutigte ihn die Umklammerung ihres schlanken Körpers und die wilde Gier ihres Kusses, sich nicht zurückzuhalten. Dann spürte er, wie sie der Höhepunkt ihrer Lust überwältigte. Er stieß tief in sie und bebte unter der Gewalt, mit der ihn sein Höhepunkt erfasste. Ihre Nägel gruben sich in seinen Rücken, ihre kleinen Fersen trommelten auf sein Hinterteil, und all dies verstärkte seine Lust, bis er endlich auf Gillyanne zusammenbrach. Er dachte gerade noch daran, sich seitlich von ihr auf das Bett fallen zu lassen, und vergrub das Gesicht im Kopfkissen.

Gillyanne streichelte Connor und murmelte bedauernd, als er aus ihr glitt. So ist das also, dachte sie, während sie mit den Füßen seine behaarten kräftigen Waden massierte. Endlich begriff sie die langen Blicke und leisen Seufzer. Sie war sich nur nicht klar, was dieses Wissen nun für sie bedeutete. Aber es war nicht der rechte Zeitpunkt, alles einzuordnen. Nur eines wollte sie sofort tun, sie wollte Connor wissen lassen, dass er seine »derberen Gelüste« nicht anderswo befriedigen musste.

»Ich lebe noch«, sagte sie. Eigentlich hatte sie es scherzhaft sagen wollen, stellte aber fest, dass sie leicht verwundert klang.

»Ich glaube, ich auch«, murmelte er.

Ein verstohlener Blick zeigte ihm, dass ihr Gesicht noch immer lustvoll glühte, worüber er sich stärker freute, als er für angemessen hielt.

»Und ich war überhaupt nicht angewidert.«

»Nein, aber das war nur ein kleiner Vorgeschmack auf die herzhafteren Liebeskünste eines Mannes.«

»Ein kleiner Vorgeschmack?«

»Jawohl. Vielleicht fällt mir noch etwas ein, was dich mit Abscheu erfüllt.«

»Hmmm. Also gut, versuch es!«

Sehr bald, dachte Connor und musste tatsächlich grinsen. Es fiel ihm nicht leicht einzusehen, dass sein Onkel sich geirrt hatte. Leichter war es zu denken, Gillyanne sei ein seltener Glückstreffer, einer von tausend. Vielleicht hatte ihre Familie sie so erzogen, dass sie nichts Falsches daran sah, die Liebe mit ihrem Gemahl zu genießen. Viele Fragen drängten sich in seinem Kopf, aber er wollte sie momentan lieber nicht stellen. Aus welchem Grund auch immer machte die freie, ungezügelte Liebe Gillyanne Spaß. Ihre Lustschreie hatten ehrlich geklungen und sehr süß.

Und laut, dachte er schmunzelnd. Es würde ihn nicht wundern, wenn alle in Deilcladach diese Schreie gehört hätten. Nur ein Narr würde ein solches Geschenk hinterfragen, und Connor MacEnroy war kein Narr.

Kapitel 8

Connor schlug die Augen auf und betrachtete die Brust direkt vor seiner Nase. Es war eine wunderschöne Brust, blass, seidig weich, fest und einladend. Es war die Brust seiner kleinen Frau. Eine Art Besitzerstolz befiel ihn und er dachte daran, dass kein anderer Mann diese Brust küssen und diese himbeerfarbene Warze liebkosen konnte, bis sie hart und steif wurde; kein anderer konnte spüren, wie perfekt sich diese köstliche, wohlgeformte Brust in die hohle Hand schmiegte – zumindest nicht, wenn er nicht Gefahr laufen wollte, eines langsamen, schmerzhaften Todes zu sterben. Aber warum führte schon der bloße Gedanke daran, dass ein anderer Gillyanne berühren könnte, dazu, dass sich sein Magen vor Zorn verkrampfte? Eine Frau zu haben ist gar nicht so einfach, stellte er fest. Aber vielleicht liegt es ja auch an dieser besonderen Frau, dachte er, während er den Finger um die hübsche Brustwarze kreisen ließ. Er spürte, wie Gillyanne im Schlaf zuckte, und wollte ihre Brust gerade küssen, als es an der Tür klopfte.

»Herrgott noch mal«, fluchte er halblaut und merkte, dass Gillyanne ihn schlaftrunken musterte und ihre Augen sich von aufkeimendem Verlangen verdunkelten.

»Es ist ja schon Morgen!«, murmelte sie und zog sich die Decke über die Brust. Connor setzte sich auf; sie musste sich ebenfalls aufrichten, um nicht entblößt zu werden.

Er nickte.

»Eine gute Zeit für ein kleines Liebesspiel – aber leider nicht heute früh«, setzte er hinzu und blickte finster auf die Tür.

»Was ist denn?«, schrie er, als das Klopfen nicht aufhörte.

»Onkel Neil ist da«, schrie Diarmot zurück. »Er will dich sehen, und zwar sofort!«

»Sag ihm, dass ich gerade meinen Erben zeugen wollte.« Conner war ungehalten.

»Das habe ich ihm schon gesagt. Er ist nicht besonders erfreut, dass du geheiratet hast, ohne es ihm zu sagen. Er will deine Frau sehen.«

»Sorg dafür, dass er etwas zu essen bekommt. Ich komme gleich.« Connor verwünschte seinen Onkel lautstark, doch er stand auf, wusch sich und zog sich an. Beim Hinausgehen rief er noch über die Schulter: »Besser, du kommst auch gleich herunter.«

Gillyanne konnte nichts erwidern, denn er war schon weg. Sie ließ sich in die Kissen zurückfallen. Was für ein unsanftes Erwachen! Sie fühlte sich leicht gekränkt, ja, fast schon beleidigt, unterdrückte dieses Gefühl jedoch rasch wieder. Schließlich konnte sie nicht erwarten, dass sich ihr Mann schon nach einer Liebesnacht in einen schmeichelnden Höfling verwandelte. Connor war ein Neuling in der Kunst, ein Ehemann zu sein, und auch sie musste sich erst noch in die Rolle der Ehefrau finden. Er brauchte noch viel Übung.

Sie stieg aus dem Bett und begann sich zu waschen. Dabei ging ihr mancherlei durch den Kopf. Trotz der Leidenschaft der letzten Nacht musste sie wohl davon ausgehen, dass sich Connors merkwürdige Vorstellungen, wie eine Ehefrau zu behandeln sei, nicht geändert hatten. Und sie konnte sich auch seiner ehelichen Treue nicht sicher sein. Eigentlich hatte sie ihm nur bewiesen, dass eine Lady von Stand das, was er die derberen Gelüste eines Mannes nannte, durchaus genießen konnte. Das war aber nur ein sehr kleiner Schritt in die richtige Richtung.

Wieder einmal gab sie sich zu bedenken, dass sie diese Ehe ursprünglich ja nur eingegangen war, um einen Streit zu beenden und Zeit zu gewinnen, bis ihr Vater kommen und sie retten würde. Doch nachdem sie ihr ramponiertes Kleid angezogen hatte, schüttelte sie den Kopf und schimpfte halblaut mit sich selbst, dass sie sich nur etwas vormachte. Natürlich hatte es diese Gründe gegeben, aber sie hatte sich auch sehr stark zu Connor hingezogen gefühlt – und sie hatte sich die Chance nicht entgehen lassen wollen, endlich zu erfahren, was es mit der Leidenschaft auf sich hatte. Bedeutete die Anziehung, die Connor auf sie ausübte, dass er der Partner ihres Herzens war? Und wenn ja, konnte sie ihn dazu bringen, dasselbe für sie zu empfinden? Falls ihr das nicht gelingen sollte, blieb ihr immer noch die Chance, sich von ihrem Vater aus dieser Ehe befreien zu lassen.

»Und bis sich das alles entschieden hat«, murmelte sie, während sie ihr Haar mit einer Lederschnur zusammenband und sich auf den Weg in den großen Saal machte, »werde ich mich so verhalten, als würde diese Ehe auf einer festen Basis stehen und so heilig und unauflösbar sein, wie es in den Ehegelübden heißt.«

Plötzlich fiel ihr ein, dass Onkel Neil ja derjenige war, der ihrem Mann all den Unsinn über Frauen in den Kopf gesetzt hatte, und sie beschleunigte ihre Schritte. Es war nicht ratsam, ihren Gemahl mit diesem Mann allzu lange allein zu lassen.

»Onkel Neil«, sagte Connor, als er in den großen Saal trat, »schön, dass du da bist!«

Er setzte sich auf seinen Stuhl, ließ sich von einer finster dreinblickenden Meg einen Becher Ziegenmilch einschenken und betrachtete seinen Onkel. Der bereits ergrauende Mann nahm sich trotz der frühen Stunde Bier. Connor wusste zwar schon lange, dass sein Onkel zu viel trank, aber aus irgendeinem Grund fiel es ihm heute Morgen ganz besonders auf. Zudem fragte er sich, wo sein Onkel eigentlich gesteckt hatte, dass er sich schon zum Frühstück bei ihnen einstellen konnte. Neil wirkte, als habe er eine ziemlich schlimme Nacht hinter sich, aber Connor war sich ziemlich sicher, dass sein Onkel weder einen besonders harten noch einen besonders langen Ritt zurückgelegt hatte.

Von wem hatte Neil eigentlich erfahren, dass er vermählt war, wenn nicht von Diarmot?

»Du hast also geheiratet, Bursche«, sagte Neil, wobei er nicht gerade erfreut klang.

»Warum?«

»Hat dir Diarmot das nicht erzählt?« Connor wusste nicht, warum seine Gefühle für seinen Onkel plötzlich so zwiespältig waren; warum er diesen Mann, dem er seit dem Tod seiner Eltern blindlings vertraut und gehorcht hatte, plötzlich in Frage stellte.

»Als ich ihn fragte, wo du und deine Frau steckten, sagte der Junge lediglich, du seist mit dem Weib in deinem Gemach.«

»Woher wusstest du überhaupt, dass ich geheiratet habe?«

»Fast jeder zwischen hier und Edinburgh weiß, dass du jetzt eine Gemahlin hast. Drei zu Rittern geschlagene Lairds, die sich zum Narren machen, wie sie versuchen, sich ein Mädchen zu schnappen – solche Geschichten machen schnell die Runde.«

Connor fragte sich, warum ihn diese Antwort nicht zufrieden stellte, doch dann legte er seine Zweifel beiseite. Manche Neuigkeiten verbreiteten sich in der Tat wie ein Lauffeuer über die heidebewachsenen Hügel. Und egal, woher sein Onkel gekommen war, bestimmt hatte sein Weg ihn durch Gegenden geführt, in denen fast jeder die Geschichte in allen Einzelheiten kannte.

»Ich habe gewonnen und mir den Preis geholt. Und jetzt steht Ald-dabhach unter meiner Herrschaft«, erklärte Connor einigermaßen stolz.

»Ich dachte, das Mädchen habe sich für dich entschieden.«

»Das schon, aber erst, nachdem jeder von uns vergeblich versucht hatte, Ald-dabhach einzunehmen, und wir uns darauf eingestellt hatten, es noch einmal härter und mit weniger Rücksicht auf Land und Leute zu versuchen. Sie ist ein einfallsreiches kleines Ding, aber sehr weichherzig. Nachdem sie uns durch ihre Listen nicht loswurde, beschloss sie, das Spiel zu beenden, weil sie kein Blutvergießen wollte.«

»Das waren keine Listen«, protestierte Gillyannne, die gerade hereingekommen war. »Das war Taktik!«

Neil musterte Gillyanne kurz, dann wetterte er los: »Du meine Güte, Bursche, hättest du nicht warten können, bis sie ein bisschen größer wird?«

Auf dem Weg zu Connor beschloss Gillyanne, dass es wohl besser wäre, nicht bei seinem Onkel stehen zu bleiben und ihm eine kräftige Ohrfeige zu versetzen. »Ich bin ausgewachsen«, sagte sie so würdevoll wie möglich.

»Na, dann hast du dich aber nicht besonders angestrengt. Und so, wie ihre Kleider aussehen, ist sie obendrein auch noch bettelarm.«

»Sie hat Ald-dhabach als Mitgift in die Ehe gebracht, Onkel«, erwiderte Connor, wobei er sich Mühe geben musste, den aufwallenden Zorn über die unhöflichen Worte seines Onkels zu verbergen. »Das ist ja wohl mehr als genug. Und bald wird ihr Cousin ihre Sachen bringen. Die Zeit reichte nicht, um sie gleich mitzunehmen; denn ich hielt es für das Beste, erst einmal meine Gemahlin in Sicherheit zu bringen.«

»Glaubst du, die anderen werden versuchen, sie dir wegzunehmen?«

»Das könnte schon sein.«

»Dann wird es also zu neuen Kämpfen kommen!«

Beunruhigt versuchte Gillyanne, sich auf den Haferbrei und das Brot vor ihr zu konzentrieren. Sie hatte sich in ihr Schicksal gefügt, verheiratet zu werden, um ein Blutvergießen zu vermeiden.

Konnte es sein, dass sie zwar die Menschen von Ald-dahbach gerettet hatte, dafür aber die alte Fehde neu auflodern würde? Diese Vorstellung versetzte sie in Angst und Schrecken.

»Nein«, erwiderte Connor mit fester Stimme. »Vielleicht probieren sie es mit ein paar Tricks, vielleicht versuchen sie sogar, meine Frau zu entführen, aber die alte Fehde und der alte Hass werden bestimmt nicht wieder auflodern. Das wollen Robert und David genauso wenig wie ich. Wir drei haben unsere Jugend fast ausschließlich damit zugebracht, das Chaos zu beseitigen, das uns unsere Väter hinterlassen haben. Wir haben genug davon.«

Meg stellte einen Teller Brot vor Connor. Dabei rieb sie sich an ihm und bedachte ihn mit einem derart lüsternen Blick, dass Gillyanne ihr am liebsten ein Messer in den üppigen Busen gerammt hätte. Doch Connor wich der Magd aus, winkte sie weg und nickte seiner Gemahlin zu. Gillyanne verschluckte sich fast an ihrem Haferbrei.

Wenn dieser Idiot glaubte, er habe ein Lob dafür verdient, dass er den vor Gott abgelegten Eid befolgte, dann irrte er sich aber gewaltig!

»Du solltest zu deiner Geliebten nicht so abweisend sein, Connor«, riet Neil. »Die Frauen kennen Mittel und Wege, es uns Männer büßen zu lassen.«

»Meg ist nicht mehr meine Geliebte.«

»Ach ja? Hast du eine neue? Wen denn? Jenny? Ein hübsches Ding mit einem straffen Busen.«

»Ich bin jetzt verheiratet, Onkel.«

Connor war sich nicht sicher, ob er all dem, was Gillyanne gestern Nacht gesagt hatte, beipflichten sollte, doch in einem Punkt musste er ihr Recht geben: Es war nicht richtig, die Geliebte vor der Gemahlin und dem Clan zur Schau zu stellen. Das würde der Gemahlin in der Tat jegliche Achtung rauben und es ihr erschweren, wenn nicht gar unmöglich machen, ihren Platz als Lady von Deilcladach einzunehmen. Das durfte nicht geschehen. Und falls Gillyanne weiterhin nichts gegen seine Leidenschaft hatte und sie wie gestern Nacht sogar erwiderte, dann brauchte er gar keine Geliebte. Er war ein Mann mit starken Gelüsten, aber eigentlich hatte es ihn nie nach ständig wechselnden Frauen verlangt. Hauptsache, das Mädchen war warm und willig, und bei Gillyanne sprach alles dafür, dass sie beides war. Als er einen kurzen Blick auf seine kleine Frau warf, wunderte er sich nicht, dass sie seinen Onkel wütend anfunkelte, obwohl sie sich Mühe gab, es zu verbergen. Es war wenig rücksichtsvoll von Onkel Neil, derlei Dinge vor ihr zu besprechen.

»Dass du verheiratet bist, hindert dich doch nicht daran, dir eine Geliebte zu nehmen!«, stellte Neil fest und schenkte seinen Krug nach.

»Wenn Connor anderen Weibern nachläuft, ist das Ehebruch, und so viel ich weiß, ist das eine Sünde«, murmelte Gillyanne.

»Ab und zu braucht ein Mann eine warme, willige Frau«, erwiderte Neil. Als Gillyanne nur verächtlich schnaubte, fragte er: »Wer bist du überhaupt?«

»Gillyanne Murray aus Dubhlinn, Tochter von Sir Eric Murray und Lady Bethia.«

»Sir Eric Murray?« Neil starrte sie einen Moment lang an, dann blickte er beunruhigt auf Connor. »Er ist ein Mann des Königs.«

Wenn schon der Name Neil so beunruhigt, ist vielleicht doch etwas an Gillyannes Warnungen im Hinblick auf ihren Vater, dachte Connor. Natürlich konnte es ein Mann nicht hinnehmen, dass ihm seine Frau drohte, das musste er ihr bald einmal in aller Deutlichkeit sagen. Doch vielleicht war es ratsam, sie zuerst einmal dazu zu bringen, etwas mehr über ihren Vater zu erzählen. Er hatte damit gerechnet, mit einem erzürnten Vater verhandeln und vielleicht sogar einen kleinen Brautpreis zahlen zu müssen, um den Mann zu besänftigen. Die Reaktion seines Onkels auf diesen Namen zeigte jedoch, dass es damit unter Umständen nicht getan war. Connor konnte es sich nicht leisten, sich einen Laird zum Feind zu machen.

»Der König selbst hat uns nach Ald-dabhach und zu dessen junger Herrin geschickt«, sagte Connor. »Und es war auch der König, der meinte, dass es wohl am besten sei, wenn einer von uns das Mädchen heiratete, um so einen Streit um dieses Land zu vermeiden.«

»Na gut, das sollte dir helfen. Vermutlich wird Sir Eric all das erfahren haben, bevor er auf der Suche nach seinem Kind die Burg stürmt.«

Gillyanne bestrich eine Scheibe Brot mit Honig und verzehrte sie langsam, während sie Connors Onkel eingehend betrachtete. Das also war der Mann, der viel zu viele von Connors Ansichten geprägt hatte. So, wie er sich am frühen Morgen schon die Gurgel mit Bier ölte, musste er ein Trinker sein. Und den Geschichten, die er nun erzählte, konnte sie entnehmen, dass er ein tief verwurzeltes Misstrauen, ja sogar eine große Verachtung für Frauen hegte. Dieser Mann hatte etwas an sich, was sie zutiefst beunruhigte.

Ihre Sorge ließ sich nicht ausschließlich mit seinem Trinken und seinem gestörten Verhältnis zum anderen Geschlecht erklären. Sie spürte, dass Connors Onkel eine uralte Wut und Schuldgefühle mit sich herumschleppte, die sich auch nicht in all dem Alkohol ertränken ließen, den er in sich hineinschüttete. Sir Neil MacEnroy war ein Mann mit dunklen Geheimnissen, dunklen, hässlichen Geheimnissen, die er keinesfalls preisgeben wollte.

Gillyanne war versucht, nach ihnen zu graben, doch nach einem raschen Blick auf Connor fand sie, dass das ihm gegenüber nicht sehr nett wäre. Sie beschloss, den Mann stattdessen erst einmal sehr genau zu beobachten, um festzustellen, ob er tatsächlich so gefährlich war, wie sie es in diesem Moment zu spüren meinte. Wenn ja, dann musste sie sämtliche Rücksichten auf Connors Gefühle und alle Angst, ihre Ehe mit unliebsamen Offenbarungen zu belasten, hintan stellen.

Sie begann, wieder genauer auf das Gespräch der beiden Männer zu achten. Neil gab gerade ein paar Klatschgeschichten vom Königshof zum Besten. Damit verfolgte er wohl eine bestimmte Absicht. Gillyanne wunderte sich nicht, dass auch ihr Cousin Payton erwähnt wurde und eine lange Aufzählung all seiner Affären folgte. Sie krümmte sich innerlich, doch es sollte noch schlimmer kommen. Als Nächstes sprach Neil nämlich von ihrem Vater. Schon nach zwei kurzen Geschichten voller Andeutungen, dass ihr Vater auf denselben lüsternen Pfaden wandelte wie Payton, konnte sich Gillyanne nicht mehr zurückhalten.

»Ihr beleidigt meinen Vater, Sir!«, rief sie zornig und sprang auf.

»Was ist denn?«, fragte Neil scheinbar verwundert. »Ich erzähle meinem Neffen doch nur, was für ein stattlicher Mann voller Saft und Kraft Euer Vater ist.«

»Er ist ein stattlicher Mann, und wahrscheinlich steckt er auch voller Saft und Kraft, aber die Gerüchte, dass er in die Betten fremder Frauen steigt, sind erstunken und erlogen! Mein Vater ist kein Ehebrecher!«

»Na ja, Mädchen, du als seine Tochter willst der Wahrheit natürlich nicht ins Auge sehen.«

»Ich kenne die Wahrheit!«, fiel Gillyanne ihm ungestüm ins Wort. »Mein Vater würde meine Mutter niemals betrügen!«

Als er nur die Augen verdrehte, wäre sie am liebsten mit ihren wütend geballten Fäusten auf ihn losgegangen. »Er liebt sie. Wenn Ihr mir das nicht glauben wollt, dann hört gut zu, was er sonst noch sagt: Er gibt zu, dass er in jungen Jahren meinem Cousin Payton recht ähnlich war, aber heute hat er nichts mehr mit ihm gemein. Er hat nämlich vor Gott ein Gelübde abgelegt, sagt er, und eine Liebelei mit irgendeiner Hure sei die Vergeltung überhaupt nicht wert, mit der er rechnen müsste, wenn er dieses Gelübde bräche. Außerdem, sagt er, ist meine Mutter die Frau, die ihr Leben riskiert hat, um ihm Kinder zu schenken; die Frau, die sein Heim in Ordnung hält und für seine Annehmlichkeiten sorgt; die Frau, die auch noch an seiner Seite stehen wird, wenn er von Narben übersät und vom Alter gebeugt ist. Und das Mindeste, was er für sie tun kann, ist, ihr treu zu sein. Nehmt ihm zumindest diese praktischen Beweggründe ab, wenn Ihr seine religiösen bezweifelt! Und jetzt will ich kein schlechtes Wort mehr über ihn hören!«

Gillyanne nickte Connor kurz zu und verließ den großen Saal hoch erhobenen Hauptes, ohne sich dafür zu entschuldigen. Ihr stolzer Abgang litt nur ein wenig unter Connors fünf Geschwistern, die sich an der Tür drängten und durch die sie sich einen Weg bahnen musste.

Als ihr Blick auf Fiona fiel, nahm sie sich fest vor, bald einmal etwas für das Mädchen zu tun. Doch zuerst wollte sie ihrem Zorn Luft machen, und zwar indem sie Connors Schlafgemach gründlich putzte.

»Du hast ja ein ganz schön weltfremdes Mädchen geheiratet«, sagte Neil und nickte den restlichen Neffen und seiner Nichte kurz zu.

»Mag sein«, pflichtete ihm Connor bei, »aber ich glaube, dafür kennt sie ihre Familie umso besser.«

»Stellst du dich etwa auf ihre Seite?«

»Warum sollte es bei dieser Sache zwei Seiten geben?«

»Auf alle Fälle war sie sehr wütend«, murmelte Diarmot, als er sich neben seinen Onkel setzte und sich eine Scheibe Brot nahm.

»Ich habe Connor doch nur ein paar Geschichten erzählt, die mir am Hofe zu Ohren gekommen sind«, meinte Neil. »Das Mädchen ist einfach zu empfindlich, sie kann keine Geschichten über Männer und ihre Art ertragen.«

»Sie hat nichts gesagt, als du mir von den lüsternen Abenteuern ihres Cousins berichtet hast«, erinnerte Connor seinen Onkel. »Nur bei den Geschichten über ihren Vater hat sie sich geärgert.«

»Aber auch die entsprachen der Wahrheit! Die dumme Göre will einfach nicht glauben, dass sich ihr Vater genauso aufführt wie alle anderen.«

Connor wollte nicht mit seinem Onkel streiten, aber er hatte das Gefühl, Gillyanne verteidigen zu müssen. »Ob wahr oder nicht, es war jedenfalls nicht nett von dir, solche Geschichten über ihren Vater zu erzählen. Wir wissen beide, dass Klatsch, vor allem der am Hof, oft nicht stimmt!«

Neil musterte Connor einen Moment lang. »Du glaubst also nicht, dass die Gerüchte über ihren Vater stimmen?«, fragte er schließlich.

»Ich weiß es nicht. Aber meine Gemahlin glaubt das, was sie sagt. Und so überzeugt, wie sie ist, muss es ihr von klein auf vermittelt worden sein. Außerdem klangen die Worte, die sie ihrem Vater in den Mund legte, so, als stammten sie tatsächlich von ihm. Wie sie ja selbst sagte – wenn du ihm schon nicht seine religiösen Gründe abnehmen willst, dann zumindest die praktischen. Ich neige dazu, diese Gerüchte als Lügen abzutun; möglicherweise wurden sie ja in die Welt gesetzt, um den Mann zu verletzen, der dem König so nahe steht, dass mancher neidisch werden könnte. Aber selbst wenn sie der Wahrheit entsprechen, sollte man sie nicht vor der Tochter des Betreffenden zum Besten geben.«

»Ich glaube, Connor hat Recht, Onkel«, meldete sich Diarmot zu Wort. »Lady Gillyanne ist sehr stolz auf ihren Vater, das merkt man schon daran, wie sie seinen Namen ausspricht. Und daran, dass sie glaubt, Connor gegenüber diesen Namen zu erwähnen sei so gut wie einen Knüppel zu schwingen. Und ganz ehrlich – es hört doch niemand gern schlimme Geschichten über seinen Vater. Wie sieht er eigentlich aus? Gut?«

»Das finden jedenfalls die Weiber«, grummelte Neil. »Er ist genau wie dieser Cousin. Die Frauen überschlagen sich schier, um einen dieser beiden für sich zu gewinnen. Am meisten erzählt man sich von dem Cousin. Die Männer, oder zumindest die meisten Männer, scheinen zwischen einer gewissen Achtung und Wertschätzung für diesen Burschen zu schwanken und einem Hass auf ihn, weil ihm sämtliche Frauen zu Füßen liegen; dafür würden sie ihm am liebsten die Pest an den Hals wünschen. Die Frauen hingegen schwärmen von dem jungen Kerl, als verkörpere er alles Schöne und Gute.«

Neil grunzte verächtlich und nahm einen tiefen Schluck aus seinem Krug.

Seine Brüder wollten noch mehr Geschichten hören, doch Connor lehnte sich zurück und versuchte, sich über seine Gefühle klar zu werden. Er hatte mit seinem Onkel gestritten, und zwar wegen seiner Gemahlin. Hatte er als Ehemann das Richtige getan? Andererseits kam er sich irgendwie zu nachgiebig vor.

Er nahm sich vor, in Zukunft wachsamer zu sein – vor allem, weil Gillyanne ziemlich geschickt darin war, sich Verbündete zu verschaffen, dachte er, als er sah, wie Fiona aufstand und sich davonschlich.

»Was machst du da?«

Als Gillyanne von der Feuerstelle aufblickte, die sie gerade säuberte, stellte sie überrascht fest, dass die Frage von Fiona kam, die auf einem Stuhl saß und ihr zuschaute. Schon als sie Connors Schwester zum ersten Mal sah, hatte sie in ihren hübschen veilchenblauen Augen Neugier aufblitzen sehen, doch nun sprach Fiona sie zum ersten Mal direkt an. Sie hätte gern gewusst, ob das junge Mädchen von ihr lernen wollte oder ob es sie einfach nur für ein seltsames Wesen hielt, das es näher zu betrachten galt. Es fiel ihr schwer, sich eine genaue Vorstellung davon zu machen, was in Fiona vorging. Gefühle nicht zu zeigen und sie sorgsam zu hüten war offenbar typisch für alle MacEnroys.

»Ich putze das Schlafgemach des Lairds«, erwiderte Gillyanne. Dann blickte sie sich um. Sie sah, dass die rundliche Magd Joan gerade den Teppich vor dem Bett aufrollte. »Nein, Joan, nimm dir zuerst die Vorhänge, Wandbehänge und Decken vor! Ach, und sag doch bitte einer der anderen Frauen, dass sie mit einem Eimer Wasser und einer Bürste hochkommen soll, um den Fußboden zu schrubben.«

»Das ist Megs Aufgabe«, sagte Fiona und zog – ein getreues Abbild ihres großen Bruders – eine Braue hoch, als Gillyanne und Joan amüsiert, aber auch höhnisch auflachten. »Meg macht zwar, was sie will, aber eigentlich sollte sie hier putzen.«

»Es ist ja wohl klar, dass sie das nicht zu tun gedenkt. Ich weiß nicht, wie sie es in diesem Zimmer überhaupt ausgehalten hat – obwohl das Bett ziemlich sauber wirkt.« Gillyanne starrte auf Connors Bett. Am liebsten hätte sie es verbrannt, wenn sie daran dachte, wie er mit einer anderen Frau die Laken zerwühlt hatte.

»Meg war nie in diesem Bett. Connor hat seine Frauen nie mit in sein Schlafgemach genommen. Nicht, dass es so viele gewesen wären. Er ist mit diesem Bett sehr eigen. Ich habe mich schon gewundert, als ich hörte, dass du darin gelandet bist. Aber natürlich bist du seine Gemahlin und außerdem sehr reinlich. Er lässt jede Woche die Bettwäsche wechseln.« Fiona runzelte die Stirn. »Ich weiß gar nicht, wann meine Laken das letzte Mal gewechselt wurden.«

»Dann kommt dein Zimmer an die Reihe, sobald ich hier fertig bin. Hilf mir doch bitte, die Matratzen zum Lüften über das Fensterbrett zu legen«, sagte Gillyanne, als Joan gegangen war. »Und wenn wir sie wieder aufs Bett legen, werde ich ein paar Kräuter zwischen die einzelnen Schichten streuen.«

»Damit es gut riecht?«, fragte Fiona, während sie Gillyanne half, die Matratzen zu einem der schmalen Fenster zu schleppen und dort so auf das Fensterbrett zu legen, dass sie zur Hälfte nach draußen hingen.

»Nicht nur deshalb; die Kräuter schützen auch vor Ungeziefer und Feuchtigkeit.«

»Ich kann mir nicht vorstellen, dass sich in Connors Bett Wanzen tummeln.«

»Ich habe keine bemerkt, aber dank der Kräuter wird sich auch in Zukunft keinerlei Getier in dieses warme Nest verkriechen. In einer Stunde wenden wir die Matratzen, damit auch die andere Seite lüften kann. Ich vermute mal, dass Connors Bettstatt auch deswegen so sauber ist, weil er so großen Wert auf saubere Wäsche legt.«

»Ich glaube, Connor achtet deshalb so sorgsam auf sein Bett, weil wir viele Jahre in feuchten, dreckigen Hütten verbringen mussten, als wir die Burg wieder aufbauten.«

Gillyanne nickte zustimmend, als Joan wiederkam, um die Teppiche zu holen und sie einmal richtig auszuklopfen. Die Magd hatte ihre jüngere Cousine Mairi mitgebracht, die sich mit Besen, Eimer und Lappen bewaffnet hatte. Gillyanne überlegte, ob Connor jemals bemerken würde, dass hier gründlich sauber gemacht worden war.

Dann seufzte sie tief und vom ganzen Herzen – vielleicht würde es ihm sogar auffallen, aber wahrscheinlich würde er kein Wort darüber verlieren. Sie machte sich wieder an der Feuerstätte zu schaffen.

Eigentlich ist es doch gar nicht nötig, dafür von seinem Gemahl gelobt zu werden, sagte sie sich streng. Die stille Befriedigung, eine Aufgabe ordentlich erledigt zu haben, sollte doch genügen.

»Kann ich dir noch irgendwie zur Hand gehen?«, fragte Fiona schüchtern.

»Du könntest die Wände abwaschen, aber nur, wenn du mir wirklich helfen willst.«

»Gerne, auch wenn es ziemlich öde klingt. Ich bin jetzt eine Frau und habe einsehen müssen, dass ich kein Krieger sein kann, jedenfalls keiner wie meine Brüder. Mein Schicksal ist es, zu heiraten und Kinder zu bekommen. Es ist zwar nicht schlecht, wenn man an der Seite seines Mannes zu kämpfen weiß, aber mein zukünftiger Gemahl wird wohl auch erwarten, dass ich mich um sein Heim kümmere.« Fiona begann, die Wände zu schrubben.

»Hat dich denn nie jemand in die weiblichen Künste und Aufgaben eingewiesen?«

»Was wissen Connor, mein Onkel oder meine Brüder schon von solchen Dingen? Versteh mich nicht falsch – ich will mich jetzt nicht darüber beklagen, wie ich groß geworden bin. Connor hat getan, was er konnte. Er war ja selbst noch sehr jung, als er mit seinen jüngeren Brüdern und seinem Schwesterchen dastand und sich um den Wiederaufbau kümmern musste. Auch seinetwegen möchte ich alles lernen, was eine Lady wissen und können muss. Ich möchte weder ihn noch mich oder meinen Gemahl mit meiner Unkenntnis beschämen.«

»Tja, viele aus meiner Familie würden in schallendes Gelächter ausbrechen, wenn sie erfahren würden, dass ausgerechnet ich einem Mädchen beibringen soll, was eine Lady wissen muss. Aber gut, ich versuche mein Bestes.«

Sie arbeiteten eine Weile still vor sich hin. Als Mairi weg war, meinte Fiona: »Wahrscheinlich werde ich auch lernen müssen, mich wie eine Frau zu kleiden.«

Gillyanne lachte. »Ich fürchte, ja. Wenn mein Cousin James meine Sachen bringt, kann ich dir eines meiner Kleider geben.« Mit einem raschen Blick auf Fionas Figur fuhr sie fort: »Wir werden wahrscheinlich gar nicht so viel ändern müssen. Ich habe allerdings auch noch etwas auf dem Herzen: Mir ist schon so manches über die Kämpfe und das große Sterben zu Ohren gekommen, aber vielleicht könntest du mir das alles ausführlich erzählen, während wir hier sauber machen?«

Fiona holte tief Luft, dann begann sie mit der langen, dunklen Geschichte von den Kämpfen, Verwüstungen und Morden. Als Mairi zurückkam und die Holzdielen polierte, steuerte auch sie hie und da eine traurige Episode bei. Allmählich wurde Gillyanne das wahre Ausmaß des Grauens klar und sie begann zu begreifen, was Connor zu dem Mann gemacht hatte, der er heute war.

Mit kaum fünfzehn Jahren hatte Connor erleben müssen, wie ein Großteil seines Clans und auch seine Eltern brutal ermordet worden waren. Das Land war verwüstet und die zerstreuten Überlebenden des Clans, zu deren Laird er ernannt worden war, fanden kaum etwas zu essen oder eine Hütte, um darin Schutz zu suchen.

In den folgenden harten Jahren trieb Connor den Wiederaufbau voran und sorgte für die Sicherheit seiner Geschwister und seines Clans. Auf diese Leistung konnte er wahrlich stolz sein. Gillyanne musste jedoch Fiona zustimmen, als diese sagte, sie glaube, Connor habe noch immer Schuldgefühle, weil er nicht an der Seite seines Vaters gekämpft hatte und gefallen war.

Das erklärte so manches. Viele wären zerbrochen an der Last, die damals auf Connors junge Schultern gelegt worden war, aber er war daran gewachsen. Jetzt verstand Gillyanne auch, warum sie so wenig von seinen Gefühlen erahnen konnte. Sie lagen zu tief in ihm verborgen, in Schach gehalten von den Jahren der Disziplin und des Kampfes ums schiere Überleben. Für die zarteren Gefühle hatte er weder Zeit noch Raum gehabt.

Vermutlich war sein Bedürfnis, als starker Führer aufzutreten, den sein gebeutelter Clan so bitter nötig hatte, ein weiterer Grund, Gefühle wie Freude, Zärtlichkeit oder sonst etwas, von dem er fürchtete, es könne ihn schwach erscheinen lassen, so heftig zu unterdrücken. Und noch heute hielt er am Bild des harten Mannes fest, obwohl die Zeiten längst friedlich waren und alles bis auf das unwiederbringlich Verlorene wieder gerichtet war.

Es würde wahrhaftig nicht leicht werden, diesen harten Panzer zu knacken, dachte Gillyanne seufzend. Und vielleicht war nach so vielen Jahren auch gar keine Freude, gar keine Sanftheit mehr in Connor? Er klammerte sich ja nach wie vor daran, alle ihm Anvertrauten um jeden Preis schützen zu müssen. Gillyanne wollte zu gerne glauben, dass ein Mann, der eine Frau so lieben konnte, wie Connor sie geliebt hatte, auch zu zarteren Gefühlen fähig wäre; aber vielleicht war es doch nur die pure Wollust gewesen, die seine Küsse so erregend gemacht hatte. Ihr stand noch ein schwerer Kampf bevor, wenn sie die Schönheit und die Freuden finden wollte, die ihre Cousinen in ihren Ehen gefunden hatten. Und am meisten ängstigte sie, dass sie nicht wusste, wie sie so einen Kampf gewinnen konnte und ob sie die richtigen Waffen dazu hatte.

Kapitel 9

»Sie hat wieder kein heißes Wasser gebracht.« Gillyanne starrte zornig auf den leeren Badezuber, aber sie wollte ihre schwelende Wut nicht an Fiona auslassen, die wahrlich nichts dafür konnte. Nachdem Gillyanne fünf Nächte lang von ihrem Gemahl heiß geliebt und fünf Tage lang mehr oder weniger links liegen gelassen worden war, hatte sie einen Plan gefasst. Im Großen und Ganzen handelte es sich um eine Fortführung dessen, was sie ohnehin schon tat, indem sie die Rolle der Lady von Deilcladach übernommen hatte. Leider brauchte sie für das Aufräumen und Putzen wesentlich mehr Zeit, als sie veranschlagt hatte, und Connor hatte kaum etwas davon bemerkt. Deshalb hatte sie sich den Kopf zerbrochen, mit welchen kleinen Annehmlichkeiten eine Frau ihren Gatten erfreuen könnte, und war schließlich darauf gekommen, ihm am Ende eines arbeitsreichen Tages ein schönes Bad vorbereiten zu lassen. Diesen Vorsatz hatte sie vor drei Tagen gefasst, aber bislang hatte sie es noch nicht geschafft, ihn in die Tat umzusetzen.

Das Problem war, dass es zu Megs Pflichten gehörte, Wasser ins Schlafgemach des Lairds zu bringen. Als Gillyanne das erfuhr, hatte sie schon mit einigen Schwierigkeiten gerechnet, aber nicht mit offenem Ungehorsam. Doch diesmal wollte sie es nicht selbst machen und auch keine andere Magd damit beauftragen. Es war einfach nicht fair, die anderen ständig zu bitten, Megs Arbeit zu verrichten, sie hatten alle selbst genug zu tun. Am allerwenigsten kam Joan dafür in Frage; denn wie alle vermuteten, trieb es Meg wahrscheinlich mit Joans Gemahl, während diese Megs Arbeit erledigte. Darüber hinaus schwächte Megs anhaltende Weigerung, einen von der Frau des Lairds erteilten Befehl auszuführen, Gillyannes Position in der Burg, und zwar mehr noch als Onkel Neils offenkundige Verachtung und Abneigung es taten. Gillyanne vermutete, dass niemand auf Deilcladach sie ernst nehmen würde, wenn die anderen Frauen nicht so viel Verständnis für sie aufbrächten und Meg so ablehnten.

»Aber wozu brauchst du überhaupt jeden Abend heißes Wasser hier oben?«, wollte Fiona wissen.

»Ich bin es Leid, von meinem Gemahl tagaus, tagein mehr oder weniger ignoriert zu werden«, erwiderte Gillyanne.

»Und du meinst, du könntest mit einem Bad Abhilfe schaffen?«

»Nein, es ist nicht nur das Bad. Abgesehen davon schätze ich ein heißes Bad am Abend und glaube, dass es Connor ähnlich geht.« Gillyanne setzte sich neben Fiona auf das Bett. »Obwohl mich Connor seine Gemahlin nennt und sein Bett mit mir teilt, führen wir noch keine richtige Ehe. Wir teilen nämlich sonst kaum etwas. Na gut, beim Abendessen hält er mir den Platz neben sich frei, aber er redet hauptsächlich mit seinen Brüdern, seinem Onkel und seinen Leuten. Ich dachte, es würde ihn beeindrucken, wenn ich hier aufräume und putze, aber allmählich glaube ich, Connor ist einer der Männer, denen erst auffällt, dass sich etwas verändert hat, wenn die Burg von oben bis unten glänzt – und das wird noch eine Weile dauern.«

»Tja.« Fiona schüttelte den Kopf. »Mir war gar nicht klar, wie schmutzig es hier war, bis wir meine Schlafkammer geputzt haben.«

»Es gibt Schlimmeres. Hier wurde auch vor mir schon geputzt, aber eben nicht besonders gründlich und nicht oft genug. Und das seit Jahren.«

»Na ja, vor einigen Jahren wurde Meg hier das Kommando übertragen.«

»Aha, eine dieser typisch männlichen klugen Entscheidungen«, meinte Gillyanne süffisant, doch dann verzog sie das Gesicht. »War sie denn schon so lange Connors Geliebte?«

»Damals war sie die Geliebte meines Onkels, und ich glaube, alle meine Brüder hatten auch schon ein Verhältnis mit ihr.« Fiona zuckte mit den Schultern. »Aber du wolltest mir eigentlich erklären, warum du so großen Wert auf ein Bad legst.«

»Das gehört zu den kleinen Annehmlichkeiten, die eine Frau ihrem Gemahl bereiten kann. Ich dachte, wenn ich ihm mehr davon zukommen lasse, würde er bald auch außerhalb seines Bettes merken, dass es mich gibt. Und wenn er vor dem Essen hier badet, verbringt er auch ein wenig Zeit mit mir, Zeit, in der wir miteinander reden können, um uns besser kennen zu lernen. Vielleicht gewöhnt er sich ja daran.«

»Na ja, vielleicht gewöhnt er sich auch nur daran, schon vor dem Essen mit dir zu schlafen.«

Gillyanne nickte seufzend. »Das kann natürlich sein, aber er könnte sich auch daran gewöhnen, in der vertrauten Umgebung seines Schlafgemachs zu baden, und möglicherweise auch daran, dass ihm eine Frau dabei hilft.«

»Aber das hat er jetzt doch auch schon«, entfuhr es Fiona; erschrocken hielt sie sich die Hand vor den Mund.

»Lass mich raten.« Gillyanne stand auf und ballte zornig ihre kleinen Fäuste. »Meg.«

»Und Jenny und Peg«, sagte Fiona und musterte ihre Schwägerin verzagt.

»Die drei Huren von Deilcladach. Kein Wunder, dass Meg mir nicht das Wasser bringen will; sie hat die perfekte Gelegenheit, Connor am Ende eines Tages wieder in ihr Bett zu locken. Aber damit ist jetzt Schluss!«, fauchte Gillyanne und marschierte entschlossen aus dem Schlafzimmer.

»Ich glaube, du solltest lieber nicht zur Badehütte gehen«, warnte Fiona. »Dort sind nackte Männer!«

»Das wären nicht die ersten, die ich sehe …«

Fiona verfluchte ihre lose Zunge, während sie Gillyanne hinterhereilte. Sie war sich nicht ganz sicher, was die Frau ihres Bruders eigentlich von ihm erwartete, aber ihr war natürlich klar gewesen, dass Gillyanne es nicht besonders schätzte, wenn er sich von Meg den Rücken schrubben ließ. Auf dem Weg durch die Küche stellte sich Joan ihr in den

Weg und hielt sie fest, was ihr einen kleinen Protestschrei entlockte.

»Du hast es ihr erzählt, nicht wahr?« Joan klang eher resigniert als verärgert.

»Ich wollte es nicht, es ist mir nur so herausgerutscht«, verteidigte sich Fiona.

»Sie sah ganz schön wütend aus.«

»Deshalb darf ich sie jetzt nicht allein lassen.«

»Willst du etwa die blöde Meg beschützen?«

»Kommt darauf an, was in der Hütte gerade los ist. Vielleicht will sie ja nicht nur Meg an die Gurgel. Dabei ist sie doch so klein, selbst wenn sie es nur auf Meg abgesehen hat, braucht sie vielleicht Hilfe.«

Joan ließ Fiona wieder los und grinste. »Na ja, ich wette, wenn die beiden sich in die Haare kriegen, zieht Meg den Kürzeren. Jawohl, darauf würde ich wetten!«

Fiona wunderte sich, warum Joan und die anderen Frauen in der Küche lachten. Obwohl sie instinktiv wusste, dass Gillyanne sich um sich selbst kümmern konnte, war sie besorgt. Sie hatte es vor Joan und den anderen nicht zugeben wollen, aber ihre größte Sorge war, wie ihr Bruder auf seine wütende Gemahlin reagieren würde, wenn diese ihn vor seinen Männern zur Rede stellte. Mittlerweile war Gillyanne schon fast bei der Hütte angelangt; Fiona begann zu rennen, um sie einzuholen. Ihr Herz sagte ihr, dass diese Ehe das Beste war, was ihrem Bruder hatte passieren können; doch sie befürchtete, dass er es auf die eine oder andere Art verderben würde. Vielleicht sogar so sehr, dass Gillyanne ihn verlassen würde.

Gillyanne fluchte leise, als sie das Gelächter von Männern und Frauen aus der Badehütte hörte. Sie glaubte zwar nicht, dass Connor sich wieder mit Meg eingelassen hatte, doch da sie nach wie vor nicht spürte, was in diesem Mann vorging, wollte sie ihrem Gefühl nicht recht trauen. Und falls er sie wirklich betrog, wollte sie es wissen.

Zugegeben, es war mehr als nur die Angst vor Connors Untreue, was ihre Wut entfachte. Die Leidenschaft, die sie mit ihm teilte, und das Ehegelübde, das sie vor dem Priester abgelegt hatte, brachten sie dazu, alles zu versuchen, um ihrer Ehe zum Erfolg zu verhelfen. Aber sie wollte sich nicht damit begnügen, heiße Nächte mit ihm zu teilen und sich tagsüber um seine Burg zu kümmern. Sie hatte lange genug nachgedacht, bis ihr die Sache mit dem Bad im Schlafgemach eingefallen war, und Meg ruinierte diesen Plan, bevor sie ihn überhaupt hatte testen können. Es war allerhöchste Zeit, dass sie sich diese Frau einmal gründlich vorknöpfte.

Bei dem Anblick, der sich ihr in der Badehütte bot, erstarrte Gillyanne und ballte die Fäuste so fest, dass sich die Nägel in die Handflächen gruben. Die meisten der Anwesenden waren nackt und erstarrten ebenfalls, als sie Gillyanne sahen, bevor sie sich in den Badezuber retteten. Doch sie nahm die anderen Männer kaum wahr, denn ihre ganze Aufmerksamkeit galt ihrem großen, herrlichen Ehemann. Er war noch nicht ganz nackt, sondern stand in seinen Leinenunterhosen da, an denen sich eine verschämt lächelnde Meg zu schaffen machte. Gillyanne wusste nicht, wen sie am liebsten zuerst umgebracht hätte.

Connor hatte seine Unterhosen eigentlich selbst aufknoten wollen, als Knorre anfing, eine lustige Geschichte über den Schmied und seine Frau zu erzählen. Deshalb achtete er kaum auf Meg, als diese sich an ihn heranmachte, seine Hände wegschob und ihm beim Ausziehen helfen wollte. Dann verstummte Knorre plötzlich und bekam riesengroße Augen. Connor wollte schon fragen, was denn los sei, als einige der Männer in den Zuber sprangen, darunter selbst diejenigen, die noch Unterhosen oder einen Schurz trugen, und andere sich hastig Handtücher um den Leib wickelten, so dass sie wie verschreckte Jungfern wirkten. Connor sträubten sich die Nackenhaare, als er sich langsam umdrehte und in die Richtung schaute, in die seine Männer starrten.

Sobald er Gillyanne mit vor Wut grünen Augen auf der Schwelle stehen sah und die sehr besorgte Fiona neben ihr, wurde sich Connor schmerzlich bewusst, dass Megs Finger seine Haut berührten, während sie in aller Ruhe weiter an seiner Hose herumnestelte. Obwohl er sich eigentlich keiner Schuld bewusst war, schubste er Meg weg und hielt sich die bereits offene Hose zu. Er musste sich auf die Lippen beißen, um sich nicht in einem Schwall von Entschuldigungen und Erklärungen zu ergehen. Das wunderte ihn selbst, denn er hatte doch wirklich nichts Unrechtes getan, wie er sich noch einmal sagte. Aber dennoch hatte er ein schlechtes Gewissen.

Dann wurde ihm klar, was seine Frau gesehen hatte, bevor seine Männer sich bemühten, ihre Blöße zu bedecken. »Du hast hier nichts zu suchen!«, herrschte er sie an und band eilig seine Hose zu. »Hier sind nackte Männer!«

»Ich habe schon einmal nackte Männer gesehen«, fauchte sie.

»Aber da warst du noch nicht verheiratet. Hier dürfen keine Frauen herein!«

»Und was ist mit denen, die hier sind?«

»Na ja, die haben uns alle schon mal nackt gesehen.«

»Und auch ausprobiert, vermute ich.«

Connor spürte, wie ihm das Gesicht brannte, was wohl auch seinen Männern auffiel, denn sie starrten ihn mit offenem Mund an. Er war verlegen, und nicht nur das, nein, er schämte sich sogar ein wenig – auch wenn er nicht wusste, wofür. Schließlich hatte er Gillyanne noch gar nicht gekannt, als er Megs, Jennys und Pegs freizügige Angebote angenommen hatte. Er hatte alles Recht der Welt gehabt, sich das zu gönnen.

Doch dann kam es ihm doch sehr unpassend vor, drei Frauen, mit denen er geschlafen hatte, vor seiner jungen Gemahlin stehen zu sehen. Und als diese drei Weiber seiner Frau auch noch unverschämte Blicke zuwarfen, starrte er sie so böse an, dass sogar Meg vor ihm zurückwich.

»Jetzt verstehe ich, warum du mir kein heißes Wasser bringen wolltest, wie ich dir befohlen hatte«, sagte Gillyanne und funkelte Meg, die sich inzwischen an einen stämmigen Mann herangemacht hatte, wütend an.

»Sie hat dir dein Badewasser nicht gebracht?« Connor hoffte inständig, jetzt nicht in einen Weiberstreit verwickelt zu werden. Aber er konnte auch nicht tatenlos zusehen, wenn Meg seiner Frau nicht gehorchte. »Eigentlich ging es um *dein* Bad. Ich dachte, du würdest vielleicht gern in deinem Schlafgemach baden und dir von deiner Frau helfen lassen. Das gehört zu den Dingen, die eine Frau für ihren Mann tun sollte.«

»Ach ja?«, fragte Connor interessiert. Eine recht anregende Vorstellung, fand er.

»In der Tat. Aber offenbar gefällt dir diese Geselligkeit hier besser.« Gillyanne sah, dass Megs Hand unter das Tuch, das sich der Mann neben ihr um die Hüften geschlungen hatte, gewandert war, und dass dieser mit sichtlichem Interesse auf ihre Berührung reagierte. »Meg, könntest du mit deinen Hurenspielchen vielleicht so lange warten, bis Fiona nicht mehr da ist? Sie weiß, dass du eine Hure bist, aber sie ist noch ein wenig zu jung, um dir bei deinem liederlichen Treiben zuzusehen.« Plötzlich erkannte sie auch den Mann neben Meg. »Du bist doch Malcolm, Joans Gemahl. Du solltest dich schämen!«

»Ein Mann hat eben seine Bedürfnisse«, protestierte Malcolm, obwohl er Anstalten machte, sich Meg zu entziehen.

»Ach so? Aha, verstehe, Joan verwehrt dir also ihr Bett«, sagte Gillyanne, wohl wissend, dass das nicht der Fall war. »Wenn sie dir deine ehelichen Rechte verwehrt, dann hat sie die Demütigung, dass du es mit Meg treibst und alle es wissen, wahrscheinlich verdient.«

»Alle?«, stöhnte Malcolm.

Gillyanne fragte sich, wie der Mann nur so dumm sein konnte zu glauben, dass nicht alle von seiner Untreue wüssten. »Und wahrscheinlich ist es auch eine gerechte Strafe, dass Joan nicht nur ihre eigene Arbeit tut, sondern auch noch die der Frau, mit der du sie betrügst. Jawohl, sie erledigt Megs Arbeit wahrscheinlich immer dann, wenn die sich mit dir vergnügt. Dafür, dass Joan dir keine gute Ehefrau ist, hat sie wohl eine angemessene Strafe verdient. Das ist zwar streng, aber gerecht, nehme ich an.«

Gillyanne nahm mit großer Befriedigung zur Kenntnis, dass Malcolm wirkte, als sei ihm speiübel. Sie blickte auf Connor, der Malcolm stirnrunzelnd betrachtete. Als er ihren Blick erwiderte, glättete sich seine Stirn, und sie glaubte kurz, eine gewisse Belustigung in seinen Augen zu entdecken. Ihr Zorn war inzwischen etwas verraucht und sie fand, dass sie ihre Missbilligung vorerst ausreichend klar gemacht hatte.

»Nun denn – wenn du lieber hier badest, dann überlasse ich dich natürlich deinem Vergnügen«, sagte sie betont freundlich.

»Ach, na ja ...« Connor hatte bislang die Kumpanei in der Badehütte ganz nett gefunden, doch er musste zugeben, dass die Vorstellung, mit seiner Frau zu baden, sehr viel verlockender war, als einen großen Holzzuber mit anderen nackten Männern zu teilen, während drei Huren ihnen den Rücken schrubbten und sich ab und zu mit einem der Männer verlustierten.

Gillyanne schickte sich an zu gehen, doch dann drehte sie sich noch einmal um und blickte mit leichtem Bedauern und einer Spur von Reue auf ihren Mann. »Ich weiß, dass es falsch ist, und deshalb muss ich dir etwas gestehen: Da ich eine sehr empfindsame Lady von adligem Geblüt bin, fürchte ich, wird es mir sehr schwer fallen, Körperteile von dir zu berühren, die schon andere Frauen in den Händen gehabt haben.« Sie erschauderte leicht. »Ja, es wird wahrscheinlich viele Nächte dauern, bis ich es geschafft habe, dieses schmutzige, schmerzliche Bild aus meinem armen, gequälten Hirn zu vertreiben.« Sie warf ihm noch ein flüchtiges, tränenreiches Lächeln zu, dann nahm sie Fiona bei der Hand und ging.

»Du kannst dich wirklich phantastisch ausdrücken!«, meinte Fiona bewundernd und amüsiert zugleich.

»Mutter sagt, dieses Talent habe ich von Vater geerbt.« Vor dem Wohnturm angekommen seufzte Gillyanne. »Sag Joan nichts von Malcolm!«

»Er sah aus, als müsse er sich gleich übergeben.«

»Schön und gut, aber Schuldgefühle oder Scham sind bei einem Mann selten von langer Dauer. Vielleicht überlegt er sich sogar, wie er es wieder gutmachen kann, aber auch das geht wahrscheinlich rasch vorüber. Ich kann einfach nicht glauben, dass dieser Narr dachte, seine Frau wüsste von nichts. Glauben die Männer denn, dass wir Frauen nie miteinander reden?«

Fiona verzog das Gesicht. »Den Männern fällt das gar nicht auf, aber diese drei Frauen finden sich wahnsinnig wichtig, nur weil sie für die Männer von Deilcladach die Beine breit machen. Sie prahlen nicht nur damit, dass sie mit den Männern anderer Frauen schlafen, sondern sie tun auch schon lange ihre Arbeit nicht mehr. Sie umgarnen meine Brüder, und das macht die Narren blind dafür, wie wenig diese Frauen tatsächlich leisten. Aber ich glaube, sie wissen, dass Connor nicht sehr erfreut wäre, wenn er erfahren würde, dass sie ihre Pflichten vernachlässigen.« Fiona blickte fragend auf Gillyanne. »Glaubst du, Connor wird jetzt in seinem Schlafgemach baden wollen?«

»Das weiß ich nicht, aber ich werde es jetzt auf alle Fälle tun.«

»Nun, wie ich sehe, seid Ihr nicht verprügelt worden«, sagte Joan, als Gillyanne in die Küche kam. »Und da Ihr nicht blutverschmiert seid, habt Ihr offenbar auch keine Prügel ausgeteilt.«

»Nein, auch wenn die Versuchung groß war«, erwiderte Gillyanne.

»Ich dachte, die größte Versuchung hätte darin bestanden, die MacEnroys nackt zu sehen«, sagte Mairi und seufzte.

Gillyanne lachte. »So Leid es mir tut, aber ich hatte kaum die Gelegenheit dazu, denn sie beieilten sich sehr, ihre Blöße zu bedecken.«

»Wir haben Euch jedenfalls ein Bad vorbereitet«, sagte Joan. »Selbst wenn der Laird sich nicht zu Euch gesellt, werdet Ihr vielleicht doch gerne ein Bad nehmen, oder?«

»Danke, Joan, du hast Recht.« Beim Hinausgehen fiel Gillyanne ein, an welchem Mann des MacEnroy-Clans Mairi ein vages Interesse gezeigt hatte. »Ich glaube, ich habe doch mehr gesehen, als ich zunächst dachte, denn das eine oder andere Bild taucht immer wieder vor mir auf – Knobby.«

»Ihr habt Knobby nackt gesehen?«, fragte Mairi. Ihr Eifer, mehr zu erfahren, war unverkennbar.

»Es muss wohl so gewesen sein, denn ich dachte gerade daran, dass er ohne seine Kleider genauso lang und dünn ist wie sonst auch – bis auf eine Stelle. Und dort, das kann ich dir sagen, ist er lang, aber keineswegs dünn. Nein, überhaupt nicht dünn.«

Einen Moment lang dachten alle Frauen in der Küche an den jungen Knobby und versuchten, sich vorzustellen, dass dieser junge Mann etwas hatte, was viele Frauen sehr schätzten.

Dann blickten sie sich reihum an und begannen zu lachen. Nur Mairi seufzte und wirkte etwas verloren.

»Jetzt verstehe ich, warum Jenny immer hinter ihm her ist und sich darüber beschwert, dass er ihr so selten nachgibt. Ich wünschte nur, er würde es überhaupt nicht tun.« Mairi zuckte mit den Schultern. »Na ja, er ist eben auch nur ein Mann.«

»Stimmt, aber wenn er, ohne verlobt oder verheiratet zu sein, ja, ohne überhaupt um eine Frau zu freien, Zurückhaltung zeigt, dann ist er besser als die meisten anderen«, erwiderte Gillyanne. »Ich glaube, wir haben hier ein Mädchen, das sich in einen jungen Mann verliebt hat, aber zu schüchtern ist, es ihm zu zeigen, und einen jungen Mann, der wahrscheinlich denkt, dass sich kein anständiges Mädchen je für ihn interessieren würde.«

»Und deshalb wird dieses Mädchen all ihren Mut zusammennehmen und den ersten Schritt tun müssen«, sagte Joan. Doch damit brach sie einen Streit mit ihrer Cousine vom Zaum.

»Ich glaube, ich bleibe hier und höre mir das an«, sagte Fiona.

»Dieser Streit ist zwar uralt, aber ich möchte nicht verpassen, wenn Mairi Joan endlich Recht gibt. Und wer weiß, vielleicht kommt ja Connor auch noch, um sein Bad zu nehmen.«

Gillyanne ging ins Schlafgemach. Sie war sich keineswegs sicher, ob Connor nachkommen würde. Eigentlich waren es nicht die Frauen, um die sie sich Sorgen machen musste, sondern die Männer von Deilcladach. Gillyanne kannte keine Gruppe von Männern, die so fest zusammenhielt wie Connor, seine Brüder und die anderen Männer in Deilcladach. Das war verständlich, denn als die Fehde endlich beendet war, waren sie alle noch sehr jung gewesen. Trotzdem hatten sie die Pflichten von Erwachsenen übernehmen und sich um die gewaltige Aufgabe des Wiederaufbaus kümmern müssen. Sie hatten die Frauen und Kinder beschützen, ernähren und ihnen ein Dach über dem Kopf besorgen müssen. Es waren also sehr starke Bande, die diese Männer zusammenhielten. Gillyanne befürchtete, sie würde hier nie Fuß fassen können. Aber noch trauriger war das wachsende Wissen, dass sie das nicht nur wollte, sondern musste.

»Ich glaube, meine kleine Frau hat mir soeben gedroht«, meinte Connor, nachdem Gillyanne verschwunden war.

»In der Tat«, erwiderte Knobby und verscheuchte Jenny, die sich schon wieder an ihm zu schaffen machen wollte. »Wenn Ihr hier bleibt und Euch von den Mädchen baden lasst, werdet Ihr heute Nacht und wahrscheinlich auch noch länger in einem kalten Bett schlafen. Das hat sie unmissverständlich klar gemacht.«

»Eine Frau sollte ihrem Mann nicht drohen.«

»Laird, Eure Gemahlin hat Euch hier ertappt, als Eure Geliebte an Eurer Unterhose herumnestelte, und zwei andere Eurer ehemaligen Geliebten standen daneben. Wie wohl die meisten hier weiß ich zwar nicht allzu viel über Frauen – wir haben ja die letzten zwölf Jahre hauptsächlich damit zugebracht, unsere Burg wiederaufzubauen und unser Überleben zu sichern. Aber dennoch verstehe ich, warum Eure Gemahlin böse war, als sie sah, wie sich drei Mädchen um Euch kümmerten, mit denen Ihr schon einmal im Bett wart, während sie für Euch ein hübsches Bad vor dem Kamin in Eurem Schlafgemach vorbereitet hatte. Ich glaube fast, Ihr könnt von Glück sagen, dass sie Euch nur gedroht hat, Euer Bett nicht zu wärmen.«

Connor verzog überrascht das Gesicht, als die meisten Männer zustimmend murmelten. »Ihr glaubt also alle, ich sollte dieser Erpressung nachgeben?«

»Na ja, Ihr könntet ja Euer Bad nehmen, ihr dabei aber einen strengen Vortrag halten, dass sie ihren Gemahl nicht so respektlos behandeln darf«, schlug einer seiner Leute vor.

Als die Männer lachten, verzog Connor die Lippen zu einem schwachen Lächeln. Offenbar hatte er ihren Segen und würde in ihren Augen nicht an Achtung einbüßen, wenn er sich dem Willen seiner Gemahlin beugte. Während er nach seinen Kleidern griff, trat Meg zu ihm und streichelte ihm den Rücken. Connor blickte sie an, und plötzlich fielen ihm noch ein paar andere Dinge ein, die Gillyanne ihm gesagt hatte.

»Wenn deine kleine Frau dumm genug ist, dir die kalte Schulter zu zeigen, weißt du ja, wo du ein wenig Wärme finden kannst«, lockte Meg. Doch er entzog sich ihrer Berührung und starrte sie, sehr zu ihrem Verdruss, missbilligend an. »Ich bin ein verheirateter Mann und möchte mein Ehegelübde halten, solange mir meine kleine Frau keinen Grund gibt, mich anders zu verhalten.« Connor blickte auf Malcolm, der bei diesen Worten zusammenzuckte. »Überhaupt glaube ich, es ist höchste Zeit, dass ich eine neue Regel aufstelle. Ich kann und will die Moral meines Clans nicht kontrollieren, und solange die Regeln, die ihr brecht, nicht von mir aufgestellt worden sind und weder die Sicherheit noch den Wohlstand von Deilcladach gefährden, müsst ihr es mit eurem eigenen Gewissen abmachen. Doch offenbar leiden einige hier unter dem, was andere tun, und das kann ich nicht zulassen. In dieser Burg wird keine von euch Frauen mehr mit einem verheirateten Mann schlafen. Ich weiß, dass so etwas nicht immer nur von den Frauen ausgeht, aber ihr müsst eben lernen, auch einmal ›nein‹ zu sagen. Wenn ihr unbedingt mit einem verheirateten Mann schlafen wollt, dann tut es woanders und bemüht euch um Diskretion!«

Connors Männer erhoben keinen Einspruch, viele nickten sogar zustimmend.

»Und noch eins: Ihr Frauen solltet das als Warnung betrachten, als sehr eindringliche Warnung: Die Beine breit zu machen – das gehört nicht zu eurer Arbeit. Offenbar haltet ihr euch für besonders wichtig, nur weil ihr mit eurer Gunst sehr freigiebig seid, aber das ist nicht so. Ihr werdet von nun an euren Teil der Arbeit erledigen. Jeder, ob Mann oder Frau, hat hier seine Pflichten, und die werden nicht vernachlässigt, nur um dem Vergnügen frönen zu können. Ihr habt alle Eure Aufgaben, und ihr werdet sie erledigen, andernfalls ist hier in Deilcladach kein Platz mehr für euch!« Er blickte streng auf Meg, die sehr erbost wirkte. »Und ihr werdet fortan tun, was Lady Gillyanne euch befiehlt. Sie ist meine Gemahlin, die Lady von Deilcladach, und deshalb gebührt ihr eure Achtung und euer Gehorsam.«

Es überraschte ihn nicht, dass Meg einfach wegging; sie war offensichtlich zu wütend, um ihm zu widersprechen oder den Mund überhaupt aufzumachen.

»Ihr solltet Euch vor ihr in Acht nehmen«, riet Knobby, als

er aus dem Zuber stieg, Jenny das Tuch wegnahm, mit dem sie ihn trocknen wollte, und sich selbst abrieb.

»Hältst du das wirklich für nötig?« Connor zog sich hastig an, denn er wusste, je länger er brauchte, desto geringer wurden seine Chancen auf ein privates Bad.

Knobby kam näher, und auch Diarmot trat zu ihnen. »Laird, Meg wird Ärger machen, ja, sie tut es bereits. Sie hat mit Eurem Onkel, mit Euch und mit Euren Brüdern geschlafen und ist in den letzten Jahren immer hochnäsiger geworden. Sie zollt Eurer Frau, der Lady dieser Burg, nicht die geringste Achtung.«

»Sie hält sich wohl für etwas ganz Besonderes. Aber wie sollte sie mir damit gefährlich werden?«

»Ich weiß es nicht.« Knobby runzelte die Stirn und rieb sich mit seiner langen schlanken Hand das Kinn. »Ich weiß nur, dass sie sich aufführt, als wäre sie die Herrin dieser Burg. Sie kommandiert die anderen Frauen herum, und die wagen es nicht, sich zu beschweren. Mit Eurem Entschluss, Euch an Euer Ehegelübde zu halten, habt Ihr Meg einen Teil ihrer Macht genommen und heute auch noch den Rest. Wenn die Frauen von Eurer neuen Regel erfahren, werden sie sich Megs Befehlen und Forderungen nicht mehr beugen und auch nicht mehr stillschweigend Megs Arbeit tun. Sie werden sie als das behandeln, was sie ist: ein einfaches Mädchen, das seine Beine nicht zusammenhalten kann. Und darüber wird sie ziemlich erbost sein.«

»Du hast nie mit ihr geschlafen, oder?«, fragte Diarmot Knobby etwas verwundert.

»Nein. Meine Mutter und meine Schwester haben oft über das Miststück gesprochen. Ich wusste, wie schlecht sie die anderen Frauen behandelt.« Knobby zuckte mit den Schultern. »Ich hatte das Gefühl, es wäre eine Ohrfeige für meine Verwandten, wenn ich es täte. Na ja, ab und zu werde auch ich schwach und treibe es ein wenig mit Jenny, aber ich wünschte, ich hätte es nie getan. Sie und Peg folgen Meg.

Und – na ja, um ganz ehrlich zu sein: Ich muss immer daran denken, dass ich mein kostbares Ruder in ein ausgeleiertes Scharnier stecke.«

Diarmot schnitt eine Grimmasse. »Musstest du das so drastisch formulieren? Ich glaube, es wird mich einige Mühe kosten, dieses Bild aus meinem Kopf zu vertreiben.«

»Ich werde sie im Auge behalten«, sagte Connor. »Wenn sie Ärger macht, schicke ich sie weg. Sie kann im Dorf herumhuren oder in einer kleinen Hütte im Wald. Und jetzt sollte ich mich wohl besser beeilen, sonst bekomme ich heute kein Bad mehr.«

Diarmot verschränkte die Arme und sah seinem Bruder nach. »Was denkst du, Knobby?«

Knobby runzelte die Stirn. »Über Meg?«

»Nein, obwohl du mit deiner Warnung Recht hast. Man sollte Meg tatsächlich im Auge behalten, und das werde ich auch tun. Ich weiß zwar nicht, was für einen Ärger sie verursachen könnte, aber ich traue ihr so ziemlich alles zu. Sie ist ein hinterhältiges Biest und denkt ausschließlich an sich. Aber nein, ich dachte jetzt eher an die kleine Frau meines Bruders.«

»Ich glaube, sie ist ein nettes Mädchen. Fiona mag sie sehr.«

»Ja, sie tut meiner Schwester sehr gut. Aber nicht nur ihr – ich denke, sie tut auch Connor gut.«

»Mag sein, wenn er sie lässt. Er ist ein guter Laird und ein guter Freund, aber ...«

Knobby zögerte.

»Aber er hat die Last des Wiederaufbaus und die Sorge um unsere Sicherheit so lange auf seinen Schultern getragen, dass es fast das ganze Leben aus ihm herausgequetscht hat.« Diarmot lächelte schwach, als Knobby zustimmend nickte. »Wenn seine kleine Frau bei ihm ist, sehe ich einen Funken Leben in ihm und manchmal blitzt sogar ein kleines Lachen auf. Sie ist lebhaft, sie hat ihre eigene Meinung und sie ist sehr klug. Aber sie fordert ihn heraus, wo er geht und steht. Mein Onkel mag sie gar nicht.«

»Das kann ich mir gut vorstellen. Aber Connor hört auf sie. Sir Neil ist nicht mehr der Einzige, auf den er hört.«

»Und das ist sehr gut! Ich habe diesem Mann nie so vertraut, wie Connor es tut. Ich habe immer gedacht, er hätte uns eigentlich viel mehr helfen können. Er kam ja nur ab und zu vorbei und stopfte unsere Köpfe mit seinen Ansichten voll. Ich glaube nicht, dass er für uns auch nur einen Finger krumm gemacht hat. Wie dem auch sei – es wäre gut, wenn Gillyanne Connor dazu bringen könnte, unseren Onkel zu sehen, wie er wirklich ist. Aber noch wichtiger ist, dass mein Bruder wieder lernt, richtig zu leben. Und ich glaube, diese Frau kann es ihm beibringen.«

»Wie ich schon sagte – wenn er sie lässt. Es könnte durchaus sein, dass er sich von ihr abwendet, wenn sie an die Dinge ihn ihm rührt, die er glaubte, begraben zu müssen, um überleben zu können.«

»Wenn es so weit kommt, mein Freund, dann müssen wir gut aufpassen und rasch handeln, um seinen Rückzug zu verhindern.«

Kapitel 10

Gillyanne ließ die Arme aus dem Badezuber hängen und starrte auf ihre Knie, die in dem tiefen runden Bottich kaum aus dem Wasser ragten. Sie musste der Wahrheit ins Auge sehen: Entweder liebte sie Connor bereits von ganzem Herzen oder sie stand kurz davor. Nur eine Frau, die einen Mann aufrichtig liebte, fühlte, was sie vorhin gefühlt hatte, als Meg Connor so vertraut berührt hatte. Natürlich war sie wütend gewesen, auf Connor wie auf Meg, aber auch zutiefst verletzt. Ihr Herz hatte sich verkrampft bei dem Gedanken, dass Connor vielleicht noch immer mit Meg schlief. Erst als sie gesehen hatte, dass er Megs dreisten Bemühungen widerstand und sich an sein Ehegelübde hielt, hatte ihre Anspannung nachgelassen. Aber das Bild stand ihr noch immer sehr lebhaft vor Augen und ließ ihr keine Ruhe.

Einerseits freute sie sich, dass sie endlich Leidenschaft und Liebe kennen lernte, andererseits war sie bestürzt. Sie hatte sich Hals über Kopf in einen Mann verliebt, der kaum etwas von sich preisgab. Am quälendsten fand sie, dass ihr so gar nichts einfallen wollte, womit sie ihm mehr als nur Leidenschaft hätte entlocken können. Connor war anders, auch anders als die Männer, die die Enttäuschungen des Lebens hart gemacht hatte. Seine Gefühle waren so tief vergraben, dass Gillyanne befürchtete, sie würden sich vielleicht niemals mehr freilegen lassen.

Nicht, dass er Gefühlen gegenüber völlig unempfänglich gewesen wäre, aber er zeigte sie nur in den allerkleinsten Ansätzen – einen Schimmer Frohsinn, die Andeutung eines Lächelns, einen Funken Wut. Es schien, als hätte sein Bedürfnis, stark zu sein und seine Familie und seinen Clan zu beschützen, alle anderen Gefühle unter sich begraben und sie in den allerletzten Winkel seines Selbst verdrängt, wo sie noch heute gefangen gehalten wurden. Gillyanne wusste, dass es ihr nicht möglich sein würde, nur mit Andeutungen von Gefühlen zu leben. Sie erwartete nicht, dass Connor anfing, sie mit Schmeicheleien und Liebeserklärungen zu überhäufen, aber sie brauchte mehr als nur Leidenschaft. Sie hatte ihm ihr Herz geschenkt und musste sich zumindest eines kleinen Teils seines Herzens sicher sein.

Aber schon im nächsten Moment schnaubte sie voller Selbstverachtung. Sie wollte keinen kleinen Teil von Connors Herz, sie wollte es ganz! Das war doch nur gerecht, schließlich gab sie ihm auch alles. Sie wollte das, was ihre Cousine Elspeth bei ihrem Gemahl Cormac fand und ihre Cousine Avery bei Cameron – oder zumindest etwas annähernd Starkes. Für den Anfang hätte sie sich ja schon mit einem winzigen Anzeichen zufrieden gegeben, dass sie zu ihm durchdringen konnte, dass sie einen Riss in dem Panzer verursacht hatte, den er um seine Gefühle gelegt hatte. Einen kleinen Riss nur, doch groß genug, dass sie sich hindurchzwängen konnte, immer weiter, bis Connor eines Tages aufwachen und merken würde, dass sie da war, tief in seinem Herzen, und dass er wollte, dass sie dort blieb. Doch so etwas passierte nicht von heute auf morgen, und deshalb musste sie sich unbedingt etwas für ihren Vater einfallen lassen, der sicher bald kommen würde.

Gillyanne wurde unsanft aus ihren Gedanken gerissen, als die Tür zum Schlafgemach aufgestoßen wurde. Sie murmelte überrascht einen halblauten Fluch, verschränkte die Arme vor der Brust und zog die Beine an, um ihre Blöße zu bedecken. Ihre Verlegenheit legte sich kaum, als sie Connor hereinkommen sah. Der Blick, mit dem er sie bedachte, machte ihr ihre Nacktheit nur noch bewusster.

»Wie ich sehe, habe ich noch die Chance auf ein Bad. Sehr gut!«, meinte er und fing an, sich auszuziehen.

»Du hast noch nicht gebadet?« Gillyanne staunte, wie rasch er es schaffte, sich seiner Kleider zu entledigen.

»Nein.« Als er an den Zuber trat, musste er sich ein Lächeln verkneifen, denn Gillyanne sah allerliebst aus, wie sie, um ihre Sittsamkeit bemüht, in der Wanne kauerte. »Ich habe beschlossen, deinem Vorschlag zu folgen. Aber erst muss ich ein ernstes Wörtchen mit dir reden.«

»Ach ja?«

»Jawohl. Eine Frau sollte ihrem Mann nicht drohen!« Er stieg in den Zuber.

Als er sich setzte, fragte sich Gillyanne, wie ein so großer Bottich plötzlich so voll wirken konnte. »Ich habe dir nicht gedroht.«

»Ach nein? In meinen Ohren klang das aber so.«

»Es war nur eine schlichte Feststellung.« Sie war so überrascht über sein leises Kichern, dass sie sich ohne große Gegenwehr einen Arm wegziehen und einen Waschlappen in die Hand drücken ließ.

»Ich bin jedenfalls unberührt, bis auf eine winzig kleine Stelle dort drunten«, meinte er und deutete auf einen Punkt unterhalb seines Nabels.

Obwohl eine leise Stimme in ihrem Kopf sagte, dass es ein Fehler war, blickte Gillyanne auf den Punkt. Allerdings war es nicht diese Stelle, die ihren Blick geradezu magisch anzog, sondern der lange, harte Beweis, dass Connor keineswegs nur an einem Bad interessiert war. Seltsam, dass dieses Anhängsel, das sie bislang eher ein wenig lächerlich gefunden hatte, auf einmal ihr Blut in Wallung brachte und ihren Puls beschleunigte. Es zwang sie richtiggehend, es zu berühren. Sie konnte einfach nicht widerstehen.

Connor brummte erfreut, als sich ihre langen Finger um ihn schlossen.

Es weckte in ihm heiße Lust, und überdies freute er sich über die wachsende Kühnheit seiner Frau. Einen Moment lang schloss er die Augen und gab sich ganz der Berührung ihrer noch etwas zögerlichen Finger hin. Doch bald wurde ihm klar, dass aus dem Bad wohl nichts mehr würde, wenn er diesem Spiel nicht Einhalt gebot. Widerwillig zog er ihre Hand weg.

Als er sanft an Gillyannes anderer Hand zog, in der sie noch immer den Waschlappen hielt, bemerkte er ihren leicht verschwommenen Blick und konnte sich ein Grinsen nicht mehr verkneifen. »Erst die Arbeit, dann das Vergnügen! Über unsere Spielchen habe ich ganz vergessen, dass ich ja eigentlich baden wollte.« Er fand, dass seine ungewöhnlich gute Laune nicht weiter verwunderlich war. Welcher Mann würde sich über einen solch einladenden Blick in den Augen seiner Frau nicht freuen?

Gillyanne drängte ihr wachsendes Verlangen zurück und begann, ihren Gemahl zu waschen. Sie war ziemlich verwirrt, und zwar nicht nur vom Anblick seines wunderschönen Körpers, sondern auch von seinem Benehmen. Er hatte tatsächlich gekichert und gegrinst! Rasch zwang sie sich, ihre Hoffnungen nicht allzu hoch zu stecken und seine ungewöhnlich gute Laune nicht als Hinweis zu deuten, dass sie seinen Panzer schon durchbrochen hatte. Vielleicht war das ja nur eine natürliche männliche Reaktion darauf, von einer nackten Frau in der angenehmen Umgebung des eigenen Schlafgemachs gebadet zu werden und zu wissen, dass man sich nach dem Bad nach Lust und Laune mit dieser Frau vergnügen konnte. Und wahrscheinlich fühlte er sich auch geschmeichelt, dass sie nicht verbergen konnte, wie viel Lust ihr schon sein bloßer Anblick bereitete. »Oh, mein Gemahl!«, stöhnte sie auf, als er ihre Brüste zu streicheln begann und die bereits harten Brustwarzen mit seinen Daumen liebkoste. »Du hast doch gemeint, du müsstest baden.«

»Ich wasche dich.« Er wunderte sich immer wieder, dass ihn etwas, was viele Männer als beklagenswerten Mangel an Busen bezeichnen würden, so erregte.

»Ich habe doch schon gebadet.«

»Ach ja? Und warum warst du dann noch in dem Zuber?«

»Ich habe nur ein wenig geschmollt.«

Der Blick, mit dem er sie bedachte, zeigte wieder einmal deutlich, wie seltsam er sie fand. Sie seufzte. »Meine Mutter macht das auch immer. Ab und zu geht sie in ihr Zimmer und schmollt eine Runde, wie sie sagt.«

»Macht sie das oft?«

»Nein, aber früher, bevor sie meinen Vater kennen und lieben lernte, hat sie es öfter gemacht.« Sie fand, es würde wohl einfacher sein, ihm den Rücken und die Haare zu waschen, wenn sie nicht mehr mit ihm im Zuber saß. Also entzog sie sich seinem Griff, kletterte hinaus und wickelte sich in ein großes Handtuch.

»Du hast noch ein paar Stellen vergessen«, sagte er und wollte sie wieder zu sich ziehen.

Sie wich ihm aus, trat hinter ihn und begann, seine Haare zu waschen. »Willst du nicht das Ende meiner Geschichte hören? Mutter behauptet, selbst wenn das Leben es gut mit einem meint, wird man manchmal von Trübsal befallen und es gibt Tage, an denen nichts so geht, wie es soll. Tage, an denen man bei einem Streit oder sonst einem Ärger Worte hinunterschlucken muss, die man nur zu gerne gesagt hätte. An solchen Tagen schleicht sie sich, wenn sie die Zeit dazu findet, in ihr Schlafgemach und denkt über all das nach, was ihr in die Quere gekommen ist. Manchmal weint sie dann, manchmal flucht sie, aber vor allem schmollt sie nach Herzenslust. Und dann kommt Vater irgendwann zu ihr und versucht, sie aus dieser Stimmung herauszuholen.« Gillyanne lachte leise. »Manchmal dauert das ganz schön lange, denn sie sagt, seine Lockversuche seien das Allerbeste an ihren trüben Tagen.«

»Mir kommt das alles ziemlich seltsam vor. Wie oft machst du das denn?«

»Nicht sehr oft. Ich sehe zwar Mutter sehr ähnlich, aber ich habe Vaters Temperament, wenn auch leider nicht seine Selbstbeherrschung. Wenn etwas nicht so läuft, wie ich es will, würde ich am liebsten lautstark fluchen oder alles kurz und klein schlagen. Aber Ladies können so etwas ja nicht immer tun. Manchmal müssen sie sich auf die Zunge beißen, freundlich tun und ganz ruhig bleiben, wenn alle anderen wütend und aufgeregt sind. In solchen Momenten kann die Kunst des Trübsalblasens sehr hilfreich sein. Es hilft schon, wenn man weiß, dass man sich davonschleichen und nach Herzenslust seinen schweren Gedanken nachhängen kann. Man fühlt sich dann viel stärker, um schwierige Zeiten durchzustehen.« Sie merkte, dass sie seine Haare schon längst gewaschen hatte und nur noch mit ihnen spielte. Ein sehr verräterisches Treiben, fand sie. Sie spülte sie rasch noch einmal mit klarem Wasser und begann dann, ihm den Rücken einzuseifen.

»Mutter meint, es funktioniert auch, wenn es eher um Kummer als um Schmollen geht«, fuhr sie fort. Sie hoffte, dass auch Connor anfangen würde, von seiner Familie zu erzählen, wenn sie nur lang genug über sich und ihre Familie redete. »Es hat ihr geholfen, als meine Schwester Sorcha vergewaltigt und fast erschlagen wurde. Mutter musste stark und ruhig bleiben, um der armen Sorcha beizustehen. Damals hat sie mir auch gesagt, wie hilfreich es für sie war zu wissen, dass sie ab und zu in ihr Gemach gehen und schreien, weinen oder sich die Haare raufen konnte.«

»Und was ist mit den Männern passiert, die deiner Schwester das angetan haben?« Connor hoffte, durch diese Frage vielleicht etwas Wichtiges über Gillyannes Vater zu erfahren, den er ja wohl bald kennen lernen würde.

»Sorcha und meine Cousine Elspeth, Sir Balfour Murrays Tochter, fielen einem alten Feind von Vater und zwei Kumpanen dieses Mannes in die Hände. Vater und seine Brüder Balfour und Nigel haben sie gerade noch rechtzeitig aufgespürt, bevor sie Elspeth dasselbe antun konnten wie Sorcha. Sie schickten die Mädchen mit einem Großteil ihrer Leute heim, und als Vater viel später zurückkehrte, teilte er Mutter nur mit, dass die Männer tot seien, und sie bedankte sich bei ihm. Ich habe ihn nie gefragt, wie sie umgekommen sind, doch Vaters Miene wirkte derart eisig, dass ich immer wieder einmal darüber nachdachte. Vor allem, weil sein Gesicht immer wieder diesen Ausdruck annahm, wenn der Vorfall erwähnt wurde.«

Connor wartete ab, ob sie weitererzählen würde. Als sie es nicht tat, stieg er aus dem Zuber, denn inzwischen hatte sie ihm auch den Rücken geschrubbt, und begann sich abzutrocknen. Doch die Frage, wie ihr Vater diese Schufte bestraft hatte, ließ ihm keine Ruhe. Er wollte es unbedingt wissen.

»Aber später hast du es herausgefunden, oder?«, fragte er schließlich.

Gillyanne nickte.

»Mein Cousin Payton hat es mir viele Jahre später erzählt«, berichtete sie mit leiser Stimme.

»Sie haben die Männer kastriert und ihnen eine Bauchwunde zugefügt. Dann schafften sie sie an einen Ort, an dem es noch Wölfe gibt; sie blieben nur so lange, bis das erste Rudel, angelockt von dem Blutgeruch, auftauchte und die Hinrichtung begann.«

»Und du dachtest, diese Strafe sei zu hart?« Connor selbst fand sie sehr einfallsreich.

»Eine Zeit lang schon. Ich konnte es kaum glauben, dass drei Männer, die es kaum über sich brachten, ihren Kindern einen Klaps auf den Po zu geben, so brutal sein konnten. Payton öffnete mir schließlich die Augen: Erstens hatten diese Männer Vaters Kind verletzt und hätten dasselbe auch mit seiner Nichte getan. Zweitens sehen Sorcha und Elspeth, ihren Müttern sehr ähnlich, und das Bild des Jammers, das sich Vater und meinen Onkeln bot, hat sie sehr bewegt. Und drittens: Wenn sie diese Männer am Leben gelassen hätten, wären sie für uns alle eine ständige Bedrohung gewesen. Payton sagte, Vaters Gesicht nahm den Ausdruck, der mir so auffiel, immer dann an, wenn er sich an die Brutalität seines Tuns erinnerte; aber dieser Ausdruck verschwand, sobald er daran dachte, was ihn dazu veranlasst hatte.«

»Dein Cousin hat Recht. Ich glaube, ich wäre noch viel

brutaler gewesen, wenn jemand meiner Schwester so etwas angetan hätte. Außerdem war dein Vater sicher auf sich selbst wütend und hatte Schuldgefühle, weil er es nicht geschafft hatte, sein Kind zu beschützen.«

Und dieser Mann würde bald an sein Tor pochen, fiel Connor ein. Er hatte Gillyanne weder vergewaltigt noch geschlagen, sondern sie geheiratet. Aber vielleicht war ihr Vater dennoch wütend auf ihn. Möglicherweise würde sich diese Sache doch nicht mit ein paar hitzigen Worten, Verhandlungen und einem Brautpreis regeln lassen. Dann fiel ihm auf, wie Gillyanne seinen Körper anstarrte, während er sich gedankenverloren abtrocknete. Das brennende Verlangen in ihrem Blick erregte auch ihn, aber zudem sagte es ihm, dass seine Gemahlin ihm sicher helfen würde, die Wut ihres Vaters zu besänftigen. Und schließlich hatte Gillyanne ja bewiesen, dass sie es wegen Ald-dabhach nicht zu einem Blutvergießen kommen lassen wollte.

»Sollte eine Frau ihren Gemahl nicht abtrocknen, nachdem sie ihn mit ihrer Baderei patschnass gemacht hat?«, fragte Connor und hielt ihr das Tuch hin. Gillyanne musste ein Keuchen der Erregung unterdrücken, als sie das Tuch nahm und ihn abzutrocknen begann. Sie befürchtete, schon viel zu lange mit den MacEnroys zusammen zu sein, denn schon wieder hatte sie nur noch ein Interesse: das Tuch langsam über Connors großen starken Körper gleiten zu lassen. Ein Schamgefühl war diesem Mann offenbar völlig fremd, aber in Zeiten wie diesen sah Gillyanne gerne darüber hinweg.

In der kurzen Zeit ihrer Ehe war sie rasch immer kühner geworden und ließ sich nicht mehr von der Befürchtung zurückhalten, sie könne etwas tun, was ihm nicht gefiel. So hatte sie bereits einige Stellen entdeckt, an denen Connor besonders gern berührt wurde – abgesehen von der offensichtlichsten, dachte sie, und zwang sich, diesen dreisten Körperteil, der unweigerlich ihre Aufmerksamkeit auf sich zog, zu ignorieren. Als sie Connor liebevoll weiter abtrocknete, warf sie einen raschen Blick auf sein Gesicht. Er hatte die Augen geschlossen und sein schöner Mund lächelte leicht. Was die Leidenschaft und die körperliche Liebe betraf, war Connor wirklich ungewöhnlich offen und frei.

Als Gillyanne seine langen Beine trockenrubbelte, fiel ihr plötzlich etwas ein, was ihre Cousine Elspeth ihr einmal erzählt hatte. Und auf ihre Nachfragen hatte auch Cousine Avery errötend Elspeths erstaunliche Enthüllung bestätigt. Damals war ihr die Sache ziemlich merkwürdig vorgekommen, doch jetzt, mit Connors Männlichkeit in unmittelbarer Nähe ihres Mundes, erschien es ihr gar nicht mehr so absonderlich. Wer nicht wagt, der nicht gewinnt, sagte sie sich und ließ das Tuch fallen. Sie legte die Hände auf seine schlanken Hüften und küsste den harten Beweis seines Verlangens. Connor zuckte zusammen, dann begann sein ganzer Körper zu beben. Gillyanne beschloss, das als Zeichen des Interesses zu werten, und liebkoste ihn mit ihrer Zunge.

Connor war völlig verblüfft, als er Gillyannes weiche Lippen auf seiner Männlichkeit spürte. Er starrte sie fassungslos an, als sie ihre heiße, feuchte Zunge langsam an ihm auf und ab wandern ließ, und erschauderte unter der Heftigkeit der Lust, die durch seinen Körper schoss. Er fuhr ihr mit sichtlich zitternden Händen durch das dichte, feuchte Haar und zog ihren Kopf schließlich zurück, was sie zu seinem Bedauern mit leichter Verdrossenheit zu quittieren schien.

»Was machst du da?« Sobald Connor diese Frage gestellt hatte, kam sie ihm ziemlich albern vor.

»Ich dachte, das wäre offensichtlich«, erwiderte Gillyanne gedehnt. Es faszinierte sie, wie die Röte der Leidenschaft auf seinen hohen Wangenknochen in einem leichten Gegensatz zu der strengen Linie seines Mundes und dem Anflug von Unsicherheit in seinen Augen stand.

»Das machen Frauen also auch für ihre Ehemänner? Es ist nicht nur ein Hurentrick?« Bislang hatte er immer gehört, dass nur eine gut bezahlte Hure einem Mann solche Wonnen schenkte.

»Meine Cousine Elspeth hat mir erzählt, dass ihr Mann das sehr schön fand, und neugierig, wie ich bin, habe ich meine Cousine Avery gefragt, ob es ihrem Mann genauso geht, was sie bejahte. Keine der beiden ist eine Hure. Ihre Ehemänner würden jedem den Hals umdrehen, der so etwas behauptet. Aber wenn du willst, dass ich aufhöre ...«

»Nein, nein! Wenn das auch eine Ehefrau für ihren Gemahl tun kann, dann mach ruhig weiter.«

Sie blickte ihn leicht belustigt an, dann fuhr sie fort, ihn zu liebkosen. Connor erschauerte. Das kann leicht zu viel der Wonnen werden, dachte er, denn schon bald erregten ihn ihre weichen Lippen und die heißen Liebkosungen ihrer Zunge so sehr, dass sich seine Hände zu Fäusten ballten. Als sie ihren warmen Mund um ihn schloss, musste er hart um die eiserne Beherrschung kämpfen, die er im Lauf der Jahre perfektioniert hatte. Aber umsonst – sie entglitt ihm Zug um Zug, bis er stöhnend auf die Knie sank und Gillyanne auf den Boden drückte. Mit zitternden Händen riss er ihr das Tuch weg, in das sie sich gewickelt hatte, und stürzte sich auf sie.

Gillyanne erschrak zuerst, als sie so plötzlich umgestoßen wurde, doch dann lachte sie leise. Sie hatte es sehr erregend gefunden, Connor auf diese Art zu lieben und zu spüren, wie sein großer starker Körper unter ihren Händen erbebte. Nun machte er sich mit einer derart fiebrigen Intensität über sie her, dass sie sich eigentlich hätte ein wenig fürchten müssen. Aber sie hielt seiner Wildheit nicht nur stand, sondern tat es ihm sogar gleich. Als er mit einem entschlossenen Stoß in ihren bereits sehnlich darauf wartenden Körper eindrang, wusste sie, dass er jegliche Beherrschung verloren hatte. Sie wusste auch, dass sie wohl den einen oder anderen blauen Flecken auf ihrer viel zu empfindlichen Haut davontragen würde, doch das war ihr egal. Ohne Vorbehalte gab sie sich ihm hin. Ihr letzter Gedanke war, dass ein Mann, der so wild und leidenschaftlich war wie Connor, auch noch andere starke Gefühle in sich bergen musste, und sie nahm sich fest vor, jedes einzelne aufzuspüren.

Connor lag halb auf Gillyanne, halb auf einem Schaffell, das Gesicht an ihren Hals gepresst. Er kämpfte darum, den Kopf wieder klar zu bekommen. Zeitweise hatte er die Beherrschung vollständig verloren. Das an sich war schon beunruhigend genug, doch noch stärker beunruhigte ihn, dass er sich in all seiner Wildheit und mit all seinem ungezügelten Verlangen auf seine zarte kleine Frau gestürzt hatte. Doch unter seiner Hand, die auf ihrer Brust lag, spürte er ihren Herzschlag und ihren regelmäßigen Atem – sie lebte also noch. Als er einen raschen Blick auf ihr Gesicht wagte, konnte er keine Spur von Tränen entdecken – er hatte ihr also auch nicht wehgetan. Und sie versuchte nicht, sich seiner Umarmung zu entziehen; demnach hatte er sie offenbar auch nicht verschreckt, als er sich wie ein wildes Tier auf sie gestürzt hatte. Aber sie rührte sich nicht, sie lag da wie eine kaputte Puppe.

»Gillyanne?«, rief er leise.

»Mmmm?« Immerhin ließ sie jetzt ihre Finger träge seinen Rücken entlangwandern.

Sie war also auch nicht bewusstlos, wie er erleichtert feststellte. Nun galt es, von Gillyanne wegzukommen, ohne den völligen Verlust seiner Beherrschung zur Sprache kommen zu lassen. Mühsam zwang er seinen zutiefst befriedigten Körper, sich in Bewegung zu setzen. Er gab Gillyanne einen kleinen Klaps auf die Hüfte und stand auf. Sie wirkte etwas verdrossen und tastete eilig nach dem Handtuch, das er achtlos hatte fallen lassen, um ihre Blöße zu bedecken.

»Wir sollten uns beeilen, damit wir noch etwas zu essen bekommen«, meinte er und begann, sich saubere Kleider anzuziehen.

Als Gillyanne sich endlich hochrappelte, war Connor bereits angezogen. Er umarmte sie noch einmal rasch und drückte ihr einen flüchtigen Kuss auf den Mund, dann ließ er sie stehen, nicht ohne ihr noch einmal geraten zu haben, sich zu beeilen.

Gillyanne wusch sich seufzend. Während sie sich anzog, nahm sie sich vor, diesem Mann beizubringen, dass nach einem solch leidenschaftlichen Liebesspiel etwas Zärtlichkeit, ein langer Kuss und eine innige Umarmung den Genuss abrundeten.

Als sie sich auf den Weg zum großen Saal machte, stieß sie zu ihrer großen Überraschung am Fuß der Treppe auf Connor, Diarmot und Knobby. »Stimmt etwas nicht?«, fragte sie. Auch die drei Brüder, die sie noch nicht auseinander halten konnte, lugten hinter Diarmot hervor.

»Dein Cousin ist gekommen«, erklärte Connor.

»Oh, gut!«, rief Gillyanne erfreut und rannte die letzten Stufen hinab zu der dicken Holztür zum Innenhof. »Er bringt mir sicher meine Sachen und vielleicht auch noch ein paar Nachrichten von zu Hause!«

Doch Connor packte sie bei der Hand und zog sie zu sich. »Er hat auch zwei bis an die Zähne bewaffnete Männer mitgebracht.«

»Natürlich. Nur ein völliger Narr würde ohne Schutz durch diese Gegend reiten.«

Connor fand, dass es manchmal ziemlich irritierend war, wenn Frauen vernünftig argumentierten. »Er soll deine Sachen am Tor ablegen und wieder wegreiten.«

Gillyanne fragte sich, wie es nur möglich war, dass sie in einem Moment schier verrückt war nach diesem Mann und ihm schon im nächsten am liebsten eine schallende Ohrfeige verpasst hätte. »Er hat diese Ehe gebilligt und kommt jetzt als Freund«, erklärte sie möglichst ruhig. »Wahrscheinlich würde er gern ein paar Tage bleiben, um sich zu vergewissern, dass ich hier gut behandelt werde.«

»Das wirst du, und dafür sollte mein Wort genügen.«

»Warum? Er kennt dich nicht, er hatte noch nie von dir gehört, bis du an die Tore meiner Burg gehämmert hast.«

Würde seine kleine Frau jemals etwas akzeptieren, nur weil er, ihr Gemahl und Laird, es gesagt hatte? »Nanty, du, Angus und Drew, ihr führt unsere ungeladenen Gäste herein«, lenkte er ein, »und wenn sie sich vor dem Essen noch waschen wollen, zeigt ihnen, wo.« Er blickte auf Gillyanne. »Sir James' Begleiter können sich satt essen und eine Nacht hier bleiben, aber morgen früh verlassen sie unsere Burg. Dein Cousin kann noch ein paar Tage bleiben, wenn er meint, dass das nötig ist.« Er zog sie mit sich zum großen Saal. »Wir warten hier drinnen auf ihn.«

»Aber James hat sicher meine Kleider dabei, und ich würde mich wirklich sehr gerne umziehen!«, protestierte sie, während sie sich Mühe gab, mit ihm Schritt zu halten.

»Einen Abend wirst du es schon noch aushalten.«

Es dauerte nicht lange, bis ein lächelnder James in den großen Saal schlenderte. Als Gillyanne den Korb in seiner Hand entdeckte, stieß sie einen Freudenschrei aus. Einen Schritt von ihr entfernt ging plötzlich der Deckel auf und ihre Katzen sprangen heraus und direkt auf ihren Schoß.

»Katzen?« Connor begrüßte James mit einem Nicken, und der nahm Gillyanne gegenüber neben Diarmot Platz.

»Ja!«, erwiderte Gillyanne und lachte selig, als die Katzen ihr das Kinn abschleckten. »Sie heißen Lump und Schmutzfink und werden sich gleich sämtlicher Ratten und Mäuse annehmen, wenn es hier welche gibt.«

Connor starrte die Katzen an, brummte und begann zu essen. »Die Hunde werden sie zerfleischen.«

Gillyanne schluckte. »Hier gibt es doch gar keine Hunde!«, entgegnete sie stirnrunzelnd.

»Was nicht ist, kann noch werden.«

Obwohl sie ziemlich sicher war, dass er nur scherzte, drückte sie ihre Katzen fest an sich. Erst als sie den Schalk in seinen Augen aufblitzen sah und Diarmot breit grinste, legte sich ihre Angst. Ihr Mann hatte eben einen seltsamen Sinn für Humor, damit musste sie sich wohl abfinden – noch eine Herausforderung in ihrem neuen Leben. Sie wandte sich von ihm ab und stellte Fiona, die neben ihr saß, die Katzen vor.

Connor schüttelte den Kopf, als er merkte, dass Fiona von den Tieren ebenso begeistert war wie seine Frau. Dann wandte er sich wichtigeren Dingen zu. Er musterte James. Eigentlich gab ihm dieser Mann keinen Anlass, ihm zu misstrauen oder ihn abzulehnen, aber trotzdem gefiel ihm der Gedanke nicht, dass er länger in Deilcladach bleiben würde. Sir James Drummond sah blendend aus und stand Gillyanne sehr nahe. Das allein reichte schon, um Connor Sorgen zu machen. Er runzelte die Stirn. War er etwa eifersüchtig? Auch das bereitete ihm Sorge. Ein solches Gefühl könnte als Zeichen von Schwäche ausgelegt und vielleicht sogar gegen ihn verwendet werden.

»Zu nett von Euch, mich einzuladen, ein Weilchen hier zu bleiben!«, meinte James leicht ironisch.

»Ihr seht ja, dass sie heil und unverletzt ist«, entgegnete Connor unwirsch. »Also müsst Ihr Euren Besuch nicht ungebührlich ausdehnen.«

James lachte. »Na ja, ich glaube, ich werde trotzdem ein paar Tage bleiben. Bis alles geregelt ist, sollte das Mädchen einen Verwandten an ihrer Seite haben.«

»Es ist doch schon alles geregelt. Sie ist meine Gemahlin und die Ehe ist vollzogen worden, und zwar sehr gründlich.«

»Aber Euch fehlt noch der Segen ihres Vaters.«

»Gillyanne ist fast einundzwanzig, sie braucht seine Billigung nicht.« Connor runzelte die Stirn, als James nur mit den Schultern zuckte. »Wird er kommen?«

»Jawohl, so rasch er kann.«

»Mit einem Heer?«

»Nein, erst einmal ohne. Ich war in Dubhlinn und habe Mutter versichert, dass es Gillyanne so weit gut geht. Vater wird also erst mit Euch reden wollen.«

Connor nickte und versuchte, seine Erleichterung zu verbergen. »Der Mann wird sicher kein Blutvergießen wollen, seine Tochter wollte es ja auch nicht.«

»Ich glaube nicht, dass er sich um Euch oder Eure Leute Sorgen macht. Aber er weiß, dass in jeder Schlacht, egal, wie schnell sie gewonnen ist, einige seiner Leute verletzt oder getötet werden können. Deshalb überlegt er es sich reiflich, bevor er die Waffen sprechen lässt. Vater ist ein gutherziger Mann, man könnte sogar sagen sanftmütig. Auf alle Fälle ist er meistens gelassen und zieht das Wort dem Schwert vor, und er hat einen scharfen Verstand. Er braust höchst selten auf, wenn er aber wütend wird, dann richtig. Und nichts reizt ihn mehr, als wenn einem Mitglied seiner Familie ein Leid zugefügt wird.«

»Ich habe nicht vor, Gillyanne wehzutun.«

»Nein, körperlich sicher nicht«, murmelte James und betrachtete Connor eingehend. »Ich glaube, Ihr seid ein harter Mann, Sir Connor MacEnroy, knochenhart.«

»Ich war dazu gezwungen«, erwiderte Connor. Allerdings fragte er sich, warum er sich überhaupt verteidigte, schließlich war er ja nur zum Wohle seines Clans so hart geworden.

»Gillyanne ist eine weiche Frau, sie ist freimütig, offenherzig und sehr lebendig, und außerdem leidenschaftlich, liebevoll und großzügig. Ein harter Mann wie Ihr könnte sie leider auf unterschiedlichste Weise verletzen, ohne auch nur die Hand zu erheben, und er würde es nicht einmal merken. Wie dem auch sei – ich werde ein Weilchen bleiben, bis ich mich davon überzeugt habe, dass es ihr wirklich gut geht. Ihr mögt Eure zarteren Gefühle tief in Euch vergraben haben, Sir Connor, aber dass ihr sie in meiner kleinen Cousine erstickt, das werde ich nicht zulassen!«

Connor hatte zwar James' Worte vernommen, aber er war sich nicht sicher, ob er sie auch wirklich verstanden hatte. Allerdings wollte er sich jetzt auch nicht eingehender damit befassen. Er zwang sich, nicht weiter über Gillyanne und die seltsam beunruhigende Vorstellung nachzudenken, dass er sie verletzen könnte.

»Ihr seid ihr Cousin, oder? Warum nennt Ihr ihre Eltern Mutter und Vater?«, fragte er, denn er wollte wissen, warum sich Gillyanne und James so nahe standen.

»Ja nun – ihre Mutter ist meine Tante. Ich bin der Sohn von Lady Bethias Zwillingsschwester. Als ich kaum der Mutterbrust entwöhnt war, wurden meine Eltern ermordet und Lady Bethia bewahrte mich vor einem ähnlichen Schicksal. Damals lernte sie auch Sir Eric kennen, der sich vom König zu meinem Vormund bestellen ließ. Er und meine Tante nahmen mich auf und behandelten mich wie ihren eigenen Sohn. Sobald ich alt genug war, es zu begreifen, klärten sie mich über meine tatsächliche Herkunft auf. Aber sie waren immer wie Vater und Mutter zu mir und ihre Kinder wie Geschwister. Daran änderte auch meine eigentliche Herkunft nichts. Ich stelle mich nur dann als ihr Cousin vor, wenn wir erklären wollen, warum ich ein Drummond bin und die anderen Murrays. Dennoch sind sie die einzige Familie, die ich habe, meine Eltern, Brüder und Schwestern. Wenn ich kein Laird wäre und mein Clan nicht darauf warten würde, dass ich meinen Platz einnehme, wäre ich ein Murray. In der Tat ist Gillyanne genauso wenig eine Murray wie ich oder ihre Geschwister, denn Sir Eric wurde von dem Clan adoptiert und hielt sich eine Zeit lang für einen unehelichen Murray. Nachdem er herausgefunden hatte, wer er tatsächlich war, zog er es vor, ein Murray zu bleiben.«

In Connor regte sich der Stachel des Neids. James' Geschichte hatte ihm gezeigt, dass die Murrays Menschen in Not oder Gefahr bereitwillig halfen. Als er und seine Geschwister mutterseelenallein und ohne ein Dach über dem Kopf dagestanden und am Hungertuch genagt hatten, hatte sich niemand um sie gekümmert. Selbst der einzige noch lebende erwachsene Verwandte hat eigentlich wenig mehr getan, als hie und da hereinzuschneien und uns sinnlose Predigten zu halten, dachte Connor, als sein Blick auf seinen Onkel fiel, der mit finsterer Miene dasaß und sich gerade Wein nachschenkte. Diese Gedanken kamen Connor zwar verräterisch vor, aber nun, da er sie zugelassen hatte, wurde er sie nicht mehr los.

James folgte Connors Blick. »Auf diesen Mann solltet Ihr aufpassen!«, mahnte er halblaut. »Er mag meine Cousine nicht.«

»Das ist mein Onkel«, entgegnete Connor scheinbar gelassen, doch dann seufzte er. »Ihr habt Recht, er mag sie nicht.« Gerade, als er Gillyanne ansah, warf diese Neil einen leicht gereizten Blick zu. »Gillyanne mag ihn auch nicht besonders«, fügte er hinzu.

»Lasst Euch eins sagen: Hört auf Eure kleine Gemahlin, wenn sie über jemanden Bedenken äußert!«

»Nein, sie ärgert sich nur über einiges, was mein Onkel sagt.«

»Wenn es nur das wäre, würde sie ihn ihre scharfe Zunge spüren lassen, mehr nicht. Ihr mögt es glauben oder nicht – Gillyanne spürt Dinge, die normale Menschen nicht spüren können. Es ist, als könne sie tief in die Seele der anderen blicken.« James zog die Brauen zusammen und fuhr sich durchs Haar. »Es ist schwer zu erklären, aber es ist fast so, als könne Gillyanne fühlen, was andere Menschen fühlen. Aber jetzt haltet Ihr uns wahrscheinlich beide für verrückt.«

»Nein, nein! Ich habe schon von solchen Gaben gehört.« Connor kam sich auf einmal fast nackt vor. »Kann sie das bei allen?«

»Nein. Es gelingt ihr zum Beispiel nur sehr selten zu erkennen, was in mir vorgeht. Und sie hat mir gesagt, Eure Gefühle zu enträtseln sei, als liefe sie gegen eine Wand. Ich will Euch nur ans Herz legen: Hört auf Gillyanne, wenn sie mit jemandem Probleme hat. Offenbar trifft das auf Euren Onkel zu. Nehmt es nicht auf die leichte Schulter, sondern findet heraus, woran es liegt und warum es so ist.«

Connor nickte, wusste aber nicht, ob er auf James hören sollte. Er wollte sich nicht von seiner Gemahlin in den seltsam verräterischen Gefühlen bestärken lassen, die er plötzlich bezüglich seines Onkels hegte, und beschloss, sich zuerst um seine eigenen Sorgen zu kümmern und dann um die ihren.

Kapitel 11

Noch nie war Gillyanne etwas so schwer gefallen wie dies: Sie war vom Tisch aufgestanden, ohne Sir Neil MacEnroy geohrfeigt zu haben, so sehr es sie auch danach gelüstet hatte. Sie hatte nicht auf seine giftigen Worte, Beleidigungen und Schmähreden reagiert, auch wenn ihr eine Erwiderung auf der Zunge gelegen hatte. Aber schließlich hielt sie es nicht mehr aus, sie musste einfach weg. Nicht nur, weil sie fürchtete, Connor zu verärgern, wenn sie sich mit einem seiner wenigen älteren Verwandten anlegte, die die lange, blutige Fehde überlebt hatten.

Nein, dachte sie, als sie mit einem Korb in der Hand die Burg verließ, wenn sie von Sir Neil wegkam, fiel eine unerträgliche Last von ihr ab, obwohl ihr die ungesagten Worte noch schwer im Magen lagen. Der Mann stank regelrecht nach Verbitterung und Wut. Und auch Angst. Angst, dass ihm die dunklen, quälenden Geheimnisse, die er mit sich herumschleppte, entschlüpfen könnten. Gillyanne hatte das Gefühl, dass seine gepeinigte Seele jedes Mal, wenn sie in seiner Nähe war, nach ihr greifen und sie zu sich in den Morast herunterziehen wollte. Ihr wurde richtiggehend übel davon, und ihr Wunsch, ihn aufzufordern, seine Geheimnisse endlich preiszugeben, wurde immer stärker.

Aber das zu tun wäre ein großer Fehler, dessen war sie sich sicher. Gillyanne glaubte nicht, dass sich Neil durch ein Geständnis erleichtern wollte. Neil MacEnroys Geheimnisse waren so schrecklich, dass sie einem Menschen Herz und Seele zerreißen konnten. Sie würden seine Verwandten, die in ihrem jungen Leben wahrhaftig genug gelitten hatten, in ihren Grundfesten erschüttern. Gillyanne konnte nur beten, dass ihr Gefühl sie trog, aber es sagte ihr, dass er an der Fehde nicht unschuldig war und zumindest in den letzten blutigen Jahren dieser Auseinandersetzung seine Hand im Spiel gehabt hatte. Möglicherweise achteten und bewunderten Connor und seine Brüder einen Mann, der dazu beigetragen hatte, alles zu zerstören, was ihnen lieb und teuer gewesen war. Wahrscheinlich war er gar nicht so erfreut gewesen, dass so viele überlebt hatten. Es war so beängstigend und so abgrundtief traurig, dass Gillyanne nicht weiter darüber nachdenken wollte.

»Tut mir Leid, dass ich mich verspätet habe«, sagte Fiona, als sie Gillyanne eingeholt hatte.

Gillyanne lächelte das junge Mädchen freundlich an. »Vielleicht hast du ja einfach nur ein wenig getrödelt?«

»Nein, diesmal nicht.« Als Gillyanne lachte, musste Fiona grinsen. »Denn das, was du mir heute über das Leben einer Burgherrin beibringen willst, interessiert mich wirklich. Über Heilpflanzen und ihre Anwendung Bescheid zu wissen – so etwas kann man immer brauchen. Ach, du bist auch schon da, Knobby?«, fragte sie, als dieser zu ihnen trat. »Hast dich wohl auch etwas verspätet?«

»Eigentlich nicht«, erwiderte Knobby. »Ich glaube eher, die Lady ist ein klein wenig zu früh.«

»Tja, ich fürchte, du hast Recht.« Gillyanne schmunzelte. »Ich spürte den unwiderstehlichen Drang, Sir Neil einen Knüppel über den Schädel zu schlagen, und da bin ich lieber schnell gegangen.« Sie nickte Joans Gemahl Malcolm zu, der heute das Tor bewachte.

»Onkel Neil scheint dich nicht zu mögen, Gilly. Ich verstehe gar nicht, warum das so ist«, murrte Fiona verlegen, aber auch verdrossen. »Es scheint fast, als sei es ihm nicht recht, dass Connor geheiratet hat. Aber warum? Ich weiß nur, dass mein Onkel Frauen grundsätzlich nicht mag. Er spricht kaum mit mir, und seit ich meine Kappe nicht mehr trage, ist es noch schlimmer geworden.«

Sie zupfte schüchtern an ihrem dicken blonden Zopf.

»Aber ein Laird hat die Pflicht zu heiraten, und du hast gutes Land mit in die Ehe gebracht.«

Daran, dass dieses Land der eigentliche Grund für ihre

Heirat gewesen war, wollte Gillyanne lieber nicht erinnert werden, aber das sagte sie Fiona nicht. Und ebenso wenig konnte sie dem Mädchen erklären, dass ihr Onkel voller Geheimnisse steckte und sie zunehmend davon überzeugt war, dass Neil Angst hatte, sie würde sie aufdecken. Sie war von Herzen froh, dass Neil Fiona kaum zur Kenntnis nahm. Zumindest ein Mitglied der MacEnroys, das nicht mit Neils vergifteten »Ratschlägen« belastet wurde.

»Vielleicht war es ihm ganz recht, hier meist nur mit deinen Brüdern zusammen zu sein«, erwiderte Gillyanne schließlich. »Wie du ja schon gesagt hast – er mag Mädchen nicht; vielleicht betrachtet er die Ehe deshalb als Fluch.«

»Möglich. Und wie steht es mit deinem Plan? Hast du Connor schon so weit, dass er mehr Gefühl zeigt?«

Gillyanne warf einen nervösen Blick nach hinten auf Knobby, der breit grinste. »Ich versuche es ja erst seit einer Woche, Fiona.«

»Keine Sorge, Mylady«, meinte Knobby. »Ich werde dem Laird schon nichts verraten. Zumindest solange Ihr nicht plant, ihn im Schlaf zu ermorden.« Er rieb sich das Kinn. »Der Laird ist ein ziemlich harter Mann.«

»Hart wie Stein.«

»Das muss er aber auch sein, Mylady, und es hat uns sehr geholfen. Damals war er fast der Älteste unter uns Überlebenden. Die meisten älteren Jungen starben an der Seite ihrer Väter.«

»Schrecklich! Ich möchte gar nicht weiter darüber nachdenken. Wie hast du es denn geschafft zu überleben?«

»Auch ich habe an der Seite meines Vaters gekämpft. Meine beiden älteren Brüder waren bereits gefallen, als der alte Laird erkannte, dass wir die Schlacht nicht gewinnen konnten. Er befahl allen unter achtzehn, sich in Sicherheit zu bringen. Natürlich wollten wir nicht, aber er befahl es uns noch einmal und erklärte uns, es sei unsere Pflicht, die Frauen und Kinder zu beschützen und sicherzustellen, dass die Mac-

Enroys an diesem schwarzen Tag nicht völlig ausgerottet würden. Mein Vater sah mich nur an, und dann meinte auch er, ich solle gehen und meine Mutter und meine Schwester retten. Schließlich folgten wir dem Befehl unseres Lairds.«

Knobby fühlte sich schuldig, das spürte Gillyanne, und sie hatte ja schon vermutet, dass das auch für Connor galt. »Du brauchst dich nur umzusehen, um festzustellen, dass es die richtige Entscheidung war. Es war das Beste, was du tun konntest. Die MacEnroys wären jetzt nur noch eine verblassende Erinnerung, wenn ihr euch damals anders verhalten hättet. Und die Frauen und Kinder brauchten euch wirklich.«

»Das ist mir schon auch klar. Doch manchmal wünsche ich, ich hätte an der Seite meines Vaters den Tod meiner Brüder rächen können.«

»Das wäre dir nicht gelungen. Du wärst umgekommen wie all die anderen. Denk doch einmal an deinen Vater! Er sah zwei seiner Kinder sterben und wusste, dass er vielleicht auch dich noch sterben sehen würde, wenn du geblieben wärst.«

»Ich war damals sechzehn, Mylady. Mehr Mann als Kind.«

»Ach, Knobby! Ich vermute, für deinen Vater warst du eher Kind als Mann. Mein Vater behandelt meine Brüder wie Männer, die sie sind oder fast sind. Aber wenn sie in einer Schlacht kämpfen würden, die nicht gewonnen werden könnte, würde er ihnen höchstwahrscheinlich ebenfalls befehlen zu fliehen. Wie es dein Vater damals wohl auch getan hat, würde er sie ansehen und daran denken, dass es doch erst gestern war, als sie ihre ersten Schritte taten, erst gestern, als ihre Stimmen tiefer wurden. Er würde daran denken, was noch alles vor ihnen läge. Dein armer Vater hatte bereits zwei seiner Kinder sterben sehen, und der Gedanke, dass es dir vielleicht bald ebenso ergehen würde, war ihm sicher unerträglich. Du hast ihm Frieden geschenkt, als du geflohen bist; Hoffnung, dass die MacEnroys nicht nur zu einer Zeile im

Lied eines fahrenden Sängers verkommen würden; Hoffnung, dass seine Frau und seine Tochter jemanden haben würden, der ihnen helfen würde zu überleben. Und vielleicht dachte er auch an deine Mutter und wie es ihr Herz brechen würde, wenn sie alle ihre Söhne begraben müsste. Deshalb hat er wenigstens dich zu ihr zurückkehren lassen. Nein – deine Pflicht an jenem Tag bestand darin, zu überleben und dafür zu sorgen, dass deine Mutter und deine Schwester wieder ein Dach über dem Kopf bekamen und einen Clan, zu dem sie gehörten.« Offensichtlich predigte sie zu viel, denn er musterte sie sehr eindringlich. Sie errötete ein wenig und wandte den Blick ab. »Manchmal ist es schwieriger zu überleben.«

Es kehrte ein langes Schweigen ein. Schließlich sagte Knobby: »Ihr habt Recht. So gründlich habe ich bisher noch nie darüber nachgedacht, aber jetzt ist mir klar geworden, dass Ihr Recht habt. Es war unsere Pflicht, und es gibt nichts, worüber wir uns schämen müssten. Manchmal ist es nicht so einfach, sich an alles zu erinnern, denn in den ersten Jahren waren wir hauptsächlich damit beschäftigt, uns zu verstecken und ums nackte Überleben zu kämpfen. Aber damit, dass ich ging, habe ich meinem Vater tatsächlich Frieden geschenkt. Ich sah es ganz deutlich auf seinem Gesicht, obwohl ich es vorgezogen habe, mich nur an das Leid zu erinnern.«

»So viel Leid!«, sagte sie leise. Sie konnte es sich lebhafter vorstellen, als ihr lieb war. »Hat denn keiner der Erwachsenen überlebt?«

»Keiner der MacEnroys, die bei der Burg kämpften; nur ein paar Dorfbewohner und Pächter, die geflohen waren und sich irgendwo versteckten, und außerdem noch ein paar junge Burschen, Kinder, Frauen und einige Alte und Lahme, die nicht kämpfen konnten. Ihr habt sicher schon bemerkt, dass kaum eine ältere Frau in unserem Clan noch einen Mann hat.«

»Ja, hier gibt es viele Witwen.«

»Einige sind zu ihren Familien zurückgekehrt. Aber diejenigen, die hier geboren und aufgewachsen sind, mussten hier bleiben.«

»Und alle blickten auf Connor«, sagte sie. Sie blieb stehen, weil sie einige Heilkräuter gesehen hatte, die sie gut brauchen konnte.

»Und er war damals erst fünfzehn! Deshalb ist er so – na ja, so hart. Aber jetzt sollte er sich nicht mehr von der Vergangenheit beherrschen lassen. Wir haben alles wiederaufgebaut. Die Jungen sind zu Männern herangewachsen, und die Fehde ist beendet. Trotz all der Sorgen war er ein fröhlicher kleiner Bursche, der viel lachte. Dieses Kind ist natürlich unwiederbringlich verschwunden, aber manche von uns sind der Meinung, es würde dem Laird gut tun, die Ketten um seine Seele endlich zu lockern.«

»Mit Sicherheit! Man kann nur hoffen, dass diese Ketten seinen Frohsinn nicht völlig erstickt haben.« Gillyanne schüttelte den Kopf. »Genug der düsteren Dinge – Fiona, es ist an der Zeit, dass du etwas über Kräuter und die Heilkunde lernst.«

»Eine Heilerin könnten wir gut gebrauchen«, sagte Knobby, der sich an einen Baum gelehnt hatte. »Kennt Ihr Euch denn darin aus, Mylady?«

»Ein wenig«, erwiderte Gillyanne. »Meine Tante Maldie und ihre Tochter Elspeth sind berühmt für ihre Heilkunst. Alle Frauen der Murrays gehen bei den beiden in die Lehre.«

»Vielleicht solltest du Connor einen Liebestrank brauen?«, schlug Fiona vor.

»So etwas gibt es nicht.«

»Aber natürlich gibt es das! Viele Mädchen wenden sich deswegen an die weisen Frauen.«

»Und werfen ihnen ihr sauer verdientes Geld in den Rachen, das sie sehr viel sinnvoller ausgeben könnten. Die Rezepte für einen Liebestrank, die ich kenne, erscheinen mir eher geeignet, den armen Mann unter die Erde zu bringen.

Und wenn es tatsächlich so etwas gibt, wie oft sollte der Trank verabreicht werden? Einmal täglich, einmal wöchentlich, einmal im Monat? Ich glaube, selbst der Dümmste würde sich bald fragen, warum ihm seine Frau ständig so ein merkwürdiges Getränk anbietet. Außerdem müsste sie sich gut überlegen, wo und wann sie es verabreicht.«

»Tja, sonst verliebt sich der Mann am Ende noch in die Falsche. Sie müsste ihm den Trank an einem abgeschiedenen Ort anbieten, hier zum Beispiel.«

»Na ja, das könnte klappen. Aber selbst hier gibt es Unwägbarkeiten. Vielleicht trinkt er das Gebräu und schaut dann nicht als Erstes dich an. Nein, vielleicht blickt er erst einmal nach rechts oder nach links, und eh du dich's versiehst, macht er einem Salamander einen Antrag.«

Als das dieser Bemerkung folgende schallende Gelächter verebbt war, begann Gillyanne, Fiona einiges über Heilkräuter, andere nützliche Pflanzen und die Kunst des Heilens zu erklären. Doch im Hinterkopf ging ihr das Gespräch herum, das sie soeben mit Knobby geführt hatte. Jeden Tag erfuhr sie etwas Neues über die MacEnroys, über die Tragödie, die sie geprägt hatte, und über Connor. Leider kam nur sehr wenig Information von Connor selbst. All ihre weibliche Kunst hatte bisher nur dazu geführt, dass sie sich immer häufiger liebten. Sie wunderte sich nicht, dass ihre gemeinsamen Bäder stets im Liebesspiel endeten, schließlich waren sie beide nackt. Doch als sie ihm vor zwei Tagen Essen und Trinken aufs Feld gebracht hatte, erstaunte es sie doch ein wenig, als er sie hinter den nächstbesten Busch zerrte und über sie herfiel. Doch offenbar hielt Connor alle ihre Bemühungen, ihn mit den Annehmlichkeiten zu verwöhnen, die eine Ehefrau ihrem Gemahl bieten konnte, für eine Einladung zum Liebesspiel.

So schlecht ist das ja auch nicht, dachte sie und erschauerte wohlig bei der Erinnerung an die Details ihrer letzten feurigen Begegnung. Die Leidenschaft konnte durchaus helfen, ihr den Weg in sein Herz zu ebnen. Doch darüber hinaus teilten sie nach wie vor sehr wenig, obwohl sie nun schon zwei Wochen verheiratet waren. Es kam ihr fast so vor, als hätte ihn der Anflug von guter Laune und ihr wildes Liebesspiel im Anschluss an ihr erstes Bad erschreckt, denn danach hatte er zwei Tage lang besonders distanziert gewirkt. Gottlob hatte sich das etwas gegeben, aber wenn er bei jedem Schritt vorwärts drei Schritte zurück machte, würde sie nie zu ihm durchdringen. Es brach ihr schier das Herz und sie wünschte sich inständig, sie könne mit einem weiblichen Mitglied ihrer Familie darüber reden. Doch das war momentan unmöglich – sie war auf sich allein gestellt, und sie glaubte nicht daran, dass sie einen Mann umwerben und gewinnen konnte, vor allem keinen wie Connor.

Gillyanne war froh, als Fiona sie etwas über ein Moos fragte, so dass sie sich wieder auf ihre junge Schwägerin konzentrieren musste und sich nicht weiter den Kopf über ihre Ehe zerbrechen konnte, denn das tat sie ohnehin viel zu häufig. Als sie glaubte, dass Fiona die betreffende Moossorte gut genug kannte, trug sie ihr auf, in der Umgebung noch ein wenig davon zu sammeln. Fiona war wirklich begierig darauf zu lernen, sich wie eine Lady zu benehmen, aber Gillyanne wusste, dass sie das junge Mädchen langsam und Schritt für Schritt einweisen musste. Fiona hatte die Freiheit, sich wie ein Junge zu benehmen, viel zu lange genossen, um sich plötzlich den lieben langen Tag damit befassen zu können, was sie als Burgherrin alles wissen und können musste; oft genug war das nämlich ziemlich öde.

Plötzlich entdeckte sie etwas abseits eine besonders seltene und vielseitig verwendbare Pflanze. Sie wollte sie einsammeln, doch dabei verhedderte sich ihr Rock in einem Brombeerstrauch. Knobby, der ihr leises Fluchen gehört hatte, kam ihr zu Hilfe. Gerade als er das letzte Stückchen Stoff aus den Dornen befreite, sah Gillyanne aus den Augenwinkeln, wie sich hinter ihm etwas bewegte. Sie hob den Kopf, um zu sehen, was es war, und stieß einen Warnschrei aus. Doch er kam zu spät. Ein bärtiger Mann schmetterte den Knauf seines Schwertes auf Knobbys Kopf und der sank nahezu lautlos direkt vor ihren Füßen zu Boden.

»Ihr seid es!«, rief sie erstaunt, als weitere Männer auftauchten, darunter auch ein großer, gut aussehender, den sie sofort erkannte.

Sir Robert verbeugte sich knapp. »Jawohl, ich bin es. Gehen wir, Mylady?«

Einen Moment lang dachte Gillyanne daran, um Hilfe zu rufen, ließ es dann aber bleiben. Das hätte Fiona nur in die Falle gelockt. Als Nächstes überlegte sie, ob sie sich wehren und fliehen sollte. Sie musterte die Schar von Kriegern, die sich vor ihr aufgebaut hatte. Vielleicht würde sie es sogar schaffen, sich ihnen ein Weilchen zu entziehen, aber letzten Endes würde der Widerstand ihr wahrscheinlich nicht viel mehr als ein paar blaue Flecken einbringen; und auch dieser Lärm würde Fiona veranlassen herbeizueilen. Ihre Mitgift verfluchend, der sie all diese ungewollte Aufmerksamkeit zu verdanken hatte, reichte sie Sir Robert die Hand und ließ sich von ihm entführen.

Nachdem Gillyanne mit Sir Robert und seinen Leuten verschwunden war, hielt sich Fiona erst noch eine Weile in den Büschen versteckt. Als sie mit einer stattlichen Menge Moos zu Gillyanne hatte zurückkehren wollen, hatte sie das Läuten von Glöckchen an Pferdehalftern vernommen und gewusst, dass Gillyanne und Knobby nicht mehr allein waren. Ihr Instinkt hatte ihr gesagt, dass es besser sei, sich schnellstens zu verstecken, und dank einer mühsam erlernten Fähigkeit war es ihr gelungen, sich unentdeckt heranzuschleichen, so dass sie mitbekam, wie Knobby nach einem Schlag auf den Kopf zusammenbrach und Gillyanne entführt wurde.

Was sollte sie nun tun? Erst einmal musste sie den Impuls unterdrücken, Gillyanne nachzueilen. Es war ihr klar, dass sie einfach zu schwach war, um ihr wirklich helfen zu können. Ihr nächster Gedanke war, nach Deilcladach zu rennen und Connor zu berichten, was passiert war. Doch dann fiel ihr Blick auf Knobby. Sie konnte ihn nicht mitten im Wald liegen lassen; vielleicht stand er ja bald wieder auf und hatte nur einen Brummschädel, aber solche Verletzungen konnten auch sehr ernst sein. Außerdem war Knobby im Moment hilflos jeglicher Gefahr ausgeliefert, egal, ob sie von einem Menschen oder einem Tier ausging. Seufzend verließ Fiona ihr Versteck und ging zu ihm.

Sie befreite ihn mühsam aus den Dornen, drehte ihn auf den Rücken und betrachtete ihn eine Weile. Es würde nicht leicht sein, ihn nach Deilcladach zu schaffen, aber sie konnte auch nicht hier herumsitzen und warten, bis er wieder zu sich kam. Sie nahm ihm seinen Umhang ab und knüpfte ihren eigenen daran. Das ergab eine ziemlich notdürftige Bahre, auf der sie Knobby fortschleifen konnte. Doch schon nach wenigen Schritten blieb sie stehen und schickte ein Stoßgebet zum Himmel, dass bald jemand kommen und ihr helfen möge. Knobby war zwar dürr wie eine Bohnenstange, aber offenbar hatte er Knochen aus Blei.

Sie hatte gerade beschlossen, dass sie Knobby unmöglich auch nur einen Fuß weiterschleifen konnte, als Colin, der Schweinehirt, und sein Sohn mit einem Karren voll Kleinholz vorbeikamen. Sie leerten den Karren und hievten Knobby darauf. Er war zwar etwas zu groß, aber besser als ihre behelfsmäßige Bahre war es allemal. Fiona trug den beiden auf, Knobby zur Burg zu bringen, und rannte voraus. Unterwegs betete sie, dass Connor da sein möge, sie betete, dass Gillyanne nichts passierte, und besonders inständig betete sie, dass die Fehde nicht wieder beginnen möge.

Connor goss sich einen Eimer Wasser über den Kopf, um den Schweiß abzuspülen, der ihm beim Schwertkampftraining auf die Stirn getreten war. Er schüttelte die Wassertropfen ab, ohne auf James' und Diarmots lautstarke Proteste, dass sie nass würden, zu achten, und wollte die beiden gerade mit ein paar gut gemeinten Beleidigungen ob ihres mangelnden Kampfgeschicks bedenken, als er Fiona in den Hof laufen sah. Sie blieb stehen und blickte sich hektisch um. Connor rannte schon, von James und Diarmot gefolgt, auf sie zu, als sie ihn endlich entdeckte.

»Gillyanne«, keuchte sie, als er vor ihr stand, aber sie konnte nicht weiterreden, weil sie völlig atemlos war.

»Nun beruhige dich erst mal, Mädchen«, meinte Connor und legte schützend einen Arm um ihre schmalen Schultern. Er spürte, dass sie heftig zitterte. »Atme ganz langsam und tief!« Er nickte zustimmend, als Andrew mit einem feuchten Tuch kam und Fionas Gesicht und Arme sanft abwischte. »Sobald du gefasster bist, können wir reden.«

Er massierte ihre Schultern und wartete, bis sie sich etwas beruhigt hatte. Allerdings kostete es ihn selbst die allergrößte Mühe, die Ruhe zu wahren. Fiona war mit Gillyanne in den Wald gegangen, um sich von ihr in der Kräuterkunde unterweisen zu lassen, und Knobby hatte die beiden begleitet. Es war klar, dass Gillyanne und Knobby etwas zugestoßen war. Unheil hatte sich über seinem Clan zusammengebraut, und zwei seiner Leute waren zu Schaden gekommen. So etwas durfte nicht passieren!

Obwohl er sich auch um Knobby sorgte, merkte er, dass das, was er fühlte, wenn er an Gillyanne dachte, sehr viel stärker war. Knobby war in den dunklen Jahren des Überlebenskampfes und des Wiederaufbaus an seiner Seite gestanden. Sie hatten gemeinsam getrauert, gefroren und gehungert; sie hatten sich gegenseitig aus den Tiefen der Hoffnungslosigkeit herausgeholt und alles gemeinsam überstanden. Es war kein Wunder, dass er sich um Knobbys Sicherheit sorgte. Aber bei Gillyanne war es viel mehr als nur Sorge, es war eine Angst, die ihm durch Mark und Bein ging.

Er konnte sich seine Angst gar nicht erklären. Er kannte

diese Frau doch erst seit ein paar Wochen. Zwar hatte er in ihren zarten Armen die süßeste, erregendste Leidenschaft gefunden, die er je gekostet hatte, aber das erklärte doch diese grauenhafte Angst nicht, die Angst, sie womöglich verloren zu haben. Sie war seine Gemahlin; er brauchte eine Ehefrau, um einen Erben zu zeugen, und in Gillyannes Fall, um an ein ausgezeichnetes Land zu kommen. Es war seine Pflicht, für sie zu sorgen, sie zu beschützen – und sie zu schwängern. Sich um ihre Sicherheit zu sorgen und ein schlechtes Gewissen zu haben, weil er sie nicht ausreichend beschützt hatte, war ja wohl zulässig. Aber eine derart grauenhafte Angst davor, sie vielleicht nie wieder zu sehen, fand er unzulässig; sie war ihm ein schieres Rätsel.

Aber dieses Rätsel muss warten, dachte er, denn Fiona hatte sich wieder so weit gefasst, dass sie klar sprechen konnte. »Wo ist Knobby?«, fragte er, wobei er dem Drang, als Erstes nach seiner Frau zu fragen, ganz bewusst widerstand.

»Colin, der Schweinehirt, und sein Sohn schaffen ihn auf ihrem kleinen Karren her«, erwiderte Fiona. »Er hat einen Schlag auf den Kopf bekommen. Ich habe versucht, ihn heimzuschleifen, aber er ist schwerer, als er aussieht.«

»Hast du gesehen, was passiert ist?«

»Nicht alles. Ich sollte Moos sammeln, und als ich zurückging, hörte ich Pferde. Ich habe mich versteckt und bin dann so nah ich konnte an sie herangeschlichen. Knobby half Gillyanne wohl gerade, sich aus einem Dornenbusch zu befreien, und da haben es die anderen geschafft, sich unbemerkt anzupirschen und ihn bewusstlos zu schlagen. Vielleicht war das ganz gut so, denn er hätte sicher gekämpft und wäre vielleicht verletzt oder getötet worden.«

»Aber wer waren denn die Angreifer?«

»Der Dalglish-Clan. Sir Robert war persönlich dabei.«

Das überraschte Connor. Er hatte zwar mit einigem Ärger von Seiten Sir Davids gerechnet, aber Sir Robert hatte er eigentlich nie als Bedrohung empfunden. »Und sie ist mitgegangen?«

Fiona nickte. »Sie wollte nicht. Sie stand da mitten in den Sträuchern und funkelte die Idioten wütend an. Sie sah wirklich wütend aus, das kann sie ja recht gut. Ich glaube, sie dachte intensiv nach; und sie hat ständig in die Richtung geblickt, in die ich weggegangen war. Sie fluchte, aber dann ließ sie es zu, dass Sir Robert sie mitnahm. Wahrscheinlich befürchtete sie, dass alles, was sie tun würde, um sich zu wehren, nur mich dazu bringen würde, zu ihr zu rennen. Und das wollte sie nicht.«

»Aber warum sollte er sie entführen?«, fragte Diarmot und runzelte verwirrt die Stirn. »Sie ist doch mit dir verheiratet, Connor. Ihr Land gehört jetzt dir. Darauf hatten wir uns doch geeinigt, noch bevor wir nach Ald-dabhach aufbrachen. Wer das Mädchen bekommt, bekommt auch das Land, und darüber sollte es keinen Streit geben. Die Ehe wurde vollzogen und kann nicht mehr aufgelöst werden. Was hat der Narr denn zu gewinnen?«

»Die Ehe kann sehr wohl wieder aufgelöst werden!« Obwohl James diese Worte nur leise eingeworfen hatte, richteten sich alle Augen auf ihn. »Gillyanne ist diese Ehe nicht freiwillig eingegangen. Sie wurde dazu gezwungen.«

»Sie hat ›ja‹ gesagt«, entgegnete Connor, aber in seiner Brust machte sich eine gewisse Beklemmung breit.

»Erst nach drei Angriffen und der Drohung eines vierten.«

Plötzlich kam Connor ein schrecklicher Gedanke in den Sinn. Viele Frauen fanden Robert attraktiv und ließen sich mit großer Freude von ihm umwerben. »Dann hat er wohl vor, meine Frau zu verführen, damit sie mich verlässt und ihn heiratet.«

»Vielleicht will er auch ein Lösegeld fordern«, meinte Diarmot, »und auf diese Weise zumindest einen Teil des Landes bekommen, das ihm entgangen ist.«

»Vielleicht schläft er auch nur mit dem Weib und glaubt,

dass du sie dann nicht mehr zurückhaben willst«, knurrte Neil und drängte sich in den Kreis um Fiona. »Dann buhlt er um sie und nimmt sich das ganze Land. Diese Beleidigung kannst du nicht auf dir sitzen lassen, Junge! Die Fehde wird wieder anfangen, und alles nur wegen dieser blöden Göre.«

»Noch ein Wort, Alter, und ich stopf dir dein Schandmaul mit meiner Faust!«, drohte James. Dann wandte er sich Connor zu. »Er wird es nicht schaffen, sie zu verführen«, meinte er ernst. »Aber traut Ihr dem Mann eine Vergewaltigung zu?«

»So etwas wurde ihm bislang nie nachgesagt«, erwiderte Connor. »Er steht im Ruf eines geschickten Verführers, der ein wenig zu scharf auf die Frauen anderer Männer und auf Jungfrauen ist. Ich kann nicht versprechen, dass er es nicht mit Gewalt versuchen wird, sie in sein Bett zu holen, aber mit Sicherheit wird er versuchen, sie dorthin zu locken.«

»Dann haben wir noch ein wenig Zeit. Kein Mann kann ein Mädchen aus dem Murray-Clan verführen, es sei denn, sie will es.«

»Er kann das wirklich sehr gut, und die Frauen finden ihn attraktiv.«

»Aber Gillyanne betrachtet sich als eine verheiratete Frau.«

»Als ob sich ein Weib jemals um so etwas gekümmert hätte!«, murrte Neil. Dann blickte er auf Connor. »Bist du so erpicht auf dieses Land, dass du eine Frau zurücknehmen würdest, die mit einem anderen geschlafen hat?«

Connor legte eine Hand auf James' Brust und hinderte ihn, sich auf Neil zu stürzen. »Du hast keinen Grund, schlecht über Gillyanne zu reden, aber genau das tust du, seit sie hier ist. Hüte deine Zunge, Onkel!«, meinte er vorwurfsvoll. »Das ist das letzte Mal, dass ich diesen jungen Mann daran hindere, Vergeltung zu üben.« Als Neil ihn schockiert und wütend anstarrte, seufzte er innerlich. »Und wenn es hier nicht um mehr geht als nur darum, dass Robert versucht, den

Preis zu stehlen, der ihm entgangen ist, wird es auch zu keiner Fehde kommen.«

»Aber wenn er sie verletzt hat?«, fragte James.

»Dann werde ich ihn zum Zweikampf fordern und auf faire Weise Rache und Vergeltung üben. Und wenn er sie verführt hat ...«

»Das schafft er nicht.« James musste sich ein Lächeln verkneifen, als er in Connors Augen Zweifel und Unsicherheit aufblitzen sah.

»Ihr kennt unsere Familie nicht, sonst würdet Ihr mich verstehen und mir vertrauen. Gillyanne betrachtet sich als Eure Gemahlin, sie ist durch ein Gelübde vor Gott an Euch gebunden. Dieses Gelübde wird sie nicht brechen. Er kann sie mit noch so süßen Worten und verführerischen Gesten umgarnen, sie wird ihn nur höhnisch zurückweisen und all sein Tun als das entlarven, was es ist – falsche Schmeichelei. In unserer Familie gibt es viele gut aussehende Burschen, die es in der Kunst, Frauen zu umgarnen, zu wahrer Meisterschaft bringen. Gillyanne kennt jeden Trick und jede Lüge, mit der ein Mann es versucht. Und außerdem – wenn sie an ihm interessiert wäre, dann hätte sie sich für ihn entschieden, nicht wahr?«

Das war für Connor immerhin ein Trost. Doch dass er sich davon trösten ließ, zeigte ihm, dass er für Gillyanne möglicherweise sehr viel mehr empfand als nur einen gewissen Besitzerstolz oder die verständliche Sorge eines Ehemanns. Und außerdem zeigte es ihm, dass er den Kampf, eine gewisse Distanz zwischen ihnen aufrechtzuerhalten und sie nur als seine angetraute Gemahlin zu sehen, die ihm Kinder gebären und sein Heim in Ordnung halten sollte, zu verlieren drohte. Nur eine solche ständig wachsende Schwäche erklärte, warum er es kaum erwarten konnte, Roberts Land zu verwüsten und diesen Kerl zu massakrieren, obwohl er vor seinem Clan von Verhandlungen sprach und davon, dass ein Wiederausbrechen der Fehde unbedingt vermieden werden müsse.

»Genug geredet – lasst uns losziehen und sie zurückholen«, sagte Fiona.

»Du bleibst hier!«, befahl Connor.

»Aber …«

»Nein! Du bleibst hier, und Drew auch!« Connor ignorierte seinen Bruder, der sofort lautstark protestierte. »Ihr wisst genau, dass ich niemals alle meine Geschwister mitnehme.«

Die Klagen verstummten, als diese eherne Regel in Erinnerung gerufen wurde. Connor wandte sich anderen Dingen zu, denn soeben wurde Knobby auf den Hof gekarrt. Er bedankte sich bei Colin und seinem Sohn für ihre Hilfe und musterte besorgt seinen Freund. Knobby war wach, aber sehr blass. Vorsichtig half er ihm, sich aufzurichten.

»Ich habe nichts gesehen«, meinte Knobby mit schmerzerfüllter Stimme.

»Fiona hat alles gesehen. Sir Robert hat Gillyanne entführt«, erklärte Connor.

»Holen wir sie jetzt wieder zurück?«

»Einige von uns, ja. Du bleibst hier. Ich hätte dich gerne an meiner Seite, aber ich glaube, es wird noch eine Weile dauern, bis du wieder auf einem Pferd sitzen kannst.«

»Wie Ihr meint. Aber was führt dieser Narr im Schilde?«

»Das wissen wir nicht, doch offenbar gibt es eine Möglichkeit, eine Ehe aufzulösen. Falls sie unter Zwang geschlossen wurde, kann man sie anfechten«, erklärte er, als Knobby ihn fragend anblickte. »Wenn es Robert gelingt, Gillyanne umzustimmen, kann sie sich ihm zuwenden und ihren Vater dazu bringen, die Ehe mit mir aufzulösen.«

»Das wird sie nicht tun«, erwiderte Knobby sehr bestimmt. »Wegen diesem Kerl wird sie ihre Ehe nie auflösen!«

Hinter Knobbys Worten steckte mehr, sie klangen fast wie eine Warnung, aber Connor hatte nicht die Zeit, seinen Freund zu bitten, sich doch bitte etwas deutlicher auszudrücken. Joan und Mairi traten an den Karren und machten sich besorgt an Knobby zu schaffen; James, Diarmot, Nanty und Angus scharten sich um Connor und warteten angespannt auf den Befehl zum Aufbruch. Connor stieg auf eines der Pferde, die in den Hof geführt worden waren, und bedeutete den anderen schweigend, es ihm gleichzutun. Er sah, dass sein Onkel keinerlei Anstalten machte, sich ihnen anzuschließen, sondern reglos neben Meg stehen blieb, die ebenso wütend wirkte wie er.

»Aber was habt Ihr vor, Laird?«, fragte Knobby, der von Joan und Mairi gestützt auf seinem Weg in den Wohnturm vor Connors Pferd stehen geblieben war.

»Nun, was wohl – ich werde Sir Robert Dalglish einen Besuch abstatten«, erwiderte Connor.

Knobby verdrehte die Augen. »Wollt Ihr an sein Tor klopfen und sagen: Bitte, Sir, kann ich meine Gemahlin wiederhaben?«

Connors Mund verzog sich zu einem bösen Grinsen. »Tja, so etwas in der Art«, erwiderte er mit eisiger Stimme, dann trieb er sein Pferd an und galoppierte los.

Kapitel 12

Roberts Charme lässt schnell nach, dachte Gillyanne, während sie sich, einen Honigkuchen verzehrend, in seinem Saal umsah. Er war um einiges größer als Connors und mit feinen Gobelins und Tapisserien sowie Stühlen und Kerzen ausgestattet. Entweder war Robert reicher als Connor, oder er gab einfach mehr für Bequemlichkeit und Komfort aus als dieser.

Seinen zunehmend zornigen Unterton deutete Gillyanne als Hinweis, dass es wohl an der Zeit war, ihn nicht länger zu ignorieren. Trotz all seiner Versuche, ihr zu schmeicheln und den Hof zu machen, hatte sie seit ihrer Entführung nicht ein Wort mit ihm gesprochen. Man konnte die Wut, die er mit sich herumtrug, fast spüren. Die Männer hassen es sehr, ignoriert zu werden, dachte sie. Als Robert ihr Wein nachschenkte, warf sie ihm einen eisigen Blick zu.

»Ihr seid ein Dummkopf«, sagte sie und nippte an ihrem Kelch. Er blickte sie überrascht an und bemühte sich hastig, seinen aufbrausenden Zorn zu unterdrücken.

»Ach ja? Würde ein Dummkopf denn auch wissen, dass Ihr Eure Ehe mit Connor auflösen könnt?«, fragte er.

Offenbar hatte er herausgefunden, dass sie diese Möglichkeit hatte. Das freute Gillyanne absolut nicht. Ein Fluchtplan, der bekannt wurde, war wertlos, und es war sehr wahrscheinlich, dass er sich mit Connor ins Einvernehmen setzen würde. Andererseits konnte sie nicht verstehen, welche Rolle das für ihn spielte oder warum es ihn veranlassen sollte, sie zu entführen.

»Vielleicht«, murmelte sie. »Was für ein Interesse könntet Ihr daran haben?«

»Ihr könnt Eure Meinung ändern, auch nach der Wahl, die Ihr getroffen habt.«

»Ach – Ihr denkt, ich würde von Connor loskommen und mich dann an Euch binden? Ist es das, was Ihr mit all Eurer geschmacklosen Schmeichelei und Eurem Werben bezweckt? Wollt Ihr mich verführen, von Connor weglocken?«

»Ihr könnt mir nicht weismachen, dass Ihr mit diesem Mann verheiratet bleiben wollt!«, fuhr er sie an.

»Wenn ich eine Ehe, die mir aufgezwungen wurde, weil drei Idioten sich um mein Land reißen, beenden will, warum um alles auf der Welt sollte ich mich dann sofort in die nächste Ehe mit einem anderen dieser drei Idioten stürzen?«

»Connor mag ein guter Laird und Kämpfer sein, aber ich bezweifle sehr, dass er ein guter Ehemann ist. Der spürt doch nichts, er ist hart und kalt wie ein Stein! Er ist doch einzig und allein daran interessiert, dass sein Clan stark wird und stark bleibt!«

Er ist eifersüchtig auf Connor, erkannte Gillyanne, wenn auch nicht meinetwegen und meines Landes wegen. Doch sie bezweifelte, dass dieses Gefühl Roberts stark genug sein würde, um die alte, blutige und zerstörerische Fehde wieder aufflammen zu lassen. Während sie ihn eingehend musterte, bemerkte sie jedoch noch ein anderes, ein noch hässlicheres Gefühl, das ihn verzehrte. Denn er versuchte zwar, sie zu umwerben, aber er begehrte sie gar nicht.

Nein, wenn sie es richtig erkannte, dann empörte sich Robert fast über den Gedanken zu nehmen, was Connor bereits vor ihm gehabt hatte. Dieses Gefühl war so stark, als habe er es ausgesprochen.

»Ihr mögt auf Connor herumreiten, so viel Ihr wollt, aber lieber ein kalter, harter Mann als einer, bei dem sich der Magen umdreht, wenn er nur daran denkt, sich eine Frau zu nehmen, die schon einmal bei Connor gelegen hat«, erwiderte sie ruhig. Sir Robert erbleichte. Sie hatte also richtig vermutet.

»Es wird sein, als ob Ihr eine Witwe wärt«, murmelte er und nahm einen großen Schluck Wein.

»Eine solche würde ich schnell werden, wenn ich Euch heiraten würde.«

»Nein, Connor setzt sich am meisten von uns allen dafür ein, dass die alte Fehde nicht wieder ausbricht.«

»Er ist ein Mensch, der sehr auf seinen Besitz bedacht ist. Wie Ihr schon sagtet, lebt er für seinen Clan. Und als seine Gemahlin gehöre ich nun zu seinem Clan, und Ihr habt mir Leid zugefügt.«

»Ich habe Euch nichts angetan!«

»Nein. Aber dafür Knobby. Auch das wird Connor Euch übel nehmen. Und mit Sicherheit wird es meinen Clan und alle seine Verbündeten verärgern. Das bedeutet, nur für diesen einen Akt blinder Gier habt Ihr Euch womöglich Connor, die Murrays, die MacMillans, die Armstrongs von Aigballa, Sir Cameron MacAlpin und seinen Clan, die Drummonds und die Kircaldys zum Feind gemacht. Vielleicht auch noch ein paar andere, denn ich habe eine sehr große Familie, die so manch gute Heirat geschlossen hat.«

»Verdammt noch mal, Weib, ich biete nicht Schande oder Schaden an, sondern eine Heirat. Und das ist ja wohl kein Grund für einen Krieg!«

Gillyanne zuckte mit den Achseln. »Wenn ich wieder die Herrin meines eigenen Landes sein will, ohne einen Ehemann an meiner Seite, dann könnte das durchaus für etwas Unruhe sorgen. Meine Familie nimmt es nicht einfach hin, wenn eine ihrer Frauen zu etwas gezwungen wird, das sie nicht will. Ihr müsst wissen, bei uns ist es Tradition, dass die Frauen sich ihren Mann selbst aussuchen.«

»Niemand lässt eine Frau den Mann wählen!«

»Mein Clan schon.«

»Mylady«, sagte Robert und ergriff ihre Hand, »Ihr liebt Connor nicht, und unter anderen Umständen hättet Ihr ihn auch nicht gewählt. Dieser Mann ignoriert Euch die meiste Zeit und treibt es mit den Huren in seiner Burg. Sein Onkel beleidigt Euch bei jeder sich bietenden Gelegenheit, aber Connor unternimmt nichts, um Euch vor ihm zu schützen. Ihr arbeitet hart, um diese raue Burg zivilisierter zu machen, aber er merkt es nicht einmal und dankt es Euch auch nicht. Ist das wirklich, was Ihr Euch vorstellt? Ihr verdient wesentlich Besseres. Und ich kann Euch Besseres geben.«

Diese Beschreibung ihrer Ehe tat weh, vor allem, weil so vieles von dem, was Robert sagte, der Wahrheit entsprach. Doch Gillyanne schob die Verletzung, die seine Worte auslösten, beiseite und fragte sich, woher er das alles wusste. Denn dies konnte nur eines bedeuten – innerhalb der Mauern von Deilcladach musste ein Spion sein Unwesen treiben.

»Woher wisst Ihr das bloß alles?«, fragte sie.

Robert wollte ihr antworten, doch plötzlich hallte ein lautes Klopfen durch den großen Saal. »Was in Gottes Namen ist denn das?«, fragte er erschrocken.

Gillyanne lächelte. »Vielleicht mein Gatte. Dem starken Klopfen nach könnte er es jedenfalls sein.«

»Nein, so schnell würde er es bis hierher nicht schaffen. Euer Bewacher war bewusstlos. Außerdem hat er keinen von uns gesehen; er konnte also auch niemandem sagen, wer Euch entführt hat.«

»Aber Fiona war nicht bewusstlos, und wahrscheinlich hat sie alles mitverfolgt. Die habt Ihr vergessen, nicht wahr?«

»Mylord!«, rief ein Mann, der soeben in den Saal gerannt kam, »das sind die MacEnroys!«

Robert fluchte und fuhr sich nervös mit der Hand durch die Haare. »Und ihr seht zu, wie sie mir das Tor einschlagen?«

»Aber wir kämpfen doch nicht gegen die MacEnroys! Oder sollen wir jetzt doch?«

Im ersten Augenblick sagte Robert nichts. Gillyanne fürchtete schon, er werde sich für die Schlacht entscheiden, und ihr Herz blieb fast stehen. Sie oder ihr Land durften nicht der Grund zu einem Wiederausbrechen der alten Fehde werden. Dieser Gedanke war einfach entsetzlich, doch sie wusste nicht, was sie sagen oder tun konnte, um es zu verhindern. In der kurzen Zeit, die sie bisher in Roberts Burg verbracht hatte, war leicht zu erkennen gewesen, dass der Dalglish-Clan in der Vergangenheit wahrscheinlich nicht so stark gelitten hatte wie die MacEnroys; womöglich würde sich Robert deshalb nicht so sehr um die Erhaltung des Friedens bemühen wie Connor. Das Einzige, was sie tun konnte war zu beten, dass Robert sich trotz seiner Gier nach ihrem Land für den Frieden entscheiden würde.

»Nein, wir kämpfen nicht!«, schrie er, doch seine Enttäuschung und sein Zorn waren deutlich zu hören. »Lasst den Narren herein, bevor er mein Tor zerschlägt!« Er warf einen wütenden Blick auf Gillyanne. »Ich vermute, Ihr werdet Eure Meinung nicht ändern!«

»Worüber? Einen ungewollten Gatten für einen anderen aufzugeben?« Sie runzelte die Stirn, als würde sie tatsächlich überlegen, und schüttelte dann den Kopf. »Nein, ich glaube nicht.«

»Allmählich denke ich, Connor hat eine Frau wie Euch verdient.«

»Danke schön.«

»Das war kein Kompliment!«

»Nein? Pardon. Mein Fehler. Ah, ich glaube, ich höre die sanften Schritte meines treuen Gatten.«

Robert starrte sie an, als sei sie die seltsamste Kreatur, die er je gesehen hatte, und dazu eine, die er am liebsten erwürgt hätte. Gillyanne fragte sich, was sie wohl an sich hatte, dass die Männer sie so ansahen. Sie hatte ihre besondere Gabe noch nicht einmal richtig gezeigt – ihre Einsicht, die viele einfach als Glück oder Zufall abtaten. Doch Connors so abruptes wie beeindruckendes Erscheinen im großen Saal brachte sie davon ab, weiter darüber nachzugrübeln.

»Ich grüße Euch, mein Gemahl«, sagte sie lächelnd und blickte dann zu Diarmot, James, Angus und Nanty, die sich hinter ihm aufgebaut hatten.

»Meine Gemahlin«, erwiderte Connor und musterte sie eingehend, ehe er sich Robert zuwandte.

Connor stellte erleichtert fest, dass Gillyanne nichts fehlte, abgesehen davon, dass ihre Kleidung ein wenig ramponiert war, was aber wahrscheinlich von der raschen Flucht zu Roberts Burg herrührte. Umso mehr fragte er sich, weshalb er Sir Robert trotzdem am liebsten mit dem Schwert aufgespießt hätte. Besitzdenken, sagte er sich. Ein simples, unkompliziertes, männliches Verlangen nach Besitz. Gillyanne war seine Gemahlin, und kein anderer Mann nahm sich, was ihm gehörte. Wahrscheinlich hätte er so ziemlich dieselben Gefühle gehegt, wenn Robert sein Pferd gestohlen hätte. Dieser Gedanke hob seine Stimmung etwas, und er merkte auch, dass er Robert besser verstehen konnte, je mehr seine Wut nachließ.

»Ihr werdet nicht kämpfen, um behalten zu können, was Ihr gestohlen habt?«, fragte er ihn.

»Werdet Ihr alles daransetzen, sie zurückzubekommen?«, fragte Robert zurück, anstatt Connor direkt zu antworten.

»Sie ist *meine* Frau!«

Gillyanne zuckte zusammen, doch dann sagte sie sich, es sei töricht, sich von seiner gefühllosen, nur von Besitzdenken geprägten Aussage beeindrucken zu lassen. Dies war wohl kaum der Augenblick, in dem Connor sich kühn zu seiner unsterblichen Liebe zu ihr bekennen würde. Für einen kurzen Augenblick stellte sie sich vor, dass er genau das tun würde, doch dann wies sie diesen Traum als Wunschdenken zurück. Connor war nicht der Typ Mann, der so etwas tat, selbst wenn er tiefe Gefühle hegte. Außerdem war es noch viel zu früh, um so etwas von ihm zu erwarten.

»Ich könnte Lösegeld für sie verlangen«, murmelte Robert.

»Und ich könnte Euch herausfordern, mit Euch kämpfen und Euch im Dreck liegen und verbluten lassen!«

»Vielleicht. Aber dann würde die Fehde wieder beginnen.«

»Nein, es wäre lediglich ein ehrenhafter Kampf zwischen zwei Rittern. Eine Herausforderung ausgesprochen, eine Herausforderung angenommen. Warum habt Ihr das getan? Wir hatten uns vor unserem Aufbruch nach Ald-dabhach darauf geeinigt, dass wir ihre Wahl akzeptieren würden!«

»Man kann seine Meinung ändern, und ich dachte, sie sei dazu bereit.«

»Weshalb?«

Robert zuckte mit den Schultern und trank einen Schluck Wein, um sein Gesicht hinter dem Kelch zu verbergen. »Gerüchte.«

»Nein, nicht nur Gerüchte!«, meldete sich Gillyanne zu Wort. »Dieser Mann weiß zu viel, Connor. Er hat Augen und Ohren in Deilcladach.«

»Komm zu mir, Gemahlin.« Als sich Gillyanne nach einem kurzen Zögern an seine Seite stellte, nickte er. »Wer ist Euer Spion, Robert?«, fragte er dann.

»Ich habe keinen Spion nach Deilcladach eingeschleust«, erwiderte Robert.

»Wer hat sich also freiwillig dafür entschieden, für Euch zu spionieren?«

»Spielt das wirklich eine Rolle? Auf jeden Fall wusste sie, dass ich mit den Informationen, die ich von ihr bekam, Euch oder Euren Leuten keinen Schaden zufügen würde.«

»Meg«, murmelte Gillyanne, und Diarmot, James und Angus sprachen denselben Namen aus.

Auch Connor war dieser Meinung, doch er sagte nichts, sondern starrte nur weiter auf Robert. »Ihr meint also, meine Gemahlin zu stehlen und ihr Land zu beanspruchen würde mir und meinem Clan nichts ausmachen?«

»Pardon!«, fuhr Gillyanne erneut dazwischen und funkelte ihren Gatten wütend an. »Aber er hat nur mich entführt. Ich sehe nicht, dass Ald-dabhach auf meinen Rücken geschnallt wäre – Ihr vielleicht? Er hat mich entführt. Nur mich!«

»Ich glaube, dessen bin ich mir bewusst«, entgegnete ihr Connor und versuchte, eine plötzliche Erheiterung angesichts ihrer kampfeslustigen Miene zu verbergen. »Vielleicht solltet Ihr bei den Pferden auf mich warten. Meine Begleiter bringen Euch hin. Dann können Robert und ich von Mann zu Mann miteinander reden, ohne uns Sorgen machen zu müssen, dass wir Eure zarten Gefühle verletzen könnten.«

Gillyanne holte tief Luft, um ihrem Gatten eine gehörige Erwiderung zukommen zu lassen, doch James und Diarmot packten sie wortlos an den Armen und brachten sie mit eiligen Schritten hinaus. Nanty und Angus folgten ihnen. Sie sträubte sich dagegen, wie ein widerspenstiges Kind behandelt zu werden, entschied jedoch, dass es wahrscheinlich besser sei, momentan von ihrem Land nichts mehr zu hören. Sie würde sich sonst nur noch mehr ärgern.

»Das habt Ihr aber gut gemacht«, sagte Robert, sobald er mit Connor allein war, doch der Sarkasmus in seiner Stimme war nicht zu überhören.

»Wie ich mit meiner Gemahlin umgehe, geht Euch nichts an«, erwiderte Connor eisig. »Und das gilt für alles, was sich in meiner Burg zuträgt! Ihr habt Euch vom Geschwätz einer eifersüchtigen Hure an den Rand der Katastrophe führen lassen!«

»Ihr hättet also tatsächlich um sie gekämpft?«

»Sie ist jetzt meine Gemahlin, eine MacEnroy«, antwortete Connor kurz angebunden.

»Und Ihr braucht dieses Land.«

»Ja. Das ist ein offenes Geheimnis. Seine Fülle bedeutet für meinen Clan ein Bollwerk gegen den Hunger. Und sie wird mir Erben schenken, könnte schon jetzt meinen Sohn unter dem Herzen tragen.« Er bemerkte, dass Robert kurz das Gesicht verzog. »Ich glaube nicht, dass Ihr meinen Kuckuck in Eurem Nest haben wollt.«

»Ich hätte mit dem Heiraten gewartet, bis ich sicher gewesen wäre, dass sie nicht schwanger ist.«

Connor trat dicht vor Robert und hielt ihm mit einer plötzlichen Bewegung die Spitze seines Schwerts an die Kehle. Roberts Augen weiteten sich entsetzt; Connor wusste, dass sein Gegner sich dafür verfluchte, nicht einen einzigen Mann an seiner Seite behalten zu haben. Es hätte zu einer Katastrophe geführt, den Mann auch nur leicht zu verwunden, und doch musste sich Connor eingestehen, dass er es liebend gern getan hätte.

»Habt Ihr sie berührt?«, fragte er leise.

»Nein«, erwiderte Robert und drückte sich an die Lehne seines Stuhls. »Ehrlich gesagt, sie hatte gerade eben erst angefangen, mit mir zu sprechen – und sie wusste nichts Besseres zu tun, als mein Werben mit Beleidigungen zu quittieren und mir mit Euch und ihrer gesamten Verwandtschaft zu drohen!«

Es fiel Connor schwer, ein Grinsen zu unterdrücken, als er sein Schwert wieder in die Scheide steckte. Er spürte sowohl Erleichterung als auch Freude. Er konnte sich gut vorstellen, wie Gillyanne auf Roberts Geplänkel mit ihrer scharfen Zunge reagiert hatte.

»Bekomme ich als Nächstes Schwierigkeiten von Sir David?«, fragte er, während er sich etwas Wein einschenkte.

»Nein. Ich habe ihm nicht gesagt, was ich in Erfahrung gebracht habe, und ich sehe auch keinen Grund, das jetzt zu tun. Das mag ja alles der Wahrheit entsprechen, aber es hat sich als zwecklos erwiesen. Ehrlich gesagt, will David sie gar nicht. Sie hat seinen Stolz zu sehr verletzt.«

»Ihr wollt sie doch eigentlich auch nicht, stimmt's?«

Robert schnitt eine Grimasse und fuhr sich durch die Haare.

»Mir wäre eine gefügigere Frau lieber.«

»Gut, dann würde ich Euch raten, eine Murray zu meiden, wenn Ihr Euch entschließt, um eine Frau zu werben. Denn wenn auch nur die Hälfte von dem, was sie mir erzählt, wahr ist, dann werdet Ihr in diesem Clan keine gefügige Frau finden. Außerdem würde ich Euch raten, besser aufzupassen, wem Ihr Glauben schenkt. Eine verlassene Geliebte sinnt auf

Rache, ohne sich große Gedanken um die Folgen zu machen.«

»Ihr habt also Eurer jungen Gemahlin wegen Eure Geliebte aufgegeben. Das hätte ich bedenken sollen. Aber was sie sagte, klang so, als könnte es wahr sein, wenn man bedenkt, was für ein Mann Ihr seid und all das.«

Diese Bemerkung stachelte Connors Neugier an, doch er widerstand dem Drang nachzufragen, was Robert damit genau meinte. »Wenn diese widerliche Schlange Euch wieder etwas erzählen will, würde ich an Eurer Stelle nicht mehr auf sie hören. Sie wird nichts mehr in Erfahrung bringen, was in meinen Wänden als vertraulich gilt.«

»Das heißt, die abgelegte Geliebte wird bald hinausgeworfen werden.«

»Das würdet Ihr ebenso tun.«

»Ja, das würde ich in der Tat. Ehrlich gesagt, meine Bestrafung würde bei einem solchen Verrat noch wesentlich härter ausfallen.«

»Sie kann sich auch nützlich machen. Aber in Zukunft wird sie das nur noch in einer kleinen Schutzhütte im Moor tun können.«

»Da Ihr so freundlich wart, mir einen Rat anzubieten«, sagte Robert, »erlaubt mir, Euch diese Gefälligkeit zu erwidern. In Eurem Nest befindet sich mehr als eine Natter, Mylord.«

Connor versteifte sich und setzte vorsichtig seinen leeren Weinkelch ab. »Wer noch?«

»Nein, Namen nenne ich nicht. Ich habe keinen stichhaltigen Beweis, und ohne einen solchen beschuldige ich niemanden. Aber es ist weder einer Eurer Brüder noch Eure Gemahlin noch dieser Narr Knobby. Wie geht es dem, nebenbei bemerkt?«

»Er verflucht Euch jedes Mal, wenn er seine Schmerzen spürt.« Im Versuch, sich zu beruhigen und den Drang zu unterdrücken, Sir Robert einen Namen zu entlocken, erzählte er ihm, wie Fiona Knobby zurückgebracht hatte und Robert damit um die Zeit brachte, die er glaubte, für sein Werben um Gillyanne zur Verfügung zu haben.

»Dieses Mädchen ist durch und durch eine MacEnroy«, murmelte Robert und schüttelte den Kopf. »Sie ist es auch nicht.«

»Es ist gut zu wissen, wer es nicht ist. Aber es wäre besser zu wissen, wer es ist.«

»Ja, aber dieses Geschwür müsst Ihr schon ohne meine Hilfe öffnen. Ich nenne keinen Mann einen Verräter ohne Beweise. Ich warne Euch nur, weil ich genug weiß, um es rechtfertigen zu können. Hütet Euch! Früher oder später kommt jede Schlange ins Sonnenlicht gekrochen.«

Connor nickte, wiederholte seine Warnung an Robert und machte sich dann mit seiner Gemahlin und seinen Begleitern auf den Heimweg. Er kam sich ein wenig dumm vor, und das war nicht gerade ein angenehmes Gefühl. Trotz seines klugen Rats an Robert bezüglich verlassener Liebhaberinnen hatte Megs Verrat ihn überrascht. Er hatte die Widerspenstigkeit dieser Frau und ihre Versuche, Gillyanne das Leben schwer zu machen, unterschätzt; aber auch wenn er das nicht getan hätte, wäre er wohl kaum darauf gekommen, dass Meg so weit gehen würde, um eine Rivalin auszustechen.

Es war falsch gewesen, Megs hohe Meinung von sich und ihrer Wichtigkeit nicht ernster zu nehmen. Als er sie in die Schranken wies und ihr auftrug, ihrer Arbeit nachzugehen, hatte er ihr damit auch die Macht genommen, die sie an sich gerissen hatte, und sie von einer Person, der die Frauen von Deilcladach Gehorsam gezollt hatten, zu einer bloßen Hure reduziert. Er hätte daran denken müssen, dass sie sich dafür rächen würde – dass sie Gillyanne zu ihrer Feindin stempeln und versuchen würde, sie loszuwerden.

Connor nahm sich vor, in Zukunft mehr auf die Frauen von Deilcladach zu achten. Aber zunächst einmal, dachte er mit einem Seufzer, als er sah, wie seine Gattin ihn anfunkelte, würde er sich wohl ein paar Dinge anhören müssen, die sie ihm zu sagen hatte. Ihren Plan, mit James zu reiten, vereitelte er, indem er Gillyanne in seinen Sattel setzte und hinter ihr aufsaß. Während sie Sir Roberts schöne Burg hinter sich ließen, hielt sie sich so steif im Sattel, dass der Ritt nach Hause für sie nur äußerst anstrengend sein konnte. Natürlich hatte ihr die Art und Weise, wie er über ihr Land gesprochen hatte, missfallen, doch sie war sich der Gründe für ihre Heirat voll und ganz bewusst gewesen. Eitelkeit, vermutete Connor. Wahrscheinlich schmerzte es sie, stets an diese Tatsache erinnert zu werden. Sie konnte ja nicht wissen, dass er, falls Robert Lösegeld verlangt hätte, einen Teil ihres Landes, wenn nicht sogar das ganze, dazu verwendet hätte, sie freizukaufen. Da dieses Eingeständnis einige der Gefühle offenbart hätte, mit denen Connor kämpfte, beschloss er, es für sich zu behalten. Er wollte diese Schwäche niemandem offenbaren.

»Nun, jetzt ist dein schönes neues Land sicher«, murmelte Gillyanne – und verfluchte sich dann selbst dafür, dass sie ihre Verletztheit zum Ausdruck gebracht hatte.

»Ja«, erwiderte er ruhig und lächelte ein wenig über ihren schmollenden Tonfall. »Und wir haben noch Zeit genug, dass du mir mein Bad machen kannst.«

Eine kurze Sekunde stellte sich Gillyanne vor, ihn aus dem Sattel zu stoßen und dann ein Dutzend Mal über seinen flach hingestreckten Körper zu reiten. »Ich glaube, ich habe heute zu viel mitgemacht, um dich noch verwöhnen zu können«, sagte sie nur.

Connor vermutete, dass sie an weit mehr dachte als an das Bad, über das er sich so sehr freute. »Ach, wie schade. Dich zu retten hat mich doch ganz schön ins Schwitzen gebracht.«

»Soll das heißen, wenn ich dich nicht mit einem Bad verwöhne, kommst du nach einem langen, schweren Ritt stinkend ins Bett?«

»Jawohl.« Er sah, wie sich ihre kleinen Hände zu Fäusten

ballten und fragte sich, ob sie sie wohl gegen ihn einsetzen würde.

»Also gut. Ich mache dir dein verdammtes Bad. Vermutlich wird es ohnehin für dich vorbereitet, sobald wir in Deilcladach sind.«

Er schnupperte an ihrem Kleid. »Aber du könntest auch ein bisschen Wasser vertragen.«

Sie zwickte ihn in den Schenkel, und er brummte leise, doch sie wusste, dies sollte Überraschung signalisieren und nicht etwa Schmerz. Gillyanne bezweifelte, ob sie überhaupt imstande war, diesem kräftigen muskulösen Bein Schmerzen zuzufügen. Ihre Vernunft sagte ihr, dass er sie neckte, doch der sensible Teil ihres Selbst, der mit ihrer geringen Attraktivität für Männer zurechtkommen musste, fühlte sich durch seine kleinen Sticheleien verletzt.

Um damit fertig zu werden, musste sie sich vor Augen halten, dass er darauf bestanden hatte, dass sie jetzt bei ihm saß, dass er das Gesicht in ihr Haar drückte und ihren Bauch streichelte. Es war dumm, sich über seine kleinen Neckereien aufzuregen. Eigentlich sollte sie sich darüber freuen, dass er schon weich genug geworden war, ein solches Spiel mitzumachen.

»Ich nehme ein Bad, und du wirfst Meg aus Deilcladach hinaus«, sagte sie und versuchte, sich nicht zu verkrampfen, während sie auf seine Reaktion wartete.

Connor unterdrückte ein Lachen. Sicher dachte Gillyanne nicht daran, dass sie seine Gunst mit Meg teilen musste, doch er konnte auch verstehen, dass es ihr nicht gefiel, diese Frau jeden Tag sehen zu müssen. Aber es würde bestimmt interessant sein zu hören, weshalb sie meinte, er müsse Meg aus der Burg weisen. Schließlich hatte sie an Gillyannes Entführung keinen Anteil gehabt, sondern lediglich einem Verbündeten Informationen zukommen lassen.

»Du meinst, ich soll die Frau hinauswerfen?«

»Sie hat dich verraten, sie hat Sir Robert mitgeteilt, was in deiner Burg vor sich geht, und wahrscheinlich auch, wo und wann ich außerhalb der Mauern sein werde.«

Das hatte Robert zwar nicht gesagt, aber Connor hatte es sich bereits ebenfalls gedacht. Meg wollte, dass Gillyanne aus Deilcladach verschwand, das konnte man nicht leugnen. Er wusste, er konnte sich glücklich schätzen, dass Meg sich an einen Verbündeten gewandt hatte und nicht an einen Feind.

»Ich dachte daran, sie nur zu warnen, so etwas nicht noch einmal zu versuchen. Meg hat wahrscheinlich nicht gedacht, dass ich ihre Rolle bei dem ganzen Spiel aufdecken würde.«

»Vermutlich nicht. Ehrlich gesagt, vermute ich, wenn du sie ausschimpfst, wird sie sich wahrscheinlich sehr reumütig geben, ganze Eimer von Tränen weinen, dich um Vergebung bitten und bei ihrer toten Mutter geloben, es nie wieder zu tun. Aber das wird sich als Lüge erweisen. Sobald sie meint, ihre bußfertige Haltung hätte dich genügend eingelullt, wird sie etwas Neues versuchen. Es war schlimm genug für sie, dass du sie aus deinem Bett geworfen hast, aber dann hast du befohlen, dass sie nicht mehr mit verheirateten Männern verkehren darf, und damit hatte sie ja einige Frauen in der Hand gehabt. Und dann hast du auch noch gefordert, sie müsse ihren Anteil an der Arbeit tun, und ihr so mit einem Schlag alle Macht genommen, die sie bislang hatte. Du hast sie wieder zu dem gemacht, was sie war und was sie eigentlich ist – eine Dienstmagd und eine Hure. Für diese Beleidigung musst du büßen, und weil das alles geschah, nachdem ich deine Gemahlin wurde, betrachtet Meg mich als die Ursache all dessen. Auf dich ist sie wütend, aber mich verabscheut sie geradezu.«

»Du sagst das alles also nicht aus Eifersucht? Nicht nur aus dem Wunsch heraus, meine frühere Geliebte nicht mehr sehen zu müssen?«

»Natürlich hätte ich es auch gern, wenn sie fort wäre, sie und auch die beiden anderen Huren. Wenn ich vor unserer

Heirat Liebhaber gehabt hätte – ich bezweifle, ob es dir gefallen würde, wenn du jeden Tag mit ihnen zu tun hättest.« Gillyanne interpretierte sein raues Brummen als Zustimmung. »Aber Meg ist mehr als ein Dorn in meinem Fleisch, und das weißt du auch. Wenn sie mit diesem Verrat ungeschoren davonkommt, wird sie glauben, so etwas wieder probieren zu können. Und sie wird es probieren, denn sie will Rache. Ich weiß nicht, ob dir dadurch wirklich Gefahr droht, aber mir vielleicht. Zu dumm von mir, dass ich das nicht gleich erkannt habe.«

»Sie wird verschwinden«, sagte er. »Ich wollte nur wissen, weshalb du meinst, dass sie die Burg verlassen muss.«

Gillyanne hoffte, ihre abgrundtiefe Eifersucht auf Meg und auch auf die beiden anderen Frauen, mit denen Connor geschlafen hatte, nicht allzu deutlich gezeigt zu haben. Dieser Mann war schon jetzt viel zu arrogant. Er brauchte wirklich nicht zu glauben, er würde das Herz seiner Gemahlin in seinen großen Händen halten, obwohl er es vermutlich längst tat – was sie ziemlich entsetzte. So lange sie nicht sicher war, dass sie bei ihm mehr auslöste als nur Lust und Besitzgier, wollte sie ihre eigenen Gefühle schützen. Wenn diese Ehe scheiterte, würde sie verletzt sein, aber sie wollte sich nicht demütigen lassen. Wenn er nicht alle Gefühle kannte, die sie für ihn hegte, würde er auch nicht wissen, wie sehr sein Mangel an Liebe sie verletzte. Es würde zwar nur ein kleines Trostpflaster für ihren Stolz sein, aber es war vielleicht alles, was ihr dann noch blieb.

Sobald sie durch das Tor von Deilcladach ritten, spürte Gillyanne, wie sich Connor anspannte. Er stellte sich wieder darauf ein, der ernste, strenge Laird zu sein, erkannte sie. Das Wenige an Zärtlichkeit, das er ihr bisweilen gewährte, zum Beispiel wenn sie allein waren, verschwand rasch, wenn er seinem Clan als der Herr gegenübertreten musste. Das war einerseits verständlich, aber andererseits erschien es ihr dennoch jedes Mal wie ein Scheitern ihrer Hoffnungen. Schließlich konnte sie ihn nicht von seinem Clan trennen, ihn nicht davon abbringen, der Laird zu sein. Sie konnte nicht mehr tun als zu hoffen, dass er eines Tages beides sein würde – ein liebevoller Ehemann und ein starkes, geachtetes Oberhaupt seines Clans. Doch ihm das beizubringen, würde nicht leicht werden.

Er stieg ab und half ihr aus dem Sattel. »Sieh zu, dass unser Bad vorbereitet wird, Gemahlin.«

Gillyanne hätte die Schande und die Vertreibung ihrer Rivalin gerne miterlebt, aber dennoch wollte sie diesem Wunsch nicht nachgeben. Stattdessen eilte sie geradewegs ins Haus und sah nur kurz nach Knobby und Fiona, bevor sie daranging, Connors Bad vorzubereiten. Vielleicht würde es ihr ja helfen, wenn sie ihm nach einer solch schwierigen Aufgabe Trost und Erleichterung spendete. Sicher war das eines der Dinge, deretwegen ein Mann seine Gemahlin schätzte. Sie sehnte sich so sehr nach seiner Zuneigung, dass sie zumindest durch Connors Wertschätzung etwas Zufriedenheit finden würde. Das war ein kleiner Schritt, aber wenigstens einer in die richtige Richtung.

Kapitel 13

Connor grinste, als er seine Schlafkammer betrat und Gillyanne nackt beim Badebottich stehen sah. Sie kreischte auf, als sie bemerkte, wie er sie anblickte, und stieg rasch hinein. Während er sich auszog, ging ihm durch den Kopf, wie gern er diese Bäder mittlerweile mochte, wie sehr er sich auf diesen Genuss am Ende eines Tages freute. Und heute, nach der Möglichkeit, Gillyanne an Robert zu verlieren, und dem Verrat in seinem eigenen Clan, war er noch begieriger darauf. In dieser Gier lauerte eine Gefahr, doch für den Augenblick entschied er, sie zu ignorieren. Megs Wutgeschrei klang ihm noch immer in den Ohren; er wollte versuchen, es durch Gillyannes lustvolles Stöhnen zu vertreiben. Oder noch lieber durch ihre leidenschaftlichen Schreie, dachte er, als er in den Bottich stieg, und bei diesem Gedanken verzog sich sein Gesicht zu einem neuerlichen breiten Lächeln.

»Was grinst du denn so?«, fragte sie, etwas enttäuscht darüber, dass er keine schlechte Laune hatte, die sie ihm mit den Künsten einer guten Ehefrau hätte vertreiben können. Dieser Mann lief einfach ständig allen ihren Vorhaben zuwider.

»Ich habe nur gerade daran gedacht, meine Ohren mit deinen leidenschaftlichen Schreien zu betäuben«, erwiderte er, als sie seine Füße zu waschen begann.

»Soll das heißen, dass ich zu laut bin?« Sie war sich nicht sicher, ob sie beleidigt sein sollte oder nur bestürzt darüber, dass man sie womöglich hörte, wenn sie miteinander schliefen.

»Du wirst noch mal die Mauern meiner Burg zum Einsturz bringen!«

»Es gibt ein paar Dinge, über die ein Mann nicht mit seiner Frau scherzen sollte.« Gillyanne schrubbte kräftig seine Arme und ärgerte sich ein wenig, dass ihre Mühe lediglich ein leises Zucken hervorrief. »Er könnte seine arme, sittsame Gattin so sehr in Verlegenheit bringen, dass sie trotz seiner besten Bemühungen nicht einmal mehr zu atmen oder auch nur das leiseste Wimmern zu äußern wagt.«

»Eine wichtiger Punkt, Gemahlin«, murmelte er, während sie ihm die Haare wusch.

»Das denke ich auch.« Sie spülte die Haare sorgfältig aus und wusch dann energisch seinen Rücken.

Connor nahm ihr den Waschlappen aus der Hand. »Manche Männer könnten das natürlich als eine Herausforderung betrachten.«

»Ach du liebe Güte!«

Gillyanne blickte zur Decke hinauf, erfreut über das Gewicht ihres Mannes auf ihr, und dachte, dass er mit dem Waschlappen ein echter Könner war. Sie hoffte nur, das Bett würde trocknen, bis die Zeit zum Schlafengehen gekommen war. Sie musste sich allerdings auch eingestehen, dass sie für Connor keine große Herausforderung gewesen war. Sie war sich nicht sicher, welche Laute sie von sich gegeben hatte, befürchtete jedoch, dass sie ziemlich laut gewesen war, was Connor wahrscheinlich ziemlich freute. Sie konnte nur beten, dass niemand so ungehobelt sein würde, es herumzuerzählen, falls man sie gehört hatte.

»Was ist mit Meg passiert?«, fragte sie im Versuch, ihre Gedanken auf ein weniger peinliches Thema zu lenken.

»Ach ja, Meg.« Connor liebkoste ihren Nacken. »Zuerst hat sie versucht, alles abzuleugnen, und dann bat sie um Vergebung. Ich sagte ihr, sie könne nicht mehr Vergebung erwarten, als dass ich sie am Leben ließe.«

»Und das hat sie überhaupt nicht verstanden, oder?«

»Nein. Dieser arme Teufel. Sie hat nur über uns beide geflucht.«

Connor setzte sich auf und streckte sich. Jetzt konnte er ohne Wut an die böse Konfrontation mit Meg zurückdenken. Er fühlte sich rundum befriedigt, und das hielt jeglichen Zorn von ihm fern.

Er küsste Gillyanne, stand auf und zog sich an. Auch die Art, wie seine Leute sich hinter ihn gestellt hatten, als er Meg aus der Burg warf, hob seine Stimmung.

»Es ging nur darum, sie zu vertreiben«, sagte Gillyanne und streifte ihr Unterhemd über. »Außerdem war es sehr nachsichtig. Manch anderer Laird wäre wesentlich härter vorgegangen.«

»Robert sagte, er wäre nicht so nett gwesen. Sie hat auch viel mehr an Besitz mitgenommen, als man meinen sollte, deshalb vermute ich, dass auch Diebesgut dabei war. Ich hatte vorgehabt, ihr eine alte Hütte zuzuweisen, aber sie ist jetzt in einem Häuschen im Dorf. Doch dadurch bekam ich gleich noch die Gelegenheit, Jenny und Peg nahe zu legen, mit ihr zu gehen. Ich glaube, ohne Megs Arroganz, die die beiden immer vor den anderen Frauen geschützt hat, werden sie das auch ganz gern tun.«

»Glaubst du, sie haben ihr geholfen und waren an dem Verrat mit beteiligt?«

»Ich glaube, sie wussten, welches Spiel Meg trieb, und sie haben mich nicht gewarnt. Das ist fast genauso schlimm. Außerdem bin ich zu dem Schluss gekommen, man kann den hart arbeitenden und sittsamen Frauen nicht zumuten, dass Huren völlig frei und ungehindert in der Burg herumlaufen.«

»Joan wird sich freuen.«

»Ja, aber Malcolm scheint ziemlich ernüchtert zu sein. Nein, es ist wirklich das Beste, sauberen Tisch zu machen. Diese Weiber können ihrem Geschäft im Dorf nachgehen. Knobby hat mir erzählt, Mairi sagt, woanders wird das auch so gehandhabt.«

»Ist Mairi denn viel herumgekommen?«

»Sie und ihre Mutter kamen von einem anderen Clan zu uns. Mairis Vater starb, und ihre Mutter wurde gedrängt, einen anderen Mann zu heiraten, mit dem sie sich nicht abfinden wollte, deshalb sind sie gegangen. Leider kamen sie nur ein paar Tage vor dem Morden bei uns an, auf der Suche nach

Joans Mutter. Sie wurde getötet und Mairis Mutter so schwer verwundet, dass sie einige Jahre später an den Folgen starb.«

»So viele junge Menschen, die allein gelassen wurden«, murmelte Gillyanne und zog sich fertig an.

»Ich glaube, dass wir so viele Junge sind, ist letztlich ein Vorteil für uns.«

»Ja, das mag sein.«

Connor verdrängte die Trauer, die solche Erinnerungen immer mit sich brachten. Er ergriff Gillyannes Hand und ging mit ihr zum großen Saal. Da in Deilcladach alle die Geschichte kannten und die meisten viel Leid und Mühsal hatten erdulden müssen, wurde nur selten davon gesprochen. Jetzt merkte er mit jedem Mal, wenn er Gillyanne eine Episode aus diesen schweren Zeiten erzählte, dass sein schlimmster Kummer vorüber war. Das einzige starke Gefühl, das noch immer anhielt, war der Zorn darüber, dass er an niemandem Rache üben konnte. Denn die, die für dieses entsetzliche Leid verantwortlich waren, hatten sich gegenseitig umgebracht.

Es überraschte Connor, dass bereits alle da waren und sie erwarteten, als er und Gillyanne den Saal betraten; langsam schien das alltäglich zu werden. Er setzte sich und nahm sich etwas zu essen, und auch die anderen nahmen ihre Plätze an den Tischen ein. Erst nach einer geraumen Weile kam ihm der Gedanke, dass eigentlich niemand wissen konnte, wann genau er und Gillyanne zum Essen erscheinen würden. Es wurde nicht jeden Abend exakt zur gleichen Zeit aufgetragen, auch wenn ihm in den letzten Tagen aufgefallen war, dass seine Gemahlin offenbar versuchte, dies zu arrangieren. Und auch eine Glocke war nicht geläutet worden, die alle zu Tisch gerufen hätte.

»Wie kommt es, dass ihr alle schon auf uns gewartet habt und auch das Essen schon bereitstand?«, fragte er schließlich Diarmot, da er seine Neugier nicht mehr zügeln konnte. »Ich habe keine Glocke oder dergleichen gehört.«

»Wir brauchen keine Glocke«, erwiderte Diarmot. »Wir warten einfach nur auf das Schreien.«

»Das Schreien?«

»Ja, das Schreien. Sobald wir das hören, wissen wir, dass ihr im Lauf der nächsten halben Stunde zum Essen kommt. Meistens dauert es nicht länger als fünfzehn Minuten.«

Gillyanne hatte das Gefühl, vor Scham in Grund und Boden zu versinken. Ihren kurzen Versuch, sich davon zu überzeugen, dass Diarmot nicht meinen konnte, was sie dachte, verurteilten die amüsierten Gesichter der Männer sofort zum Scheitern. Mit einem lauten Seufzer ließ sie den Kopf auf die Tischplatte sinken.

Sie wünschte sich, der Boden möge sich öffnen und sie verschlingen, um dieser Demütigung zu entgehen, doch ein eigenartiger Laut zu ihrer Rechten erregte ihre Aufmerksamkeit. Dann bemerkte sie, dass sich bei vielen der am Tisch Sitzenden ein freudiges Staunen einstellte. Sie hob langsam den Kopf, blickte zu Connor – und konnte es zunächst überhaupt nicht fassen.

Er lachte – er lachte laut und herzhaft, und es klang wie das Lachen eines Jungen. Doch ihre Freude darüber verschwand in dem Maße, in dem die anderen am Tisch mit einstimmten. Die Freude, Connor lachen zu sehen, wurde rasch von neuerlicher Verlegenheit verdrängt.

»Ein Weckruf fürs Abendessen!«, prustete Connor; er konnte vor Lachen kaum sprechen.

»Wir haben keine Glocke mehr gebraucht, seit ihr angefangen habt, in eurem Schlafgemach zu baden!«, erklärte Diarmot unter schallendem Gelächter.

Gillyannes Verlegenheit wich einem heftigen Zorn. »So laut ist es gar nicht!«, rief sie wutentbrannt.

»Ach nein?«, schrie James. »Hör mal Mädchen, du könntest die Mauern von Jericho zum Einsturz bringen!« Er lachte so sehr, dass er sich an Knobby klammern musste, um nicht vom Stuhl zu fallen.

»Ihr benehmt euch alle wie die Kinder!« Gillyanne stand abrupt auf und nahm ihren Teller und ihren Kelch. »Ich esse in der Küche!« Auf dem Weg dorthin merkte sie, dass Fiona zu lachen aufhörte und ihr mit Teller und Kelch folgte. »Verdorbene Jungen sind das, alle zusammen!«

In der Küche angekommen, fluchte Gillyanne leise und seufzte. Denn auch Joan, Mairi und die beiden Küchenmägde lachten so sehr, dass sie Tränen in den Augen hatten. Gillyanne fühlte sich äußerst schlecht behandelt; sie setzte sich an den Tisch, um zu essen, doch der Appetit war ihr gründlich vergangen. Während Joan die Küchenmägde in den Saal schickte, damit sie die Männer bedienten, fragte sie sich, ob sie sich zwingen sollte, etwas zu sich zu nehmen. Dann setzten sich Mairi und Joan zu ihr und Fiona. Die beiden blickten sie zwar verständnisvoll an, aber für Gillyannes Geschmack machten sie sich noch immer viel zu sehr lustig.

»Mylady«, begann Joan mit vor Lachen heiserer Stimme, »sie machen das nicht, um Euch zu beschämen oder zu verletzen.«

»Aber es ist eine so intime Angelegenheit!«, murrte Gillyanne. »Die Männer sehen das häufig anders.« Joan faltete die Hände vor der Brust; sie sah aus, als wüsste sie nicht, ob sie weiterlachen oder lieber weinen sollte. »Oh mein Mädchen, der Laird hat gelacht. Gelacht! Das hab seit dem großen Morden ich nicht mehr gehört.«

»Ich glaube, ich habe meinen Bruder noch nie lachen gehört«, pflichtete Fiona bei.

»Na ja, das hat mich natürlich auch gefreut«, lenkte Gillyanne ein. »Aber leider haben mich diese Sturschädel schnell daran erinnert, worüber sie alle lachten. Und das ist so demütigend. Außerdem glaube ich, ich kann es einfach nicht ausstehen, wenn man mich daran erinnert, wie laut ich sein kann. Das ist wirklich ein Fluch.«

»Aber nein, Mylady«, protestierte Joan. »Der alte Nigel hat uns erzählt, wie er Euch singen hörte, obwohl er dachte, er wäre viel zu weit weg. Und er hat gesagt, es war die Stimme eines Engels, und sie hat ihn so angezogen, dass man ihn zurückhalten musste. Ihr seid mit dieser Stimme gesegnet. Ich hoffe nur, dass ich sie auch einmal zu hören kriege.«

»Mir kommt es nicht so vor, als würde mein Gesang viel Anerkennung finden. Und ein schöner und lauter Gesang mag ja recht und gut sein, aber ich bin auch laut, wenn ich zornig bin, manchmal auch, wenn ich glücklich bin, und wie es nun scheint, kann ich sogar Männer zu Tisch rufen, wenn mir mein schelmischer Gatte Vergnügen bereitet.«

»Ja, und ich verspreche Euch, dass unter diesem Gelächter der blanke Neid sitzt.«

Gillyanne runzelte unsicher die Stirn, doch Joan nickte. »Welcher Mann würde seiner Frau nicht gern so viel Vergnügen bereiten, dass sie mit ihren Schreien die Wände zum Wackeln bringt? Es würde mich nicht wundern, wenn auch Connor diesen männlichen Stolz hätte und deshalb so gelacht hat, weil nun alle Bescheid wissen. Die Männer sind nun mal stolz auf ihre Liebeskünste, sogar jene Trottel, die gar keine haben.«

»Connor schreit auch«, fügte Fiona hinzu. »Wirklich. Es ist vielleicht nicht so deutlich zu hören wie Euer Schreien, aber man muss gar nicht allzu sehr lauschen, damit man es merkt.«

Das war zwar ein kleiner Trost, aber Gillyanne schüttelte dennoch den Kopf und seufzte. »Es wird schwer sein, ihnen in die Augen zu sehen, jetzt, wo sie alle ganz intim über mich Bescheid wissen.«

»Mylady, schon als Ihr anfingt, dem Laird in Eurem Schlafgemach das Bad zu richten, wussten wir alle, was passieren würde«, sagte Joan. »Nur ein Dummkopf würde glauben, dass zwei lüsterne junge Menschen keusch und unschuldig zusammen baden.«

»Oh, natürlich. Und es war dumm von mir zu meinen, Männer sollten meine Empfindlichkeiten verstehen. *Sie* haben ja so etwas nicht. Ich glaube, in Zukunft werde ich mich bemühen, leise zu sein.«

»Das würde Connor nur herausfordern.«

Gillyanne dachte an die Zärtlichkeiten, die diese so ausgiebig besprochene Situation ausgelöst hatten, und lächelte nun selbst. »Ja, das könnte wohl sein«, erwiderte sie und stimmte dann in das Gelächter der anderen Frauen mit ein.

»Hoffentlich haben wir die Gute nicht gekränkt«, meinte Diarmot, als das Gelächter endlich endete.

»Ich glaube, sie war nur ein bisschen verstimmt«, murmelte Connor mit einem Blick aus zusammengekniffenen Augen auf die Küche. »Warum sollte sie denn gekränkt sein?«

»Die Frauen mögen es nicht, wenn man über ihre intimen Dinge redet«, erklärte James. »Gilly war es wahrscheinlich unangenehm zu erfahren, dass alle wissen, was ihr beide gemacht habt. Wenn Mutter wüsste, was ich gerade getan habe, würde sie mir ordentlich den Marsch blasen.«

»Wir sind verheiratet. Und selbst wenn wir es nicht wären, wenn ein Mann und eine Frau in ein Schlafzimmer gehen und die Tür hinter sich zumachen, weiß jeder, was sie treiben. Das muss sie doch wissen.«

»Natürlich weiß sie es. Sie weiß auch, dass das ziemlich laut werden kann und also nicht immer so heimlich ist, wie man es vielleicht gern hätte. Ich meine, wenn Vater eine Zeit lang weg ist und dann nach Hause kommt, dann rennen er und Mutter doch fast die Treppe hinauf, und gelegentlich haben sie vor lauter Hast schon mal ein Möbelstück umgestoßen. Ein paarmal haben wir in einem der oberen Gemächer auch ein Kleidungsstück gefunden, das man dann ganz diskret wieder zurückbringen musste.« James rollte die Augen. »Und wenn unsere Cousinen Avery und Elspeth mit ihren Männern zu Besuch sind und man kommt an ihren Schlafgemächern vorbei, dann könnte man manchmal meinen, sich in einem Bordell für liebeshungrige Matrosen zu befinden. Manchmal verschwinden da sogar Sachen zum Essen. Und es ist wirklich nicht leicht, den Mund zu halten, wenn man die Mägde klagen hört, wie schwierig es ist, den Honig aus den Betttüchern herauszukriegen. Aber – man spricht nie davon. Besser gesagt, wir sollen nicht darüber reden. Aber zu Neckereien kommt es trotzdem, und das macht die Frauen auch jedes Mal wütend.«

Connor sah James verblüfft an. Ein Leben, wie es dieser Mann beschrieb, konnte er sich einfach nicht vorstellen. Sicher, ab und zu hatten seine Geschwister und er es ein wenig bunt getrieben, aber für derartige Frivolitäten hatten sie kaum Zeit erübrigt.

Schon vor dem großen Morden war es zu dummen Streichen oder Gelächter nur gekommen, wenn er und die anderen Kinder wegen ihrer Jugend vergessen hatten, dass sie sich stets im Kriegszustand befanden. Die Murrays hingegen schienen glücklich und sicher zu leben. Connor spürte eine leise Eifersucht.

»Honig? Wieso ist da Honig im Bettzeug?«, fragte er, um sich von seinen düsteren Gedanken abzulenken.

James lachte, blickte um sich, um festzustellen, ob Frauen in der Nähe waren, und erzählte den Männern dann, was man an schönen Dingen erleben konnte, wenn man im Bett mit Essen spielte. Connor erkannte, dass man im Bett vieles machen konnte, wovon er noch nie gehört hatte, doch lieber hätte er sich sämtliche Fingernägel ausreißen lassen, ehe er dies zugegeben hätte. Ein Trost war für ihn lediglich, dass er den Mienen der anderen Männer zufolge nicht der Einzige diesbezüglich Unwissende war.

In dieser Hinsicht sind wir alle sehr weltfremd, ging es ihm durch den Kopf. Die jüngeren unter den Zuhörern überredeten James ohne Mühe, noch mehr zum Besten zu geben, und auch die älteren hörten sehr genau zu, auch wenn sie taten, als wüssten sie dies alles längst.

Es war schon Schlafenszeit, als Connor auffiel, dass seine Gemahlin noch nicht zurückgekommen war. Er schaute in der Küche nach Gillyanne, dort war aber nur noch eine der jungen Mägde. Auf dem Weg zu seinem Schlafgemach fragte er sich, ob sich Gillyanne durch das Gelächter sehr verletzt gefühlt hatte. Er war sehr stolz darauf, dass er seine kleine Gemahlin zum Schreien bringen konnte wie ein Krieger, der seine Männer in die Schlacht führte, aber Frauen konnten eben sehr empfindlich und auf ihre Sittsamkeit bedacht sein. Wenn sie wirklich verletzt war und sich womöglich schämte, musste er versuchen, sie zu trösten, doch Connor bezweifelte, ob er das konnte. Wenn ihre Verletztheit und ihre Schmach jedoch die Leidenschaft bedrohten, die er mit Gillyanne teilte, dann würde er schon Mittel und Wege finden, sie zu trösten. Es war ihm nicht leicht gefallen, aber schließlich hatte er akzeptiert, dass er in Gillyannes Armen Freude und Befriedigung fand. Und da dies als Tatkraft betrachtet wurde, konnte er es aus vollem Herzen genießen, ohne schwach zu erscheinen. Er hatte nicht vor, dieses Geschenk wieder zu verlieren.

Plötzlich dachte er daran, wie er gelacht hatte. Es hatte sich gut angefühlt, herzerfrischend. Connor wusste, dass er seine Leute mit solcher Leichtfertigkeit schockiert hatte, er hatte es ihnen angesehen, aber sie hatten es rasch akzeptiert, ja sogar begrüßt, wie er überrascht festgestellt hatte. Und er hatte auch keine Verringerung seines Respekts oder eine Schwächung seiner Stellung als Laird bemerkt. Er hatte nicht vor, den fröhlichen Narren zu spielen, aber es konnte schließlich nicht schaden, wenn man gelegentlich lachte oder seine Freude zeigte. Nachdem er nun wieder erfahren hatte, wie schön es war, mit anderen zu lachen, zweifelte er sogar, ob er dieser gelegentlichen Versuchung würde widerstehen können.

Als Connor das Schlafgemach betrat und Gillyanne in seinem Bett vorfand, atmete er erleichtert auf. Wenigstens versteckte sie sich nicht vor ihm, wenngleich, wie er beim Ausziehen mit einem leisen Lächeln feststellte, unter der Decke kaum etwas von ihr zu sehen war. Er wusch sich rasch, schlüpfte dann zu ihr und legte die Arme um sie. Sie ließ die Augen geschlossen, doch falls sie sich schlafend stellte, war sie dabei nicht sehr überzeugend.

»Bist du beleidigt, meine Süße?«, fragte er, streichelte ihren Rücken und runzelte die Stirn, als er bemerkte, dass ein Leintuch ihn daran hinderte, ihre zarte Haut zu fühlen.

»Weshalb sollte ich beleidigt sein?«, murmelte sie im Versuch, die starke Brust zu ignorieren, die sich an ihren Rücken schmiegte. »Eine derart große Demütigung und Verlegenheit ist ja wohl nicht mehr wert als ein Zucken mit den Wimpern, oder? Ich habe ja auch lediglich daran gedacht, in ein tiefes Loch zu versinken und mich für eine Weile einzubuddeln.«

Connor presste die Lippen an ihren Hals und verbarg sein Gesicht. Er wusste, jetzt war nicht die Zeit, seinen Entschluss, seine Freude offener zu zeigen, in die Tat umzusetzen. Allerdings hatte Gillyanne eine Art zu sprechen, die ihn zum Lachen reizte, das hatte er von Anfang an bemerkt. Er merkte, dass er sich darauf freute, gelegentlich mit ihr zu lachen.

»Niemand wollte dich beschämen, meine Süße.«

»Von beschämen habe ich auch nichts gesagt. Ich fühle keine Scham. Es war einfach nur peinlich, sehr peinlich.« Sie seufzte, spürte gleich wieder Verlegenheit in sich aufsteigen und wusste, sie würde eine Weile brauchen, sie zu überwinden. »Das ist einfach eine intime Sache zwischen uns beiden.«

»Gilly, wir sind verheiratet. Jeder weiß, was wir tun, sobald wir uns zurückziehen. Und genau das Gleiche würden auch sie tun, oder sie wünschen, es tun zu können.«

»Ja, das weiß ich, aber sie sollten nicht darüber reden, in Gottes Namen. Die Männer klopfen sich vielleicht gern gegenseitig auf die Schulter und geben an, und ja, auch die

Frauen reden unter sich darüber, aber man redet nicht in aller Öffentlichkeit darüber.«

Connor wusste nicht, was er darauf antworten sollte. Für ihn waren die Neckereien beim Essen heute Abend nicht mehr als ein Scherz unter Familienangehörigen. Er hatte gelacht und sich eigentlich ganz wohl gefühlt; und es gefiel ihm auch, wenn alle wussten, dass er seine Gemahlin dazu bringen konnte, vor Lust zu schreien, und deshalb hatte er für Gillyannes verletzte Gefühle wenig Verständnis.

»Und deshalb bin ich zu einer Entscheidung gekommen«, sagte sie.

Die Art und Weise, wie sie dies sagte, gefiel ihm nicht sonderlich, und so richtete er sich halb auf und musterte sie vorsichtig. »Und die wäre?«, fragte er etwas argwöhnisch.

»Ich werde in Zukunft etwas vornehmer sein. Schön, mögen sie alle wissen, was wir hier oben tun, aber ich werde sie nicht mehr mit meinen Schreien amüsieren. Nein, ich werde diese Narren nicht mehr zum Abendessen rufen!«

Es überraschte Gillyanne nicht, dass er die Augen zusammenkniff. Er spürte sich in seinem männlichen Stolz getroffen, ganz wie sie vermutet hatte. Zweifellos würde sie mit einigem Verdruss rechnen müssen, ehe sie in der Lage sein würde zu akzeptieren und letztlich zu ignorieren, dass man sie und Connor beim Liebesspiel hören konnte, doch zu lange wollte sie das nicht hinnehmen. Noch immer war die Leidenschaft, die sie miteinander teilten, die einzige Zeit, in der sie das Gefühl hatte, ihn wirklich zu erreichen und wenigstens für kurze Zeit seinen harten Panzer zu durchdringen. Sie wollte nicht zulassen, dass ein paar derbe Scherze sie zwangen, davon Abstand zu nehmen. Sie wusste nicht einmal, ob sie das wirklich konnte. Sie sehnte sich viel zu sehr nach der Freude, die Connor ihr spenden konnte, um zuzulassen, dass irgendetwas oder jemand sie daran hinderte.

Connor drückte sie auf ihren Rücken. Zuerst dachte er, sie hätte das einfache Nachthemd angezogen, weil sie allein zu

Bett gegangen war und gefroren hatte. Nun erkannte er, dass es zu ihrem Vorsatz gehörte, vornehmer zu werden. Vielleicht würde sie sogar versuchen zu werden, was seinem Onkel nach die meisten Mädchen aus gutem Hause im Schlafzimmer waren. Doch das würde er nicht zulassen. Es hatte lange, qualvolle Tage gedauert, bis er akzeptiert hatte, dass er sich in ihrer geteilten Leidenschaft verlor und dass er sich auf diese Zeiten der intimen Zärtlichkeit in ihrem Schlafgemach freute. Kein Anfall mädchenhafter Sittsamkeit sollte ihn dieser Freuden berauben.

»Was ist das hier?«, fragte er und zupfte an den Bändern ihres Unterhemds, bis sie aufgingen.

»So etwas trägt eine sittsame Frau im Bett«, antwortete Gillyanne.

»Ah ja? Und ich soll mich jetzt da durchfummeln, oder?«

Ihr Atem stockte, als er das Unterhemd mit einem Ruck so weit nach unten streifte, dass ihre Brüste entblößt wurden. Gleichzeitig klemmte er damit ihre Arme seitlich am Körper fest. Das bereitete ihr keine Schmerzen, aber sie würde ein Weilchen zu tun haben, bis sie sie freibekam. Gillyanne hatte keine Angst; im Grunde ihres Herzens wusste sie, dass Connor ihr niemals wehtun würde. Sie spürte vielmehr eine neugierige Spannung und eine leichte Erregung in sich aufsteigen. Ich bin richtig hemmungslos geworden, dachte sie und lächelte dabei ein wenig reumütig in sich hinein.

Sie ließ sich vom sinnlichen Zauber seiner Küsse hinreißen. Seine breite Brust drückte so sehr an ihren Busen, dass es fast schmerzte. Als sie versuchte, die Arme zu bewegen, ihn zu berühren, merkte sie, dass er die Bänder ihres Unterhemds wieder so weit zugezogen hatte, dass ihre Arme festgezurrt waren.

Dann wanderten seine Lippen zu ihrem Hals, und sie stöhnte auf – aus Enttäuschung darüber, dass sie ihn nicht berühren konnte, aber auch, weil er ihre Leidenschaft so rasch entflammte.

»Connor, ich kann mich nicht bewegen«, protestierte sie leise, überrascht, dass sie überhaupt sprechen konnte, denn seine Küsse hatten ihre Brüste erreicht.

»Vornehme Ladies bewegen sich nicht.« Mit den Fingern und mit seiner Zunge streichelte er ihre Brustwarzen, bis sie fest und steif waren. »Vornehme Ladies liegen einfach nur da wie stumme Märtyrerinnen und überlassen ihren Körper dem Willen ihres angetrauten Gatten.«

»Ich glaube nicht, dass das so stimmt.«

Sie wollte weiter argumentieren, doch Connor sog die Spitze ihrer Brust tief in seinen Mund. Seine Bewegungen saugten jeglichen Gedanken, jeden Vorsatz, zusammenhängend zu sprechen, aus ihr heraus. Sie konnte noch immer nicht begreifen, wie rasch er ihr Verlangen wecken konnte und mit welcher Heftigkeit sie darauf reagierte. Er war wie Feuer in ihrem Blut, ein sehnliches, schmerzendes Begehren, das vielleicht ihr ganzes Leben lang nicht mehr aufhören würde. Das machte ihr Angst, denn immerhin war es noch sehr leicht möglich, dass ihre Ehe scheitern konnte.

Doch selbst dieses Bedenken schmolz dahin, als Connor die Innenseiten ihrer Schenkel zu küssen begann. Dann glitt sein Mund etwas höher, und sie schrie überrascht auf. Als sie versuchte, sich ihm zu entziehen, fasste er ihre Hüften und hielt sie fest, bis sie keinen Widerstand mehr leisten wollte. Mit jeder Bewegung wallte heiße Lust durch ihren ganzen Körper.

Der einzige Gedanke, der sich noch in ihr regte war, dass sie sich bewegen musste, ihn berühren wollte. Irgendwie war ihr bewusst, dass ihre Arme etwas schmerzten, doch plötzlich hörte sie das Reißen von Stoff, und sie war befreit. Sie konnte es nicht glauben, als sie Connor lachen hörte, während ihre Finger sein dichtes Haar rauften.

Dann spürte sie, dass sie zum Höhepunkt kam; sie versuchte, ihm etwas zu sagen, konnte jedoch kaum atmen. »Jetzt, Connor«, keuchte sie, »jetzt, bitte!«

»Nein, Süße. So ist es besser. Lass dich einfach gehen und …« Gillyanne konnte sich nicht mehr zurückhalten. Es war so überwältigend für sie, dass sie schauderte, und als Connor dies bemerkte, pressten seine Lippen noch heftiger, und als sie seinen Namen rief, zögerte er nicht mehr und glitt wie von selbst in sie hinein.

Sie umklammerte seinen starken Körper, und er trieb sie beide einem gemeinsamen Höhepunkt entgegen.

Es war schwer zu erraten, wie viel Zeit verstrichen war, bis Gillyanne sich wieder in der Lage fühlte, sich zu bewegen und zu sprechen. Sie streichelte Connors Rücken, zufrieden damit, dass sein Körper sie bedeckte, sein warmer Atem gegen ihren Hals strich. Ein wenig war sie bestürzt darüber, wie zügellos sie auf Connors intime Liebkosungen reagiert hatte, doch sie streifte dieses Gefühl mit Leichtigkeit ab. Schließlich war er ihr Ehemann, und wenn sie sich beide daran erfreuen konnten, dann gab es keinen Grund, sich irgendwelche Gedanken zu machen.

»Ich habe wieder geschrien, nicht wahr?« Da sie es ohnehin wusste, war es weniger eine Frage als eine Feststellung.

»Ja, zweimal«, antwortete Connor mit unverkennbarer männlicher Befriedigung. »Es gellt mir noch immer in den Ohren.«

»Arroganter Kerl!«

»Vielleicht sollte ich hinuntergehen und nachsehen, ob einer dieser Narren aufgestanden ist und darauf wartet, dass es etwas zu essen gibt.«

Immerhin schaffte sie es, über diese Bemerkung zu kichern. »Na, dann geh doch.«

»Nein, ich kann mich nicht bewegen.« Er gähnte und küsste sie verschlafen auf den Hals. »Du hast mich völlig ausgelaugt.«

»Ich fühle mich aber auch ein bisschen schwach.«

»Gut, dann habe ich ja meine Pflicht als dein Ehemann erfüllt und darf jetzt schlafen.«

Gillyanne lächelte über seine neckische Bemerkung, doch sie spürte auch eine leise Enttäuschung. Nach so viel Leidenschaft und einer solch wunderbaren Vereinigung hätte sie es vorgezogen, liebevolle Worte zu hören anstatt Sticheleien. Aber sie unterdrückte das Verlangen, sie ihm zu entlocken. Solche Dinge mussten aus freien Stücken gegeben werden. Es bereitete ihr Kummer, dass sie solche Worte nie zu hören bekommen würde, denn trotz des Begehrens, das sie füreinander empfanden, würde Connor alles andere fest in sich verschließen. Gillyanne presste ihre Lippen auf sein Haar und fragte sich, wie lange sie auf diese zärtlichen Worte würde warten müssen, ehe sie sich zur Närrin machte.

Kapitel 14

»Was machst du?«

Gillyanne seufzte resigniert und setzte sich auf, als sie die vertraute tiefe Stimme hinter sich hörte. Sie fragte sich, wie Connor es immer schaffte, sie im ungünstigsten Augenblick anzutreffen. Denn der Kräutergarten, in dem sie gerade arbeitete, wirkte zwar gepflegt und Erfolg versprechend, aber sie sah dafür aus, als hätte sie sich im Schlamm gesuhlt. Als er vor sie trat, bemerkte sie, dass er ein kleines Grinsen verbarg, was sie freute, zeigte es doch, dass er sich nicht mehr so streng im Zaum hielt. Anscheinend hatte der Lachanfall vor zwei Nächten seinen Sinn für Humor freigelegt. Gillyanne wünschte jedoch, solche Veränderungen würden nicht so häufig auf ihre Kosten erfolgen.

»Ich richte deinen Kräutergarten wieder her«, erwiderte sie.

»Wir hatten einen Kräutergarten?« Connor blickte sich stirnrunzelnd um und dachte, dass dies für seine zierliche Gemahlin sehr viel Arbeit war.

»Ja, es war aber kaum mehr davon übrig als ein Beet mit Unkraut und dazwischen ein paar versteckte Kräuter. Diese Kräuter und die Reste eines ehemaligen Steinpfads zwischen den früheren Beeten haben mich erst darauf gebracht, dass hier einmal ein Kräutergärtchen war. Und in der Küche habe ich auch noch ein paar Samen gefunden.« Sie zeigte auf ein Gewirr aus Unkraut und Kletterpflanzen vor der Wand. »Ich glaube, hier drüben war ein Küchengarten. Wenn sich das Wetter hält, wollen Fiona und ich morgen seine Geheimnisse aufdecken.«

»An solche Dinge erinnere ich mich nicht, aber ich war ja noch ein Junge, als alles zerstört wurde, und Jungen kümmern sich meistens nicht um Gärten.«

Sie nickte. »Und die meisten älteren Frauen starben und nahmen ihr Wissen mit ins Grab.« Gillyanne blickte ihn besorgt an, denn plötzlich war seine Miene sehr ernst. »Was ist denn los?«, fragte sie.

»Dein Vater ist hier.«

»Hier? In der Burg?« Sie sprang aufgeregt auf, doch dann fiel ihr wieder ein, wie schmutzig sie war.

»Nein, er ist draußen vor dem Tor mit einem Dutzend bewaffneter Männer.«

»Oh mein Gott!«

»Er will mit dir sprechen.«

»Nicht mit dir?«

»Nein, jedenfalls jetzt noch nicht. Ich habe ihn schwören lassen, dass er dich nicht festhält oder versucht, dich zu entführen.«

Gillyanne verzog das Gesicht. Sicher hatte es ihren Vater sehr geärgert, einen solchen Eid leisten zu müssen. »Und jetzt muss ich also mit ihm reden?«

»Ja, wenn du schwörst, dass du nicht mit ihm fliehst.«

»Ich schwöre es.«

Sie registrierte seinen harten Blick gelassen. Connor brauchte nicht alle Gründe für ihre Bereitwilligkeit zu wissen. Und jetzt war auch nicht die Zeit, mit ihrem Vater nach Hause zu gehen. Sie war noch immer Connors Gemahlin. Und sie war noch immer gewillt, diese Ehe zu einer guten Ehe zu machen. Zum Aufgeben war es noch viel zu früh. Außerdem konnte es leicht zu großen Problemen führen, wenn sie Connor verließ oder ihre Verwandten sie verschleppten. Sie war nach den Gesetzen der Kirche und des Landes Connors Gemahlin, und man konnte diese Gesetze nicht einfach übergehen, ohne Schwierigkeiten heraufzubeschwören.

Als Connor nickte und ihr seinen Arm anbot, trat sie hastig einen Schritt zurück.

»Sag meinem Vater, ich rede in einer Viertelstunde mit ihm. Ich muss mich zuerst noch ein wenig frisch machen. Es ist besser, wenn ich bei seiner Begrüßung möglichst gut aussehe.«

Connor blickte ihr nach, als sie im Haus verschwand, und ging dann zur Ringmauer zurück, um mit ihrem verärgerten Vater zu reden. Er hatte zwar nicht mit Gillyanne darüber gesprochen, hatte aber James' Worte, dass Gillyanne ihre Ehe beenden könne, nicht vergessen. Und wenn James dies wusste, dann war es auch Sir Eric Murray bekannt; deshalb hatte Connor ihn nicht sofort in Deilcladach willkommen geheißen. Aber leider war Sir Eric nicht wieder abgereist, sondern hatte eisern darauf bestanden, seine Tochter zu sehen. Selbst James' Beteuerung, dass es Gillyanne hier gut habe, hatte ihn nicht umstimmen können. Connor hatte keine bessere Lösung gefunden, als Vater und Tochter schwören zu lassen, dass sie in Deilcladach bleiben würde, doch glücklich war er damit nicht.

»Ich glaube, der Mann würde am liebsten Hackfleisch aus Euch machen«, murmelte Knobby, sobald Connor mit lauter Stimme Gillyannes Botschaft an ihren Vater übermittelt hatte. Connor beobachtete, wie Sir Eric vor seinen Männern auf und ab schritt, und nickte. »Ich sehe schon, woher sie ihr Temperament hat.«

»Komisch, aber ich hätte ihn größer geschätzt.«

»So wie sie den Leuten mit ihm droht, würde man wirklich meinen, er sei ein Riese. Vielleicht ist er ja größer, wenn man ihn direkt vor sich hat.«

»Ihr geht doch nicht etwa da hinaus, oder?«, fragte Knobby argwöhnisch, doch Connor stieg bereits eilig von der Mauer herunter, so dass sich Knobby beeilen musste, mit seinem Laird Schritt zu halten.

»Ich werde mich nicht verstecken. Das Beste ist, wenn sich Vater und Tochter ungestört unterhalten können. Aber ich möchte in der Nähe sein.«

Gillyanne lief durch das Tor von Deilcladach und geradewegs in die offenen Arme ihres Vaters. Sie brauchte nicht wirklich Trost; es war einfach nur schön, wieder einmal von ihrem Vater umarmt zu werden. Als er sie schließlich einen Schritt vor sich hielt, blieb sie geduldig stehen und ließ sich von ihm betrachten. Die Unterhaltung, die ihnen bevorstand, würde sicherlich auch schwierige Fragen berühren, deshalb hatte sie keine Eile, damit zu beginnen.

»Es hat dir niemand etwas angetan«, stellte Sir Eric mit einem leicht fragenden Unterton in der Stimme fest.

»Nein, Vater«, antwortete sie. »Sir Connor würde mir nie etwas tun.«

»Erzähl mir, was passiert ist.«

»Habt Ihr das nicht bereits in Dubhlinn von Mutter gehört? Ich habe James geschickt, um ihr alles zu berichten.«

»Sie hat es mir erzählt. Aber jetzt möchte ich deine Geschichte hören.«

Sie verzog das Gesicht, begann aber dann zu erzählen. Dabei legte sie besonderen Wert auf die Darstellung, wie sie die ersten drei Versuche, sie zu entführen, vereitelt hatte, und freute sich, als ihr Vater dabei lächelte. Wenn ihn ihre Geschichte amüsierte, dann konnte seine Wut auf Connor nicht so schlimm sein.

Den Teil mit ihrer Hochzeit, der ersten Nacht und der Flucht nach Deilcladach fasste sie ziemlich kurz. Doch der durchdringende Blick ihres Vaters verriet ihr, dass sie ihn nicht für dumm verkaufen konnte.

»Wurde die Ehe vollzogen?«

»Ja, Vater«, erwiderte sie, den Blick zum Boden gerichtet, um ihr Erröten zu verbergen.

»Ist er das, da drüben, zwischen uns und dem Tor?«

Gillyanne blickte nach hinten, überrascht, dass Connor die Burg verlassen hatte. »Ja. Der Große vor den anderen.«

»Und wer sind die anderen, die sich hinter den Kerl scharen?«

»Seine Brüder Diarmot, Drew, Nanty und Angus, seine Schwester Fiona und Knobby, seine rechte Hand; er heißt eigentlich Iain.«

»Da ist auch ein Mädchen dabei?« Auf diese Entfernung war das nicht eindeutig zu erkennen.

»Ja, unsere Kleinste. Sie ist erst dreizehn.«

Eric rieb sich das Kinn. »Gibt es einen Grund dafür, dass sie wie ein Junge aussieht?«

»Ihre Brüder haben sie großgezogen.«

»Aha.« Erics Blick wanderte mehrmals zwischen Connor und Gillyanne hin und her, dann fragte er sie unumwunden: »Und du schwörst, dass er dir nichts zu Leide tut? Er ist ein Mordskerl.«

»Ja, sicher.« Sie errötete stark und erkannte sofort, dass sie ihrem Vater mit diesen beiden Worten einiges über die Leidenschaft verraten hatte, die sie mit Connor teilte. »Ich schwöre Euch, Vater, Connor würde mir nie etwas antun.«

»Ich habe mit dem König gesprochen.« Als sie ihn etwas besorgt anblickte, lächelte er leise. »Ich war so nett zu ihm, wie ich nur konnte. Er hat sich sogar ein bisschen entschuldigt. Und es liegt alles in meiner Hand. Er wird seine Anordnung nicht zurücknehmen, aber wenn ich dafür bin, diese Ehe aufzulösen, akzeptiert er das und unterstützt meine Entscheidung. Willst du diese Ehe beenden?«

»Nein«, antwortete Gillyanne, selbst überrascht, wie schnell ihr das Wort über die Lippen gekommen war, nachdem sie sich so lange nicht wirklich hatte entscheiden können. »Noch nicht. Ein Priester hat die Ehe geschlossen, und sie wurde vollzogen. Sollte ich da nicht wenigstens versuchen, etwas Gutes daraus zu machen?«

»Doch, das solltest du. Liebst du den Kerl auch?«

Gillyanne verzog das Gesicht. »Die Chancen dafür stehen gut. An manchen Tagen bin ich mir nicht ganz sicher.«

»Und weshalb ist das so schwierig? Spürst du, dass an ihm etwas Falsches ist?«

»Nein. Ehrlich gesagt tue ich mich schwer damit zu sagen, was Connor fühlt oder denkt. Wenn ich versuche, ihn zu erreichen, kommt es mir vor, als würde ich gegen eine Mauer rennen. Aber trotzdem glaube ich nicht, dass dieser Mann auch nur einen falschen Knochen in seinem Riesenkörper hat. Das habe ich in den vergangenen Wochen einfach gemerkt.« Seufzend warf sie einen sehnsüchtigen Blick auf Connor und wandte sich dann wieder ihrem Vater zu. »Er ist ein harter Mann, und er hat sich sehr fest in der Hand.«

»Was hast du über ihn in Erfahrung gebracht?«

Gillyanne berichtete ihrem Vater, was sie von Connor wusste. Im Verlauf ihrer Erzählung bemerkte sie, wie er ihrem Mann gegenüber milder gestimmt wurde; ja, er schien sogar Respekt für ihn zu entwickeln. Sie zweifelte deshalb nicht daran, dass er Connor, wenn ihre Ehe sich gut entwickelte, bereitwillig in die Familie aufnehmen würde, und nicht nur deshalb, weil sie mit ihm verheiratet war. Zum Glück verstand ihr Vater auch, dass ein Mann, selbst wenn er in den Augen der anderen Männer untadelig war, nicht unbedingt auch einen guten Ehemann abgeben würde.

»Ich glaube, ich verstehe«, murmelte Eric und musterte den großen Laird, dessen Blick umso düsterer wurde, je länger er und Gillyanne miteinander sprachen. »Ein solches Leben und der Zwang, führen zu müssen, obwohl man dazu noch gar nicht wirklich reif ist, das kann wirklich jede zarte Regung in einem Mann ersticken.«

»Genau.« Gillyanne verschränkte die Arme. »Connor ist ehrenhaft, mutig und stark, und er hat sehr viel Verantwortungsgefühl.« Sie merkte, dass ihr das Blut in die Wangen schoss, zwang sich jedoch, ehrlich zu bleiben. »Wir empfinden große Leidenschaft füreinander. Sein Onkel hat ihm zwar ein paar seltsame Ideen über vornehme Ladies in den Kopf gesetzt, aber er war schlau genug, auch eine andere Meinung zu respektieren. Zum Beispiel hat er sich darauf eingelassen, dass er keine Mätresse braucht und dass es auch nicht sonderlich klug war, eine zu haben.«

»Oh, das glaube ich gern.« Eric schüttelte den Kopf und lachte laut auf.

»Aber du hast mir noch nichts Schlechtes über ihn erzählt, mein Mädchen.«

»Wie Ihr schon sagtet, ist ihm seine Zärtlichkeit offensichtlich ausgetrieben worden. Ich verlange ja nicht, dass er ein Höfling wird, der mit Poesie und Schmeicheleien um sich wirft. Alles, was ich mir wünsche, ist ein bisschen ... na ja, ein Gefühl, ein Hinweis, dass er neben seiner Leidenschaft auch noch etwas anderes für mich fühlt.«

»Du möchtest, dass er dich liebt.«

»Ja, genau. Im Augenblick würde mir schon ein Hinweis genügen, dass ich sein Herz erreicht habe, dass ich mehr in ihm ausgelöst habe als nur sein Begehren. Oh, Vater, vor zwei Nächten hat er gelacht, und alle waren geradezu schockiert! Eine der Frauen hätte fast geweint, so gerührt war sie, als sie es hörte. Zum Glück waren seine Leute klug genug, dass sie mit diesem Wunder rasch zurechtkamen, so dass Connor Peinlichkeiten erspart blieben.«

»Ein kleiner Schritt nach dem anderen.«

Gillyanne nickte. »Ich werde keine Ehe mit einem Mann akzeptieren, der nichts von sich geben will oder kann. Aber ich bin bereit, so lange seine Gemahlin zu sein, bis ich bekomme, was ich, um zu bleiben, brauche, oder bis ich weiß, dass er mir nichts zu geben hat, und dann werde ich gehen.«

Eric legte ihr einen Arm um die Schultern und küsste sie auf die Stirn. »Du willst versuchen, eine gute Ehe zu führen, aber du musst auch wissen, dass du nicht in einer kalten Verbindung gefangen bist.«

»So ist es, Vater. Ich weiß, wenn ich gehen muss, dann wird es mir das Herz zerreißen, aber keinen Platz in seinem Herzen zu finden und trotzdem zu bleiben, würde mich noch viel mehr und wesentlich länger verletzen.«

»Das hast du sehr klug erkannt, meine Gilly. Deine Mutter gab mir viel Zärtlichkeit, als wir heirateten, und doch war es eigentlich nicht genug. Ich war Monate lang hin und her gerissen, bis wir uns schließlich eingestanden, was wir wirklich im Herzen fühlten. Mir lässt schon der bloße Gedanke daran, sich Jahre lang nicht zu kennen oder die Zuneigung des anderen nicht ganz zu gewinnen, das Blut in den Adern gerinnen. Einem solchen Schicksal würde ich dich niemals überlassen. Es gibt schließlich immer einen Ausweg.«

»Ich weiß. Zwang?« Ihr Vater nickte. »Ich war nicht wirklich von Anfang an dafür. Ja, ich habe ihn aus den dreien ausgewählt und das Gelübde gesprochen, aber erst nach drei Angriffen und dem Versprechen, oder besser gesagt der Drohung, eines vierten mit vereinten Kräften. Reicht das?«

»Gewiss.« Eric blickte zu Connor und lächelte ein wenig. »Er wird ungeduldig.«

In der Tat sah es aus, als sei Connor in den letzten Minuten näher gerückt. »Ich habe ihm geschworen, dass ich zurückkommen würde«, erklärte Gillyanne.

»James, mein Junge«, sagte Eric, woraufhin dieser näher trat, »bleibst du hier?«

»Ja, es sei denn, Ihr braucht mich.« James beobachtete Gillyanne, die zu ihrem düster blickenden Gatten hinüberging. »Er ist beunruhigt.«

»Wir haben beide geschworen, dass sie bleiben wird. Vielleicht ist er ja gar nicht so gefühllos, wie sie meint.«

»Das ist schwer zu sagen, aber ja, ich wäre schon bereit zu wetten, dass sie sein Herz berührt hat. Die Frage ist, ob er es Gillyanne je wissen lässt, oder ob er selbst es als Tatsache akzeptiert. Aber es könnte auch sein, dass er, wenn er sich für sie erweicht, alles daransetzen wird, dieses Gefühl abzutöten. Ich fürchte, er sieht so etwas als Schwäche und erlaubt sich deshalb nicht, solche Gefühle zu haben, außer für seinen Clan, natürlich.«

»Du glaubst also, ihr Vorsatz, ihn für sich zu gewinnen, ist gut?«

»Bisweilen wird es bestimmt amüsant.« Die beiden Männer lächelten einander zu. »Ja, sie sollte es probieren. Gilly liebt ihn, dessen bin ich mir sicher. Sollte diese Ehe wirklich enden, dann muss sie wissen, dass sie alles versucht hat, um das Herz dieses Mannes zu gewinnen. Es kommt alles darauf an, wie tief er seine Gefühle begraben hat, und wie weit er bereit ist, sie wieder freizulegen.«

»Sie hat Zeit. Selbst wenn man gute Gründe hat, eine Ehe zu beenden, lässt sich so etwas nicht schnell erreichen.« Eric verschränkte die Arme und lächelte. »Ich glaube, ich lerne jetzt gleich meinen neuen Schwiegersohn kennen.«

»Connor«, sagte Gillyanne, als sie ihren Mann erreicht hatte, »was machst du denn hier draußen?«

»Ich wollte deinen Vater aus der Nähe sehen«, antwortete er. »Er ist nicht sehr groß, nicht wahr?«

»Groß genug. Man muss kein Hüne sein, um das Schwert gut zu führen.« Sie baute sich mit verschränkten Armen vor ihm auf. »Du wolltest ihn also bloß näher betrachten, hm? Dumm von mir, auch nur einen Augenblick lang zu glauben, du könntest meinen, dass Vater oder ich unser Wort nicht halten.«

»Wirklich, dumm von dir.« Connor beobachtete sie genau. »Ihr habt lange geredet.«

»Ich hatte ihm viel zu sagen. Als er fortritt, um seinem König zu dienen, legte ich mich immerhin noch in meinem eigenen keuschen Bett schlafen, und jetzt beanspruche ich plötzlich meinen Platz als Herrin von Ald-dabhach, schlage drei Angriffe auf meine Burg zurück, werde vor einen Priester gezerrt ...«

»Niemand hat dich gezerrt«, unterbrach Connor sie.

Gillyanne ignorierte seine Unterbrechung. »... werde völlig unvorbereitet in das wilde Meer der Ehe gestürzt und hinter den dicken Mauern von Deilcladach eingesperrt. Das macht meinen Vater natürlich ein wenig neugierig.«

»Bist du fertig?«

»Ich denke, das war alles.« Sie hatte gesagt, was zu sagen war, und blicke ihren Mann an.

»Gut, dann kannst du mich ja jetzt deinem Vater vorstellen.« Connor wollte die Sache endlich zu Ende bringen.

»Ich bin mir nicht sicher, ob ich euch beide näher zusammenbringen soll«, murmelte sie, während Connor bereits losmarschierte und sie einfach mitzog. »Er ist nicht allzu glücklich über dich.«

»Das mag sein, aber ich glaube nicht, dass er jetzt auf der Stelle mit dem Schwert herumfuchteln wird.«

Als sie vor Sir Eric standen, stellte Connor überrascht fest, dass er tatsächlich dünn und klein war. Als Person konnte dieser Mann ihm sicher nicht gefährlich werden. Doch in seinen Augen sah er die Gefahr. An seinem Blick war zu erkennen, dass Sir Eric trotz seiner schlanken, eleganten Gestalt und seines guten Aussehens ein todbringender Feind sein konnte.

In diesen Augen sah Connor das Geschick und den wachen Verstand, der einen Mangel an Körpergröße oder Muskelstärke ohne weiteres ausgleichen konnte. Von diesem Mann würde er Dinge lernen können, die er bereits bei James entdeckt hatte.

»Vater, das ist Sir Connor MacEnroy, der Laird von Deilcladach und mein Gatte«, sagte Gillyanne. Die Art und Weise, wie sich die beiden musterten, beunruhigte sie sofort. »Connor, das ist mein Vater, Sir Eric Murray, der Laird von Dubhlinn.« Obwohl die Verbeugungen der beiden Männer sehr knapp ausfielen, bemerkte Gillyanne kein Anzeichen einer Kränkung, und atmete erleichtert auf.

Eric blickte über Connors Schulter. »Ich fürchte, meine Leute könnten nervös werden, wenn dieser seltsame Haufen, der Euch beschattet, näher kommt.«

»Bleibt, wo ihr seid!«, befahl Connor im vollen Vertrauen darauf, dass seine Männer ihm gehorchten.

Es fiel Eric nicht leicht, doch als er sah, wie die Gruppe zurückwich, musste er ein Grinsen unterdrücken. »Ihr hättet zuerst zu mir kommen sollen.«

»Ich dachte nicht, dass eine Frau von zwanzig Jahren und mit eigenem Land die Erlaubnis ihres Vaters braucht, um zu heiraten.«

»Sie nicht, aber Ihr.«

»Vater«, murmelte Gillyanne, besorgt über die Spannung zwischen den zwei Männern. Doch sie ignorierten sie.

»Und Ihr wollt sie mir auch jetzt nicht geben, nicht wahr?«, fragte Connor und ergriff Gillyannes Hand.

»Nein, noch nicht, mein Junge.« Eric blickte auf Connors Hand, die die Hand seiner Tochter hielt. »Ich werde wiederkommen, sobald ich kann«, sagte er dann zu Gillyanne.

»Reitet Ihr zuerst wieder nach Dubhlinn?«, fragte sie und wollte einen Schritt auf ihren Vater zugehen, doch Connor hielt sie zurück.

»Ja. Deine Mutter will wissen, was ich in Erfahrung gebracht habe. Vielleicht kommt sie bei meinem nächsten Besuch mit.«

»Wenn Ihr als Verwandte kommt, werdet Ihr in Deilcladach willkommen sein«, erklärte Connor, ohne den Tritt ans Schienbein zu beachten, den Gillyanne ihm versetzte.

»In Ordnung.«

Als ihr Vater auf Gillyanne zutrat und ihre Wange küsste, musste sie gegen Connors festen Griff ankämpfen. Sobald Sir Eric sich wieder aufrichtete, zog Connor sie mit einem kräftigen Ruck an seine Seite. Als würde ich nicht meinem Vater Lebewohl sagen, sondern mich mit einem Liebhaber verabreden, dachte sie verärgert. Connor verbeugte sich zum Abschied und führte sie dann zur Burg zurück.

Gillyanne drehte sich um und winkte ihrem Vater zum Abschied, so weit Connors Widerstand es zuließ. Als sie bemerkte, dass James bei Sir Eric stand, runzelte sie die Stirn. »James? Verlässt du mich zusammen mit Vater?«, rief sie ihm zu.

»Nein, ich komme gleich nach«, antwortete James und lachte leise darüber, wie Gillyanne ihren Gatten schimpfte, weil er sie nicht loslassen wollte. »Es geht ihr gut, Vater!«, versicherte er Sir Eric.

»Ja, ich weiß.« Eric lächelte in sich hinein. »Ich glaube, sie ist ihrem Ziel sogar wesentlich näher, als sie meint. Aber, wie du schon sagtest, dieser Narr könnte gegen die Gefühle ankämpfen, deretwegen er sie jetzt so eilig hinter seine Mauern treibt aus Angst, ich könnte sie ihm wegnehmen. Aber Gillyanne sieht darin natürlich nur ihr Land, das er begehrt.« Eric schüttelte den Kopf, fragte aber dann noch abrupt: »Weiß er eigentlich über ihre Fähigkeit Bescheid?«

»Da sie sie nicht gegen ihn verwenden kann – nein, ich denke nicht. Ich habe sie zwar einmal erwähnt, aber es hat niemanden beunruhigt.«

»Ist er verwandt mit einem Mann namens Sir Neil MacEnroy?«

James bekam große Augen. »Ja, Sir Neil ist sein Onkel. Gillyanne mag ihn nicht, aber er ist auch nicht sonderlich freundlich; vor allem Frauen scheint er nicht zu mögen.«

»Wirf ein Auge auf ihn. Ich habe diesen Mann nur ein paarmal getroffen, aber obwohl ich nicht über Gillyannes Fähigkeit verfüge, hatte ich ein sehr schlechtes Gefühl dabei.« Eric fasste James an den Schultern. »Es macht dir auch nichts aus, hier zu bleiben, bis ich wiederkomme?«

»Nein, ich kann den Männern hier einiges zeigen. Versteht mich nicht falsch, sie sind gut, aber fast alle haben sich das, was sie können, selbst beigebracht.«

Eric nickte. »Dann haben sie vielleicht auch den einen oder anderen Trick auf Lager, den du von ihnen lernen kannst.«

»Bestimmt. Wenn die Wünsche der anderen zählen, wird Gillyanne bleiben. Bis auf diesen Onkel und die Huren möchten alle sie als ihre Herrin haben. Die Huren sind neulich ins Dorf umgezogen, und den Onkel behalte ich im Auge. Und da ich auch vorhabe, diesen großen Narren in die richtige Richtung zu drängen, habe ich genügend zu tun. Glückliche Reise, Vater.« James lachte, als Eric und seine Männer im

Wegreiten ihre Schwerter zogen, um Gillyanne zu grüßen, die ihnen von den Zinnen aus zuwinkte.

»Sie salutieren ihr, als wäre sie ein Krieger!«, murrte Neil und stapfte davon, bevor jemand auf seine Bemerkung reagieren konnte.

Connor blickte ihm besorgt nach und stieg von der Mauer hinunter. Die Haltung seines Onkels gegenüber Gillyanne hatte sich nicht im Geringsten verbessert; sie war sogar mit jedem Tag noch feindseliger und verächtlicher geworden. Connor wusste nicht, was er dagegen unternehmen sollte und wandte sich seiner Gemahlin zu, die über die Mauer gelehnt noch immer ihrem Vater nachwinkte, bis er außer Sichtweite war.

»Dieses dumme Mädchen fällt mir noch über die Mauer!«, murrte er und beeilte sich, zu ihr zu kommen.

»Warum hat sich Euer Onkel so über diesen Gruß geärgert?«, fragte Knobby, der Connor hinterhereilte. »Das Mädchen hat immerhin drei Angriffe abgewehrt, ohne einen Tropfen Blut zu vergießen, und nur kapituliert, um ihre Leute zu schützen. Da hat sie sich doch wohl einen kleinen Salut ihrer Verwandtschaft verdient.«

»Mein Onkel ist gegen diese Heirat. Ich weiß nicht, weshalb er Gillyanne nicht mag. Vielleicht mag er keine Frauen und meint, sie seien nur gut fürs Bett. Selbst über Frauen von Stand hat er immer nur übel geredet. Vielleicht ist es auch das, was er an ihr nicht ausstehen kann. Ich werde bald einmal mit ihm darüber sprechen müssen. Gillyanne verdient es nicht, dass er so giftig zu ihr ist.«

»Nein, wirklich nicht. Was hat der Mann bloß?«

»Ich weiß nicht. Aber ich habe ihn noch nie zuvor so böse und übel gelaunt erlebt.«

»Na ja, früher gab es nur Euch, die Männer und die Huren. Eine Ehefrau verändert so einiges.«

»Stimmt.« Connor nahm die letzten Stufen bis zu Gillyanne etwas schneller. »Es sei denn, diese kleine Ehefrau fällt uns aus der Burg hinaus.« Er fasste sie um die Hüfte und zog sie zurück. »Ein ordentlicher Windstoß von hinten, Gemahlin, und du bist nur mehr ein Fleck auf der Erde. Er kann dich doch längst nicht mehr sehen!«

»Das weiß ich auch«, sagte Gillyanne und streifte ihren Rock glatt, als Connor sie losließ. »Worüber hat sich dein Onkel denn so geärgert?«

Für einen kurzen Augenblick dachte Connor daran zu lügen, doch die Art und Weise, wie Gillyanne ihn musterte, sagte ihm, dass sie dieses Spiel durchschauen würde. »Es hat ihm nicht gefallen, dass sie dir salutiert haben wie einem großen Krieger.«

Gillyanne verdrehte die Augen und ging zu der schmalen Treppe, die in den Burghof hinunterführte. »Dieser Mann meint, einer Frau sollte überhaupt nichts zustehen, außer besprungen oder geschlagen zu werden«, murrte sie und grinste Knobby zu, als er über ihre Bemerkung lachte. »Ich glaube, so eine missgelaunte Kreatur habe ich noch nie erlebt.«

Tatsächlich war Neil nicht nur missgelaunt, doch Gillyanne hatte noch keinen echten Grund gesehen, Connor mehr als das zu sagen. Da er seinem Onkel so nahe stand, reichten ihre Gefühle einfach nicht aus, um diesen Mann zu verurteilen. Da Neil es offenbar darauf angelegt hatte, ihr das Leben schwer zu machen, und alle dies wussten, konnte es nur allzu leicht als Versuch angesehen werden, jemanden zu verstoßen, der sie verärgerte, wenn sie Connor sagte, was sie fühlte. Nein, sie brauchte harte Beweise dafür, dass Neil nicht der Freund und hilfreiche Ältere war, für den Connor ihn hielt.

Bald ist es so weit, dachte sie mit einer Mischung aus Sorge über den Connor bevorstehenden Schmerz und Befriedigung darüber, dass sich wieder eines ihrer Gefühle als richtig erweisen würde. Entweder konnte Neil seinen inneren Aufruhr mit dem Trinken von Ale und Wein nicht mehr im Zaum halten, oder aber sie hatte es alles irgendwie aufgewühlt; jedenfalls begehrten die Geheimnisse, die er mit sich herumtrug, mit unbändiger Gewalt auf. Gillyanne fragte sich, ob Neil wusste, dass sie die Wahrheit über ihn erspüren, seine dunklen Geheimnisse und Lügen erkennen konnte und er sie deshalb so missgünstig behandelte. Sie wusste, dass er ihr gefährlich werden konnte. Ein Mensch, der über so lange Zeit solche schlimmen Geheimnisse mit sich herumtrug, war unter Umständen fähig, alles zu tun, um zu verhindern, dass sie ans Licht gerieten.

Die Furcht und Unruhe, die sie anfangs in diesem Mann gespürt hatte, wurde zunehmend von Wut und Abscheu verdrängt, und beides war direkt gegen sie gerichtet. Auch wenn sie darüber noch nicht mit Connor reden konnte, war es wohl klug, möglichst bald mit jemandem darüber zu sprechen. Sie war bereit, viel zu tun, um Connors Gefühle zu schonen, doch ein leichtes, ungeschütztes Ziel abzugeben für einen Mann, der sie wahrscheinlich am liebsten neben seinen Geheimnissen begraben hätte, das war zuviel verlangt.

Dieser Gedanke blieb in ihr haften, und deshalb freute sie sich sehr, als James zu ihr in den Kräutergarten kam, wo sie die Arbeit wieder aufgenommen hatte. »Wollte Vater, dass du bei mir bleibst?«, fragte sie ihn.

»Nein, nicht direkt«, erwiderte James. »Aber er hat sich sehr darüber gefreut, dass ich mich dafür entschieden habe, hier zu bleiben.«

»Connor tut mir nichts. Ich dachte, das hätte ich Vater verständlich gemacht.«

»Das hat er eingesehen. Er vertraut auch auf dein Gefühl in solchen Dingen. Nein, es hat ihn einfach gefreut, dass du mit deinen beiden faulen Katzen nicht ganz allein gelassen wirst.« Er begegnete ihrem warnenden Blick mit einem Grinsen und wurde dann wieder ernst. »Er hat mir aufgetragen, Sir Neil im Auge zu behalten.«

»Weiß Vater, wer Sir Neil ist? Hat er ihn schon einmal getroffen?« Gillyanne vermutete, es konnte nicht mehr als eine kurze Begegnung gewesen sein, denn ihr Vater hätte kaum die Geduld gehabt, sich mit einem Menschen wie Sir Neil abzugeben oder ein Anliegen an ihn zu richten.

»Kurz, am Königshof. Er bedauerte, nicht über deine Fähigkeit zu verfügen, aber er meinte, den Mann müsse man im Auge behalten. Und das denkst du doch auch.«

Gillyanne nickte. »Stimmt. Dieser Mensch ist voller Schuld und Zorn. Und dieser Zorn, und jetzt auch noch eine große Abscheu, ist gegen mich gerichtet. Ich glaube, er weiß, dass ich von seinem schwarzen Herzen und seiner kranken Seele weiß.«

»Und du glaubst, er könnte versuchen, dich dafür mundtot zu machen?«

»Ja. Und zwar, indem der mich begräbt – sehr, sehr tief.«

Kapitel 15

»Seid Ihr sicher, dass Fiona das Tanzen lernen muss?«, fragte Joan, als sie sich an den Tisch des Lairds im leeren großen Saal setzte.

»Es ist eines der Dinge, die ein Mädchen von Stand lernt«, erwiderte Gillyanne.

Seit Gillyannes Ankunft in Deilcladach vor zwei Monaten entwickelte sich Fiona mehr und mehr zu einer jungen Frau. Sie hatte sich zwar noch nicht in einem Kleid aus ihrem Schlafgemach gewagt; das war ihr noch zu fremd und deshalb unangenehm. Aber mit ihrem dicken blonden Haar, das nur noch locker von einem breiten Lederriemen zusammengehalten wurde, und ihren bestickten Hemden sah sie nicht mehr ganz wie ein Junge aus, und sie benahm sich auch nicht mehr so. Gillyanne war bereits aufgefallen, dass die jungen Männer von Deilcladach Fiona manchmal überraschte, ja interessierte Blicke zuwarfen. Und das war nur zu verständlich, denn sie war ein sehr hübsches Mädchen und würde zweifellos zu einer wunderschönen Frau heranwachsen.

»Ich glaube, tanzen könnte mir gefallen«, meinte Fiona. »Vieles, was eine Lady können muss, ist ja leider nicht so interessant oder macht nur wenig Spaß – Handarbeiten zum Beispiel. Aber« – sie lächelte und strich über die Stickereien auf ihrem Hemd – »manches ist hübsch. Und die Heilkünste, das Wissen um Kräuter und Arzneien, das alles ist sehr interessant.«

»Du hast dafür viel Geschick und eine natürliche Begabung, das ist etwas unschätzbar Wertvolles«, sagte Gillyanne. »Wenn du wirklich ein dauerhaftes Interesse an diesen Dingen hast, solltest du vielleicht einmal Tante Maldie oder meine Cousine Elspeth aufsuchen. Sie sind beide wirklich gute Heilerinnen.«

Sie dachte, selbst falls sie sich von Connor trennte, sollte es möglich sein, so etwas für Fiona zu arrangieren.

»Ja, ich denke, das würde mir gefallen.« Fiona nickte. »Auf alle Fälle können wir in Deilcladach eine Heilerin sehr gut brauchen«, stimmte Joan zu, und auch Mairi nickte, als sie sich zu ihrer Cousine setzte.

»Ja, ich glaube wirklich, Fiona könnte eine sehr gute Heilerin werden.« Gillyanne lächelte dem errötenden Mädchen aufmunternd zu.

»Du bist sehr gut«, meinte Fiona.

»Na ja, es geht. Ich habe dir ja schon erzählt, dass alle Mädchen der Murrays bei Tante Maldie lernen, und sogar der mächtige Douglas-Clan hat sie gelegentlich schon um Hilfe gebeten. Aber was einen wirklich guten Heiler ausmacht, ist ein Auge für das, was einem Menschen fehlt, ein Gespür dafür, welches Kraut oder welche Arznei die beste ist, und auch, wie man etwas Neues ausprobiert. Und das, glaube ich, ist bei dir sehr stark ausgeprägt, Fiona. Ich spüre zwar oft, wo der Schmerz sitzt, und ich kann den nahenden Tod beinahe riechen, aber ich sage euch, Tante Maldie kommt in ein Zimmer, sie schnuppert ein bisschen in die Luft, schaut dich kurz an, und dann weiß sie, was dir fehlt. Mein Gespür ist längst nicht so entwickelt, aber ich denke, wenn sich Fiona Mühe gibt, es zu lernen, kann sie das erreichen.«

»Kannst du die Schmerzen eines Menschen wirklich erspüren, oder sogar erkennen, wenn er stirbt?«, fragte Fiona, während sie Gillyanne half, einen Stuhl zu verrücken.

Gillyanne zuckte innerlich zusammen. Sie hatte zu viel gesagt, aber sie konnte ihre Worte nun nicht mehr zurücknehmen. Doch die Frauen zeigten nur Neugier, keine Furcht, und so beschloss sie, ehrlich zu bleiben. Ihr Gefühl sagte ihr, dass sich die drei nicht von ihr abwenden würden, und vielleicht war es ja hilfreich, außer James noch jemanden zu haben, der von ihrer seltsamen Gabe wusste und, so hoffte sie, sogar daran glaubte. Womöglich würde schon bald die Zeit kommen, wenn sie eine MacEnroy brauchte, die auf sie Acht gab.

»Ja, das kann ich«, sagte Gillyanne seufzend und schüttelte den Kopf. »Obwohl ich mit dem Clan der Murrays nicht blutsverwandt bin, habe ich anscheinend eine der Gaben, die in ihm häufig anzutreffen sind. Tante Maldie kann und weiß sehr viel, aber sie verfügt auch über die Gabe des Heilens. Und sie kann fühlen, was ihr Mann fühlt, vor allem seine Leidenschaft. Meine Cousine Elspeth kann das auch. Als sie Cormac Armstrong zum ersten Mal sah, wusste sie sofort, dass er ihr Mann werden würde, obwohl sie damals erst neun Jahre alt war. Tiere fühlen sich zu ihr hingezogen, sogar wilde Tiere lassen sich von ihr versorgen, wenn sie verwundet sind. Mein Onkel Nigel spürt sehr stark, wenn eine Gefahr naht, er sagt, er könne es beinahe riechen. Seiner Tochter Avery geht es ebenso. Aber es gibt noch mehr solche Leute. Ich kann zum Beispiel fühlen, was andere fühlen. Nicht bei allen. Aber bei manchen ist es fast eine Qual für mich, ihnen nahe zu sein, weil ich so viel von ihnen spüren kann. Es ist, als wären manche Leute wie ein Buch, in dem ich lesen kann.«

»Könnt Ihr das mit uns?«, fragte Joan.

»Ein bisschen. Als ich dich zum ersten Mal sah, wusste ich gleich, dass du Kummer hattest – ein Liebesschmerz quälte dich. Und ich habe auch schnell gemerkt, dass sich Mairi nach jemandem verzehrte.« Als Mairi errötete und das Gesicht verzog, lächelte Gillyanne. »Bei Fiona spürte ich eine Neugier. Hilfreich ist für mich, und war es auch damals, dass ich keine negativen Gefühle spürte. Keinen Zorn, keine Eifersucht, kein Misstrauen. Deshalb habe ich auch nicht danach gesucht.«

»Kannst du Connors Gefühle erraten?«, wollte Fiona wissen.

»Nein, fast gar nicht. Ich habe es schon meinem Vater gesagt – spüren zu wollen, was Connor denkt oder fühlt, ist, als würde ich gegen eine dicke Mauer anrennen. Ehrlich gesagt, die Gefühle, die ich am besten spüren kann, sind die schlechten – Angst, Schmerz, Hass, so etwas.«

»Weil das die stärksten sind, oder?« Das junge Mädchen runzelte die Brauen. »Ja, und ich denke, wenn die Menschen solche Emotionen haben, sind sie davon mehr erfüllt und stärker kontrolliert als zum Beispiel von simpler Zufriedenheit.« Einen Augenblick lang starrte Fiona sie so gebannt an, dass sich Gillyanne fragte, ob sie mit ihrer Wahrheitsliebe nicht ein wenig zu weit gegangen war.

»Was spürst du, wenn du in der Nähe meines Onkels bist?«, fragte Fiona plötzlich.

»Ich versuche, deinem Onkel nicht zu nahe zu kommen«, murmelte Gillyanne. »Aber wollten wir dir nicht das Tanzen beibringen?«

»Gillyanne, ich würde wirklich gerne wissen, was du von meinem Onkel hältst. Du brauchst keine Angst zu haben, dass ich dich dann nicht mehr mag. Ich spüre für diesen Mann keine Zuneigung, und er für mich auch nicht. Oft habe ich sogar das Gefühl, er vergisst, dass ich hier bin. Dass ich für ihn nichts bin als ein nutzloses Mädchen, weißt du. Ich mag es auch nicht, dass Connor so sehr auf ihn hört, oder gehört hat. Oft denke ich allerdings, ich lehne Onkel Neil nur aus Eifersucht so sehr ab. Es wäre schön für mich zu wissen, dass es nicht nur das ist. Du musst auch nicht befürchten, dass wir irgendetwas von dem, was du sagst, ausplaudern.« Fiona blickte auf Joan und Mairi, und beide nickten zustimmend.

»Nun ja. Ich denke, er hasst Frauen.« Als sie alle drei die Augen verdrehten, musste Gillyanne lächeln. »Um das zu erkennen, braucht man keine besondere Gabe, was? Ich bin nicht gern in seiner Nähe, weil ich spüre, dass er innerlich vor Zorn und Furcht kocht. Er hat Geheimnisse, dunkle Geheimnisse, die er durch sein vieles Trinken auszulöschen versucht. Und er verbirgt Lügen in sich.«

»Du kannst Lügen spüren?«

»Es heißt, niemand kann meine Cousine Elspeth belügen. Es ist nicht die Lüge oder das, wofür sie steht, sondern ein

Gefühl, das man von jemandem bekommt, der eine Lüge ausspricht, oder, im Fall deines Onkels, der versucht, Lügen zu verbergen. Oft ist es ganz einfach zu erkennen, wenn jemand lügt; man braucht dazu keine große Gabe. Die meisten Menschen verstecken eine Lüge irgendwie. Aber sie zeigt sich dennoch – ein leichtes Erröten, ein Widerwille, dem anderen in die Augen zu schauen oder eine nervöse Geste, zum Beispiel sich an den Haaren zu zupfen. Wenn man einen Menschen gut genug kennt, wenn man ihn sorgfältig beobachtet hat, kann man meistens erraten, wenn er lügt. Mein Cousin Payton lügt sehr selten, aber wenn, dann zieht er sich am Ohr. Er kann bis heute nicht begreifen, wie meine Cousinen und ich jede seiner Lügen erkennen, und natürlich sagen wir es ihm auch nicht.«

Fiona lachte leise, wurde jedoch rasch wieder ernst. »Es ist traurig, aber das meiste, was du über meinen Onkel gesagt hast, sehe ich ganz genauso.« Joan und Mairi murmelten zustimmend. »Mit meinem Onkel ist etwas, na ja, irgendwie ganz verkehrt. Ich glaube, Diarmot mag ihn auch nicht besonders. Ich habe noch von keinem Menschen gehört, dass der Mann irgendetwas gemacht hätte außer ab und zu aufzutauchen und Connor mit seinen Ratschlägen einzudecken. Er hat sein eigenes Land, aber so viel ich weiß, hat er uns noch nie etwas zu essen oder Geld oder sonst irgendeine Hilfe zukommen lassen, und auch nach dem großen Morden hat er nie einen von uns bei sich aufgenommen.«

Diese Neuigkeit verblüffte Gillyanne. Zumindest die jüngsten der Kinder hätte Neil bei sich unterbringen sollen, bis es in Deilcladach wieder genügend Raum und Verpflegung für alle gegeben hätte. »Bist du dir sicher?«, fragte sie Fiona.

»So sicher, wie ich sein kann, ohne die anderen direkt zu fragen.« Joan und Mairi nickten zustimmend. »Ihr seht es also auch so. Also, er kommt zu uns, isst und trinkt ausgiebig, redet uns die Ohren voll mit seiner Weisheit und geht wieder. Eigentlich sollte man meinen, unser Onkel, der Bruder unseres Vaters, könnte doch auch mal ein bisschen mithelfen und schwitzen, um sechs Waisenkindern zu helfen, oder?«

»Genau.« Gillyanne wusste, dass es sehr wichtig war, was Fiona ihr erzählte, aber sie konnte es absolut nicht verstehen. »Das ist für mich eine Neuigkeit, die mir sehr zu denken gibt, aber ich glaube, jetzt im Augenblick möchte ich mich nicht damit befassen. Ich denke später darüber nach und sage euch dann, zu welchen Schlüssen ich gekommen bin. Aber jetzt tanzen wir!«

»Wir haben keine Musik.«

»Ich singe. Leise.«

»Du kannst auch laut singen, wenn du möchtest. Uns macht das nichts aus.«

»Äh, nein, ich möchte nicht so viel Aufmerksamkeit auf mich lenken.«

Gillyanne sang ein Lied, mit dem sie hoffte, Fiona einen langsamen, würdevollen Tanz beizubringen. Eine Zeit lang versuchte sie, ihr Anleitungen zu geben, achtete jedoch nicht darauf, dass Fionas Aufmerksamkeit immer mehr nachließ. Joan und Mairi, die gesagt hatten, sie würden gern etwas anderes lernen als die einfachen Jigs und Reels, die jeder kannte, versuchten erst gar nicht so zu tun, als würden sie ihren Anweisungen folgen.

Sie standen einfach nur da und starrten so gebannt auf Gillyanne, dass sie verlegen wurde. Als dann auch Fiona praktisch zu tanzen aufhörte, blieb Gillyanne nichts anderes übrig, als sie bei jedem Schritt zu führen. Sie hörte auf zu singen und schüttelte den Kopf.

»Du hast nicht aufgepasst«, tadelte sie leise.

»Doch. Aber nur auf deinen Gesang«, entschuldigte sich Fiona.

»Das ist sehr nett von dir, aber ...«

»Du singst wie ein Engel.«

»Ja, genau wie es der alte Nigel sagte«, murmelte Joan und seufzte, und Mairi nickte heftig.

»So geht das nicht«, erklärte Gillyanne. »Vielleicht können wir es probieren, ohne dass ich singe.«

»Ohne Musik kann man nicht tanzen«, protestierte Fiona.

»Aber ihr habt ja nicht getanzt, nur ich.«

»Ja, schon. Aber ich verspreche dir, dieses Mal passe ich genau auf. Ich war nur so gebannt von deiner Stimme. Aber jetzt weiß ich, wie sie klingt, und kann mich an deiner Stimme erfreuen und gleichzeitig deinen Anleitungen folgen. Ich verspreche es dir.«

Gillyanne musterte sie genau und warf dann einen Blick auf Joan und Mairi, die Fiona mit einem eifrigen Nicken beipflichteten. »Also gut, wenn ihr so sicher seid, dann versuchen wir es noch einmal. Aber ich will dich nicht wieder herumziehen müssen.«

»Das musst du auch nicht. Komm, Gillyanne, bitte. Ich will es wirklich lernen.«

Gillyanne nickte und stimmte das Lied wieder an. Die drei begannen jedoch so zögerlich zu tanzen, dass sie schon bald an den gegebenen Versprechen zweifelte. Plötzlich konzentrierten sie sich jedoch besser, als hätten sie sich an ihr Wort erinnert. Deshalb schöpfte Gillyanne nach der ersten noch unbeholfenen Tanzrunde neue Hoffnung. Doch dann hörte sie ein Geräusch, drehte sich um und sah, dass die Tür zum großen Saal jetzt weit offen stand und sich eine ganze Schar Menschen dort drängte. Sie errötete heftig und schloss die Augen.

»Was macht ihr Dummköpfe denn alle hier?«, brüllte jetzt jemand. Gillyanne erkannte die Stimme sofort.

»Wir haben dem Gesang gelauscht«, murrte ein breitschultriger Mann mit roten Haaren und machte sich dann rasch aus dem Staub.

Die meisten der Männer verschwanden in Windeseile, während Connor sich durch die Menge an der Tür drängte.

Er hoffte, sie würden wieder auf das Übungsfeld zurückgehen, von dem sie sich alle davongemacht hatten. Sie hatten hart trainiert, aber als er und Knobby eine kurze Pause einlegten, waren die Männer von einem Augenblick zum nächsten verschwunden gewesen. Doch sobald die Schwerter schwiegen, hatte auch Connor den Gesang gehört. Mit jedem Schritt auf den Wohnturm zu hatte er sich gezwungen, sich nicht vom Klang ihrer Stimme verzaubern zu lassen. Das hatte er auch geschafft; allerdings musste er Knobby ein paar Mal einen Stoß versetzen, um ihn wieder zur Vernunft zu bringen.

Es war unschwer zu begreifen, weshalb seine Männer so fasziniert waren. Gillyanne war mit einer ungewöhnlich klaren, betörenden Stimme gesegnet. Und dieser wunderschöne Klang war weithin zu hören; seine Stärke war verblüffend, wenn man sah, wie klein und zierlich Gillyanne war. Ihre Stimme war einfach bezaubernd, berauschend. Doch mit einem starken Willen konnte man dieser Schönheit lauschen, ohne davon völlig fortgerissen zu werden. Und da er es für eine Sünde hielt, ihr das Singen zu verbieten, würde er seinen Leuten wohl beibringen müssen, wie man ihr zuhören konnte, ohne dabei jegliche Vernunft zu verlieren.

Mit gerunzelter Stirn betrachtete er die vier Frauen im Saal. »Was tut ihr hier?«

»Ich habe Fiona, Mairi und Joan einen Tanz beigebracht«, erklärte Gillyanne.

»Weshalb muss Fiona das Tanzen lernen?«

»Das ist eines der Dinge, die eine Lady nun einmal lernen muss, Connor«, antwortete Fiona.

»Mir kommt es eher wie sinnlose Zeitverschwendung vor.«

»Nun ja, oft genug ist es das auch«, pflichtete Gillyanne ihm bei. »Ehrlich gesagt, kann es durchaus sein, dass Fiona es nie braucht. Andererseits, wenn sie ein großes Haus aufsucht, oder gar den Königshof, dann wird es sehr gut für sie sein. Am Ende würde sie im Vergleich zu den anderen Mädchen eine traurige Figur machen, wenn sie gar nicht tanzen könnte.«

Connor wollte erwidern, dass die Chancen für einen MacEnroy, in eine große Burg oder gar an den Königshof eingeladen zu werden, wohl eher schlecht stünden, doch er schwieg.

Seit seiner Heirat mit Gillyanne war er nicht mehr einer von drei kleinen, unbekannten Lairds, die so entlegen wohnten, dass sie jeglicher Aufmerksamkeit entgingen. Er kannte noch längst nicht alle ihre Verbindungen, doch jedes Mal, wenn sie ihm etwas Neues erzählte, wuchs seine Gewissheit, dass ihre Verwandtschaft weder unbekannt noch weltfern war. Es konnte also durchaus sein, dass Fiona mit einer Welt Bekanntschaft machen würde, an der er nie Anteil gehabt hatte und von der er kaum etwas wusste.

»Und müsst ihr das hier machen?«, fragte er, besorgt, dass er am Ende seine Leute jeden Tag stundenlang zur Arbeit würde treiben müssen.

»Ich dachte, hier sind wir ungestört. Sollen wir vielleicht auf die Wiese vor den Mauern gehen? Da wären wir allein, aber sehen könnte man uns trotzdem.«

Sein erster Gedanke war, diesen Vorschlag zurückzuweisen. Doch dann merkte er, dass das nicht nötig war; es waren nur seine Ängste, die ihn dazu drängten. Robert würde sie nicht noch einmal entführen, und er hatte ihm versichert, dass David es gar nicht erst versuchen wollte. Von Fremden oder Dieben in der Gegend war seit längerem nichts zu hören gewesen. Womöglich würde man ihn fragen, weshalb er nein gesagt hatte, obwohl alles sicher war, und so beschloss er, trotz der inneren Unruhe, die ihn befallen hatte, nachzugeben. Allein wollte er sie allerdings nicht aus der Burg gehen lassen.

»Ihr könnt gehen, aber Knobby und Diarmot begleiten euch. Und dein Cousin auch, wenn er will.«

»Dann sind wir aber nicht mehr ungestört«, protestierte sie vorsichtig, wohl wissend, dass eine Bewachung für Frauen außerhalb der Burg ganz normal war.

»Ungestört genug.«

Wenig später gingen Gillyanne, Fiona, Joan und Mairi auf die Wiese zu, gefolgt von Knobby, Diarmot und James. Gillyanne war ein wenig verstimmt, weil sie Connor so schnell nachgegeben hatte, doch nach kurzem Überlegen verflog ihr Ärger. Auch ein Murray hätte niemals erlaubt, dass seine Gemahlin ohne Begleitschutz die Burg verließ. Es wäre Connor gegenüber also nicht fair gewesen, sich über etwas zu ärgern, was ihre Familie aus vollem Herzen begrüßt hätte.

»Dieser Platz hier ist gut«, rief sie, hielt in der Mitte der Wiese an und blickte sich um.

»Hier können wir euch gut im Auge behalten«, meinte James. »Diarmot und ich gehen am Rand auf und ab.«

»Ich hoffte eigentlich, du würdest singen, James.«

»Meine Liebe, ich kann nicht zulassen, dass die Begeisterung deiner Zuhörer deine schöne Stimme zum Verstummen bringt.«

Gillyanne schnitt eine Grimasse. »Das macht mich verlegen, aber das ist nicht der Grund, weshalb ich dich bitte zu singen. Es ist schwierig, einen Tanz zu lehren und gleichzeitig das Lied zu singen, zu dem getanzt werden soll. Wenn du singst, kann ich den Tanz anführen. Sobald sie die Schritte können, kann ich beim Üben selbst singen.«

»Diarmot und ich gehen auf Patrouille«, erbot sich Knobby. »Versuch du nur, nicht allzu laut zu plärren.« Er lachte und wich behände James' halbherzigem Versuch aus, ihm einen Schlag zu verpassen. »Wir sind bald wieder da.«

Während Diarmot und Knobby lachend fortgingen, musterte Gillyanne ihren grinsenden Cousin und merkte, dass James in Deilcladach einige gute Freunde gewonnen hatte. Das war nicht weiter verwunderlich; schließlich war er ein sympathischer junger Mann. Sie hoffte nur, dass ihre Entscheidung bezüglich Connor, falls sie zum Ende ihrer Ehe führte, nicht auch diese Freundschaften beenden würde. Bald würde James selbst ein Laird sein, und als solcher konnte er jeden Freund und Verbündeten brauchen, der sich anbot.

Gillyanne und James besprachen zuerst, was sie Fiona beibringen wollte, dann einigten sie sich auf die Lieder, die er singen sollte. Mit dem ersten Lied begann sie, ihren drei Schülerinnen die Schritte des dazugehörigen Tanzes zu erklären. So ging es wesentlich einfacher. James hatte eine schöne klare Stimme, die jedoch nicht dieselbe Wirkung auf die Gruppe hatte wie ihre. Nach einem kurzen Moment stiller Anerkennung konzentrierten sich die Frauen ganz auf Gillyannes Anweisungen, und sie stellte sehr bald fest, dass sich die drei mit einer natürlichen Anmut bewegten. Das würde den Unterricht leichter und vielleicht sogar zu einem richtigen Vergnügen machen.

Als Diarmot und Knobby zurückkamen, bezog Gillyanne sie unter großem allgemeinem Gelächter in den Unterricht mit ein. Geschickt sorgte sie dafür, dass Knobby und Mairi zusammen tanzten, und blinzelte Joan zu, als sich die beiden mit hochroten Gesichtern durch ihren ersten Tanz kämpften. Sie hoffte, diese kurze Zeit erzwungener Nähe würde der schüchternen Mairi ausreichen, um Knobby deutlich zu machen, dass sie sich für ihn interessierte, und diesem, es zu erkennen und sich trotz seiner Unsicherheit darauf einzulassen.

»Ich glaube, ich kann das nicht besonders gut«, meinte Knobby am Ende des Tanzes und bedachte den lachenden James mit einem düsteren, aber dennoch freundlichen Blick.

»Am Anfang tut sich jeder schwer«, tröstete ihn Gillyanne. »Als James das Tanzen lernte, wollten wir ihm ein Kissen auf den Allerwertesten binden, weil er so oft darauf fiel.«

»Grausames Weib!«, protestierte James, stimmte jedoch in das Lachen der anderen mit ein. »Knobby, ich habe mich am Ende dadurch vor der dauernden Demütigung gerettet, dass ich es mir als einen Schwertkampf vorstellte. Ich sagte mir, du lernst hier nicht ein paar Hüpfschritte, um ein Mädchen zu beeindrucken, sondern eine tödliche Weise zu kämpfen.«

Gillyanne wollte gerade sagen, so etwas Dummes habe sie noch nie gehört, als ihr Diarmots und Knobbys verblüffte Mienen auffielen. Die Bemerkung schien für die beiden Männer absolut Sinn zu ergeben. Wenn sie ihnen half, das Tanzen zu lernen, dann war sie ganz offenbar nützlich. Sie hoffte nur, dass die beiden jetzt nicht auch ihre Gedanken auf Kampf einstellten. Jedenfalls sahen sie nicht aus wie Männer, denen es leicht fiel, mit einem Mädchen zu flirten. Als der Tanz von neuem begann, bemerkte Gillyanne, dass Joan sich köstlich amüsierte und das Lachen ebenso zurückhalten musste wie sie selbst.

* * *

»Was macht denn Diarmot da?«, fragte Angus, als er zu Connor auf die Ringmauer kam, der die Gruppe auf der Wiese neugierig beobachtete.

»Ich glaube, er lernt das Tanzen«, meinte Connor.

»Warum sollte er denn das machen?«

»Meine Gemahlin sagt, in den besseren Kreisen wird das erwartet. Anscheinend macht man das in manchen Burgen und bei Hof.«

»In der Burg des Grafen von Dinnock habe ich noch nie jemanden tanzen gesehen.«

»Nein, aber wir waren ja auch erst zweimal dort, und beide Male wurde kein Fest gegeben. Gillyanne und James waren aber schon beide am Königshof, und ich vermute auch schon bei viel größeren Festivitäten als wir.«

»Ach.« Angus verfolgte die Szene auf der Wiese und runzelte die Stirn. »Meinst du, wir sollten das alle lernen?«

Connor zuckte mit den Schultern. »Vielleicht. Ich habe gerade gedacht, eines Tages werdet ihr Jungs alle heiraten. Diarmot kann ich zwar jetzt einen Lebensunterhalt anbieten – er soll mein Verwalter in Ald-dabhach werden –, aber für euch anderen habe ich nichts.«

»Wir brauchen nichts, Connor.«

»Das weiß ich, und es ist gut, wenn ihr damit zufrieden seid, hier oder in Ald-dabhach zu leben. Aber dann kam mir der Gedanke, dass du, Drew und Nanty ebenso durch eine Heirat zu Land kommen könntet wie ich. Um Mädchen mit Geld oder Land zu finden, müsst ihr jedoch in Burgen wie die des Grafen oder eben an den Königshof gehen. Und ihr werdet euch gegen Männer durchsetzen müssen, die mehr zu bieten haben als ein hübsches Gesicht und edles Blut.«

Angus nickte. »Ein bisschen Kultiviertheit, ein paar höfische Sitten.«

»Genau. Ihr seid alle gesegnet mit einem starken Körper und einem Aussehen, das den Mädchen zu gefallen scheint. Fügt dem noch etwas von einem Höfling hinzu, denn das scheinen sie ja auch zu mögen, und ihr könntet eine gute Partie machen.«

»Planst du das für Fiona? Hast du auch schon einen Mann für sie im Auge?«

»Ich fürchte, ich habe nicht bemerkt, wie sehr sie inzwischen schon zur Frau geworden ist, und deshalb habe ich noch keinen für sie«, erwiderte Connor. »Aber als ich hier stand und sie beobachtete, dachte ich an so manches, was meine kleine Gemahlin mir gesagt hat, und ich denke, ich werde Fiona selbst entscheiden lassen.«

»Nein. Wirklich?«

»Ja, wirklich. Ich passe auf, wer ihr den Hof macht, und nehme mir das Recht, einzugreifen, wenn ich der Meinung bin, dass es eine schlechte Ehe wäre, aber wen sie heiratet, wird sie letztlich selbst entscheiden. Mir ist wichtiger, sie wird glücklich, als dass ich aus ihrer Heirat einen Gewinn schlage. Wenn sie die Dinge lernt, die die meisten Mädchen von Stand von Geburt an lernen, wird sie eine bessere Auswahl haben. Ich habe das Gefühl, dass Gillyannes Familie

Fiona, wenn sie ins heiratsfähige Alter kommt, sehr helfen wird, dorthin zu kommen, wo sie Chancen hat, einen guten Mann zu finden.«

Angus zwinkerte seinem älteren Bruder grinsend zu. »Ich dachte, durch die Familie deiner kleinen Gemahlin würden wir unverheirateten Kerle eine größere Auswahl an hübschen Mädchen zum Freien bekommen.«

Connor lachte. »Bis sie alle Namen ihrer eigenen und angeheirateten Verwandtschaft aufgezählt hat, könnte man meinen, sie sei mit halb Schottland verwandt. Als ich mir diese Braut aussuchte, dachte ich an Ald-dabhach. Aber inzwischen weiß ich, dass ich viel mehr gewonnen habe als Land. Wir haben jetzt viele neue Verbündete, Angus. Gut, es sind vielleicht keine großen, mächtigen Clans wie die Campbells oder die Douglas', aber wir sind nicht mehr allein. Kann sein, dass ich noch ein paar böse Gefühle beschwichtigen muss, aber wir sind jetzt Teil eines Bundes, der uns stärkt.«

»Ja, natürlich. Daran habe ich gar nicht gedacht. Und wenn ich daran denke, wie zornig ihr Vater war, dann wirst du schon ziemlich beschwichtigen müssen. Denn wenn James die Wahrheit sagt, könnte deine Ehe tatsächlich beendet werden.«

»Gillyanne würde unsere Ehe nicht beenden«, erwiderte Connor mit weit mehr Zuversicht, als er fühlte.

»Du sagst mir, es wäre eine gute Idee, höfische Sitten zu lernen, um einer Frau mit Besitz den Hof zu machen, aber du selbst befolgst deinen eigenen Rat nicht.«

»Wie meinst du das?«

»Ich meine, vielleicht könntest du deiner Gemahlin auch ein wenig den Hof machen, anstatt sie nur vor Lust zum Schreien zu bringen. Du bist ein harter, düsterer Kerl, Connor, und deine Gemahlin« – er schaute zu den Tänzern auf der Wiese – »ist voller Freude am Leben. Sie hatte die Freiheit, sich an all den Dingen zu erfreuen, die wir nie gehabt haben, vom Tanzen bis zu simplen Scherzen unter Verwandten. Sie braucht Zuneigung, Connor. Ich glaube, davon hat sie ihr ganzes Leben lang viel genossen.«

»Du meinst, ich sollte so ein alberner Schmeichler werden?«

»Aber nein. Ich glaube, das würdest du nie schaffen, auch wenn du es noch so sehr versuchtest. Ich sage nur, du weißt, dass sie die Möglichkeit hat, dich zu verlassen, und deshalb solltest du dir gut überlegen, was du tun musst, um sie zum Bleiben zu bewegen. Ich glaube nicht, dass Gillyanne von dir etwas erwartet, was dir nicht entspricht und was du gar nicht willst. Aber ist es denn wirklich so schwer, ihr ab und zu etwas Nettes zu sagen, auch außerhalb des Schlafgemachs einmal mit ihr zu reden, oder ihr zu sagen, dass sie eine schöne Frau ist? Ist sie nicht ein bisschen Mühe wert?«

Connor starrte auf die Tanzenden auf der Wiese und dachte über Angus' Worte nach. Wie es aussah, war sich seine Familie der Bedrohung seiner Ehe wohl bewusst; offenbar waren James' Worte gehört und auch bedacht worden. Gillyanne hatte ein Schlupfloch, und seine Familie schien sich Sorgen zu machen, dass er sie dazu treiben könnte, es zu benutzen.

Doch er wusste nicht recht, ob er überhaupt um Gillyanne werben, und wenn ja, wie er es anstellen sollte. Seinem Onkel zufolge tat er alles, was ein Mann für seine Frau tun musste – er gab ihr ein Zuhause, er ernährte und kleidete sie und er schlief mit ihr. Aber wiewohl es ihm treulos vorkam, musste sich Connor eingestehen, dass er seinem Onkel immer weniger glaubte, der weltkluge Mann zu sein, für den er sich ausgab. Vielmehr hatte er schon beim letzten Mal, als sein Onkel sich darüber ausließ, was einer Ehefrau zustand und wie sie zu behandeln sei, gedacht, der Mann könne ihm ebenso gut raten, wie man sich um ein Pferd zu kümmern habe. Seine größte Sorge bei dem Versuch, Gillyanne den Hof zu machen oder ihr Zärtlichkeit und Zuneigung zu zeigen war, dass ein wenig nur allzu leicht sehr viel werden konnte.

Wenn er die Tür zu seinem Herzen auch nur einen Spaltbreit öffnete, konnte sie ganz und gar hineinschlüpfen. Connor befürchtete, dass sie das am Ende schon getan hatte, aber wenn er etwas Distanz zwischen ihnen wahrte, konnte er seine Verteidigung tagsüber wieder in Stellung bringen.

Andererseits war die Bedrohung, dass seine Ehe enden könnte, sehr real. Angus war nur einer von mehreren, die sich gedrängt gefühlt hatten, darüber mit ihm zu sprechen; die bemerkt hatten, dass er mehr tun musste, wenn er seine Gemahlin behalten wollte. Wenn er Vorsicht walten ließ, konnte er unter Umständen einiges unternehmen, ohne sich selbst zu sehr eine Blöße zu geben. Er hatte bemerkt, wie viel sauberer und behaglicher seine Burg nun war, und es würde ihn nicht viel kosten, Gillyanne dafür ein Kompliment zu machen oder zu danken. Seinen Männern machte er schließlich auch Komplimente und lobte sie, wenn sie gute Arbeit leisteten; es würde also keine Schwäche bedeuten, dasselbe für seine Gemahlin zu tun. Während er sich dies durch den Kopf gehen ließ, dachte er auch gleich an weitere Komplimente, die man machen konnte, ohne gleich als weichlich oder als liebestoller Narr dazustehen.

Gerade als er Angus seine Entscheidung mitteilen wollte, wurde plötzlich seine ganze Aufmerksamkeit von den Tanzenden auf der Wiese in Anspruch genommen. Sie waren alle stehen geblieben und starrten auf Gillyanne. Einen Herzschlag später sank sie langsam in sich zusammen. Connor hörte noch, wie sie einen seltsamen, gequälten Schrei ausstieß, dann rannte er wie besessen die Stufen hinunter.

Kapitel 16

Der Pfeil kam aus dem Nichts. Gillyanne spürte, wie sich etwas in ihren Rücken bohrte und sie zu Diarmot hinschob, der ihr gerade gegenüberstand. Sie richtete sich wieder auf und sah, dass er kreidebleich geworden war. James hatte aufgehört zu singen. Die anderen hielten alle inne, standen da wie versteinert und starrten sie schockiert an. Dann, als der Schmerz spürbar wurde, bemerkte sie, wie sich alle in Bewegung setzten. Knobby riss Mairi zu Boden und warf sich schützend auf sie. Joan tat das Gleiche mit Fiona. Diarmot streckte die Hand nach ihr aus, und aus der Burg war ein seltsamer Laut zu hören, wie ein Tier, das vor Schmerz aufschrie. Dann verließen Gillyanne die Kräfte. Sie brach zusammen, und Diarmot warf sich schützend über sie. Gillyanne schaute seitwärts und begegnete James' bestürztem Blick.

»Ich habe etwas im Rücken, nicht wahr?«, fragte sie ihn.

»Ja, einen Pfeil!«, erwiderte er und suchte den umgebenden Wald nach einem Zeichen des Feindes ab.

»Wo ist er?«

»Oben in deiner linken Schulter.«

»Dann ist es wahrscheinlich nicht tödlich. Was war dieses Geräusch?«

»Welches Geräusch?«

»So eine Art Brüllen. Es klang wie ein verwundeter Stier.«

»Das könnte dein Mann gewesen sein.« James warf einen Blick auf die Burg. »Er kommt gerade angerannt, und fast der halbe Clan hinter ihm her.«

»Oh, Gott, er wird zornig sein«, flüsterte sie noch. Dann ergab sie sich der Schwärze, die sie langsam einhüllte.

Connor fiel neben Gillyanne auf die Knie; seine Männer verteilten sich, um den Wald abzusuchen. Schon während er zu ihr gelaufen war, hatte er genug gesehen, um zu wissen, dass sie keine Armee vorfinden würden. Was das bedeutete, wollte er später überlegen. Im Augenblick galt seine ganze

Aufmerksamkeit dem Pfeil, der in Gillyannes schmalem Rücken steckte. Er musste ihn herausziehen.

»Nicht!«, rief Fiona und kroch gerade noch rechtzeitig unter Joan hervor, um Connor am Handgelenk zu packen und ihm Einhalt zu gebieten.

»Aber der Pfeil muss entfernt werden!«, rief er.

»Ja, aber nicht so! Wir müssen ihn durchschieben, die Spitze abschneiden und dann herausziehen.«

»Das wird ihr schrecklich wehtun!«

»Ja, aber wenn du ihn so herausziehst, wie du es wolltest, ist es meistens noch viel schlimmer.« Fiona berührte mit zitternden Fingern Gillyannes Wange. »Sie hat es mir erklärt. Wir müssen sie in die Burg zurückbringen, da haben wir Kräuter, Wasser und saubere Tücher.«

Trotz der Sorge und Furcht, die Fionas Stimme beben ließen, hörte Connor in ihren Worten genügend Vertrauen, um das, was sie sagte zu akzeptieren, und auch James erhob keinen Einwand. So vorsichtig er konnte, nahm er Gillyanne in die Arme und stand auf.

»Connor!«, rief Diarmot erschrocken, kam aber trotzdem ebenfalls hoch. »Ist denn die Gefahr vorüber?«

»Ja«, erwiderte Connor und lief so schnell er es sich zutraute, ohne Gillyanne dadurch noch mehr Schmerzen zuzufügen, zur Burg. »Es ist keine Armee und auch kein Räuberhaufen im Wald.«

»Oh Gott. Dann war es Mord!«

»Ein Versuch. Nur ein Mordversuch!«, gab Connor wütend zurück. Er weigerte sich, irgendeine andere Möglichkeit in Betracht zu ziehen als Gillyannes rasche Genesung.

Stumm kehrten sie alle in die Burg zurück. Connor brachte Gillyanne in ihr Schlafgemach. Fiona war kreidebleich, doch sie erteilte mit gefasster Stimme Befehle, und ihre Hände zitterten nicht mehr. Während der Pfeil entfernt wurde, hielt Connor seine kleine Gemahlin fest. Als sie trotz ihrer Bewusstlosigkeit schrie, krampfte sich sein Magen zusammen.

»Hebt den Pfeil auf«, ordnete er an. Dann verließ er das Zimmer, um mit einem der Männer zu sprechen, die den Wald durchkämmt hatten.

Connor war nicht überrascht zu hören, dass die wenigen Zeichen, die seine Leute fanden, auf einen einzigen Täter hindeuteten und nicht weiter hatten verfolgt werden können. Er starrte auf die Armbrust, die der Mann ihm überreichte, und musste sich sehr beherrschen, um sie nicht sofort ins Feuer zu werfen.

Aber vielleicht konnte sie ja helfen, den Unhold zu finden, der versucht hatte, seine Frau zu ermorden. Jedenfalls war es eine Waffe, wie sie nur wenige besaßen. Connor entließ den Mann, ging wieder ins Schlafgemach zurück und legte die Armbrust neben den Pfeil.

Erstaunt sah er zu, wie sich seine kleine Schwester an die Arbeit machte. Joan, Mairi und sogar James befolgten Fionas Anordnungen, ohne Fragen zu stellen oder zu zögern. Es war deutlich erkennbar, dass Fiona bereits vieles in der Heilkunst gelernt hatte und überdies außerordentlich gewandt war. Trotz seiner lähmenden Angst um Gillyanne fühlte Connor so etwas wie Stolz auf seine kleine Schwester, auf die junge Frau, die aus ihr geworden war.

Als Fiona alles getan hatte, was sie konnte, ließ sie Joan und Mairi gehen. Sie wusch noch alles aus und sank dann auf einen Stuhl, den James neben das Bett gestellt hatte. Nach einem langen Blick auf Gillyanne bedeckte sie ihr Gesicht mit den Händen. Connor gesellte sich zu ihr und strich über ihr Haar.

»Das hast du sehr gut gemacht!«, sagte er. »Ich bin stolz auf dich.«

Sie blickte zu ihm auf und wischte sich die Tränen von den Wangen. »Das, was ich bis jetzt machen musste, wusste ich«, entgegnete sie. »Ich bete nur, dass sie keinen Wundbrand bekommt, denn wir hatten gerade erst damit angefangen, wie man so etwas behandelt.«

»Keine Angst, mein Mädchen«, versuchte James sie zu trösten. »Wir können jederzeit Tante Maldie oder Cousine Elspeth bitten zu kommen. Außerdem, Gillyanne ist kräftiger als es den Anschein hat. Sie ist eine, die sehr schnell heilt, unsere Gilly.«

Fiona nickte. James' Worte machten ihr Mut. »Oh Connor, wer würde denn versuchen, unsere Gilly umzubringen?«

»Das möchte ich auch gern wissen«, murmelte James.

»Ich auch«, sagte Connor. »Aber wir haben die Waffe. Sie kann uns helfen, den Bastard zu finden.«

»Glaubst du, es war ein Goudie oder ein Dalglish?«, fragte Fiona.

»Nein, aber ich werde auch bei denen suchen.«

»Na ja, Robert hat sie entführt, er hat versucht, sie dir zu stehlen.«

»Ja, aber er hat ihr nichts zuleide getan. Ich weiß, dass Gillyanne ihm mit ihrer scharfen Zunge sehr zugesetzt hat, und trotzdem hat er sie nicht angerührt. Er hat sie auch kampflos wieder zurückgegeben. Jemand hat Robert eingeredet, er könne die Entscheidung, die sie getroffen hatte, verändern. Mehr wollte er gar nicht. Er hat mir außerdem versichert, ich bräuchte mir wegen Sir David keine Sorgen zu machen. Nein, dahinter steckt keiner der beiden, aber das heißt nicht, dass in ihrer Mitte nicht ein Schurke ist, der Gillyannes Entscheidung als eine persönliche Beleidigung empfand.«

»Ich glaube, es war jemand, der uns näher steht«, meinte James. »Jemand, der uns so nahe ist, dass er uns beobachten und auf die perfekte Gelegenheit warten kann, um zuzuschlagen.«

»Das würde heißen, der Mörder ist in meinen eigenen Reihen zu suchen«, murmelte Connor. James' Überlegung ließ sich in der Tat nicht von der Hand weisen.

»Ja, denn ein Fremder, der sich hier in der Gegend aufhält, wäre bald bekannt. Es kämen also jegliche Feinde in Frage, die Ihr möglicherweise habt, und auch jeder, der versuchen wollte, den Murrays etwas anzutun. Und selbst wenn die Leute vom Goudie- und vom Dalglish-Clan nicht Eure Feinde sind, würde ich meinen, wenn sich einer von ihnen hier in der Gegend herumtreibt, würde auch das rasch bemerkt.«

»Ich weiß.«

»Aber warum?«, fragte Fiona. »Warum versucht jemand, Gillyanne zu ermorden?«

»Eine gute Frage, mein Mädchen.« Connor streichelte Fionas blasse Wange. Jetzt erst fiel ihm auf, wie nahe sich seine kleine Schwester und seine Gemahlin bereits gekommen waren. »Wenn ich die Antwort auf diese Frage finde, dann, glaube ich, finde ich auch den Bastard, der versucht hat, Gillyanne zu töten. Die Antwort auf die Frage Warum kann uns einen Hinweis auf die Frage liefern, wer es getan hat. Leider kann ich mir überhaupt nicht vorstellen, weshalb jemand Gillyanne etwas antun wollte. Denn wenn sie sterben sollte, hätte ich trotzdem einen Erben; schließlich haben wir vier Brüder, und noch nie hat jemand versucht, einen von ihnen zu ermorden. Auch an ihr Land kommt auf diese Weise niemand heran, denn es würde auf mich übergehen oder an ihre Verwandtschaft zurückfallen. Und einen Liebhaber hat sie wohl auch noch nie abgewiesen, oder?« Connor blickte zu James, der den Kopf schüttelte. »Es kann also auch nicht aus Eifersucht geschehen sein. Jeder Grund, der mir einfällt, wird einfach sinnlos, wenn man ihn auf sie bezieht.«

»Du hast eine Liebhaberin abgewiesen«, gab Fiona leise zu bedenken. »Eine, die schon einmal versucht hat, Zwietracht zwischen dir und Gilly zu säen.«

»Meg? Sie war wütend, ja, aber so sehr, dass sie mit der Waffe in der Hand herumstreift? Woher sollte sie eine Armbrust haben, und was hätte sie erreichen können, selbst wenn ihr Vorhaben gelungen wäre?«

»Dein Bett wäre wieder leer gewesen«, meinte James, doch er klang nicht sehr überzeugt.

»Ja, aber ich würde keine Hure wie Meg hineinlassen, die mich verraten hat«, hielt Connor dagegen. »Und das weiß sie auch.«

»Hass und Wut«, sagte Fiona und nickte, als die beiden Männer sie ansahen. »Meg hatte hier ein sehr gutes Leben. Sie musste nicht arbeiten und war die Frau des Lairds. Und sie hatte Macht über die anderen Frauen. Das alles ist jetzt vorbei. Sie hat Gillyanne nie gemocht, und es wäre kein Wunder, wenn sie sie jetzt richtig hassen würde. Und dich ebenso, Connor. Warum schaut ihr denn so ungläubig?«, fragte sie, als die beiden Männer sie stirnrunzelnd musterten, ohne etwas zu erwidern. »Glaubt ihr nicht, dass eine Frau einen solchen Hass empfinden kann, dass sie jemanden ermorden möchte? Oder könnt ihr euch nicht vorstellen, dass eine Frau eine andere töten könnte? Vielleicht hat sie es ja nicht selbst getan, aber ich vermute, sie bringt es fertig, jemanden zu verführen, es für sie zu tun.«

»Ich werde die Möglichkeit, dass sie es war, nicht außer Acht lassen«, versicherte Connor seiner Schwester. »Ich habe sie einmal ignoriert, und sie verriet mich. Also werde ich nicht noch einmal so dumm sein, sie zu ignorieren. Aber zuerst will ich mit Sir Robert und Sir David reden. Sir Robert warnte mich, dass es außer Meg noch einen Menschen gebe, vor dem ich mich in Acht nehmen solle, aber er wollte mir keinen Namen nennen. Vielleicht tut er es jetzt. Das beweist außerdem, dass Freunde und Verbündete manchmal mehr wissen als man selbst.«

»Dann mach dich auf den Weg«, sagte Fiona. »Ich kann auf Gillyanne aufpassen, und Joan und Mairi helfen mir. Du kannst hier nichts weiter tun als zu warten.«

»Ich bleibe hier«, erklärte James. »Falls irgendetwas passiert, womit Fiona nicht zurechtkommt, kann ich zu meinen Verwandten eilen und Hilfe holen.« Connor wollte nicht gehen, aber er wusste, dass er sollte. Es konnte lange dauern, bis sich Gillyannes Zustand verbessern oder verschlechtern würde. In dieser Zeit konnte der Übeltäter leicht unerreichbar weit fliehen. Wenn nicht rasch bekannt wurde, was geschehen war und wonach er suchte, würden die Menschen vergessen, was sie gesehen oder gehört hatten, und damit würden Dinge verloren gehen, die von größter Bedeutung sein konnten. Es gab Dutzende von Gründen, sich auf die Suche nach Gillyannes Angreifer zu machen, aber dennoch sehnte er sich danach, an ihrer Seite zu bleiben.

»Gebt mir Bescheid, falls irgendetwas schief geht«, befahl er schließlich und zwang sich zum Aufbruch. Die Armbrust und den Pfeil nahm er in einen Sack verpackt mit.

»Wie geht es Gillyanne?«, fragte Diarmot, den Connor zusammen mit Knobby am Fuß der Treppe antraf.

»Sie ruht«, antwortete er. »Der Pfeil ist entfernt, die Wunde gesäubert, genäht und verbunden. Fiona ist bei ihr.«

»Fiona?« Diarmot blickte mit gerunzelter Stirn nach oben, als würden ihn Zweifel quälen.

»Wenn du gesehen hättest, wie sogar Sir James ihren Anordnungen unverzüglich Folge leistete und wie ruhig und dennoch rasch sie arbeitete, hättest du gemerkt, dass unsere kleine Schwester auf dem besten Weg ist, eine viel versprechende Heilerin zu werden. Das Einzige, was wir fürchten müssen, ist ein Wundbrand; Fiona sagt, dass sie über dieses Thema noch wenig weiß, weil Gillyanne eben erst begonnen hatte, sie darüber zu unterrichten. Sir James stammt aus einem Clan mit berühmten Heilerinnen, und er zweifelte nicht im Geringsten an Fiona. Überdies gehen ihr Joan und Mairi zur Hand.«

»Und du willst nicht bei deiner Gemahlin bleiben?«

Diarmots Frage war nicht abwertend gemeint, sondern nur Ausdruck von Neugier, deshalb antwortete Connor ihm ruhig und gefasst. »Wenn ich zu lange damit warte, den Feigling zu verfolgen, der das verbrochen hat, kann es sein, dass ich ihn nie mehr erwische. Deshalb blase ich zur Jagd. Zuerst reden wir aber noch mit unseren Verbündeten.« Er verließ den Wohnturm und machte sich zu den Ställen auf. Diarmot und Knobby folgten ihm.

»Ich kann nicht glauben, dass es einer von denen war«, sagte Knobby. »Sie würden nichts gewinnen, außer dass die Fehde wieder ausbricht, die zu begraben wir alle so lange und so hart gearbeitet haben.«

»Ja, das ist richtig. Aber sie wissen etwas, zumindest Robert. Als ich ihn vor Gillyanne rettete« – er grinste seinen beiden Begleitern kurz zu –, »sagte er einiges, was mich warnen sollte. Er wollte sich allerdings nicht genau festlegen, denn er meinte, man könne niemanden nur aufgrund von Gerüchten anklagen. Aber wenn er schon nicht deutlicher werden will, dann kann er mir jetzt zumindest sagen, was es mit diesen verdammten Gerüchten und Verdächtigungen auf sich hat.«

* *

»Nein, ich nenne Euch keinen Namen«, protestierte Robert, den Blick argwöhnisch auf Connor gerichtet, der wütend im Saal auf und ab schritt.

»Ihr wollt jemanden ermorden, Connor, und ich liefere Euch kein Opfer an die Hand, wenn ich nicht einen Beweis für seine Schuld habe.«

»Verdammt, Robbie!« Connor schlug mit der Faust auf den Tisch. »Wenn ich diesen Bastard nicht erwische, versucht er es vielleicht noch einmal, und dann gelingt es ihm am Ende!«

»Ihr glaubt also nicht, dass es ihm schon dieses Mal gelungen ist?«, fragte Robert ruhig.

»Nein. Die Wunde wurde rasch und sehr gut versorgt. Wenn sich kein Fieber oder Wundbrand entwickelt, wird Gillyanne bald gesund sein. Ihr Cousin sagt, sie ist widerstandsfähiger als sie aussieht.«

»Hm. Die Kleine ist stahlhart, und ihre Zunge schärfer als jedes Schwert. Was, Ihr lacht? Ich kann mich gar nicht erinnern, Euch jemals lachen gesehen zu haben. Na ja, manche Männer sollen ja eine temperamentvolle Frau mögen.«

»Das kann zwar zeitweilig durchaus schwierig werden, aber ich wünsche mir dennoch, dass meine Kinder etwas davon abbekommen.«

Roberts verblüffter Blick lockte noch einmal ein kurzes Grinsen in Connors Gesicht, doch dann wurde er wieder ernst. »Ich möchte, dass sie wenigstens lange genug lebt, um mir ein paar zu schenken.«

»Das möchte ich auch«, versicherte ihm Robert. »Ich habe einiges über ihre Leute in Erfahrung gebracht, und es kann nur von Vorteil für mich sein, wenn einer meiner Verbündeten mit ihnen enge verwandtschaftliche Beziehungen hat. Es mag mich manchmal ärgern, wenn ich nur durch Euch etwas gewinne, aber ich bin nicht so dumm, mich wegen meines Stolzes davon abhalten zu lassen.«

»Ich habe über den Einfluss ihrer Verwandtschaft noch nicht viel nachgedacht.«

»Nein, habt Ihr wohl nicht.«

»Robbie, *ich will einen Namen!*«

Robert schüttelte den Kopf. »Nein. Aber eines sage ich Euch. Schaut auf Eure Hure.«

»Ich habe keine Hure!«, fuhr Connor ihn an. »Ich brauche keine. Ich habe schließlich jetzt eine Frau!« Connor selbst überraschte diese heftige Erklärung nicht weniger als Robert, denn er merkte, dass er es genauso meinte – er wollte keine andere Frau.

»Meg hat Euch schon einmal verraten«, sagte Robert. »Habt Ihr geglaubt, ihr Zorn würde verschwinden, nachdem Ihr sie aus Deilcladach hinausgeworfen habt?«

Connor warf den Sack mit der Armbrust auf den Tisch. »Es war diese Waffe, Robbie. Die Waffe eines Mannes. Ich kenne Meg gut genug, um zu wissen, dass sie weder die Kraft noch die Kenntnis hat, mit so etwas umzugehen. Und es ist keine Waffe, die man so leicht findet.« Er war sehr enttäuscht, als Robert die Waffe betrachtete, sie aber eindeutig nicht erkannte.

»Ich habe nicht gesagt, dass sie es getan hat. Connor, es heißt, Eure Gattin kann einem Menschen in die Seele schauen, sie kann in ihm lesen wie in einem Buch. Es heißt, sie kann einen Mann ansehen und weiß sofort alle seine Geheimnisse.« Robert zuckte mit den Schultern. »Anfangs habe ich dieses Gerücht ignoriert. Sie ist eine Fremde, eine Außenstehende, auch wenn sie Euch geheiratet hat. Über solche Leute wird immer gemunkelt. Aber dann, als sie hier war ...« Robert verstummte.

»Was?«, fragte Connor nach. »Was geschah da?«

»Sie sah etwas in mir, von dem ich sehr gut weiß, dass man es mir weder ansehen noch aus meinen Worten heraushören konnte.« Er schüttelte den Kopf. »Sie hat mich nur einen Augenblick lang angesehen und sagte mir dann genau, was ich im Herzen hatte. Da wusste ich, dass es stimmt, was man über sie sagt.«

»Was hat sie gesehen?«

»Ihr sprecht ihr diese Fähigkeit nicht ab, oder?«

»Ihr Cousin sagte mir, sie habe eine Fähigkeit, Dinge – nun ja, zu spüren, und dass ich jede Warnung, die sie mir über einen Menschen geben würde, ernst nehmen solle.« Connor runzelte die Stirn. »Ich kann nicht glauben, dass er das vielen Leuten erzählt hat. Wie oder wo konnte solch ein Gerücht also seinen Anfang nehmen?«

»Bei denen, die Ihr verärgert habt. Und bei jemandem, der viele Geheimnisse mit sich herumträgt, die Sorte von Geheimnissen, für die man töten würde, um sie verborgen zu halten. Ja, und wenn man weiß, dass sie solche Geheimnisse erspürt, ist es nur ein kleiner Schritt bis zu dem Glauben, sie könne auch sehen, welcher Art sie sind. Sie erkannte das meine. Obwohl ich mir alle Mühe gab, freundlich zu ihr zu sein.« Als Connor ihn düster anblickte, lächelte er. »Eure Gemahlin wusste, dass mein Verhalten durch und durch falsch war, dass unter meinen Schmeicheleien und meinem Werben eine hässliche Wahrheit verborgen war – ich brachte es einfach nicht über mich, mit einer Frau das Bett zu teilen, die bereits bei Euch gelegen hatte. Na, nun seid nicht gleich beleidigt! Es ist nicht, weil ich befürchtete, Ihr hättet eine ansteckende Krankheit oder so etwas. Nein, das ist nur mein Stolz, vielleicht auch Eitelkeit. Vielleicht fürchte ich mich auch vor Vergleichen, obwohl ich bislang noch nicht gehört habe, dass Ihr ein begnadeter Liebhaber wärt.«

Connor legte die Hand aufs Herz und schmunzelte. »Ich bringe meine Gemahlin vor Lust zum Schreien.«

»Ja, das stimmt!«, pflichtete Knobby grinsend bei. »Sie schreit, dass die Wände wackeln!«

»Wie indiskret.« Robert lachte leise und schüttelte den Kopf. »Jemand fürchtet diese Fähigkeit Eurer kleinen Gemahlin und hat Angst, sie könnte Wahrheiten ans Licht bringen, die er lieber begraben wüsste. Das ist der Mann, den Ihr sucht. Und ich sage noch einmal, schaut auf Meg, denn Leute, die einen Groll hegen und einen gemeinsamen Feind haben, sei er nun real oder nicht, tun sich häufig zusammen.«

»Ich rede zuerst mit Sir David und dann mit Meg«, brummte Connor, wütend darüber, dass Robert nach wie vor keine Namen nennen wollte. Aber er wusste auch, dass Robert bei dieser Haltung bleiben würde.

»David hat mit dieser Sache nichts zu tun.«

»Ich weiß. Aber er hat vielleicht ebenso wie Ihr Dinge gesehen und gehört, die mir entgangen sind.«

»Richtig, aber werdet nicht zu ärgerlich, wenn er nicht weiß, wie er Euch helfen kann. David ist nicht besonders scharfsinnig. Er weiß vielleicht gar nicht, dass etwas, was er gesehen oder gehört hat, wichtig sein könnte.«

Connor nickte. Robert hatte Recht. David war ein guter Kämpfer, ein Krieger von unzweifelhaftem Mut und außerordentlicher Stärke. Doch er hatte einen völlig überzogenen Stolz, und manchmal stellte er sich so dumm an, dass man ihn am liebsten getreten hätte. Trotz alledem, Connor wollte mit dem Mann reden. Gillyannes Leben war in Gefahr; er durfte keine Möglichkeit außer Acht lassen herauszufinden, *wer* sie bedrohte. Außerdem, wenn David Namen wusste, dann würde er sie, anders als Robert, sicher ohne zu zögern nennen. Und er würde sich auch nicht um die Folgen scheren; wahrscheinlich würde er nicht einmal daran denken, dass er womöglich einen falschen Namen preisgab.

Mit Roberts guten Wünschen für Gillyannes Genesung im Ohr machte sich Connor zu Sir Davids Burg auf. Er ritt sehr schnell; je eher er mit allen gesprochen hatte, desto rascher würde er nach Deilcladach zurückkehren können. Gillyannes Verwundung und die Gefahr eines Wundbrands oder Fiebers gingen ihm nicht aus dem Kopf. Er musste die Suche nach dem Angreifer mit allen Mitteln vorantreiben, aber er wusste auch, dass er auf Gillyanne so gut es eben ging aufpassen musste.

Sie war ihm wichtig geworden, erkannte Connor. Sehr wichtig sogar. Wenn sie außer Gefahr war, würde er seine Gefühle genau betrachten und dann überlegen müssen, was er zu tun gedachte. Irgendwie würde er eine Möglichkeit finden müssen, Gillyanne so viel zu geben, dass sie bei ihm bleiben wollte, aber gleichzeitig durfte er nicht zulassen, dass die Gefühle, die sie in ihm wachrief, ihn schwächten. Die Stärke und das Überleben seines Clans mussten für ihn die vordringlichsten Ziele bleiben, und das bedeutete, dass vor allem er selbst stark bleiben musste. Noch wichtiger war, dass er nach außen stark und beherrschend erschien und keine Schwächen erkennen ließ, weder physisch noch in seinen Gefühlen. Im Augenblick aber waren ihm tief schürfende Gedanken und sorgfältige Strategien zu viel. Er hatte nur Angst um Gillyanne und Wut auf den, der sie verwundet hatte.

Er musste Sir David erst zweimal niederschlagen, bevor dieser zur Kenntnis nahm, dass Connor nichts hören wollte, was auch nur entfernt nach einer Beleidigung Gillyannes klang. David hatte die Niederlage, die sie ihm beigebracht hatte, eindeutig noch nicht überwunden. Aber es war höchste Zeit, dass er endlich aufhörte, deshalb gekränkt zu sein.

»Genug, Connor«, murrte David. Er setzte sich an den Tisch des Laird im großen Saal und schenkte sich ein Ale ein. »Setzt Euch. Trinkt.«

Als Connor Platz nahm und sich ein Bier zu Gemüte führte, nickte David. »Ich werde den Mund halten, auch wenn es mir verdammt schwer fällt. Die Kleine hat mich in eine peinliche Lage gebracht.«

»Sie hat uns alle in eine peinliche Lage gebracht, und es war zum größten Teil unsere eigene Schuld«, erklärte Connor.

»Und wie seid Ihr zu dem Schluss gekommen?«

»Wir waren arrogant, wir dachten, eine Frau zu besiegen wäre etwas, das wir im Schlaf könnten.«

»Na ja, mag sein«, brummte David. »Man kann es einem Mann nicht verübeln, dass er sich ärgert. Aber ich würde deswegen nicht gleich versuchen, sie zu töten, das könnt Ihr mir glauben.«

»Das tue ich. Ihr würdet niemanden hinterrücks ermorden, schon gar nicht eine schwache Frau. Nein, was ich jetzt suche, ist eine Information. Robbie hat Dinge gehört, und er hat den einen oder anderen Verdacht, aber er will mir keinen Namen nennen.«

David nickte. »Ein bisschen hat er mit mir darüber gesprochen, aber Namen hat er auch mir keinen gesagt. Robbie ist ein vorsichtiger Mann, wie Ihr wisst. Braucht immer noch und noch mehr Beweise. Ein Gerücht wäre ihm nie genug, selbst wenn es einen erschlägt. So genau nehme ich es nicht, und deshalb hat er mir auch nichts gesagt. Er wusste, dass ich nichts dabei finden würde, es Euch zu sagen, selbst wenn er davon abraten würde.« David zuckte mit den Schultern. »Aber das ist vielleicht auch besser so. Ein Gerücht entspricht nicht immer der Wahrheit. Über Eure Gemahlin habe ich auch schon ein paar gehört.«

»Was denn? Dasselbe, was auch Robbie gehört hat?«

»Weiß ich nicht. Ich habe gehört, Eure Gemahlin könne in die Seele eines Menschen schauen. Sie weiß, welche Geheimnisse ein Mann im Herzen verwahrt. So etwas mögen die Männer nicht. Es ist nicht gut, wenn so etwas über einen gemunkelt wird. Kann dazu führen, dass die Leute anfangen, an Hexen oder den Teufel zu denken. Solchen Unsinn bringt man gern zum Verstummen. Außer natürlich, es ist wahr.«

Connor fluchte innerlich, doch er blieb gefasst. »Gillyanne ist keine Hexe«, erwiderte er ruhig, »sie hat nur ein scharfes Auge und vielleicht einen, na ja, sensibleren Charakter. Vielleicht hört sie sogar besser als andere. Ein Mensch kann nicht alles verbergen. Er verrät sich durch sein Benehmen, durch Blicke, dadurch, wie er spricht. Den meisten von uns fällt so etwas erst dann auf, wenn es klar und eindeutig ist. Meiner Gemahlin hingegen reichen schon kleine Andeutungen. Wie gesagt, keine Zauberei, kein Teufel, nur eine nützliche Fähigkeit. Wenn sie wüsste, *welche* Geheimnisse jemand hat – das wäre Zauberei. Nur zu merken, dass jemand etwas verbirgt, aber nicht.«

»Ja, da habt Ihr Recht. Klingt, als wäre das eine ganz nützliche Fähigkeit.« David rieb sich das Kinn und zuckte leicht zusammen, als er einen der Blutergüsse berührte, die Connor ihm beigebracht hatte. »Trotzdem, irgendwo haben diese Gerüchte angefangen. Ihr müsst Euch fragen, wo und weshalb.«

»Robbie meinte, ich sollte mit meiner Geliebten Meg reden.«

»Wozu braucht Ihr eine Geliebte? Ihr habt doch jetzt eine Frau!«

Es fiel Connor nicht leicht, seine Überraschung über Davids Entrüstung und seinen missbilligenden Ton zu verbergen. Er zwang sich, nicht zu Diarmot und Knobby zu blicken, denn womöglich musste er lachen, wenn er ihre Mienen sah.

Von David hätte er eine solche Haltung am allerwenigsten erwartet. Dieser Mann war mit den meisten Frauen, die auf seinem Land lebten, ins Bett gegangen, und hatte eine ganze Horde unehelicher Kinder gezeugt.

»Nein, ich habe keine Geliebte mehr. Aber obwohl ich Meg aus meinem Bett warf, als ich heiratete, dauerte es noch eine ganze Weile, bis ich gezwungen war, sie wegen ihres Verrats auch aus Deilcladach hinauszuwerfen. Sie war wütend und dachte womöglich daran, sich zu rächen, indem sie Gillyanne Schwierigkeiten bereitete. Aber um meine Gemahlin zu töten, hätte sie natürlich einen Mann als Verbündeten gebraucht, denn sie kann nicht mit einer Armbrust schießen; sie hat auch gar keine und hätte überdies nicht gewusst, wo sie eine herbekäme.«

»Na ja, diese Meg hat vielleicht nicht selbst geschossen, aber ich kann gut verstehen, dass sie Eure Gemahlin lieber tot als lebendig sähe. Einer Frau nachzusagen, sie sei eine Hexe, und sei es nur über Gerüchte, könnte den Tod dieser Frau bedeuten, nicht wahr?«

Den ganzen Weg zurück zu seiner Burg blieb Connor wegen Davids ungewöhnlich scharfsinniger Bemerkung still und in Gedanken versunken. Robert hatte gemeint, die Gerüchte über Gillyanne seien nichts Ungewöhnliches, weil man über jeden Fremden reden würde, aber David hatte Recht. Sie waren gefährlich, sie konnten für seine Gemahlin den Tod bedeuten. Das bedrückte ihn, aber noch mehr Sorge bereitete ihm, dass schon wieder etwas Privates außerhalb seiner Mauern verbreitet worden war, etwas, das auch in Deilcladach nicht jedem bekannt war. Meg hatte mit Sicherheit nichts von Gillyannes Gabe gewusst, bevor er ihr befohlen hatte, Deilcladach zu verlassen. Also hatte es ihr danach jemand mitgeteilt, und das machte ihm regelrechte Bauchschmerzen. Denn von den Leuten, die darüber Bescheid wussten, hatte nur einer Meg aufgesucht.

»Ich reite allein zu Meg«, sagte er zu Diarmot und Knobby.

»Aber wenn sie an der Sache beteiligt ist …«, begann Diarmot.

»Dann wird sie dafür bezahlen. Ich kann mich gegen sie verteidigen, aber ich glaube gar nicht, dass sie so dumm ist, mich anzugreifen, wenn das ganze Dorf sieht, dass ich zu ihr gehe.« Connor warf einen Blick auf den Ort. »Ich bin bald zurück.«

»Gut. Aber beeilt Euch. Und seid vorsichtig.«

Auf dem Weg zu Megs Hütte kämpfte Connor gegen die Schlüsse an, die immer wieder in seine Gedanken drängten. Sie handelten von Verrat, Undankbarkeit, ja sogar Schmerz. Unglücklicherweise beantworteten sie aber auch viel zu viele Fragen. An dem Haus angelangt, wollte er schon sein Pferd wenden und nach Deilcladach zurückreiten. Womöglich erwartete ihn hier eine äußerst schmerzliche Wahrheit. Doch er fasste sich ein Herz und stieg ab. Schließlich war eine solche Wahrheit immer noch besser als noch mehr Lügen und eine ständige Bedrohung Gillyannes. Mit diesem Gedanken betrat er das Haus.

Der Geruch von Blut hing schwer in der Luft. Vorsichtig und so leise er konnte, zog er sein Schwert und begann, die Hütte zu durchsuchen. Am oberen Ende der engen Stiege blieb er abrupt stehen und fluchte erschrocken. Im Schlafgemach, das man von hier aus einsehen konnte, bot sich ihm ein grausiger Anblick. Sein Onkel lag der Länge nach über das unordentliche Bettzeug hingestreckt, noch einen Krug in der Hand, und starrte blind an die dicken Dachbalken über ihm. Er war von oben bis unten mit Blut besudelt. Jemand hatte Neil mit zahlreichen Stichen getötet; die letzte und wahrscheinlich die tödliche Wunde war ein Stich mitten ins Herz. Und es war Connors eigener Dolch, der in dieser Wunde steckte.

Er warf sein Schwert neben seinem Onkel auf das Bett. Hier würde er jetzt keine Antworten finden, überlegte er, während er dem Toten die Augen schloss, zumindest nicht die, nach denen es ihn so sehr verlangte. Er zog seinen Dolch aus der Brust des Mannes, richtete sich auf – und spürte in seinem Rücken die Spitzen von drei Schwertern.

»Ich hätte nicht gedacht, dass Ihr so dumm seid, wegen Eures Messers noch einmal wiederzukommen«, sagte eine tiefe Stimme, die er sofort erkannte. Sie gehörte Peter MacDonal, dem Sergeanten des Grafen von Dinnock.

»Ich habe den Mann nicht getötet«, sagte Connor, doch es überraschte ihn nicht, dass die Beteuerung seiner Unschuld die Männer des Grafen nicht davon abhielt, ihn zu entwaffnen und ihm die Hände auf den Rücken zu fesseln.

»Ihr könnt Eure Geschichte dem Grafen erzählen.«

Als Connor aus der Hütte geführt wurde, sah er Knobbys Schwester und deren Mutter. Er erzählte ihnen in wenigen Worten, was geschehen war, und trug ihnen auf, seine Brüder und Knobby zu verständigen. Dann ließ er sich von den Männern des Grafen widerstandslos abführen.

Kapitel 17

Es war frostig im großen Saal von Dinnock. Connor vermutete, dass das nicht zuletzt dem Mann mit dem eisigen Blick zuzuschreiben war, vor dem er stand. Zwar war es die Pflicht des Grafen, in seinem Land für Gerechtigkeit zu sorgen, aber jeder wusste, dass er sich mit dieser Aufgabe nur selten und höchst ungern befasste. Noch schlimmer war, dass der Graf sehr stolz auf seine Reinlichkeit und sein Aussehen war. Es hätte Connor, der auf der Suche nach der Wahrheit fast den ganzen Tag im Sattel verbracht hatte, deshalb nicht überrascht, wenn sein Äußeres – er war von oben bis unten mit Schmutzspritzern übersät – und der Geruch nach Schweiß und seinem Pferd, der ihm anhaftete, seinem Lehnsherrn zuwider gewesen wäre. Und das hätte seine Lage natürlich beträchtlich verschlimmert, auch wenn er eine noch so gute Entschuldigung dafür vorbringen konnte, weshalb er den Grafen und wahrscheinlich auch dessen Nase belästigte.

»Habt Ihr Euch auf der Flucht vor meinen Männern so zugerichtet?«, fragte der Graf denn auch gleich als Erstes.

»Nein, Mylord. Ich habe gar nicht mit ihnen gekämpft«, erwiderte Connor. »Diesen Zustand verdanke ich einzig und allein der Tatsache, dass ich auf der Suche nach dem Schurken, der versuchte, meine Gemahlin zu töten, fast den ganzen Tag im Sattel saß.«

»Ist sie denn tot?« Lord Dunstan MacDonal legte die Stirn in Falten und blickte aufrichtig besorgt.

»Nein, als ich mich auf die Suche begab, lebte sie noch.«

»Gut. Das brauchen wir nicht, dass die verdammten Murrays oder ihre Verwandtschaft hierher kommen, um Vergeltung zu üben. Also, Ihr habt Sir Neil getötet, weil er versuchte, Eure Gemahlin zu ermorden.«

»Ich habe meinen Onkel nicht getötet.« Die Unterstellung, er habe einen älteren, unbewaffneten, sehr wahrscheinlich betrunkenen Mann ermordet, war eine Beleidigung, doch

Connor unterdrückte seinen Zorn. »Ich hätte ihn nur zu gern lebend vorgefunden, denn ich hatte Fragen an ihn, die mir niemand sonst beantworten kann.«

»Euer Dolch steckte in seinem Herzen.« Der Graf warf einen Blick auf die Waffe, die auf dem Tisch vor ihm lag, und ließ seinen langen Zeigefinger über die in den Griff eingravierten alten keltischen Ornamente gleiten. »Selbst ich kann mich von einem Eurer seltenen Besuche bei mir an diese Waffe erinnern. Eine sehr schöne Arbeit, und sehr alt.«

»Sie wurde vom Vater an den Sohn weitergegeben, von Laird zu Laird, seit der erste MacEnroy Anspruch auf das Land um Deilcladach erhob.«

»Also ein Stück, auf das Ihr sehr sorgfältig achtet.«

»Jawohl. Ich habe sie in meinen Gemächern aufbewahrt und nur zu besonderen Anlässen getragen, zum Beispiel wenn ich hierher kam. Sie ist zu wertvoll, eines der wenigen Stücke aus meiner Vergangenheit, das die Zerstörungen während der Zeit der Fehde überdauert hat. Aus diesem Grund würde ich den Dolch niemals als gewöhnliche Waffe benutzen. Und eben deshalb, weil ich ihn so selten trage, wusste ich auch nicht, dass er mir gestohlen worden war.«

Lord Dunstan musterte ihn eingehend. »Ihr wollt mir also sagen, der Dolch wurde Euch gestohlen?«

»So ist es.« Connor wusste, der Graf würde alles daransetzen, ihn mit jeder weiteren Frage einem Geständnis näher zu bringen. Er konnte nur hoffen und beten, dass die Wahrheit ausreichen würde, ihn vor jeder Falle zu bewahren, die der Mann ihm stellen würde.

»Und es war reiner Zufall, dass Ihr gerade zu diesem Zeitpunkt in der Hütte wart.«

»Jawohl. Ich war bereits bei Sir Robert Dalglish und Sir David Gouldie gewesen, um mit ihnen zu reden. Was ich von ihnen erfuhr, veranlasste mich, zu der Frau zu reiten, die in dieser Hütte wohnt. Ich hatte auch vorgehabt, mit meinem Onkel zu sprechen, glaubte aber nicht, ihn dort zu finden.«

»Nicht in der Hütte Eurer Geliebten, natürlich.« Connor beschloss, seinen künftigen Söhnen zu raten, bei der Befriedigung ihrer fleischlichen Gelüste beherrschter und diskreter vorzugehen. Denn jetzt erwuchsen ihm aus seiner Vergangenheit weitaus mehr Komplikationen, als es jene Augenblicke vergänglichen Glücks wert gewesen waren. Jetzt sah es ganz danach aus, als könnte ihn ein bestimmter Teil seiner Vergangenheit an den Galgen bringen.

»Meg *war* meine Geliebte, Mylord«, erwiderte er. »Ich habe das Verhältnis beendet, als ich Lady Gillyanne Murray heiratete.«

Der Graf nickte. »Und weil Eure Gemahlin etwas dagegen hatte, dass Euch Eure Geliebte so nahe war, habt Ihr sie in diese Hütte verwiesen.«

»Ja, meine Gemahlin wollte nicht, dass ich noch mit einer anderen das Bett teile, aber sie nannte mir dafür sehr nachvollziehbare Gründe. Außerdem hat sie mir bewiesen, dass ich auf Megs raue Künste nicht angewiesen war. Es war *meine* Entscheidung, dieses Verhältnis zu beenden. Und sobald diese Frau nicht mehr meine Geliebte war, wurde ich auf weitere Probleme aufmerksam. Meg hat nicht gearbeitet, sie brachte den anderen Frauen Zwist und Kummer, sie machte keinen Hehl daraus, dass sie meine Gemahlin verachtete und ihr keinen Respekt zollte, und schließlich verriet sie mich auch noch.«

»Wir haben gehört, Ihr gebt dieser Frau die Schuld für Sir Roberts unbesonnenes Vorgehen gegen Eure Gemahlin.« Er musterte Connor mit gerunzelter Stirn. »Ihr habt uns davon nichts berichtet, obwohl die Entführung einer Edelfrau ein schweres Verbrechen ist.«

»Ihr habt wahrscheinlich auch gehört, wie es zu meiner Heirat kam.« Der Graf nickte, und Connor war froh, dass er nicht die ganze komplizierte und etwas peinliche Geschichte erzählen musste. »Meg erzählte Sir Robert private Dinge, die sich in meiner Burg abspielten, um ihn zu dem Glauben zu bewegen, die Entscheidung meiner Gemahlin könne rückgängig gemacht werden. Es gibt nämlich für meine Frau und ihre Verwandtschaft eine Möglichkeit, unsere Ehe aufzulösen. Sir Robert dachte, er könne um meine Gemahlin werben und sie bewegen, mich zu verlassen und ihn zu heiraten. Aber er hat ihr nichts angetan, und er erhob auch keine Waffe, als ich sie zurückholte. Für mich war die ganze Sache lediglich ein Irrtum, den wir unter uns bereinigen konnten.«

»Es wäre schön, wenn alle Lairds ihre Probleme so ruhig und vernünftig lösen könnten«, murmelte der Graf.

»Wir wissen alle nur zu gut, was es kostet, wenn wir es anders machen, Mylord.«

»Natürlich. Aber diese Frau hat nur ein wenig Klatsch verbreitet. Das ist doch kein großer Verrat.«

»Sie suchte Sir Robert auf mit dem Vorsatz, ihm genau zu sagen, was er tun müsse, um meiner Gattin Schwierigkeiten zu bereiten. Nun, Sir Robert ist ein Verbündeter, und die Schwierigkeiten erwiesen sich als geringfügig. Aber das schmälert nicht ihr Vergehen. Meg erzählte einem Außenstehenden private Dinge aus Deilcladach, nur um für sich Gewinn daraus zu schlagen oder um Rache zu üben. Ich sah keinen Grund, ihr dazu noch eine zweite Gelegenheit zu geben und zu riskieren, dass sie am Ende einem Feind noch schwerwiegendere Dinge zukommen ließ. Ich wollte ihr eine leere Scheune zuweisen, doch dann beschloss ich, eine Hütte im Dorf wäre besser, denn dann konnte ich ihre beiden Komplizinnen gleich mit ihr gehen lassen. Sie wussten nämlich, welches Spiel Meg betrieb, aber sie schwiegen und hielten zu ihr anstatt zu ihrem Laird.«

»Wenn das, was Ihr sagt, der Wahrheit entspricht, hätte ich sie härter bestraft. Peter, schenkt Sir Connor etwas Wein ein«, befahl der Graf seinem Sergeanten. »Ich habe noch einige Fragen an ihn, und wir wollen doch nicht, dass vom vielen Reden seine Stimme austrocknet.« Connor trank einen Schluck, was er jedoch nur mit Sir Peters Hilfe tun konnte, denn seine Hände blieben gefesselt. Das größte Problem für einen Angeklagten ist die Notwendigkeit zu beweisen, dass er die Wahrheit sagt, dachte er bei sich. Es ärgerte ihn, dass jedes seiner Worte angezweifelt wurde, und doch musste er seinen Zorn darüber unterdrücken.

Der Graf hatte zwei Versionen der Ereignisse, die er gegeneinander abwägen musste, und er kannte Connor nicht gut genug, um zu wissen, dass dieser ihn nicht belog. Doch Connor fragte sich, wann und wie der Graf entscheiden würde, welche Version der Wahrheit entsprach. Einerseits war nur schwer vorstellbar, dass er einer gewöhnlichen Hure eher Glauben schenken würde als einem Laird, andererseits aber schien er Megs Geschichte ernsthaft zu bedenken. Connor wünschte, dass Gillyanne jetzt an seiner Seite wäre, denn er war sich plötzlich sicher, dass der Graf etwas wusste, was ihm nicht bekannt war; etwas, das den alten Mann bewog, Megs Geschichte weit mehr Gewicht zuzuerkennen, als sie verdiente. Gillyanne wäre vielleicht darauf gekommen, er aber fühlte sich nur immer unwohler, als sei er in einem Spiel gefangen, dessen Regeln er nicht kannte.

»Nun, Sir Connor«, sagte Lord Dunstan, als Connor den Wein ausgetrunken hatte, »Eure Erklärungen klingen, als könnten sie der Wahrheit entsprechen, aber ich habe hier drei Frauen, die eine ganz andere Geschichte erzählen.«

»Drei Huren«, entgegnete Connor ruhig. Innerlich jedoch fluchte er, denn das bedeutete, er musste gegen das Wort dreier Frauen anstatt einer ankämpfen, was natürlich wesentlich schwieriger war. »Drei Frauen, die ich aus Deilcladach verbannte, wo sie es sehr gut hatten. Drei Frauen, die jetzt für jedes Stück Brot, das sie essen wollen, arbeiten müssen, was sie früher nicht nötig hatten.«

»Das muss man mit in Betracht ziehen«, sagte der Graf und nickte bedächtig.

»Dürfte ich erfahren, was sie erzählt haben? Es ist klar, dass die Frauen mich für den Mord an meinem Onkel verantwortlich machen wollen, aber haben sie Euch gesagt, aus welchem Grund ich ihn getötet haben soll?«

»Weil Ihr die Wahrheit über ihn in Erfahrung gebracht habt.«

»Die Wahrheit?« Connor verkrampfte sich; sein Unbehagen wurde zu einer handfesten Angst, ohne dass er jedoch wusste, weshalb.

»Die Frauen behaupten, Ihr wärt zornig gewesen, weil Ihr entdeckt hattet, dass Euer Onkel mit Eurer Geliebten das Bett teilt.«

»Er hatte sie schon vor mir gehabt.« Connor brachte ein gleichgültiges Achselzucken zustande. »Ich war mit ihr fertig. Er konnte sie gerne wieder haben.«

»Sie sagen, Ihr wärt zornig geworden, und es sei zu einer heftigen Auseinandersetzung gekommen. Euer Onkel war betrunken und achtete nicht sehr auf seine Worte. Er sagte, dass er Eure Gemahlin nicht leiden könne; aber erst, als seine Vergangenheit zur Sprache kam, hättet Ihr ihn angegriffen. Ich muss gestehen, als die Frauen mir sagten, was der Mann sich hatte zuschulden kommen lassen, dachte ich, er hat es nicht besser verdient. Aber *ich* hätte über seine Schuld urteilen müssen, nicht Ihr. Davon abgesehen kann ich einen Mord an einem Adeligen nicht dulden. Das Beste wäre gewesen, Ihr hättet ihn herausgefordert – ein ehrenvoller Kampf von Mann zu Mann, um alte Vergehen zu bereinigen. Aber so war es Mord.«

»Ich habe meinen Onkel nicht ermordet«, wiederholte Connor. Doch er wusste, dass der Graf ihm nicht glaubte.

»Nun kommt schon, ich verstehe ja, warum Ihr es getan habt. Der Kerl war ein niederträchtiger Verräter. Er hielt diese tödliche Fehde im Gang und machte jeden Versuch, sie zu beenden, zunichte. Ich wusste, dass er Eurer Mutter den Hof gemacht hatte, aber sie wurde dem Laird gegeben, Eurem Vater. Ehrlich gesagt, habe ich immer das Gefühl gehabt, es war ihre eigene Entscheidung, obwohl Euer Onkel es so darstellte, als hätten ihre Eltern sie dazu gezwungen. Ich wusste auch, dass er deshalb verbittert war, aber ich hätte nie gedacht, dass dieses Gefühl so stark werden und sich zu so einem mörderischen Hass auswachsen würde.

Um das zu erreichen, was er wollte, zog sich die Fehde natürlich viel zu lange hin. Das ist für einen solch schweren Verrat am eigenen Blut die einzig mögliche Erklärung. Die Feinde des eigenen Bruders mit derartigen Lügen aufzuwiegeln und ihnen dann auch noch zu helfen, die Verteidigungsanlagen von Deilcladach zu überwinden? Er muss gewusst haben, dass sein Verrat leicht viel mehr Menschen töten konnte als nur seinen Bruder. Er brachte seine gesamte Familie unter das Schwert. Vielleicht hat er mit der Zeit auch einen Hass auf Eure Mutter entwickelt.« Der Graf zuckte mit den Schultern. »Es heißt, zurückgewiesene Liebe kann sehr leicht zu tief sitzendem Hass werden. Ich bezweifle, dass er viel an Euch und die anderen Kinder gedacht hat, bis er herausfand, dass ihr überlebtet. Vielleicht glaubte er, ihr würdet in der darauf folgenden schweren Zeit weggehen oder einfach sterben, denn Hilfe hat er euch wahrhaftig keine zukommen lassen. Offenbar ging es ihm nicht einmal darum, Laird zu sein, denn sonst würdet Ihr nicht hier stehen. Es muss für ihn wie ein göttlicher Segen gewesen sein, dass alle, die wussten, was er getan hatte, an jenem blutigen Tag niedergemetzelt wurden.«

Lord Dunstan musterte Connor mit einem düsteren Blick aus scharfen Augen. »Es war Gerechtigkeit, aber es mag schwer fallen, es so zu bezeichnen. Sagt mir die Wahrheit, und ich werde alles tun, um Euch freizubekommen. Ich würde es sofort tun, aber der König hat persönlich befohlen, derartiges Blutvergießen und jegliche Selbstjustiz zu beenden. Ich kann es mir also nicht erlauben, einen solchen Mord zu verzeihen, und ich werde mich auch nicht für Euch einsetzen, wenn Ihr Euch weigert, mir die Wahrheit zu sagen.« Connor wunderte sich, dass er überhaupt noch stehen konnte. Jedes Wort des Grafen war ihm vorgekommen wie ein Fausthieb in den Magen. Am liebsten hätte er hinausgeschrien, dass dies alles nicht wahr sein könne, doch er fand keine Worte. Er wusste, seit Gillyanne in Deilcladach lebte, war sein blindes Vertrauen in seinen Onkel ins Wanken geraten; er hatte begonnen, diesen Mann klarer zu sehen, und was er erkannte, hatte ihm sehr missfallen. Die entsetzliche Geschichte des Grafen erklärte so viel, dass Connor wusste, dies musste die Wahrheit sein, und sie traf ihn so sehr, dass er sich fragte, wie er damit fertig werden sollte.

Und unter diesem Schmerz lag eine tiefe, aufkeimende Scham verborgen. Er war ein vollkommener Dummkopf gewesen, er hatte sich viel zu sehr an die Blindheit der Jugend geklammert, jene Blindheit, mit der die Jugend häufig gegenüber älteren Verwandten geschlagen war. Er hatte den Mörder seiner Eltern in sein Haus eingelassen, hatte ihn Anteil an seinem und dem Leben seiner Familie nehmen lassen. Neils Verrat hatte Kinder zu Waisen, Frauen und Männer zu Witwen und Witwern gemacht. Die ganze Zeit, in der sich Connor darum bemüht hatte, ein starker Laird zu sein, sein Zuhause und sein Land wieder aufzubauen, hatte er den Mann in die Arme geschlossen, der Deilcladach ruiniert hatte. Connor wusste, wenn dieser verheerende letzte Überfall das Rachebedürfnis dieses Mannes nicht befriedigt hätte, dann hätte das leicht die Ausrottung seines ganzen Clans bedeuten können. Er hatte seinem Onkel jede Möglichkeit an die Hand gegeben, sie alle zu töten. Dazu war es zwar nicht gekommen, aber trotzdem wusste Connor, dass er in dieser Sache versagt hatte – ein Versagen von solchem Ausmaß, dass er daran zweifelte, ob er sich überhaupt noch als Laird bezeichnen durfte.

Jetzt war es an der Zeit, sich zu verteidigen, zu erklären, dass er nichts von all dem gewusst hatte – aber wie sollte er seine Unwissenheit erklären? Die wenigen, konfusen Worte, die ihm in den Sinn kamen, klangen viel zu sehr nach Mitleid erregenden Lügen und Ausreden eines Menschen, der sich schuldig fühlte. Und er konnte sich auch nicht dazu aufraffen, klare Worte zu finden, und zweifelte daran, dass der Graf geduldig abwarten würde, bis er mit all den Emotionen fertig wurde, die ihn aufwühlten.

»Ich habe meinen Onkel nicht getötet.« Mehr brachte er nicht über die Lippen, und es klang überdies kalt und distanziert; es ließ nicht im Geringsten seinen Schock, seinen inneren Schmerz erahnen.

»Ach. Guter Mann, ich hatte gehofft, Ihr könntet mir vertrauen«, sagte der Graf.

»Das tue ich, Mylord.«

»Nicht genug. Ich werde Euch Zeit geben, um darüber nachzudenken, was Ihr mir sagen wollt. Peter wird Euch in ein kleines Zimmer im Turm einschließen, aus dem Ihr nicht entkommen könnt. In ein paar Tagen sprechen wir uns dann wieder.«

Connor wusste, dass er dem Grafen für diese Gnadenfrist eigentlich von Herzen danken sollte, doch er brachte nicht mehr zustande als eine Verbeugung, und dann führte Peter ihn ab. Das Turmzimmer, in welches er gebracht wurde, war klein, aber nicht hässlich. Bevor ihm Peters bewaffnete Begleiter die Fesseln abnahmen, wurde noch ein Tablett mit Essen und Wein gebracht, Wasser zum Waschen stand bereit, im Kamin brannte ein Feuer, und für genügend Holz war ebenfalls gesorgt. Während seine Hände befreit wurden, stand Connor nur da; er konnte sich nicht bewegen, bis die Männer ihn verließen, noch brachte er ein Wort heraus.

Allein und seinen Gedanken überlassen, legte er sich schließlich auf das überraschend bequeme Bett. Aber er wollte nicht nachdenken. Er wollte nicht über den unsäglichen Verrat eines Mannes grübeln, dem er Jahre lang vertraut, um den er sich gekümmert und den er geachtet hatte. Selbst im Tode schien das krankhafte Rachegefühl seines Onkels noch danach zu trachten, sein Leben zu ruinieren. Womöglich würde er wegen eines Mannes gehängt werden, der den Tod verdient hatte, eines Mannes, an dessen Händen das Blut des eigenen Bruders und vieler anderer seines Clans klebte.

Selbst wenn er floh oder sein Name reingewaschen wurde, wie konnte er jemals wieder als Laird nach Deilcladach zurückkehren? Sein Versäumnis war zu groß. Connor legte die Hände auf die Augen und wunderte sich nicht, als er merkte, dass sie nass waren. Vielleicht war es eine gute Zeit, um zu trauern und all jene zu beweinen, die wegen der Eifersüchteleien eines einzigen Mannes den Tod gefunden hatten – und auch sein blindes Versäumnis, dies zu beweinen. Obwohl er es als Schwäche betrachtete, hoffte Connor, diese Schwäche ein wenig zuzulassen würde ihm helfen, wieder einen klaren Kopf zu bekommen. Denn wenn er das nächste Mal vor dem Grafen stand, würde er einen klaren Verstand brauchen – und einen guten Plan.

»Laird«, sagte Peter, nachdem er Connor weggebracht hatte, »ich bin mir nicht sicher, ob Sir Connor schuldig ist.«

»Nicht?« Der Graf wog Sir Connors Dolch in der Hand. »Würdet Ihr den Mann, der fast die totale Zerstörung Eures gesamten Clans, Eurer Familie und Eures Landes verursachte, nicht töten?«

»Doch, und wahrscheinlich auch noch so langsam und schmerzhaft, wie ich könnte. Aber – nun ja, ich glaube, er wusste das alles nicht, bis Ihr es ihm erzählt habt.« Peter schüttelte den Kopf.

»Er hat nichts gesagt. Er wiederholte seine Behauptung, unschuldig zu sein wie ein Kind, das etwas zu lernen hat. Als wir ihn ins Turmzimmer brachten, wirkte er wie betäubt, oder wie wenn er den Verstand verloren hätte. Er benahm sich wie ein Mann, den ein Stein am Kopf getroffen hat und der nicht mehr genug Verstand hat umzufallen. Es ist schwer zu erklären.«

»So schlecht war das doch gar nicht. Ich denke, ich werde eine Nachricht an den König senden.«

»Weil Ihr glaubt, Sir Connor ist schuldig?«

»Er hat ein Motiv, es war seine Waffe, und drei Frauen, auch wenn sie Huren sind, behaupten, er habe es getan. Es sollte eigentlich simpel sein, aber das ist es nicht. Ich kann auch nicht glauben, dass Sir Connor einen solchen Kerl umbringen würde. Nach allem, was ich von ihm weiß, denke ich nicht, dass er sich so töricht verhalten oder sich so sehr vom Hass verzehren lassen würde. Irgendetwas an der Sache stimmt nicht, und deshalb werde ich dem König Bescheid geben. Er muss davon unterrichtet werden, dass einer seiner Ritter tot ist, aber ich werde dieses Verbrechen vorerst niemandem anlasten.«

»Ah, natürlich. Soll ich die Nachricht für Euch überbringen?«

Der Graf nickte und erhob sich. »Ja, sie wird fertig sein, sobald ich diese deprimierenden Zeilen zu Papier bringen kann. Und ich möchte, dass mir die Antwort des Königs von einem Murray überbracht wird. Meistens hält sich ohnehin einer von denen am Königshof auf.«

»Warum wollt Ihr denn einen Murray hierher bringen?«

»Sir Connor hat eine Murray geheiratet. Vielleicht wird diese Heirat für nichtig erklärt, aber im Augenblick ist auch er ein Angehöriger dieses Clans. Sie werden wissen wollen, was geschieht. Und wenn diese Murray auch so ist wie die anderen Frauen dieses Clans, dann kann es gut sein, dass sie hier auftaucht und ihren Mann zurückfordert. Es wäre hilfreich, wenn auch einer ihrer Verwandten hier wäre.«

»Aber es würde doch sicher keine Frau hierher kommen und etwas von Euch fordern?«

»Ihr habt ganz offensichtlich noch keine aus dem Murray-Clan getroffen.«

* *

Diarmot wischte sich die verschwitzten Handflächen an seinem Jupon ab und wartete darauf, dass die Wache die Tür zu Connors Gefängnis aufschloss. Er konnte nicht glauben, was geschehen war.

Zuerst hatte er zugesehen, wie Connor sich auf den Weg machte, um mit Meg zu reden, und gleich darauf hatte ihm Knobbys Mutter in nahezu unverständlichen Worten erzählt, sein Onkel sei tot und die Männer des Grafen hätten Connor nach Dinnock gebracht, wo er sich einer Anklage wegen Mordes zu stellen habe. Er hatte überhaupt nicht geschlafen, war nur die ganze Zeit in seinem Zimmer auf und ab gelaufen, den Kopf voller Fragen, und hatte darauf gewartet, dass es Tag wurde, damit er nach Dinnock reiten konnte. Der Graf hatte ihm auch nichts Näheres erzählt, doch zumindest erlaubte er ihm, Connor zu sehen. Aber obwohl Diarmot sich für diese freundliche Geste bedankt hatte, hatte er sämtliche Waffen abgeben müssen, bevor man ihn zu seinem Bruder brachte.

Sobald er das Turmzimmer betreten hatte, wurde die Tür hinter ihm geschlossen und verriegelt. Er brauchte erst einmal eine Weile, bis er klar sehen konnte, denn der Raum wurde nur von einem winzigen Feuer erleuchtet. Als er Connor dann in einem Sessel neben dem Kamin erkannte, spürte Diarmot, wie sein Unbehagen wuchs. Sein Bruder hatte zwar nicht einmal eine Schramme, aber er schaute drein, als habe man ihn so geschlagen, dass er völlig betäubt oder benommen war.

»Was in Gottes Namen ist denn passiert?«, fragte Diarmot. Der starre Blick seines Bruders beunruhigte ihn zutiefst.

»Ich werde des Mordes an Sir Neil MacEnroy beschuldigt«, erwiderte Connor.

»Aber du würdest doch nie und nimmer unseren Onkel ermorden!«

»Nach dem, was ich erfahren habe, schon. Ich hätte diesem Schwein ohne zu zögern die Eingeweide aus dem Leib gerissen.« Connor trank seinen Humpen leer und füllte ihn erneut. »Wein?«, fragte er seinen Bruder.

Diarmot setzte sich Connor gegenüber und nahm sich etwas Wein von dem großen Krug, den er ihm anbot. Aus Connors Worten hatte eine eisige Wut geklungen. Es war, als sei bei ihm jegliche Zuneigung für ihren Onkel plötzlich und brutal abgetötet worden. Diarmot hoffte nur, dass er Connor dazu bewegen konnte, ihm alles zu erzählen, trotz dessen äußerst eigenartiger Stimmung. Es würde nicht leicht werden, Connor zu befreien, und unmöglich, wenn er ihm nicht alles mitteilte, was er wusste.

»Dein Dolch wurde gefunden. Er steckte in Onkel Neils Herz«, sagte Diarmot.

»Ja, und er ist schon seit Generationen nicht mehr so sinnvoll benutzt worden. Ich wünschte, ich wäre derjenige gewesen, der ihn dort hineingebohrt hat.«

»Weshalb, Connor? Weshalb wünschst du dir auf einmal, du hättest einen Mann umgebracht, den du immer verehrt hast, und warum sagst du, er hat den Tod verdient?«

Connor lehnte den Kopf an die Lehne seines Sessels, nahm einen kräftigen Schluck Wein und schloss die Augen. Dann erzählte er Diarmot mit tonloser, leiser und unbewegter Stimme die hässliche Wahrheit über Sir Neil MacEnroy. Als er geendet hatte, lag eine bleierne Stille so schwer im Raum, dass er das Gefühl hatte, daran ersticken zu müssen. Er blickte Diarmot an und wunderte sich nicht, dass sein Bruder kreidebleich war und zitterte.

»Oh Gott, und wir ließen diesen Schweinehund wieder und wieder nach Deilcladach herein, wir hießen ihn willkommen, wir waren dankbar, dass wenigstens einer unserer Älteren überlebt hatte!« Diarmot war fassungslos; er nahm einen kräftigen Schluck Wein zu sich, denn seine Stimme war heiser vor Wut. »Woher hat der Graf das gewusst?«

»Meg und die anderen Frauen haben es ihm erzählt«, antwortete Connor. »Sie behaupteten, Meg und ich seien noch immer ein Paar, ich hätte Streit mit Neil bekommen, und als der Streit immer hitziger wurde, hätte der betrunkene Neil die Wahrheit ausgeplaudert, die er so viele Jahre lang verschwiegen hatte. Und ich sei darüber so zornig geworden, dass ich ihn abschlachtete. Dann hätte ich meinen Dolch noch in sein Herz gestoßen und sei gegangen. Und nachdem genügend Zeit verstrichen war, in der Meg und ihresgleichen diese Geschichte dem Grafen erzählen konnten, und in der der Graf seine Männer losschicken konnte, um mich gefangen zu nehmen, erinnerte ich mich plötzlich daran, dass ich den Dolch vergessen hatte, und ritt zurück, um ihn zu holen.«

»Meg versucht also nicht nur dich für ein Verbrechen, das du nicht begangen hast, an den Galgen zu bringen, sondern sie stellt dich auch noch als kompletten Idioten hin«, murmelte Diarmot. »Weshalb sollte unser Onkel Meg ein derart gefährliches Geheimnis anvertrauen? Onkel Neil hat doch nie einer Frau über den Weg getraut!«

»Nein, aber er hat gern getrunken. Ich glaube, er und Meg wollten, dass Gillyanne verschwindet, und als sie keine Anstalten machte zu gehen, wollten sie sie aus dem Weg räumen. Vielleicht kamen *sie* in Streit, als der letzte Versuch, Gillyanne zu beseitigen, fehlschlug. Neil hat vielleicht einen Teil der Wahrheit preisgegeben, und Meg war geschickt genug, ihm dann noch den Rest zu entlocken.«

»Meg hat beim großen Morden niemanden verloren. Weshalb sollte sie sich darum scheren, wer es auslöste?«

»Ich glaube nicht, dass sie Neil für dieses Verbrechen getötet hat. Es würde mich nicht überraschen, wenn Meg vorgehabt hätte, dieses Geheimnis gegen den Dummkopf zu verwenden und damit ihre Börse zu füllen. Dann sagte oder tat Neil etwas, das sie wütend machte. Es würde mich auch nicht überraschen zu erfahren, dass Meg meinen Dolch stahl, als ich sie hinauswarf, in der Absicht, ihn später zu verkaufen. Sie dachte erst dann daran, den Mord mir in die Schuhe zu schieben, als sie ihn bereits ausgeführt hatte. Nur sie kann uns sagen, weshalb sie Neil umbrachte. Ich weiß nicht, ob ich jemals begreifen werde, weshalb er ihr plötzlich so viel erzählte, selbst wenn er noch so sturzbesoffen war.«

Diarmot starrte auf seinen Wein. »Vielleicht hat deine kleine Gemahlin ihm die Zunge gelockert. Er mochte sie von Anfang an nicht, hat sie immer nur schändlich behandelt. Es könnte ja sein, dass er über ihre Fähigkeit zu spüren, was ein Mensch denkt oder fühlt, Bescheid wusste. Das machte ihm Angst, und wegen dieser Angst ließ ihn die Erinnerung an seine grässlichen Untaten nicht mehr los; sie war sozusagen seiner Zunge viel zu nahe. Und dann war es wohl nur mehr eine Frage der Zeit, bis er sich verplapperte.«

»Du meinst, er hatte Angst vor Gillyanne? Gestern habe ich immer wieder von ihrer Fähigkeit zu hören bekommen. Das ist inzwischen weit und breit bekannt. Und es klingt wesentlich großartiger, als es in Wirklichkeit ist. Es heißt, sie könne die Geheimnisse erraten, die ein Mensch tief im Herzen mit sich herumträgt. Ja, sie spürt sehr viel, Gefühle, die man nicht ignorieren kann, aber alles andere sind nur Lügen, die Furcht und Hass gegen meine Gemahlin auslösen sollen. Ich glaube inzwischen, Neil hat solche Geschichten verbreitet, vielleicht mit der Hilfe von Meg und womöglich auch noch Jenny und Peg, in der Hoffnung, andere würden Gilly aus dem Weg schaffen.« Connor lachte, aber es klang kalt und verbittert.

»Erinnere dich – David hat uns erklärt, dass solches Gerede eine ernsthafte Bedrohung sein kann. Sogar er hat das klarer gesehen als ich.« Er schüttelte den Kopf und fragte dann abrupt: »Wie geht es Gillyanne?«

»Gut. Sie liegt noch im Bett, das ist das Beste für sie. Fiona beruhigt sich allmählich, sie befürchtet kein Fieber und keinen Wundbrand mehr, und James sieht es auch so. Er will schon bald nach Dubhlinn reiten, um seiner Familie alles zu berichten. Er befürchtet, ihnen könnte ein böses Gerücht zu

Ohren kommen, und er möchte, dass sie die Wahrheit erfahren.«

»Ah ja, die Wahrheit – dass ihre Tochter durch meine Schuld beinahe zu Tode gekommen wäre.«

»Deine Schuld?« Diarmot schüttelte den Kopf. »Was redest du denn da für ein dummes Zeug? Du hattest mit all dem doch überhaupt nichts zu tun!«

»Genau. Ich habe nichts getan, außer einem Mörder Beistand zu gewähren. Ich schloss unseren schlimmsten Feind in die Arme, brachte ihn in die Nähe der Frau, die zu schützen ich gelobt habe. Das ist mir alles eingefallen, während ich hier herumsitze und nachdenke.«

»Grüble«, murmelte Diarmot, doch Connor beachtete ihn nicht.

Connor raufte sich die Haare. »Ich sehe jetzt so viele Dinge, bei denen man argwöhnisch hätte werden müssen, wo man Fragen hätte stellen müssen«, fuhr er fort. »Plötzlich erkenne ich, dass uns Neil nie wirklich geholfen hat, obwohl er es gekonnt hätte, viele Male und auf vielfältige Weise. Das hätte meinen Argwohn wecken müssen.«

»Du hast das nicht hinterfragt, weil du wahrscheinlich dachtest, er bot deshalb keine Hilfe an, weil er keine anzubieten hatte. Und außerdem hast du ja gedacht, es sei deine Pflicht, uns zu führen und vor der Zerstörung zu bewahren.«

»Törichter Stolz! Mein Gott, irgendwann hätte ich mich doch zumindest fragen müssen, warum wir uns nicht alle in seinen Ställen verkriechen konnten, hinter dicken Mauern, anstatt in windigen kleinen Hütten draußen. Aber in meiner Blindheit habe ich euch alle im Stich gelassen.«

»Verdammt noch mal, du hast niemanden im Stich gelassen! Connor, ich habe unseren Onkel nie gemocht. Ich habe ihn für einen nichtsnutzigen Kerl gehalten, der nie mehr tat, als von Zeit zu Zeit aufzutauchen, um uns beim täglichen Überlebenskampf zuzusehen, der zu viel gegessen und noch viel mehr getrunken hat – sogar dann, wenn wir selbst kaum etwas hatten –, der unsere Mädchen in sein Bett schleifte und nie auch nur einen Finger krümmte, wenn Arbeit zu tun war. Und gleichzeitig fühlte er sich immer bemüßigt, uns zu sagen, was wir tun sollten, nicht wahr? Es hat Zeiten gegeben, in denen ich dich am liebsten geohrfeigt hätte, weil du immer auf diesen großtuerischen Säufer gehört hast. Und wie er Fiona behandelte – als ob sie überhaupt nicht existierte –, das hat mich manchmal rasend gemacht.«

»Du hast ihn wesentlich klarer gesehen als ich.«

»Na ja, ich war nicht mit der Sorge für uns alle belastet, deshalb hatte ich wohl mehr Zeit, an andere Dinge zu denken. Aber in all diesen Jahren, und selbst wenn er mich noch so anekelte, habe ich nie gedacht, dass er an allem schuld sein könnte. Ich hielt ihn für miesepetrig, selbstsüchtig, nutzlos, eitel und faul, aber diese schrecklichen Dinge schockieren mich noch immer ebenso sehr wie dich. Guter Gott, Connor, der Kerl war unser Onkel! Natürlich hat sich keiner von uns gefragt, ob er etwas mit dem Tod seines eigenen Bruders, seiner Schwägerin oder vieler anderer seines Clans zu tun haben könnte.«

»Aber ich war der Laird! Ich hätte es sehen müssen. Irgendwann in diesen zwölf langen Jahren hätten mir doch die Augen aufgehen müssen!« Connor fuhr sich über das Gesicht. »Ich bin nicht in der Lage, der Laird zu sein. Du solltest ...« Der eintretende Wachmann ließ ihn verstummen.

»Der Graf sagt, Euer Besuch hat lange genug gedauert«, erklärte der Mann.

»Ja, es reicht!«, stimmte Diarmot zu. Im Aufstehen warf er Connor einen wütenden Blick zu.

»Diarmot ...« Connor wollte ihm noch etwas sagen.

»Nein, ich habe jetzt keine Zeit mehr. Du bleibst hier und grübelst darüber nach, warum du nicht das allsehende Auge Gottes besitzt. Ich werde derweil den wahren Mörder finden und versuchen, dich hier herauszubekommen. Brüte nur nicht so sehr, dass du nicht mehr mitbekommst, dass sie versuchen werden, dir eine Schlinge um den Hals zu legen für einen Mord, den du nicht begangen hast. Ich hätte gern, dass du noch am Leben bist, wenn ich wiederkomme, damit du siehst, was ich für ein schlaues Bürschchen bin. Und dann, wenn du frei bist, werde ich dir ein bisschen Verstand einbläuen! Und ich denke, deine kleine Gemahlin wird mir dabei helfen.« Er machte auf dem Absatz kehrt und knallte die Tür hinter sich zu.

Kapitel 18

»Du musst es ihr sagen.« Diarmot seufzte und ignorierte seine Schwester erst einmal, denn er versuchte gerade, ein paar Bissen zu essen. Er war von der Burg des Grafen zurückgekehrt, hatte sich gewaschen und eine Kleinigkeit gegessen, war zu Bett gegangen und hatte bis zum Morgen durchgeschlafen. Er war noch immer müde, aber er wusste, dass das mehr mit seiner Besorgnis und Niedergeschlagenheit zu tun hatte als mit Schlafmangel. Connor war in eine gefährliche Schwermut versunken, und er war wegen Mordes angeklagt. Das bedeutete, Diarmot musste als der nächstältere Bruder Verantwortlichkeiten übernehmen, mit denen er eigentlich nichts zu tun haben wollte.

Das Schwerste würde sein, dem Rest der Familie die entsetzliche Wahrheit über ihren Onkel mitzuteilen. Ob sie ihn gemocht hatten oder nicht, es würde in jedem Fall eine schwer zu verdauende Nachricht sein. Der Mann hatte drei Clans gegeneinander aufgewiegelt, er war für so viele Tote verantwortlich, dass Diarmot sie gar nicht alle aufzählen wollte.

Noch schwerer würde es ihnen fallen zu begreifen, dass die hässliche Wahrheit über ihren Onkel dem Grafen einen sehr plausiblen Grund an die Hand gab, Connor des Mordes an diesem Mann zu bezichtigen. Wenn sie dem Grafen nicht den wahren Mörder lieferten, konnten sie bestenfalls darauf hoffen, dass die Verbrechen ihres Onkels als schwerwiegend genug beurteilt wurden, um eine Begnadigung Connors zu rechtfertigen.

»Sie fragt nach ihm, nicht wahr?«, wollte Diarmot von Fiona wissen, als sie sich im großen Saal zu ihm an den Tisch des Lairds setzte.

»Nicht so oft, wie sie es meiner Meinung gern möchte«, erwiderte Fiona.

»Wie geht es ihr?«

»Eigentlich erstaunlich gut. Ihre Wunde heilt sehr schnell, und sie ist wesentlich kräftiger, als ich geglaubt hatte – genau wie es James gesagt hat. Heute Morgen habe ich sie bei ihrem ersten Gehversuch ertappt. Sie war zwar noch sehr blass, aber schon recht standfest. Sie muss erfahren, was mit Connor passiert ist. Das wird ihr helfen.«

»Du meinst, eine solch schlechte Nachricht wird ihr wirklich gut tun?«, fragte Diarmot erstaunt.

»Es ist besser für sie, wenn sie die Wahrheit weiß. Dann denkt sie zumindest nicht mehr, dass Connor verletzt oder getötet wurde, oder dass er sie einfach nicht sehen will.«

»Ja, natürlich.«

Diarmot stand auf.

»Hol unsere Brüder, Fiona, und bring sie ins Schlafgemach des Lairds. Knobby auch. Und wo ist James?«

»Er ritt kurz nachdem Gilly aufwachte weg. James meinte, er könne sehen, dass es ihr bald wieder gut geht, und diese Nachricht wollte er seinen Verwandten überbringen. Und die über Connor natürlich auch. Ich dachte, womöglich glaubt er, Connor habe unseren Onkel getötet, und verteidigte unseren Bruder, aber James sagte, er wisse, dass Connor zu Unrecht angeklagt sei. Er war vielmehr darum besorgt, dass seiner Familie Gerüchte zu Ohren kommen würden, und wollte, dass sie die Wahrheit erfahren. Dann sagte er noch, die Murrays hätten einige Erfahrung mit falschen Anschuldigungen wegen Mordes, und er würde vielleicht den einen oder anderen Hinweis erhalten, wie man Connor freibekäme. Wenn er bei James' Rückkehr nicht schon frei ist.« Fiona lächelte zaghaft. »Ich muss daran denken, dass ich ihn nach der Geschichte frage, wenn er zurückkommt.«

»Ich will unbedingt dabei sein, wenn du das tust, denn es ist bestimmt eine gute. Aber jetzt lass uns die Familie zusammentrommeln.«

»Ist es denn so schlimm?«

»Schlimm genug.«

Gillyanne spürte eine Spannung, ja fast Furcht, in sich aufsteigen, als sich die MacEnroy-Geschwister und Knobby in ihrem Schlafgemach versammelten. Ein kleiner Trost war zwar, dass sie bei niemandem Kummer spürte; Connor war also sicher noch am Leben.

Als Mairi mit einem Krug Wein und Bechern hereinkam und einen scheuen Blick mit Knobby austauschte, spürte Gillyanne sogar kurz eine Leichtigkeit im Raum. Offensichtlich hatte Mairi ihm endlich gezeigt, dass sie ihn mochte, und auch er schien sich für sie zu interessieren. Doch sobald Mairi gegangen war, war die Spannung, das Unwohlsein, das alle spürten, wieder sehr deutlich.

»Zuerst muss ich euch etwas über unseren Onkel berichten«, begann Diarmot.

»Wir wissen schon, dass er ermordet wurde«, sagte Nanty.

»Geduld. Was ich euch erzählen muss, wurde alles noch vor seinem Tod bekannt. Unser Onkel war nicht der Mensch, der er zu sein vorgab. Es gab in Zusammenhang mit ihm Dinge, von denen wir nichts wussten, Dinge die wir niemals geahnt hätten.«

Als Diarmot einen Blick auf Gillyanne warf, fröstelte sie. »Oh mein Gott, alle seine dunklen Geheimnisse sind ans Licht gekommen, nicht wahr?«

»Ja, und sie waren in der Tat sehr dunkel.« Diarmot atmete tief durch und wiederholte dann alles, was Connor ihm über Sir Neil gesagt hatte. »Noch trauriger ist, dass ich inzwischen wirklich glaube, er hat uns deswegen nie geholfen, weil es ihm einfach gleichgültig war, ob wir überlebten oder nicht. Er hatte nicht den Mut, uns alle eigenhändig zu ermorden, und die Fehde war vorüber, deshalb konnte er sie nicht als Vorwand hernehmen, aber er war wahrscheinlich sehr enttäuscht, dass wir das letzte Gemetzel überlebten.« Als Diarmot bemerkte, wie blass sie alle geworden waren, seufzte er. »Vielleicht war es gar nicht richtig, euch das alles zu sagen.«

»Doch!«, protestierte Fiona und wischte sich die Tränen von der Wange. »Es war richtig.« Die anderen murmelten zustimmend. »Diese Scheußlichkeiten wurden viel zu lange geheim gehalten. Jetzt sind sie bekannt und werden sich sehr rasch verbreiten. Und es ist besser, sie jetzt von dir zu erfahren, als später durch Gerüchte oder von irgendeinem Fremden. Solche bösen Geschichten werden mit jedem Erzählen immer schlimmer und grausiger – obwohl ich sie mir noch schlimmer eigentlich gar nicht mehr vorstellen kann«, murmelte sie verzagt und setzte sich zu Gillyanne auf das Bett.

Gillyanne ergriff tröstend Fionas Hand. »Und deshalb glaubt der Graf, Connor habe seinen Onkel getötet.«

»Genau«, stimmte Diarmot zu. »Man sagte ihm, die Geschichte sei im Verlauf eines Streits zwischen Connor und unserem Onkel ans Licht gekommen, und Connor habe ihn in einem Wutanfall erstochen. Es war nämlich auch Connors Dolch, der in seinem Herzen steckte.«

»Meg hat ihn gestohlen, als sie vertrieben wurde.«

»Sehr wahrscheinlich. Connor meint, Meg und Neil versuchten gemeinsam, dich loszuwerden. Überall kursieren inzwischen Geschichten über deine Gabe zu spüren, was Menschen fühlen oder denken. Und sie sind unglaublich übertrieben. Ich frage mich, ob Neil das meiste davon glaubte, ob seine Angst davor, dass du sehen würdest, was er verbarg, dazu beitrug, seine Zunge zu lösen. Bevor du zu uns kamst, dachte er wahrscheinlich nicht viel darüber nach, was er getan hatte. Aber plötzlich konnte er diese Dinge nicht mehr aus seinen Gedanken verbannen, und er bekam Angst, man könne ihm auf die Schliche kommen.«

»Sie glaubten, sie könnten andere, die vor meiner Gabe Angst haben, dazu bewegen, mich aus der Welt zu schaffen, oder sie könnten mich dazu bringen, vor den gefährlichen Gerüchten wegzulaufen.«

»Dafür gibt es keinen Beweis und kein Geständnis, aber nur wenige in Deilcladach wussten von deiner Gabe. Es muss also unser Onkel gewesen sein, der die Gerüchte in die Welt setzte.«

»Und Meg, Jenny und Peg waren schnell dabei, ihm zu helfen. Aber das macht nichts. Sobald die Wahrheit über die bekannt wird, die diese Gerüchte in Umlauf brachten, werden sie ihre Kraft verlieren. Wo ist Meg eigentlich?«, fragte sie abrupt.

»Der Graf sagte, sie und die anderen Frauen bekamen den Befehl, in ihre Hütte zurückzukehren und dort zu bleiben, aber als ich auf dem Rückweg von Dinnock dort Halt machte, war niemand zu sehen«, erwiderte Diarmot.

»Das überrascht mich nicht. Aber ich glaube nicht, dass sie sehr weit weg sind«, fügte Gillyanne hinzu, um Diarmot zu beschwichtigen. »Sie haben ja nichts, wo sie hingehen könnten, und weder Geld noch Angehörige. Außerdem wird Meg in der Nähe bleiben wollen, damit sie das Ergebnis ihrer Intrigen und Verbrechen sieht.«

»Hast du einen Plan, Gilly?«, fragte Fiona. Sie half Gillyanne, sich aufzusetzen, und reichte ihr einen Becher Wein.

»Ich bin sicher, Diarmot hat den einen oder anderen Plan, Fiona«, antwortete Gillyanne.

»Den einen oder anderen schon«, stimmte Diarmot zu, »aber ich habe noch keine Zeit gehabt, mir alles genau zurechtzulegen. Abgesehen davon, dass ich den wahren Mörder finden muss, natürlich.«

»Meg war es doch, nicht wahr?« Gillyanne war sich sicher, dass es Meg war, aber sie befürchtete, Eifersucht und Abneigung könnten ihr Urteilsvermögen beeinträchtigen.

Diarmot setzte sich ans Fußende des Bettes und nickte. »Ja, ich denke schon. Connor meint das auch. Allerdings nicht aus denselben Gründen, deretwegen wir diesen Bastard getötet hätten.«

Auch Angus nickte. »Meg und die anderen haben niemanden verloren. Die haben sich doch nie darum gekümmert, was hier passierte.«

»Vielleicht hat euer Onkel ein bisschen zu oft sein Gift gegen die Frauen verspritzt oder Meg wütend gemacht, indem er eine Idee von ihr missbilligte.« Gillyanne schüttelte den Kopf. »Sie kann vor Wut rasend werden, vor allem, wenn man sie beleidigt, und euer Onkel konnte sehr beleidigend sein. Aber das können wir alles in Erfahrung bringen, wenn wir Meg und die beiden anderen finden. Das ist das Allererste, was wir tun müssen.«

»Stimmt«, pflichtete Diarmot bei und nickte den vier anderen Männern zu. »Wir können noch heute mit der Suche beginnen.«

»Wie wird Connor mit alldem fertig? Ist er zornig?«, fragte Gillyanne fast optimistisch.

»Äh – nein. Er brütet vor sich hin.«

»Oh Gott. Es wäre viel besser, wenn er zornig wäre.«

»Allerdings. Aber er meint, er habe uns alle im Stich gelassen und sei es nicht wert, unser Laird zu sein.« Diarmot hob die Arme, um den lautstarken Protest seiner Familie einschließlich Knobbys zu beenden. »Ich habe alles versucht, ihm klar zu machen, dass niemand wissen konnte, welche Geheimnisse unser Onkel in seinem schwarzen Herzen mit sich herumtrug. Ich gestand ihm sogar, dass ich diesen Mann schon seit langem nicht gemocht hatte, und deshalb hätte ich derjenige sein müssen, der die Tatsache, dass Neil das Morden überlebte, hätte hinterfragen sollen, aber ich tat es nicht. Man kann sich ein solches Verbrechen einfach nicht vorstellen. Dieser Mann hat so viele Tote auf dem Gewissen, nicht nur die der MacEnroys.«

»Aber du konntest seine Meinung nicht ändern, nehme ich an.«

»Nein, Gilly. Ich glaube, der Verrat hat ihn sehr, sehr verletzt, denn Connor sah in dem Kerl fast einen Vater. Je länger er über die vergangenen zwölf Jahre nachdachte, desto deutlicher erkannte er, wie wenig dieser Mann eigentlich geleistet hatte und wann und wo er einige treffende Fragen hätte stellen sollen; und jetzt kommt er sich vor wie der letzte Trottel. Connor meint, er habe versagt, weil er nicht merkte, dass er einem Mörder gestattete, sich in unserer Mitte zu bewegen – sogar zu den Zeiten, in denen wir am verletzlichsten waren. Neil hätte das an jenem Tag begangene Morden in der Zeit danach problemlos fortführen und unseren ganzen Clan auslöschen können. Aber wie schon gesagt, ich glaube, er versuchte, sein böses Werk auf höchst niederträchtige Art und Weise dadurch zu vollenden, dass er uns keine Hilfe bot. Er hat nicht einmal die kleine Fiona aus der Kälte zu sich geholt. Und Connor muss auch ständig daran denken, dass er den Mann in deine Nähe ließ, Gilly. Dass er die Gefahr nicht erkannte, die Neil für dich darstellte. Ja, und noch vieles andere. Er ist in einem fensterlosen Turmzimmer eingesperrt, aber er hat es dort nicht schlecht, abgesehen davon, dass er die ganze Zeit allein im Dämmerlicht sitzen muss.«

»Und seinen endlosen Grübeleien überlassen ist. Das heißt, ich muss unbedingt zu ihm.«

»Nein. Es ist ein stundenlanger Ritt, und du wurdest erst vor zwei Tagen schwer verwundet.«

»Schmerzhaft, aber nicht schwer.«

Als Diarmot ihr widersprechen wollte, erhob sie ihre Hand. »Der Pfeil ist oben durch die Schulter gedrungen, durch das wenige Fleisch, das ich dort an meinem zu dünnen Körper habe. Der Muskel heilt gut, der Knochen ist unverletzt, und ich habe nicht sehr stark geblutet. Gut, es tut weh. Aber nicht mehr so wie zu Anfang oder als der Pfeil entfernt wurde, und auch nicht mehr so sehr wie noch gestern. Wenn ich aufpasse und die Wunde nicht wieder aufgeht, ist alles in Ordnung. Und selbst wenn, dann tut es eben wieder mehr weh.«

»Aber der Ritt ...«

»Ich fahre in einem Karren, den wir so herrichten, dass die Reise nicht allzu holprig wird.«

Diarmot runzelte die Stirn. »Das wird die Dauer der Reise verlängern. Ich bin mir nicht sicher, ob wir es dann an einem Tag hin und zurück schaffen.«

»Dann übernachte ich eben in Dinnock. Diarmot, du kannst den Mann nicht allein in einem dunklen Zimmer sitzen lassen, wo er nichts tut, als über das nachzudenken, was er für das schlimmste Versagen seines Lebens hält. Seit eure Eltern ermordet wurden, bestand Connors einziger Lebenssinn darin, das, was von seiner Familie und seinem Clan übrig blieb zu beschützen. Es darf nicht sein, dass er sich einredet, er sei damit gescheitert. Wir wissen alle, dass das nicht stimmt, aber er braucht ganz offensichtlich jemanden, der ihm ein bisschen den Kopf wäscht.«

»Da hast du schon Recht, aber vielleicht sollte ich das besser übernehmen.«

Gillyanne schüttelte den Kopf. »Nein. Er ist dein Laird. Er ist der Mann, der dich großgezogen hat und für dich sorgt. Ich bin sicher, du kannst deine Meinung so lange äußern, wie du willst, aber einen gewissen Punkt wirst du bei ihm nicht überschreiten. Das heißt, wenn du es so lange aushältst und nicht vorher schon zornig wirst und dich aus dem Staub machst.« Sie tauschte mit Fiona ein kurzes Schmunzeln aus.

»Gilly, du bist seine Gemahlin«, entgegnete Diarmot nicht ohne Belustigung in der Stimme. »Das heißt, Connor ist auch dein Laird, und darüber hinaus noch einiges mehr.«

»Ja, manch einer wird das so sehen. Aber die Frauen der Murrays sehen es zum Glück etwas anders. Und denk auch daran – als seine Gemahlin habe ich ein paar Möglichkeiten, seine Stimmung zu heben, die du nicht hast.« Gillyanne blinzelte Diarmot zu, und die anderen kicherten. »Außerdem kann er mich nicht einfach niederschlagen, wenn ich ihm etwas sage, was er nicht hören will.«

»Na ja, das ist nun ein wirklich durchschlagendes Argument«, brummte Diarmot und lachte dann. »Also gut, mach dich auf den Weg. Du kannst Fiona, Knobby und zwei weitere Männer mitnehmen. Meine Brüder und ich suchen in der Zwischenzeit Meg und holen die Wahrheit aus ihr heraus.«

»Wenn ihr es nicht schafft, mache ich es, sobald ich zurück bin.«

»Ich glaube, drohen kann ich ein bisschen besser als du.«

»Schon – einem Mann, und vielleicht auch einer Frau, die dich nicht so gut kennt wie Meg. Aber sie kennt deine Schwäche.«

»Welche Schwäche denn?«, fragte Diarmot ein wenig beleidigt.

»Nun ja, dass du sehr wahrscheinlich zauderst, ehe du einer Frau wirklich etwas antust.«

»Ach, daran hatte ich gar nicht gedacht.« Er runzelte die Stirn. »Aber ich bin mir nicht sicher, ob sie glauben würde, dass du irgendjemandem etwas antun kannst.«

»Vertraue mir, Diarmot, das wird sie. Versuche dein Bestes, denn ich bin nicht erpicht auf dieses Spiel, aber ich werde es spielen, wenn ich muss. Eine Frau glaubt, eine andere wird nicht zögern, ihr wehzutun, vor allem, wenn die Drohende Grund hat zu glauben, ihr angehendes Opfer sei hinter ihrem Mann her oder hatte ihn bereits. Und damit sich Meg noch mehr bedroht fühlt, lasse ich mir von Joan helfen.« Als die Männer nach einem Moment des Überlegens plötzlich alle große Augen bekamen, lachte Gillyanne. »Und noch etwas – stelle fest, was Connor an diesem Tag getan hat. Wo er war, wann er dort war, wer ihn dort gesehen hat.«

»Weshalb?«

»Vielleicht können wir auf diese Weise zeigen, dass er gar nicht die Zeit oder die Möglichkeit hatte, jemanden zu töten.«

»Donnerwetter, du bist ja ganz schön gerissen!«

»Danke schön. Also, dann kümmern wir uns jetzt um mich und meinen Karren, damit ich auf den Grafen und meinen grübelnden Gatten losgehen kann.«

Connor konnte nicht glauben, wen Peter da in sein dunkles Gemach einließ. Bestimmt war das nur ein Traum, der daherkam, dass er zu lange allein im Dämmerlicht gesessen hatte! Oder sollte es wirklich Gillyanne sein, die da etwas blass, aber ansonsten ganz gesund, vor ihm stand? Das letzte Mal, als er sie gesehen hatte, war sie bewusstlos gewesen, und man hatte eben einen Pfeil aus ihrer Schulter entfernt. Sie musste noch das Bett hüten, sich erholen, gelegentlich eine Haferschleimsuppe oder eine wässrige Brühe hinunterwürgen. Connor hatte zwar ein bisschen sein Zeitgefühl verloren, aber er war sicher, dass sie diese Pfeilwunde erst vor drei Tagen bekommen hatte.

»Guter Gott, Connor, haben sie dir nicht ein paar Kerzen gegeben?«, fragte Gillyanne. Sie stemmte die Hände in die Hüften und kniff die Augen zusammen, um ihn besser sehen zu können.

»Doch«, antwortete er und ging etwas geistesabwesend daran, die Kerzen anzuzünden, die in der Ecke des Raumes in einem großen Ständer steckten. »Aber ich fürchte, wenn ich sie anzünde, dann verschwindest du, denn du kannst ja eigentlich nur eine Vision sein, die ich vor lauter Trinken und Nachdenken bekommen habe.«

»Vor lauter Grübeln meinst du wohl.«

Diese herbe, kräftige Stimme konnte nur Gillyanne sein. Als alle Kerzen brannten, drehte er sich zu ihr um. Sie sah noch ein wenig blass aus, doch sie stand fest auf den Beinen, und ihr etwas gereizter Blick ließ keinen Schmerz erkennen. Aber es war für Connor einfach nicht vorstellbar, dass diese kleine Person erst vor drei Tagen in Deilcladach von einem Pfeil getroffen worden war und jetzt hier in Dinnock vor ihm stand.

»Wieso liegst du nicht im Bett, mit Haferschleim und stöhnend vor Schmerzen?«, fragte er.

»Weil ich gehört habe, dass du vor dich hin brütest, und da dachte ich, du brauchst mich, damit ich dir ein wenig Vernunft beibringe. Ah, Wein, das ist gut.« Sie schenkte sich einen Becher ein und nahm einen Schluck.

Nachdem sich Gillyanne auf den Hocker gesetzt hatte, ging Connor zu seinem Sessel zurück. »Vielleicht habe ich diesen Überfall geträumt«, murmelte er.

»Nein. Ich war verwundet. Es tut auch noch weh, weißt du, aber meine Verletzungen heilen immer rasch. Deshalb ist James schon nach Dubhlinn aufgebrochen, um meiner Familie mitzuteilen, dass es mir gut geht. Ich habe es auch Diarmot gesagt, als er versuchte, mich davon abzuhalten, dass ich hierher komme – der Pfeil hat nur ein Loch in mich gebohrt. Muskel und Knochen sind heil geblieben, ich habe auch nicht viel Blut verloren und kein Fieber bekommen. Es schmerzt noch etwas, aber es wird mit jedem Tag besser, und die Wunde beginnt sich bereits zu schließen.«

»Aber es ist doch erst vor drei Tagen passiert!«

»Ich sage dir doch, ich heile rasch. Das war schon immer so. Schon als Kind war ich kaum krank, obwohl ich wirklich winzig war. Mutter glaubt, dass mich Gott zum Ausgleich dafür, dass er mich so klein gemacht hat, sehr robust werden ließ.« Sie öffnete ihr Mieder, ließ es bis zur Hüfte fallen und hob vorsichtig den sauberen Leinenverband hoch. »Siehst du? Es sieht nicht schön aus, aber es heilt.«

Sie hat Recht, dachte er, als er die Wunde betrachtete. Sie heilte, sie sah eher wie eine einwöchige Wunde aus, nicht wie eine, die erst drei Tage alt war. Auf ihrer hellen, weichen Haut war sie in der Tat sehr unschön. Als sein Blick kurz auf ihre nur von ihrem Unterhemd bedeckten Brüste fiel, spannte sich sein ganzer Körper an. Er konzentrierte sich rasch wieder auf die Wunde, auf die Erinnerung daran, dass er bei seiner Pflicht, seine Gemahlin zu beschützen, komplett versagt hatte. Connor stand abrupt auf, lehnte sich gegen den dicken Kaminsims aus Eichenholz und starrte in die Flammen. Er begehrte sie noch immer, sehr sogar, aber er hatte kein Recht mehr auf sie.

Gillyanne runzelte die Stirn. Für einen kurzen Augenblick hatte Connor so reagiert, wie er es beim Anblick ihrer kaum bedeckten Brüste gewöhnlich tat. Sie wusste nicht genau, warum er diese kleinen Brüste so sehr mochte, aber er tat es, und das wollte sie ausnutzen. Aber nun musste sie wohl noch herausfordernder werden.

Connor war zu sehr in Schwermut versunken, man konnte nicht vernünftig mit ihm reden. Sie musste seine düstere Stimmung durchbrechen, damit er ihren Worten Beachtung schenkte. Und eben das wollte sie mit Leidenschaft versuchen. Aber offenbar war er in diesem Zustand noch beherrschter als sonst; sie würde sich also darauf einstellen müssen, jede noch so kleine Gelegenheit schnell auszunutzen. Mit diesem Gedanken zog sie rasch ihre Unterhose aus und stopfte sie in eine verborgene Tasche ihres Rocks. Jetzt konnte sie ihn gleich bei der ersten Gelegenheit überraschen. Sie musste nur noch ihren Drang zu kichern unterdrücken, der sich einstellte, wenn sie ihrer Phantasie freien Lauf ließ.

Es wird nicht schwer, dachte sie, als sie einen flüchtigen Blick auf ihn warf. Er trug nur seine Beinkleider aus Leinen. Dies und sein feuchtes Haar sagten ihr, dass er erst kurz vor ihrer Ankunft gebadet hatte.

Gillyanne dankte hastig Gott dafür, dass sie sich, bevor sie Dinnock erreichten, zu einer Pause entschlossen hatte, um sich gründlich zu waschen.

Jetzt musterte sie ihn langsam und erwartungsvoll, und dabei fiel ihr Blick auch auf seinen Unterleib, der ihr ausreichend Beweis dafür lieferte, dass Connor doch nicht ganz so kontrolliert war, wie er sie glauben machen wollte. Sie hatte schon einen perfekten Angriffsplan – wenn sie ihn nur dazu bewegen konnte, sich wieder zu setzen.

»Du hättest nicht hierher kommen sollen, Gillyanne«, sagte er. Endlich blickte er sie an, und innerlich verfluchte er sich dafür, dass er es kaum schaffte, nicht auf ihre Brüste zu schauen. Er verkniff es sich, ihr zu sagen, sie solle sich wieder bedecken, aus Angst, dies könnte zu viel von seinen Gefühlen preisgeben.

»Nein?« Sie nippte an ihrem Wein. »Sollte es mir gleichgültig sein, dass du für einen Mord angeklagt wirst, den du nicht begangen hast, und dass du dich von deiner Schwermut zu einer törichten Entscheidung verleiten lässt?«

Connor ließ sich wieder auf seinen Sessel fallen, nahm einen kräftigen Schluck Wein und blickte sie düster an. »Ich bin nicht fähig, ein Laird zu sein. Es ist die Pflicht eines Lairds, seine Familie und seinen Clan zu beschützen. Ich bin daran gescheitert. Ich presste blind eine Viper an meine Brust, ließ sie an mir hochgleiten und auf meine Gemahlin zielen.«

Gillyanne rutschte von ihrem Hocker und kniete sich zwischen seine langen Beine. »Er war dein Onkel, Connor.« Sie stellte ihren Becher ab und strich mit den Händen an seinen starken Schenkeln auf und ab. »Blutsverwandtschaft. Fast jedermann vertraut seinen Blutsverwandten – so lange, bis sie sich etwas wirklich Eklatantes zuschulden kommen lassen, das dieses Vertrauen zerstört.«

»Er überlebte. Das hätte mich zu dem einen oder anderen Zweifel veranlassen müssen.« Connor fand es zunehmend schwierig, ihr Streicheln und ihre provozierende Position zu ignorieren.

»Nein, es sollte genau das bewirken, was es bewirkt hat – dich dankbar dafür zu machen, dass ein weiteres Mitglied deiner Familie das Morden überlebt hatte.« Sie glitt noch etwas näher, ließ ihre Hände bis zu seinen Hüften wandern und küsste sanft seinen straffen Bauch. »Du bist ein fairer und ehrenhafter Mann, Connor MacEnroy, der den größten Teil seines Lebens auf den Kampf dafür verwandte, seine Brüder und sein Schwesterchen am Leben zu halten. Es ist nicht verwunderlich, dass vor allem du nie die Möglichkeit in Erwägung gezogen hast, dass ein Mann alles daransetzen würde, dem eigenen Bruder und seiner Familie den Tod zu bringen.

Ja, wenn er irgendeiner gewesen wäre, dann könntest du dich vielleicht dafür verfluchen, diese Bedrohung nicht gesehen zu haben – aber er war dein Onkel, der Bruder deines eigenen Vaters, ein Mann, den dein Vater in deinem Haus willkommen hieß. Man kann dich nicht dafür verantwortlich machen, dass du das Böse in ihm nicht sahst. Niemand hat es gesehen.«

»Du schon.« Connor strich über ihr Haar. Er verzehrte sich immer mehr nach ihr; sein aufwallendes Begehren ließ den Verrat seines Onkels zunehmend in den Hintergrund treten.

»Nein, ich habe nur eine betrübte Seele gesehen.« Sie löste langsam die Bänder seiner Hose und beschloss, es sei nicht notwendig, ihren Verdacht jetzt lieber nicht zu äußern. »Ich sah einen gequälten Menschen.« Sie legte ihre Finger auf seinen Leib und genoss es, wie er wohlig erschauerte, die Beine um sie legte und sie noch näher an sich drückte.

»Ich sah, dass er Zorn und dunkle Geheimnisse in sich verbarg, aber ich hätte nie erraten, mit welch schrecklichen Verbrechen er sein Gewissen belastet hatte.«

Gillyanne ließ anstelle ihrer Finger ihre Zunge zärtlich werden und freute sich über das tiefe, lustvolle Stöhnen, das er von sich gab.

»Diarmot hat ziemlich dasselbe gesagt«, brachte er gerade noch heraus.

»Wir haben Recht, und wenn du aufhörst zu grübeln, dann gibst auch du uns Recht.«

»Vielleicht.« Er begann zu glauben, dass er sich von Selbstmitleid hatte hinreißen lassen, doch sein Begehren ließ ihn jeden Wunsch zu reden zunehmend vergessen.

Connor lehnte den Kopf zurück, schloss die Augen und versuchte, seine Leidenschaft in den Griff zu bekommen. Er wünschte sich die Stärke, einfach nur lange dasitzen zu können und das Streicheln ihrer heißen Zunge und ihre leidenschaftlichen Küsse zu genießen, das Spiel ihrer langen, zarten Finger. Sie schien zu wissen, wie sehr er sich wünschte, sich dieser puren Sinnlichkeit hinzugeben; ab und zu ließ die Intensität ihrer Berührungen etwas nach, als wollte sie, dass er wieder etwas mehr Kontrolle über sich zurückgewann. Als sie seine Hose ganz entfernte, war Connor über die kurze Pause fast froh.

Doch dann berührte sie ihn wieder, schloss ihre Lippen erneut um ihn. Connor umklammerte die Lehnen des Sessels, bemühte sich, seine Lust so stark wie möglich zu halten, ohne sie jedoch rasch zu beenden. Ihre langsamen Bewegungen waren aufreizend, quälend, verlockend – wie ein Kind, das seine Lieblingssüßigkeit so lange wie möglich auskosten will, kam es ihm in den Sinn. Deshalb musste wohl er derjenige sein, der dieses Spiel beendete.

Er schob sie zärtlich von sich weg, und achtete auf ihre Wunde, als er sie hochzog, bis sie zum Stehen kam. Gillyanne blickte ihn an wie durch einen Nebel. Zu merken, dass sie, wenn sie sich liebten, in einen solchen Zustand geraten konnte, beraubte ihn fast all seiner Kontrolle, die er eben erst wiedergewonnen hatte.

»Zieh dich aus, Gemahlin«, murmelte er und schaute ihr dann zu, wie sie ihr Kleid, die Unterröcke und die Schuhe abstreifte, bis sie nur im Unterhemd und mit Strümpfen und Strumpfbändern vor ihm stand.

»Wo ist deine Unterhose?«, fragte er, als er bemerkte, dass die dunkle Stelle zwischen ihren Beinen durch das feine Unterhemd zu sehen war.

»Ich habe sie ausgezogen, während du ins Feuer gestarrt hast«, antwortete sie mit belegter, fast heiserer Stimme. »Ich dachte, vielleicht muss ich mich beeilen, wenn ich dich von deinen Gedanken ablenken will.« Als er ihr Bein anhob und ihren Fuß auf seinen Schenkel setzte, um ihr den ersten Strumpf auszuziehen, hielt sie sich mit einer Hand an der Sessellehne fest und versuchte mit der anderen, züchtig ihr Unterhemd nach unten zu ziehen.

»Nein, Gemahlin, lass deinen armen Mann einen kleinen Blick auf das werfen, wonach er sich so sehnt«, murmelte Connor und nahm ihre Hand beiseite.

Gillyanne errötete, sagte jedoch nichts, obwohl sie sehr wohl wahrnahm, dass er mehr als einen kleinen Blick riskierte. Beim Ausziehen ihres Strumpfes streichelte er ihr Bein von oben bis zur Zehe, und das erregte sie so sehr, dass sie sich nicht mehr fragte, was er sah. Als er endlich ihren zweiten Strumpf entfernt hatte, zitterte sie am ganzen Körper, und dann glitt seine Hand liebkosend über ihre Schenkel, und sie seufzte vor Erleichterung auf.

»So wunderbar«, murmelte er und drückte ihr einen Kuss auf den Bauch. »Setz dich auf mich, meine Gemahlin.«

Sie gehorchte, doch sobald sie sich niederlassen wollte, hielt er sie an den Hüften hoch. Gillyanne errötete, als er ihr langsam das Unterhemd auszog. Doch der leidenschaftliche Blick seiner schönen, dunklen Augen, die leichte Berührung seiner starken Hände ließen sie ihre Scheu rasch vergessen. Während die eine Hand sie an der Hüfte hochhielt, damit sich ihre Körper nicht trafen, bewegte sich die andere zu ihrem Kopf und drückte ihn nach unten, bis sich ihre Lippen trafen und in einem langsamen, sehnsüchtigen Kuss verschmolzen.

Als er den Kuss beendete, murmelte sie einen Protest, doch mitten im Wort veränderte sich der Klang ihrer Stimme zu purer Lust, denn nun hob er ihren Kopf etwas hoch und begann, ihre Brüste zu liebkosen und zu küssen. Dann drückte er sie noch weiter nach oben, sein Mund glitt abwärts, saugte und leckte ihre Haut, ihre Rippen, ihren Bauch. Erst als er unterhalb des Nabels angekommen war, erkannte sie sein Vorhaben, doch inzwischen war ihre Leidenschaft stärker als jegliche Scheu. Sie klammerte sich an die Lehne des Sessels, er schob sie ein letztes Stückchen höher und begann leise stöhnend, mit langen, kundigen Fingern über ihre Haut zu streichen. Und als seine Zunge an die Stelle seiner Finger trat, wich auch ihr letzter Rest an Zurückhaltung heißer Lust, gierigem Verlangen. Sie registrierte ein letztes kleines Entsetzen darüber, wie sie ihm ihren Körper entgegenreckte und ihm erlaubte, sich alle Freiheit zu nehmen, doch sie verlangte zu sehr nach der Lust, die er ihr spendete, um Sittsamkeit oder Schamgefühl noch einen Platz zu lassen.

Er spielte mit ihr, wie sie zuvor mit ihm gespielt hatte, hielt sie so lange auf dem Höhepunkt der Erregtheit, bis sie glaubte, schreien zu müssen. Und so sehr sie dieses Spiel genoss, konnte sie es irgendwann einfach nicht mehr aushalten. Ihre Finger krallten sich in seinen Haaren fest; sie bat ihn, seine Liebesfolter zu beenden. Plötzlich wurden seine Küsse beinahe wild, als verlange auch er nun voller Gier, was er ihr bisher verweigert hatte. Gillyanne brach mit einem lauten Schrei über ihm zusammen und ließ sich erschöpft auf ihn sinken.

Sie zitterte am ganzen Körper, als er sie langsam auf sich setzte und wie von selbst in sie eindrang. Er hielt sie fest, so dass sie sich nicht bewegen konnte, und begann wieder, mit den Lippen ihre Brüste zu liebkosen. Gillyanne spürte ihre Leidenschaft erneut entflammen. Sie legte die Arme um seine breiten Schultern und bewunderte, wie gut er sich unter Kontrolle hatte, fragte sich, ob sie es ihm gleichtun könne. Doch als einen Augenblick später seine Hand von oben zwischen ihre Körper glitt und die viel zu sensible Stelle dort berührte, wo sie ineinander verschmolzen waren, entschied sie, dass Kontrolle gar nicht so wichtig war.

Connor hielt Gillyanne so still, wie er konnte, als er ihr Begehren neu anfachte. Er bewegte sich am Rande des Höhepunkts, doch er wollte ihn gleichzeitig mit ihr erreichen. Selbst die leichte Krümmung ihres Körpers und die Art, wie sie die Beine um ihn schlang, waren schon fast zu viel. Als sie zum ersehnten Höhepunkt kam, erbebte sie von oben bis unten. Einen Augenblick lang genoss er das fantastische Gefühl, wie sie sich um ihn zusammenzog, wie sie ihm ins Ohr schrie, und dann schrie auch er seine Lust hinaus und ließ sich von ihr mit fortreißen.

Als Gillyanne die Augen öffnete, betrachtete Connor gerade ihre Wunde. Sie schmerzte ein wenig, aber Gillyanne hatte selbst in der größten Leidenschaft nicht vergessen, sie zu schonen. Sie bemerkte, dass sie in einem Bett lagen, und erinnerte sich noch vage daran, dass Connor sie beide gewaschen und sie dann dorthin getragen hatte.

»Es tut nur ein bisschen weh, aber nicht mehr als bei meiner Ankunft«, sagte sie.

Er wollte gerade etwas darauf sagen, doch in diesem Moment klopfte es. Connor fluchte; er war bereits aufgestanden und nestelte an seiner Hose herum. Nach einem Blick auf Gillyanne, die die Decke bis unter das Kinn gezogen hatte, ging er zur Tür. Kaum dass er sie erreicht hatte, wurde von außen geöffnet, und er sah sich Peter und Knobby gegenüber.

»Du hättest Gillyanne nicht erlauben sollen, hierher zu kommen!«, schimpfte er Knobby.

»Eure Gemahlin ist ebenso stur wie Ihr«, erwiderte dieser und warf eine kleine Tasche ins Zimmer. »Ich bin bereit, im Morgengrauen aufzubrechen.«

Peter drückte Connor ein Tablett mit Essen und Getränken in die Hand, machte mit Knobby kehrt und verschloss die Tür wieder von außen. Connor stellte das Tablett neben dem Bett ab und betrachtete dann das Täschchen.

»Du willst über Nacht hier bleiben?«, fragte er Gillyanne.

»Na ja, Schwermut zu vertreiben ist manchmal schwer.« Sie setzte sich auf und nahm sich eine dicke Scheibe Brot.

»Ich glaube, ich habe jetzt lange genug vor mich hin gebrütet«, meinte Connor, zog seine Hose aus und kroch wieder unter die Decke. »Aber es ist trotzdem gut, dass du die Nacht über hier bleibst, und sei es nur für den Fall, dass ich vor Sonnenaufgang noch ein- oder zweimal rückfällig werde.« Als sie lachte, blinzelte er ihr zu und fragte dann:

»Du fährst also nach Deilcladach zurück? Und was tust du da? Ich glaube nicht, dass du dich erholen wirst, so wie du es solltest.«

»Ich möchte den wahren Mörder finden und dich hier herausholen.«

Er musterte sie einen Augenblick lang, verblüfft über den Gedanken, dass diese zierliche Frau ihm helfen, ihn retten würde. Wenn das überhaupt schon einmal jemand getan hatte, dann war es lange her, sehr lange. Er musste lächeln.

»Wenn irgendjemand das fertig bringt, dann du, meine liebe Gemahlin«, sagte er. »Aber jetzt iss. Du brauchst deine Kraft.«

»Meine Wunde heilt schön«, sagte sie.

»Nicht dafür.«

»Um den Mörder zu fangen?«

»Auch nicht dafür. Sondern um deine eheliche Pflicht zu tun und jede Schwermut zu vertreiben, die mich heute Nacht überfallen könnte.«

»Ah, das wird mir ein Vergnügen sein, mein Gemahl.«

»Das entspricht ganz meiner Absicht, meine Gemahlin.«

Kapitel 19

Gillyanne setzte sich an den Tisch im großen Saal von Deilcladach und füllte ihren Teller. Sie war schon vor einigen Stunden von der Burg des Grafen zurückgekehrt, aber alle waren so freundlich gewesen, sie erst einmal sich waschen und ausruhen zu lassen. Fiona hatte die allgemeine Ungeduld wahrscheinlich etwas gebremst, indem sie alles, was ihr Gillyanne berichtet hatte, wortgetreu weitererzählt hatte. Gillyanne hoffte, dieser Aufschub werde lange genug anhalten, dass sie ihr Essen in Ruhe genießen konnte. Sie hatte einen Riesenhunger, was wohl der langen, sehr sinnlichen Nacht mit Connor, ihrem Heilungsprozess und der Reise zu verdanken war.

Plötzlich fiel ihr wieder ein, wie sie den Morgen willkommen geheißen hatte – sie hatten sich noch einmal stürmisch geliebt –, und sie erschauerte vor Entzücken. Connor hatte seine Schwermut bestimmt überwunden. Allerdings war er am Ende gereizt gewesen, frustriert darüber, von anderen abhängig zu sein, die ihm aus seinen Schwierigkeiten heraushelfen mussten. Gillyanne wusste, der Grund dafür war nicht, dass Connor ihnen nicht traute oder gar dachte, sie seien zu dumm, um ihm zu helfen, sondern weil er daran gewöhnt war zu führen und nicht zu folgen, und schon gar nicht, herumzusitzen und zu warten. Deshalb war sie froh, dass sie rasch aufgebrochen war, bevor er etwas sagen konnte, das ihre gute Laune hätte vertreiben können.

»Sie haben Meg gefunden!«, rief Fiona, als sie in den Saal kam. »Kurz bevor wir ankamen, haben sie sie geschnappt.«

»Bitte, sag mir, dass sie alles gestanden hat«, sagte Gillyanne. Sie schob ihren leeren Teller zur Seite und trank einen Schluck Ziegenmilch.

Fiona setzte sich zu ihr auf die Bank und genehmigte sich ebenfalls einen Schluck. »Auf den Knien, und um Gnade bittend?«

»Das klingt gut.« Gillyanne blickte hinunter in ihre Milchschale. »Zu gut. Angus sagte, sie wollte wissen, weshalb man sie im Haus ihres ›Cousins‹ suchte«, sagte Fiona.

»Sie hat Verwandtschaft?«

»Nein. Dieser arme Tor dachte, Gott habe ihm seine Gunst gezeigt und ihm drei liebliche Mädchen geschickt, um sie in seiner Hütte aufzunehmen. Aber als die zornigen, bis an die Zähne bewaffneten MacEnroys an seine Tür pochten, begann er an seinem Glück zu zweifeln. Angus erzählte, der Mann habe die Frauen fast nackt aus dem Haus gezerrt und dann die Tür verschlossen, aber Diarmot sagte ihm, er solle sie noch ihre Habseligkeiten mitnehmen lassen. Drew erzählte, Meg habe geflucht und schon bald zu fliehen versucht; deshalb wurde sie gefesselt und geknebelt. Daraufhin erklärten sich die anderen beiden zur Zusammenarbeit bereit, sagte Angus, nur reden wollten sie noch nicht. Ja, und jetzt ist Meg hier und wartet auf deine besondere Behandlung.«

»Das könnte diesen Tag, der so vielversprechend begann, leicht verderben«, murmelte Gillyanne und lächelte zaghaft, als Fiona zu lachen anfing. »Aha, hier kommen die anderen.«

»Ich vermute, Fiona hat dir schon alles erzählt«, meinte Diarmot, als er sich mit seinen Brüdern und Knobby mit an den Tisch setzte. »Ich habe versucht, Meg zum Reden zu bringen, aber sie wurde nur zornig. Leider hat sie trotz eines gewaltigen Wortschwalls keine Geheimnisse preisgegeben, sondern uns nur immer wieder beleidigt und bedroht. Oh, und sie verspottete uns auch damit, dass Connor wohl bald für den Mord an seinem Onkel hängen werde.«

»Wenn ihr Kerle eure Hosen anbehalten hättet, müssten wir uns jetzt nicht mit dieser Schlampe herumschlagen«, murrte Fiona.

»Ich glaube nicht, dass eine Lady das Wort *Schlampe* in den Mund nehmen sollte«, wies Gillyanne sie zurecht und hoffte, damit den Ärger zu beschwichtigen, den Fionas Bemerkung offenbar bei ihren Brüdern ausgelöst hatte – zumindest schienen die Blicke der vier, die ihre Schwester trafen, solchen anzudeuten. »Außerdem würde ich wohl ganz gern vergessen, welche Kerle bei Meg was ausgezogen haben.«

»Oh, Pardon. Obwohl, wenn du mit ihr redest …«

»Genau.« Gillyanne seufzte und rieb sich die Schläfen. »Und ich muss mit ihr reden, nicht wahr?«, fragte sie Diarmot.

»Ich fürchte, ja, Gillyanne«, erwiderte er nach einem letzten tadelnden Blick auf seine Schwester. »Aber bist du dir sicher, dass du sie zum Sprechen bringen kannst? Ich – na ja, wenn du dir nicht sicher bist, dann wüsste ich nicht, weshalb du dir das antun sollst, dass sie ihr Gift auf dich spritzt.«

Gillyanne lächelte ihm kurz zu. »Ich bringe sie zum Reden, auch wenn es mir sehr viel lieber wäre, dass sie den Mund hielte. Und mit Joans Hilfe kann ich sie sehr, sehr ängstlich oder sehr, sehr zornig machen. Aber bevor ich mich mit ihr befasse – hast du herausgefunden, was Connor an jenem Tag alles gemacht hat, damit wir ihr nötigenfalls beweisen können, dass er gar keine Zeit oder Gelegenheit hatte, seinen Onkel zu ermorden?«

»Ja, vielleicht aber auch nein«, entgegnete Diarmot. »Ja deshalb, weil wir alles wissen, was er vom frühen Morgen an getan hat. Aber alle Zeugen sind MacEnroys. Nicht gerade die besten Zeugen in diesem Fall.«

»Nein. Aber wenn das Blut noch nicht verkrustet war, als die Männer des Grafen eintrafen, können wir vielleicht argumentieren, dass der Mord nach der Mittagsstunde geschehen sein muss. Um so schnell zum Grafen und wieder zurück zu gelangen, müsste Meg ein Pferd fast zu Tode geritten haben.«

»Das Blut war noch nicht verkrustet«, erklärte Fiona und zuckte mit den Achseln, als alle sie anblickten. »Während Gilly versuchte, Connor von seiner Schwermut abzubringen, aß ich mit dem Grafen und Peter, seinem Sergeanten. Ich erzählte ihnen alles von früher und alles, was Connor gemacht hat, weil ich dachte, es wird vielleicht helfen, falls wir den wahren Mörder nicht finden und sie deshalb immer noch Connor beschuldigen. Und dann ließ ich mir von ihnen alles über den Mord erzählen. Der Graf meinte, ich sei ein blutrünstiges Mädchen.«

»Bist du auch, aber ich vermute, er meinte das sehr charmant«, sagte Gillyanne. »Das Blut war also noch frisch. Das ist seltsam, wenn man bedenkt, wie lange Meg gebraucht hätte, um zum Grafen zu reiten und ihm ihre Geschichte zu erzählen, und wie lange dann dessen Männer gebraucht hätten, um zu der Hütte zu gelangen. Selbst wenn alle ihre Pferde geschunden hätten, hätte das sicher so viel Zeit gekostet, dass das Blut getrocknet wäre.«

»Aber Meg musste nicht den ganzen Weg nach Dinnock reiten«, gab Fiona zu bedenken. »Meg traf die Männer des Grafen in einem Ort auf halbem Weg dorthin. Sie waren im Auftrag des Grafen unterwegs. Peter schickte die Frauen weiter zum Grafen, um ihm ihre Geschichten zu erzählen, und er ritt mit den Männern zur Hütte. Als Peter mit Connor nach Dinnock zurückkam, hatte der Graf die Frauen bereits wieder zu ihrer Hütte zurückgeschickt.«

Gillyanne nickte. »Deshalb war das Blut noch frisch, und deshalb konnte Connor seine Beschuldiger nicht sehen. Dein Onkel wurde also ermordet, *nachdem* ich angegriffen wurde. Es sollte nicht schwer sein zu beweisen, dass Connor als Täter nicht in Frage kommt. Er war bei mir, dann ritt er zu Sir Robert und dann zu Sir David. Können wir die beiden wohl dazu bringen, das eventuell zu bezeugen?«

»Warum fragst du sie nicht gleich selbst?«, meinte Diarmot.

Gillyanne folgte seinem Blick zur Tür des Saals – und konnte kaum glauben, was sie sah: Knobby führte soeben Sir Robert und Sir David herein. Offenbar war Gott ihr oder Connor heute gnädig gesonnen. Gillyanne überlegte rasch, ob sie es sich ersparen konnte, mit Meg zu reden, doch dann schalt sie sich für ihre Feigheit. Zweifellos würde Meg ihr mehr über sich und Connor und die Zeit, in der sie ein Paar waren, erzählen, als sie hören wollte – und sei es nur, um sie zu verletzen –, aber Gillyanne wusste, dass sie sich davor nicht drücken durfte, so lange eine Chance bestand, dass diese Frau ein Geständnis ablegte.

Was sie nun in der Hand hatte, würde ausreichen, um Connor freizubekommen; aber dem Grafen den wahren Mörder ausliefern zu können, war natürlich noch viel besser. Je mehr Beweise für Connors Unschuld sie hatte, desto rascher würde er freikommen.

»Ich dachte, Ihr seid verwundet worden«, sagte Robert, als er und Sir David an den Tisch traten.

»Ja, das stimmt«, erwiderte Gillyanne und lud die beiden mit einer Geste ein, Platz zu nehmen. »Aber es heilt recht gut.«

»Und offenbar auch schnell«, meinte Robert, als sie sich setzten. »Es ist ja erst ein paar Tage her.«

»Vier Tage, aber wie gesagt, es war keine schlimme Wunde. Seid Ihr gekommen, um Euch zu erkundigen, wie es mir geht?«

»Nun, ja und nein. Wir hörten, was Connor zugestoßen ist, und dachten, vielleicht können wir helfen. Schließlich verbrachte er einen guten Teil jenes Tages im Sattel, um mit uns beiden zu reden.« Robert runzelte die Stirn. »Ich weiß sowieso nicht, wie jemand darauf kommt, dass Connor seinen eigenen Onkel ermorden sollte. Der Mann war zwar ein Ärgernis und ein nutzloser Kerl, aber Connor schien ihn ja doch zu mögen.«

Gillyanne stand auf. »Diese Geschichte erzählen Euch besser Diarmot und die anderen. Ich muss jetzt Meg zu einem Geständnis bringen.«

»Ihr glaubt, sie hat ihn ermordet?«, fragte Robert.

»Oh ja, ich weiß nur noch nicht, weshalb«, antwortete sie

und fuhr mit einem Blick auf Diarmot fort: »Wo ist sie denn?«

»In der Küche, an einen Stuhl gefesselt«, erklärte Diarmot. »Ihre beiden Freundinnen haben wir in den Ställen angebunden.«

»Die Küche ist gut. Das ist weit genug weg, und wenn die Tür geschlossen ist, weiß man nicht, ob sie aus Zorn, Angst oder Schmerz schreit.«

»Ihr habt vor, sie zum Schreien zu bringen?«, fragte Robert.

Gillyanne beschloss, sein erfreutes Grinsen einfach zu ignorieren. »Ich vermute, sie wird sehr schreien, und zwar aus Wut und Angst davor, dass die Wahrheit herauskommt. Jeder hier im Saal wird indes glauben, dass die Frau brutal gefoltert wird. Und deshalb«, fuhr sie mit dem Blick auf Diarmot fort, »bring bitte die beiden anderen hierher. Ich denke, du kannst dir Mittel und Wege ausdenken, um sie glauben zu machen, dass ich Meg bei lebendigem Leib die Haut abziehe. Und dann werden sie schnell alles erzählen, selbst wenn Meg es nicht tut.«

»Kluge Frau«, meinte Diarmot. »Sehr klug!«

»Tja, wenn einen der Teufel reitet – du weißt schon.«

»Wenn Ihr ein Geständnis bekommt, werdet Ihr uns ja nicht brauchen«, meinte Sir David, während Drew und Nanty hinausgingen, um Megs Freundinnen zu holen.

»Oh doch«, widersprach Gillyanne. »Ich möchte dem Grafen so viele Beweise wie möglich für Connors Unschuld vorlegen. Denn dann kommt er nicht nur frei, sondern auch sein Ruf wird wieder hergestellt.«

»Ein guter Plan, Mylady«, meinte Robert, »allerdings glaube ich nicht, dass Ihr Meg dazu bewegen könnt, ein Geständnis abzulegen, das sie den Kopf kosten wird.«

»Nein?« Gillyanne lächelte. »Diese Frau ist in der Küche an einen Stuhl gefesselt, in einem Raum mit allen möglichen bedrohlichen Dingen, großen Messern unter anderem. Dort bringen wir Meg mit einer Frau zusammen, mit deren Mann sie Unzucht trieb, während die Frau die ganze Arbeit tun musste, die eigentlich Meg hätte leisten sollen – und mit mir, noch einer Frau, der sie Unrecht zugefügt hat. Ich glaube, sobald sich die Tür schließt, wird Meg sehr, sehr viel Angst haben.« Als sie zur Küche ging, hörte sie die Männer hinter sich lachen.

»Gut gemacht, Mylady«, sagte Joan, als Gillyanne die Küche betrat und die Tür hinter sich schloss.

Jetzt wird es schwer werden, dachte Gillyanne. Sie nickte Joan zum Gruß zu und musterte dann ihre Widersacherin. Meg war nicht verletzt, doch ihre arg mitgenommene Kleidung und das zerzauste Haar ließen vermuten, dass sie sich ihrer Gefangennahme heftig widersetzt hatte und die Männer nicht gerade zimperlich mit ihr umgesprungen waren. Zudem zitterte sie vor Wut und Hass. Gillyanne bemerkte jedoch auch den Geruch von Angst – großer Angst, aber sie war noch nicht groß genug, um die Wut und den Abscheu zu überwinden. Etwas seltsam erschien ihr, dass diese beiden starken Gefühle offenbar nicht nur auf sie und Joan gerichtet waren, sondern auf alle Menschen. Ganz ähnlich war es auch bei Sir Neil MacEnroy gewesen. Wenn sich zwei so verdorbene Seelen zusammentun, dachte Gillyanne bei sich, dann kann es nicht sehr überraschen, wenn eine über kurz oder lang den Tod findet.

»Es kommt mir ziemlich dumm vor, den eigenen Beschützer zu töten«, begann sie mit vor der Brust verschränkten Armen.

Meg lachte rau. »Connor hat den alten Tölpel umgebracht. Und bald wird er dafür hängen, dieser Bastard!«

»So hart bist du. Connor war gut zu dir.«

»Er war nur einer von denen, die mich bestiegen, wenn sie scharf darauf waren. Sieht gut aus, ja, und er ist ein guter Hengst, aber eben auch nur ein gottverdammter, verschwitzter Rammler wie alle anderen.« Sie warf so arrogant den

Kopf zurück, um das dicke Haar aus dem Gesicht zu bekommen, dass Gillyanne am liebsten zugeschlagen hätte. »Ich war die Beste, die er je hatte, und der Trottel wirft mich hinaus! Wofür? Für so einen flachbrüstigen Zwerg?«

Gillyanne bemerkte, dass ihr diese auf ihre Figur gezielte Beleidigung nicht wehtat. Sie wusste zwar nicht, weshalb, aber sie hatte keinen Zweifel daran, dass Connor ihre kleinen Brüste mochte und sie sehr erregend fand. Und diese Gewissheit machte sie gegen Megs Spott immun.

»Wenn du die Beste gewesen wärst, hätte er dich behalten. Viele Männer haben neben ihrer Gemahlin eine Geliebte. Doch darum geht es gar nicht. Geliebte werden häufig verlassen. Aber sie erdolchen dann nicht gleich einen betrunkenen alten Narren und versuchen, ihrem verflossenen Liebhaber den Mord in die Schuhe zu schieben. Warum hast du den Mann getötet?«

»Ich habe ihn nicht umgebracht. Wie könnte eine Frau einen Mann ermorden? Nein, Connor war es! Als er die Wahrheit über seinen Onkel erfuhr, ist er verrückt geworden. Vielleicht wird er ja dieser Wahrheit wegen vor dem Galgen verschont. Schließlich war der, den er umbrachte, schon längst überfällig.«

»Ich glaube, Connors Freiheit ist das Allerletzte, was du dir wünschst. Connor weiß, wer seinen Onkel umbrachte und wer ihn dafür verantwortlich machen will. Sobald er frei ist, könnte er dich aufsuchen.« Gillyanne bemerkte, dass Megs Furcht auf diesen Satz hin kurz größer wurde.

»Die Mühe wird er sich nicht machen. Außerdem werde ich nicht hier sein. Jenny, Peg und ich gehen an den Königshof. Da kann man Geld verdienen, und es gibt feine, vornehme Männer, nicht so grobe Trampel wie in Deilcladach!«

»Ich glaube, sie wird uns nicht sagen, was wir hören wollen, Joan«, bemerkte Gillyanne.

»Dann müssen wir die Schlampe eben ein wenig überreden«, erwiderte Joan.

Sie klingt, als wenn ihr nichts lieber wäre, dachte Gillyanne. Wahrscheinlich wollte Joan wirklich Vergeltung für den Schmerz, den sie durch Megs Verhältnis mit Malcolm erlitten hatte, doch Gillyanne vertraute darauf, dass sich Joan nicht zu sehr von ihrem Kummer hinreißen ließ. Nach der kurzen Unterredung, die sie miteinander gehabt hatten, war sie außerdem zuversichtlich, dass Joan so weitermachte, wie sie begonnen hatte.

Sie mussten Meg entweder so viel Angst einjagen, dass sie gestand, oder sie so in Rage bringen, dass sie ihnen die Wahrheit aus lauter Trotz und Wut ins Gesicht schleuderte. Gillyanne wusste, sie und Joan konnten diese Frau nicht wirklich verletzen, auch wenn sie beide immer wieder einmal gewalttätige Gedanken gegen sie gehegt hatten. Doch als Meg wieder auf ihre arrogante Art den Kopf zurückwarf, wusste Gillyanne plötzlich, welche Taktik sie wählen würde. Meg war sehr eitel und auf ihr Gesicht, ihren Körper und ihre Haare bedacht. Dem Gesicht oder dem Körper der Frau konnten sie nichts antun, wohl aber Megs Haaren.

»Ich gebe dir eine letzte Chance, uns die Wahrheit zu sagen, Meg«, erklärte Gillyanne.

Bei dem Fluch, den Meg ihr entgegenschleuderte, bekam selbst Gillyanne große Augen. Sie ging zu dem Tisch, auf dem die großen Messer und andere scharfe Küchengeräte ausgebreitet lagen, und begutachtete sie. Joan trat zu ihr. Sie mussten sich gut überlegen, wie sie vorgehen wollten. Wenn sie Meg immer wieder bei ihrem Stolz und ihrer Eitelkeit packten, dann würde sie früher oder später ihre ganz Wut und all ihren Ekel aus sich herausschreien. Und damit, so hoffte Gillyanne, auch ein Geständnis, das umfassend genug war, um Connor von jeglichem Verdacht freizusprechen.

»Was machen wir jetzt?«, flüsterte Joan und wog wie beiläufig eines der langen Messer in der Hand.

»Wir schneiden ihr die Haare ab«, erwiderte Gillyanne ebenso leise.

»Wir schneiden ihr die Haare?« Joan riss entsetzt die Augen auf. »Die Eitelkeit dieses Weibs stinkt zum Himmel, Joan. Da keine von uns beiden ihr das Gesicht zerkratzen oder diese Brüste entstellen kann, mit denen sie bei jedem Mann Eindruck schindet, nehmen wir ihr diese dicke Mähne ab, auf die sie so stolz ist.«

»Ach so. Und wenn wir sie abgeschnitten haben und sie hat noch immer nicht gestanden, dann können wir ihr ja noch die Augenbrauen wegrasieren und ihr jede ihrer schönen langen Wimpern einzeln ausrupfen. Dann wäre sie nackt und blank wie ein Kinderpopo!«

Gillyanne biss sich auf die Lippen, um ein Lachen zu unterdrücken. »Wir lassen uns mit den Haaren ganz viel Zeit und rupfen und zupfen ihr ihren überheblichen Stolz aus. Dieses Weib erstickt ja fast an seinem eigenen Zorn über alle möglichen wirklichen und eingebildeten Beleidigungen und Kränkungen. Ich hoffe, in ihrer Wut sagt sie uns, was sich tatsächlich zugetragen hat.« Sie musterte Joan. »Meinst du, du kannst ihr einmal gründlich die Haare richten?«

»Sicher, und ob ich das kann!« Joan packte das Messer, das Gillyanne ihr hinhielt. »Und Ihr werdet sie ein bisschen mit Eurer scharfen Zunge traktieren!«

»Das denke ich auch, aber du solltest dich nicht zurückhalten, ihr jede Beleidigung ins Gesicht zu schleudern, die dir einfällt. Wir werden sie ärgern, bis sie schwarz wird, und verspotten, bis sie keine Luft mehr bekommt.«

»Das dürfte nicht allzu schwer sein«, murmelte Joan und ging mit dem Messer in der Hand auf Meg zu. Gillyanne folgte ihr.

»Ha, was wollt ihr denn mit dem Ding!« Megs höhnisches Grinsen war so voller Verachtung, dass Gillyanne unwillkürlich mit den Zähnen knirschte.

Joan säbelte eine von Megs dicken Locken ab, warf einen Blick darauf und ließ sie dann zu Boden fallen. »Wie ich's mir dachte – voller Läuse!«, kommentierte sie.

Gillyanne nickte. »Es ist nun mal schwer, sich sauber zu halten, wenn man die meiste Zeit auf dem Rücken liegt und die Beine in die Luft streckt.«

»Du Schlampe!«, kreischte Meg aus voller Kehle.

Gillyanne brauchte nicht mehr als eine Minute, um zu der Erkenntnis zu gelangen, dass diese beiden Worte das Netteste waren, was Meg ihr zu sagen hatte. Und sie schrie in der Tat, und das würde die beiden Frauen im Saal vor Angst halb wahnsinnig machen. Aber Gillyanne befürchtete auch, dass sie davon rasch Kopfschmerzen bekommen würde. Sie hoffte nur, dass zwischen all den gebrüllten Flüchen, Beleidigungen und Lästerungen auch ein bisschen Wahrheit mit herauskam, bevor ihr das Trommelfell platzte.

»Bei allen Heiligen, was ist denn hier los?«

Als James hörte, wie Megs Schreie durch den Raum hallten, blieb er wie angewurzelt in der Tür zum großen Saal stehen und starrte mit entsetzter Miene auf Diarmot. Der sprang rasch auf und rannte zu James, bevor dieser ein weiteres Wort sagen konnte, denn die beiden Frauen im Saal waren kurz davor, ihr Schweigen zu brechen. Diarmot war sicher, wenn sie etwas wussten, dann würden sie bald alles erzählen. Aber ein falsches Wort von James konnte Gillyannes ganze Arbeit ruinieren.

Unter dem Vorwand, seinen Freund herzlich zu begrüßen, erzählte er James alles, was sich seit dessen Abreise zugetragen hatte. Über die Gesichter, die James im Lauf seiner Schilderung machte, würde er später noch lachen können; jetzt aber tat er sein Bestes, sie vor den beiden Frauen zu verbergen.

»Jesus«, murmelte James und fuhr sich durch die Haare. »Kaum geht man für ein paar Tage weg, spielt die ganze Welt verrückt. Glaubst du denn, dass Gillys Plan funktioniert?«

»Oh ja. Diese Weiber zittern wie Espenlaub. Wenn sie über den Mord etwas wissen, dann werden wir das alles sehr bald zu hören bekommen.« Diarmot legte einen Arm um James' Schulter und ging mit ihm zum Tisch. »Ich glaube nicht, dass dieses Spiel noch lange dauern wird.«

Als sich die beiden setzten, drang aus der Küche der nächste entsetzliche Schrei. James schenkte sich einen Becher Wein ein und fragte sich, wo Meg wohl derart geschmacklose Ausdrücke gelernt hatte. Ein rascher Blick auf die beiden Frauen im Saal sagte ihm, dass sie die Worte gar nicht hörten, sondern lediglich das schreckliche Geschrei, und dass Diarmot Recht hatte. Ihre Treue zu Meg war sichtlich am Schwinden.

»Sie bringt sie um, nicht wahr?«, fragte Jenny mit weinerlicher Stimme.

»Ach was«, erwiderte James. »Gilly weiß genau, was sie tut. Also wirklich, ich glaube sie hat überhaupt noch nie jemanden umgebracht.«

»Mein Gott!«, flüsterte Jenny, den entsetzten Blick auf die Tür zur Küche gerichtet.

»Jetzt stöhnt sie nur noch ... Wir haben doch gar nichts getan!«, schrie sie plötzlich.

»Still!«, fuhr Peg sie an. »Wenn du was sagst, bringt Meg uns um!«

»Ich glaube nicht, dass wir uns jetzt wegen Meg Sorgen machen müssen, oder?« Jenny blickte fragend zu Diarmot. »Meg hat den alten Trottel umgebracht! Sie hatten sich von Anfang an gegen ihre Ladyschaft verschworen. Zuerst haben sie alles versucht, damit sie von sich aus geht, dann wollten sie, dass Sir Robert sie entführt, und am Schluss haben sie versucht, sie selbst umzubringen.«

Peg nickte. »Sie dachten, diese Lügen, die sie über sie verbreiteten, würden den Leuten so viel Angst machen, dass sie sie als Hexe töten würden. Aber das hat nicht funktioniert, und so beschlossen sie, es selbst zu tun.«

»Aber warum wollten sie Gillyanne ermorden?«, fragte Diarmot.

»Das ist doch wohl klar. Meg lebte hier wie eine Königin, bis Lady Gillyanne auftauchte. Sie gab ihrer Ladyschaft die Schuld dafür, dass das schöne, bequeme Leben auf einmal zu Ende war. Aber warum Euer Onkel sie aus dem Weg haben wollte, das weiß ich auch nicht so genau.«

»Einmal sagte er, diese Ehe würde Euch alle zu stark machen«, bemerkte Jenny. »Dass er so nie Euer Ende erleben würde. Was er damit meinte, hat er nie richtig erklärt – nur, er könne nicht zulassen, dass diese Hure von den Murrays Euch so stark macht, und am Ende auch noch reich. Also hat er sich in Deilcladach herumgetrieben und auf eine Gelegenheit gewartet, sie loszuwerden, und an dem Tag, als die anderen draußen auf der Wiese tanzten, dachte er, das wäre seine Chance. Aber dann hat der Pfeil sie nicht getötet, und da gab er auf.«

»Genau«, stimmte Peg zu, »und deswegen hat der Streit angefangen. Meg wollte, dass er es weiter versucht. Aber er sagte, das sei nicht nötig, und er sei die ganze Sache leid, und er würde ja sowieso sterben. Meg hat ihn angebrüllt, bis er anfing, auf einmal von Geistern und Sünden der Vergangenheit zu reden, und dass er sterben würde, weil seine Gedärme bluteten, und er sei gescheitert, weil so viele von Euch noch am Leben seien. Ihr kennt die Geschichte ja.« Als Diarmot nickte, fuhr sie fort. »Dann wurde Meg immer gerissener; sie versuchte, ihn dazu zu bringen, dass er alles tat, was sie wollte; sie drohte ihm sogar, allen von seinen Verbrechen zu erzählen, wenn er ihr nicht einen Haufen Geld gäbe!«

Jenny schüttelte den Kopf. »Er hat bloß gelacht und gesagt, sie soll doch ihr Schlimmstes versuchen – er würde ja ohnehin nicht mehr lange genug leben, um dem Henker noch ins Gesicht zu sehen. Und dann wurde er sehr garstig und versuchte, sie lächerlich zu machen und zu beleidigen. Ich sagte zu ihm, er soll lieber den Mund halten, weil ich wusste, dass Meg bei solchen Sachen rasend vor Wut werden kann, aber er hat immer nur weiter über sie gelästert. Peg hat es auch versucht. Und dann hat Meg plötzlich auf ihn eingestochen, immer und immer wieder. Ich weiß nicht, wie oft sie zugestochen hat, bis sie ihm am Schluss den Dolch ins Herz stieß.«

»Und dann seid ihr mit ihr zum Grafen und habt ihre Lügen untermauert«, sagte Diarmot mit eisiger Wut in der Stimme.

»Wir hatten doch Angst!«, rief Peg, und Jenny begann wieder zu weinen. »Ein waffentragender Ritter war tot, und Meg war nicht mehr richtig im Kopf. Wir wussten einfach nicht, was wir tun sollten!«

»Was ihr als Nächstes tun werdet«, fuhr Diarmot die beiden an, »ist, diese Geschichte dem Grafen zu erzählen und die Anschuldigung gegen meinen Bruder auszuräumen!«

»Aber Meg ...«

»Ich glaube, um diese Bedrohung wird sich Lady Gillyanne kümmern.«

*

»Ich hätte nie gedacht, dass sie weint«, murmelte Joan und lehnte sich neben Gillyanne an die Wand. Sie betrachtete Meg stirnrunzelnd. »Sie ist mir nie wie eine Frau vorgekommen, die so weinen würde, oder auch nur könnte.«

»Lass dir von ihr kein schlechtes Gewissen einimpfen«, warnte Gillyanne sie mit einem düsteren Blick auf Meg, die zusammengesunken auf dem Stuhl saß, vor sich hin weinte und unverständlich murmelte. »Sie bittet nicht um Gnade. Das sind Tränen der Wut, und sie verflucht uns alle.«

»Glaubt Ihr, sie ist verrückt?«

»Ja. Einen kurzen Augenblick fühlte ich mich schuldig, so als hätte ich das alles über sie gebracht. Aber der Grundstein für diese Verrücktheit wurde schon vor langer Zeit gelegt. Genau wie bei Sir Neil haben die Wut und die Verbitterung sie schließlich um den Verstand gebracht.

Es klopfte zaghaft an der Tür, und Gillyanne öffnete. Sie musste fast lächeln, als sie sah, wie vorsichtig Diarmot in die Küche lugte. »Wir sind fertig«, sagte sie. »Was ist mit den beiden anderen?«

»Sie haben alles ausgeplaudert, was wir wissen wollten, und geheult und ihre Unschuld beteuert.« Er trat ein und warf einen Blick auf Meg. »Oh Gott, sie ist ja fast kahl!«

Auch James kam jetzt in die Küche, und er erschrak fast ebenso über den Anblick von Meg. Sie sah in der Tat elend aus. Von ihrer großartigen Mähne waren nur ein paar vereinzelte Strähnen übrig geblieben. Joan war womöglich etwas übereifrig gewesen, doch das war verständlich, und Meg hatte sich trotz ihrer maßlosen Wut als bemerkenswert stur erwiesen.

»Ein paar Haare haben wir ihr noch gelassen«, murmelte Gillyanne. »Passt auf, kommt ihr nicht zu nahe. Sie ist wirklich verrückt, glaube ich, und gefährlich wie ein tollwütiges Tier. Voller Hass und Wut, und einigen Dingen nach zu urteilen, die sie sagte, ist das meiste gegen die Männer gerichtet. Sie muss sicher verwahrt werden.«

Diarmot rief seine Brüder Drew und Nanty zu Hilfe. Die jungen Männer wurden in der Tat alle gebraucht, denn sobald Meg von dem Stuhl losgebunden war, kämpfte sie wie ein in die Enge getriebenes Tier. Gillyanne wünschte sich, einer der Männer würde Meg einfach bewusstlos schlagen, und sie und Joan versuchten, der nach Rache brüllenden Frau so weit wie möglich fern zu bleiben. Als die Männer Meg endlich gefesselt und geknebelt hatten, atmeten Gillyanne und Joan erleichtert auf. Drew rief zwei starke Männer herbei, um die Gefangene ins Verlies zu bringen.

Gillyanne stand nahe genug an der Tür zum Saal, um Meg keuchen und stöhnen zu hören, als sie durch den Raum getragen wurde. Als sie den Saal betrat und alle Augen sich auf sie richteten, fühlte sie sich etwas unwohl. Am schlimmsten waren die Blicke von Peg und Jenny; deshalb war sie erleichtert, als Diarmot die beiden in ein kleines, fensterloses Turmzimmer bringen ließ. Sie ging zum Tisch und schenkte sich einen Becher Wein ein.

»Wir brechen beim ersten Tageslicht zum Grafen auf«, sagte Diarmot. »Glaubst du, dass du reiten kannst, Gilly?«

»Vielleicht könnte ich mit jemandem reiten«, antwortete sie. »Ich denke, ich bin nicht so schwer, dass durch mich jemand sehr viel langsamer würde.«

Diarmot nickte. »Dann muss ich nur noch entscheiden, wer hier bleibt. Drew«, meinte er, seufzte jedoch, als der junge Mann sofort protestierte. »Du kennst Connors Vorschrift. Einer von uns fünf Brüdern muss immer zu Hause bleiben. Wahrscheinlich sollte ich auch Fiona befehlen, hier zu bleiben, aber nachdem sie vom Grafen so viele wertvolle Informationen bekommen hat, denke ich, sie hat ein Recht darauf, das Ende der ganzen Sache mitzuerleben. Knobby.«

»Nein«, schaltete sich jetzt James ein. »Ich bleibe hier. Lass Knobby mitreiten. Nachdem ich gerade erst nach Dubhlinn und zurück geritten bin, hätte ich ehrlich gesagt nichts dagegen, wenn ich nicht schon wieder auf einen Gaul steigen muss.«

»Gut, dann ist alles geregelt, und dann kann ich ja wohl zu Bett gehen«, sagte Gillyanne. Sie verabschiedete sich und lächelte James zu, als er ihr seine Begleitung anbot. »Wie geht es der Familie?«, fragte sie ihn.

»Sehr gut. Mutter schickt dir eine Salbe für deine Wunde«, sagte James, als sie die schmale Treppe hinaufstiegen. »Sie möchte sehen, wie deine Wunde heilt, und wird deshalb bald kommen.«

Gillyanne verkrampfte sich etwas. »Wie bald denn?«

»In zwei, drei Tagen.« Er legte ihr eine Hand auf die Schulter, damit sie ihn anblickte. »Bist du noch immer unsicher?«

»Ja. Es hat sich etwas verändert, aber es ist immer noch so viel Distanz da.« Sie schüttelte den Kopf. »Ich glaube, ich bin jetzt zu müde, um darüber nachzudenken.«

»Ja. Ruh dich aus. Nur noch eines – Mutter sagt, du sollst dir überlegen, wie viel du riskieren willst, ehe du Connor aufgibst. Du sollst dich fragen, ob dir dein Stolz wirklich ein solcher Trost ist – dass es vielleicht besser wäre, deinen Stolz hintanzustellen und Connor genau zu sagen, was er verliert, wenn du ihn verlässt. Und jetzt schlaf gut, Cousinchen.« Er küsste sie auf die Wange und ging.

Kapitel 20

»Payton?« Gillyanne glaubte ihren Augen nicht zu trauen. Ihr viel zu gut aussehender Cousin begrüßte sie im großen Saal von Dinnock? »Payton!«, rief sie noch einmal und warf sich dann in seine Arme.

»Du siehst gesund aus, meine Liebe«, sagte Payton und küsste sie auf die Stirn.

»Ja, es geht mir gut.« Plötzlich spürte sie, wie er sich anspannte. »Was ist los?«, fragte sie.

»Entweder deine Fingernägel sind viel zu lang und messerscharf, oder ich habe sechs Schwertspitzen im Rücken. Nein. Sieben.«

Gillyanne blickte über seine Schulter und gewahrte direkt hinter ihm eine kleine Menschenmenge – Diarmot, Angus, Nanty, Knobby, Sir Robert und Sir David. Sie alle hatten ihre Schwerter auf Paytons Rücken gerichtet, und Fiona drückte ihm noch ihren Dolch ins Kreuz. Wenn ihr armer Cousin auch nur einen Schritt nach hinten trat, würde er aus sieben Wunden bluten.

»Was macht ihr denn da!?«, rief Gillyanne und stellte sich vor Payton.

»Dieser Mann hat dich berührt«, sagte Diarmot. »Kein Mann sollte die Gemahlin meines Bruders umarmen und küssen.«

Als das allgemeine zustimmende Murren vorüber war, in das zu ihrer Überraschung auch Sir Robert und Sir David eingestimmt hatten, erklärte Gillyanne: »Das ist mein Cousin, Sir Payton Murray. Und er hat mich einfach nur begrüßt!«

»Für einen Cousin war das aber verdammt liebevoll«, murrte Sir David und steckte sein Schwert in die Scheide.

»Und er sieht noch dazu verdammt gut aus – zu gut«, meinte Sir Robert.

Sobald sämtliche Waffen wieder aufgeräumt waren, ergriff Gillyanne Paytons Hand und stellte ihn jedem Einzelnen vor.

Knobby und Fiona begrüßten ihn herzlich, doch die anderen blieben argwöhnisch. Männer reagierten häufig so auf Payton, so lange sie ihn nicht näher kannten. Was Gillyanne jedoch wirklich wunderte, war, dass Sir Robert und Sir David sich so beschützend verhielten wie Connors Brüder. Sie überlegte, ob die beiden womöglich engere Verbündete für Connor waren als dieser und auch sie selbst vermutet hatte. Vielleicht hatten sie das bisher nicht erkannt, weil dieses Bündnis noch nicht auf die Probe gestellt worden war.

»Wie kommt es, dass du hier bist, Payton?«, fragte sie. »Ich wusste nicht, dass wir diesen Grafen kannten.«

»Oh, nur flüchtig«, erwiderte Payton. »Vom Königshof. Wenn du genügend Zeit mit dem Tross des Königs verbringst, lernst du über kurz oder lang jeden Mann aus Schottland kennen, der einen Titel trägt oder sonst wie bedeutend ist. Ich bin hier, weil der Graf dem König einen Bericht über die Ermordung von Sir Neil MacEnroy geschickt hat.«

»Er schrieb dem König, dass er Connor verdächtigt?« Gillyanne war entsetzt, denn sie wusste, wie schnell sich Klatsch am Hof des Königs und darüber hinaus verbreitete. Connor würde für den Rest seines Lebens gegen falsche Beschuldigungen ankämpfen müssen, selbst wenn der Graf ihn für unschuldig erklärt hatte.

»Keine Bange. Es wurde niemand beschuldigt. Der Graf informierte den König lediglich über die Ermordung eines seiner Ritter und schrieb, er werde den Täter bald ausfindig machen. Es war nur ein Akt formaler Höflichkeit, verbunden mit der Frage, ob der König die betreffende Person selbst aburteilen wolle oder ob sich der Graf damit befassen soll.«

»Gott sei Dank.« Gillyanne runzelte die Stirn. »Aber das erklärt noch immer nicht, warum du hier in Dinnock bist.«

»Na ja, Peter, der Sergeant des Grafen, erklärte mir die ganze Sache und sagte, nach Meinung des Grafen wäre es für alle Beteiligten gut, wenn einer deiner Verwandten hier wäre.« Payton zuckte mit den Schultern. »Also ging ich zum

König, teilte ihm mit, dass ich für ein Weilchen nach Hause gehen würde, und ob ich in Verbindung damit gleich irgendwelche Aufträge für ihn ausführen könne, vor allem solche, die ich während meiner Reise nach Donncoill erledigen könne. Deshalb wurde ich beauftragt, seine Antwort nach Dinnock zu überbringen, und dadurch konnte Peter rascher zurückkehren. Die ganze Sache bleibt vollständig in der Hand des Grafen.«

»Oh, das ist gut.«

»Habt ihr Beweise dafür, dass euer Mann unschuldig ist? Gestern Abend hat mir der Graf beim Essen die ganze traurige Geschichte erzählt. Dein Gemahl hatte ja wirklich allen Grund, seinen Onkel lieber tot sehen zu wollen.«

»Das ist richtig«, sagte Diarmot. »Aber er hätte es sicher nicht so gemacht.«

»Nein, bestimmt nicht«, pflichtete Gillyanne bei. »Connor hat diesen Mann nicht getötet, Payton. Er erfuhr die Wahrheit über seinen Onkel erst durch den Grafen. Ich kann belegen, dass der Mord ausgeführt wurde, als Connor gar nicht in der Nähe dieser Hütte war, und ich habe zwei Zeugen, die das bestätigen und angeben können, wo er sich aufgehalten hat. Und ich habe die Mörderin, doch ich befürchte, ihr Wahnsinn ist im Moment sehr ausgeprägt. Aber es gibt auch noch zwei Zeuginnen, die bei dem Mord zugegen waren, und es waren eben diese drei Frauen, die Connor anfangs beschuldigten.«

»Gut gemacht, mein Mädchen!«

»Glaubst du, der Graf wird das alles akzeptieren?«

»Um das herauszufinden, gibt es nur eines – du musst ihn fragen. Da kommt er ja gerade.« Er küsste sie auf die Wange, ohne das drohende Murren ihrer selbst ernannten Beschützer zu beachten. »Du machst das schon.«

»Stellt euch darauf ein, gleich die drei Frauen hereinzubringen«, wies Gillyanne Diarmot an und ging dann dem Grafen entgegen.

Beim Austausch der unumgänglichen Höflichkeiten mit dem Grafen musste sie die Zähne zusammenbeißen. Sie machte einen Knicks, er verbeugte sich. Sie setzten sich an den Tisch, und der Graf schenkte ihr Wein ein. Gillyanne bedankte sich dafür und wartete dann darauf, dass er sie aufforderte, ihm mitzuteilen, weshalb sie um eine Audienz bei ihm ersucht hatte. Manchmal waren solche Formalitäten eine wahre Folter!

»Nun, Mylady, seid Ihr gekommen, um Euren Gemahl wieder von seiner Schwermut zu befreien?«, begann der Graf. »Wie ich hörte, wart Ihr diesbezüglich beim letzten Mal sehr erfolgreich.«

Es fiel ihr nicht leicht, aber Gillyanne zwang sich, nicht zu erröten und zu fluchen. Sie brauchte die Belustigung im Blick ihres Gegenübers gar nicht zu sehen; sie erkannte schon an seiner Stimme, dass er sie in der Nacht, als sie Connor besuchte, gehört hatte. Vielleicht sollte sie in Zukunft darauf bestehen, dass Connor sie knebelte, wenn sie sich liebten. Bald würde ganz Schottland wissen, dass Lady Gillyanne MacEnroy vor Lust schrie, wenn sie mit ihrem Mann zusammen war. Es war einfach demütigend.

»Ist er denn wieder schwermütig, Mylord?«, fragte sie. Doch das hastig unterdrückte Zucken seiner Lippen sagte ihr, dass er sich von ihrem unschuldigen Blick nicht eine Sekunde zum Narren halten ließ.

»Nein. Doch er ist es ziemlich leid, mein Gefangener zu sein. Wer sind denn die Leute bei Eurem Cousin? Ich erkenne nur die kleine Fiona und den Mann namens Knobby, aber wer sind die anderen?«

Gillyanne stellte ihm ihre Begleiter vor und fügte dann hinzu: »Sie sind gekommen, um mich zu unterstützen.«

»Gut, gut. Aber warum blicken sie Euren Cousin so finster an?«

Sei geduldig, sagte sie sich und warf denen, die sich Payton gegenüber schlecht benahmen, einen wütenden Blick zu, um wenigstens einen Teil ihrer Frustration mit dem Grafen loszuwerden. »Payton hat mich sehr herzlich begrüßt, und sie meinen, das hätte er nicht tun sollen, auch wenn er mein Cousin ist.«

»Aha, die Beschützer der Gemahlin des Lairds«, murmelte Lord Dunstan. »Gut so. Aber offenbar fällt es ihnen schwer, einem Mann zu vertrauen, der so gut aussieht wie Euer Cousin.«

»Ich weiß. Armer Payton.«

»Wenn ich nur ein solches Unglück erleiden müsste«, meinte der Graf lakonisch.

»Ihr seid ein schöner, gut aussehender Mann, Mylord«, sagte sie.

Er grinste. »Wollt Ihr mir schmeicheln, damit ich Euren Gemahl freilasse? Deshalb seid Ihr doch hier, oder? Um ihn zu befreien?«

»Jawohl, Mylord. Connor hat den Mann nicht getötet. Und schon gar nicht deswegen, weil Sir Neil das Bett mit Meg teilte. Diese Frau ist mit fast jedem Mann in Deilcladach ins Bett gegangen. Und er tötete Neil auch nicht wegen seiner alten Verbrechen, von denen wir nun wissen. Connor wusste nicht einmal, welche Schuld sein Onkel auf sich geladen hatte, bis er es von Euch erfuhr.«

»Das hatte ich mich auch schon gefragt, aber er zeigte auf diese Nachrichten, die für ihn verheerend gewesen sein müssen, kaum eine Reaktion.«

Gillyanne seufzte kopfschüttelnd. »Ich weiß. Wahrscheinlich stand er nur da wie ein Stein und reagierte auch ebenso lebhaft wie ein solcher. Es war ein Schock für ihn, nehme ich an – aber selbst wenn er völlig am Boden zerstört war, würde er so etwas niemals zu erkennen geben. Connor ist kein Mann, der zeigt, was er fühlt. Er ist sehr kontrolliert.«

Lord Dunstan nickte bedächtig. »Ich habe ihn erst ein paar Mal getroffen, aber etwas Derartiges schon bei ihm gespürt. Das reicht allerdings nicht aus, um ihn freizulassen.«

»Natürlich nicht. Aber ich glaube, ich kann beweisen, dass er Neil nicht ermorden konnte, weil er nämlich zum fraglichen Zeitpunkt gar nicht in der Nähe dieser Hütte war.« Sie blickte zu Peter. »Ihr kamt am Nachmittag bei der Hütte an?«

»Ja«, antwortete Peter. »Wir mussten uns beeilen, um wieder hierher zurückzukommen, bevor es ganz dunkel wurde.«

»Und das Blut war noch frisch?«

»Es war nicht mehr ganz frisch, aber ja, es war noch mehr nass als trocken.«

»Und da Meg Euch sagte, sie habe gesehen, wie Connor seinen Onkel tötete« – jetzt nickte der Graf als Reaktion auf die in ihrem Tonfall angedeutete Frage – »bedeutet das, er wurde nach der Mittagsstunde getötet.«

»Ja, so war es wohl«, erwiderte der Graf.

»Dann kann Connor diesen Mord nicht verübt haben, denn er war zu dieser Zeit weder bei der Hütte noch in der Nähe des Dorfes oder in Deilcladach. Zu der Zeit, als Sir Neil erstochen wurde, war Connor entweder bei Sir Robert Dalglish in Dunspier oder auf dem Weg dorthin. Er wollte feststellen, ob Sir Robert ihm helfen könne, den Mann zu finden, der versucht hatte, mich zu töten. Von dort ritt Connor zu Sir David Goudie nach Aberwellen, um ihn zu fragen, was er über den Mordversuch an mir wusste. Dann ritt er zurück nach Deilcladach; doch er schickte Diarmot und Knobby voraus, während er selbst zu der Hütte ritt, um mit Meg und vielleicht auch mit seinem Onkel zu sprechen, zwei Leuten, von denen er inzwischen wusste, dass sie womöglich versucht hatten, auf mich zu schießen. Ich habe Sir Robert und Sir David mitgebracht, denn sie erklärten sich freundlicherweise bereit, alles, was ich soeben vorbrachte, zu bezeugen.«

Gillyanne schwieg, und der Graf winkte die beiden Männer zu sich. Sie untermauerten nicht nur Gillyannes Aussage, sondern stellten darüber hinaus klar, dass auch sie Connor nicht für den Mörder von Sir Neil hielten. Ferner stützten sie

Gillyannes Aussage, Connor habe über die Vergangenheit seines Onkels nichts gewusst; vielmehr habe Robert selbst gerade erst begonnen, den Verdacht zu hegen, dass dieser Mann etwas zu verbergen hatte, was seine Rolle in der blutigen Vergangenheit der drei Clans betraf. Als der Graf die beiden wieder auf ihre Plätze entließ, wusste Gillyanne, dass er an Connors Unschuld glaubte. Sie würde Connor mitteilen müssen, dass seine Bündnisse, selbst das mit dem Grafen, wesentlich stärker waren, als er vermutete. Gillyanne spürte, wie erleichtert der Graf war, dass er Connor für unschuldig erklären konnte.

»Sehr gut überlegt, Mylady«, sagte der Graf. »Ich hätte nie gedacht, dass eine Frau erkennen würde, wie wichtig es ist, ob das Blut frisch oder eingetrocknet war.«

»Na ja, ich komme aus einer Familie mit vielen guten Heilern«, erwiderte sie. »Das ist eines der etwas grausigeren kleinen Details, die man mitbekommt, wenn man solche Dinge lernt.«

»Seid nur nicht so bescheiden, Mylady. Ihr habt eine gut ausgearbeitete Verteidigung vorgebracht; sie war präzise und ließ keinen Raum für Zweifel.« Er lächelte. »Ich vermute, jetzt werdet Ihr mir den wahren Mörder präsentieren.«

»Ja, so ist es, aber ich glaube, Ihr wisst bereits, wer es ist.« Sie wandte sich an ihre Begleiter. »Bringt sie jetzt bitte herein!«

Der Graf seufzte kopfschüttelnd. »Die Frauen, natürlich. Die eine namens Meg?«

»Ja, Mylord«, antwortete Gillyanne. »Die beiden anderen haben zwar für sie gelogen, aber nur aus Angst. Der Wahnsinn war in Meg verborgen, Mylord; jetzt ist er voll ausgebrochen. Ich kann verstehen, weshalb die Frauen solche Angst vor ihr hatten und ihr gehorchten, vor allem, nachdem ein Ritter ermordet worden war. Aber ihre Lügen beschädigten den Ruf meines Gemahls und hätten ihn an den Galgen bringen können. Außerdem haben sie die Wahrheit nicht freiwillig oder weil sie sich richtig verhalten wollten preisgegeben, sondern lediglich aus Furcht. Ich stellte sie vor eine noch größere und unmittelbarere Bedrohung. Deshalb weiß ich nicht, wie man mit ihnen verfahren soll.«

»Wenn sie den Dolch nicht geführt oder den Plan für den Mord nicht ersonnen haben, werde ich sie nicht hängen.« Als Gillyanne erleichtert aufatmete, lächelte er. »Ansonsten kommt es darauf an, wie viel Schuld sie sich meiner Meinung nach mit der Hauptschuldigen teilen. Ach du lieber Gott!«, rief er plötzlich und starrte mit großen Augen zur Tür.

Gillyanne zuckte zusammen, als sie sah, wie Diarmot und Angus Meg vor den Grafen schleiften, gefolgt von Robert und David, die die beiden anderen, sehr unterwürfig wirkenden Frauen eskortierten. Gefesselt und geknebelt, wild gegen ihre Bewacher ankämpfend und die entstellte Frisur für alle deutlich sichtbar, machte Meg in der Tat eine traurige Figur. Doch ihr Blick und der unbändige Hass und die Abscheu, die Gillyanne sofort wieder spürte, sagten ihr, dass jegliches Mitgefühl, das Megs Aussehen auslösen konnte, rasch verfliegen würde, sobald der Knebel entfernt wurde.

Bei seinem Gespräch mit Peg und Jenny war der Graf eisern, aber er schüchterte sie nicht ein. Sein Ärger über die Lügen der beiden war klar ersichtlich; Gillyanne brauchte seine Gefühle gar nicht erst zu erspüren. Doch jetzt sagten beide die Wahrheit und drängten sich dicht an Robert und David, als Meg sie einmal feindselig anfunkelte. Ihre offenkundige Furcht vor dieser Frau milderte die harte Haltung des Grafen ein wenig. Gillyanne vermutete, sie würden nicht allzu schwer bestraft werden, und sei es nur deshalb, weil der Graf ihnen als Frauen ihre Feigheit nachsehen konnte.

Nachdem Lord Dunstans Männer Peg und Jenny weggebracht hatten, befahl er, Megs Knebel zu entfernen. Gillyanne musste fast lächeln, als sie sah, wie widerwillig Diarmot diesem Befehl nachkam. Doch schon die ersten Worte aus Megs Mund ließen jegliche gute Laune vergessen. Selbst dem Grafen verschlug es die Sprache ob der unflätigen, wirren und gotteslästerlichen Litanei des Hasses und der Wut, die aus dem Mund dieser Frau strömte. Gillyanne hoffte nur, er würde nicht zu schockiert sein, um die kleinen, zwischen all dem ausgespienen Gift verstreuten Eingeständnisse ihrer Schuld mitzubekommen.

»Knebelt sie wieder!«, befahl Lord Dunstan nach einer Weile mit belegter Stimme. »Wie kommt es, dass ich diesen Wahnsinn nicht sofort bemerkte?«, fragte er, als seine Männer Meg fortgeschafft hatten.

»Er war gut verborgen, Mylord«, erwiderte Gillyanne und unterbrach sich, als der Graf ihre Begleiter und ihren Cousin an den Tisch bat.

»Und warum ist er es jetzt nicht mehr?«, fragte der Graf dann.

»Ich glaube, der Mord brachte ihn heraus«, erwiderte sie. »Sogar die Gründe, weshalb sie Sir Neil MacEnroy tötete, könnten dazu beigetragen haben, dass sie die Kontrolle, die sie bis dahin noch gehabt hatte, verlor. Dann zerfiel ihr ach so großartiger Plan, Connor für ihr Verbrechen hängen zu sehen. Mit jedem kleinen Detail, das schief ging, verlor sie immer mehr die Macht über die Krankheit, die in ihr wütete. Und als sie ihre Wut nicht mehr länger zügeln konnte, brach sie voll aus ihr heraus.«

»Was geschah mit ihrem Haar?«

»Nun, wie bei einem Fieber wurde es geschnitten in einem Versuch, die Dämonen zu befreien, von denen sie besessen ist.« Es war schrecklich für Gillyanne, den Grafen zu belügen, doch sie wollte nicht unbedingt zu dem stehen, was sie getan hatte.

»Dämonen, ja? Und was sollen diese versprengten Büschel auf ihrem Kopf?«

Der Graf glaubte also nicht ein Wort dessen, was sie zuletzt gesagt hatte. Und auch die Mienen ihrer Begleiter – eine faszinierende Mischung aus Schuld, Amüsiertheit und übertrieben zur Schau gestellter Unschuld – ließen unzweideutig erkennen, dass sie gelogen hatte. Zum Glück konnte sie spüren, dass dem Grafen sowohl ihre Lüge gleichgültig war, als auch, dass sie Megs Geständnis erzwungen hatte.

»Na ja, wir wollten sie eben nicht ganz kahl scheren.« Gillyanne wartete geduldig, bis der Graf, Peter und ihre Begleiter wieder zu lachen aufhörten. Dann fragte sie sehr freundlich: »Werdet Ihr meinen Gemahl denn nun freilassen, Mylord?«

»Oh, er wird gleich frei sein.« Der Graf unterbrach sich und lächelte sie an. »Sobald Ihr ein Lied für mich gesungen habt. Euer Cousin sagte, Ihr hättet eine außerordentlich schöne Stimme, und die würde ich sehr gern hören.«

Gillyanne warf Payton einen Blick zu, der ihn einen üblen Verräter schalt, doch der zuckte nur mit den Achseln. Offensichtlich wollte auch keiner von denen, die mit ihr nach Dinnock gekommen waren, eingreifen. Mit einem resignierten Seufzer stand sie auf, stemmte die Arme in die Hüften und begann zu singen.

Es war eine traurige Geschichte von einem kleinen Lord, der ein gutes Leben führte, ein guter Kämpfer war und eine gute Ehe einging. Sein Land und seine Leute gediehen. Dann sah er eines Tages ein Mädchen aus dem Dorf, das beim Hüten der Schafe seinen Lämmern ein süßes Lied vorsang, und er wusste, dass er dieses Mädchen haben musste. Er brachte es in seine Burg und sperrte es in einen Turm, wo er es besuchen konnte, wann immer er wollte. Das Mädchen sang für ihn, wenn er es befahl, und er gab ihm jeden Luxus, doch befreien wollte er es nicht. Tage, Wochen, Monate und Jahre verstrichen. Aus dem Fenster ihres luxuriösen Gefängnisses sah die junge Frau, wie sich ihr Verlobter mit einer anderen vermählte. Sie sah, wie ihre Eltern zu Grabe getragen wurden. Sie sah, wie das Leben an ihr vorüberzog, während sie aus ihrem Turmfenster schaute. Eines Tages fand der kleine Lord das Turmzimmer leer vor, und die Fensterläden waren weit geöffnet. Von dem Mädchen aus dem Dorf waren nur die Blumen übrig geblieben, die es gerne im Haar getragen hatte. Jetzt trieben sie auf dem Fluss unterhalb des Turms.

Als das Lied zu Ende war, fiel Gillyanne auf, dass Payton genau auf den Text geachtet hatte. Er warf ihr einen amüsierten, aber auch leicht mahnenden Blick zu. Sie trank einen Schluck Wein und wandte sich dann dem Grafen zu, der sich etwas verlegen Tränen aus den Augenwinkeln wischte.

»Ah, Mylady, noch nie habe ich einen so wunderbaren Klang gehört«, sagte er seufzend, doch dann grinste er plötzlich. »Ich hätte aber auch nie gedacht, dass ich mich über einen solchen Tadel tatsächlich freuen würde. Oder war das nur ein bisschen gescholten?«

Gillyanne errötete verschämt, wiewohl sie sich bemühte, möglichst unschuldig dreinzuschauen. »Es war nur ein kleines Liedchen, Mylord.«

»Natürlich. Peter«, sagte er zu seinem breit grinsenden Sergeanten, »geht und bringt ihr ihren großen Gemahl.« Sobald Peter gegangen war, wandte sich der Graf wieder ihr zu. »Ich werde Meg hängen. Nachdem sie vollkommen verrückt ist, mag das vielleicht sogar eine Art Erlösung für sie sein. Jedenfalls werden andere dann vor ihrem Gift gefeit sein. Ihre beiden Freundinnen schicke ich als Mägde in eines meiner weitab gelegenen Anwesen. Sie dürfen von dort nicht mehr weg, aber sie können sich aussuchen, wie sie leben wollen – ob sie sich durch rechtschaffene Arbeit ernähren wollen oder in der Horizontalen, kümmert mich nicht.«

Das war auch Gillyanne gleichgültig, und so nickte sie nur. Sie hatte den beiden zwar nicht den Galgen gewünscht, aber da sie Meg bei dem Versuch, Connor hängen zu lassen, geholfen hatten, dachte sie, dass sie eine Strafe durchaus verdienten. Ob sie eine solche am Ort ihrer Verbannung dann ereilte oder nicht – Hauptsache, sie würde die zwei nie mehr zu sehen bekommen.

Payton kam zu ihr, umarmte sie und legte einen Arm um

ihre Schulter. »Das hast du gut gemacht, mein Mädchen. Sehr gut!«

»Willst du mir nicht auf die Schulter klopfen?«, sagte sie gedehnt und hörte, wie der Graf lachte.

»Vielleicht auf den Hintern! Ah, aber ich glaube, jetzt kommt dein Gemahl«, murmelte er. »Er hat es eilig. Sicher will er dieses Zimmerchen rasch hinter sich lassen.«

Gillyanne wollte einen Schritt zur Seite treten, doch Payton zog sie sofort wieder in seine Arme.

»Willst du mich nicht mit ihm bekannt machen?«, fragte er stirnrunzelnd.

»Natürlich. Aber ich dachte, das tue ich vielleicht besser, wenn ich neben dir stehe, anstatt in deinen Armen zu liegen.« Sie blickte Payton über die Schulter und sah, dass Connor gerade schmunzelnd im Kreis seiner Familie und Freunde stand. Dann zeigte Nanty auf sie. Connor erblickte Gillyanne und kam sofort mit weit ausholenden Schritten auf sie zu, doch sein Lächeln war verschwunden. Sie bekam das ungute Gefühl, Nanty hatte sich entweder nicht deutlich genug ausgedrückt oder aber vergessen zu erwähnen, dass Payton ihr Cousin war. Jedenfalls sah Connor nicht aus wie jemand, der dachte, er werde ein neues Mitglied ihrer Familie kennen lernen.

»Er kommt schon«, sagte sie. »Ich sollte besser einen Schritt zur Seite treten.«

»Nun sei doch nicht albern. Wir sind Cousin und Cousine. Was kann er da dagegen haben?«, fragte Payton und wandte sich dann Connor zu.

Sein letztes Wort endete mit einem leisen, überraschten Schrei. Connor packte ihn am Wams und hob ihn hoch. Zu Gillyannes Überraschung begann Payton jedoch zu lachen. Sie war nicht sicher, was er so amüsant daran fand, von einem Mann mit Mordgelüsten im Blick gehievt zu werden, doch jetzt war nicht die Zeit, sich über einen solch eigenartigen Humor Gedanken zu machen. Stattdessen ergriff sie rasch die Faust, die Connor gerade in das hübsche Gesicht ihres Cousins schmettern wollte.

»Was machst du denn da!«, schrie sie ihn an.

»Wonach sieht es denn aus?«, fragte Connor zurück, amüsiert darüber, wie sie beide Arme um seine Faust geschlungen hatte und sie an ihre Brust drückte. »Ich werde diesen Schönling in Grund und Boden rammen!«

Er zog seinen Arm zurück und musste fast darüber lachen, wie sie sich mitschleifen ließ, anstatt aufzugeben. »Lass mich los, Gemahlin!«

»Das wirst du nicht tun! Er ist mein Cousin! Und außerdem ein Gast des Grafen!«

Connor blickte auf den breit grinsenden Grafen, und dieser nickte. »Ich glaube, Ihr habt zu viele Cousins, Mylady«, scherzte er.

Gillyanne schaute Fiona zu, wie sie dem noch immer lachenden Payton auf die Füße half. Sie war nun wirklich neugierig darauf, was er so lustig fand, doch ein plötzlicher starker Impuls sagte ihr, ihn lieber nicht zu fragen. Vielleicht würde seine Antwort Verlegenheit auslösen oder sonst wie unpassend sein, vor allem vor so vielen Leuten. Dieses Gefühl verstärkte sich noch, als ihr mit einem Mal die Geschichten ihrer Cousinen darüber einfielen, wie Payton seine viel zu schöne Nase in Angelegenheiten gesteckt hatte, die sie mit ihren Ehemännern auszumachen hatten. Auch wenn das nicht böse gemeint gewesen war, wollte Gillyanne doch nicht, dass er es auch bei ihr versuchte. Sie ließ Connors Faust los und merkte zu ihrer Überraschung, dass er eine ihrer Hände festhielt.

»Connor, das ist mein Cousin Sir Payton Murray von Donncoill«, sagte sie.

»Payton, das ist mein Gemahl, Sir Connor MacEnroy, Laird von Deilcladach.« Die beiden Männer verbeugten sich etwas brüsk, so wie es auch gewesen war, als ihr Vater Connor kennen lernte.

»Weshalb seid Ihr hier?«, fragte Connor Payton. Er erinnerte sich plötzlich an einige Dinge, die Neil über diesen viel zu gut aussehenden jungen Mann erzählt hatte.

»Als der Graf die Nachricht über Sir Neil MacEnroys Tod an den König sandte und fragte, ob er das Urteil selbst sprechen könne, forderte er, ein Murray solle ihm die Antwort des Königs überbringen. Schließlich seid Ihr ja mit einer Murray verheiratet – noch.«

Gillyanne bemerkte, wie Connor die Augen zusammenkniff, und warf rasch ein: »Na, jetzt können wir uns ja erst mal setzen und ein wenig plaudern.«

»Nein, jetzt können wir nach Deilcladach zurückkehren.« Connor wandte sich dem Grafen zu. »Bin ich frei?«

»Ja«, erwiderte dieser. »Eure Gemahlin brachte mir den wahren Mörder. Es ist Meg, die Frau, die Euch beschuldigte. Sie wird gehängt. Und die beiden anderen Frauen schicke ich weit fort; sie werden Euch nie mehr Kummer bereiten.«

Connors Erwiderung war lediglich ein Brummen, worauf der Graf etwas verwundert reagierte. Gillyanne seufzte leise und entschied, sie müsse gegen dieses typische MacEnroy-Verhalten bald etwas unternehmen. Doch dann nahmen die weiteren Worte des Grafen ihre ganze Aufmerksamkeit in Anspruch.

»Als Sir Neils Erbe geht natürlich dessen gesamter Besitz an Euch«, sagte er zu Connor. »Er ist nicht groß, aber ich denke, mit vier Brüdern und einer Schwester, die Ihr zu versorgen habt, kommt er Euch sicher nicht ungelegen. Der Name fällt mir leider gerade nicht ein …«

»Clachthrom!«, sagten Connor und Diarmot wie aus einem Munde.

»Clachthrom? Schwerer Stein?« Gillyanne rollte die Augen. »Und ich dachte schon, Ald-dabhach sei ein Name, den man unbedingt ändern muss.«

»Was ist denn an dem Namen Ald-dabhach falsch?«, fragte Connor. »Er sagt, was es ist – ein altes Stück Land.«

»Langweilig. Er ist absolut langweilig. Ich habe versucht, mir einen hübscheren Namen auszudenken, einen, der das Herz bewegt und der eine angenehmere Vorstellung entstehen lässt. Vielleicht einen, der an die Heide erinnert oder an schöne Blumen.« Als sie die fast angewiderten Mienen der Männer sah, musste sie beinahe lachen. »Warum sollte man eine Burg ›Schwerer Stein‹ nennen? Da ist ja selbst ›ein altes Stück Land‹ noch sinnvoller.«

»Das war die Stelle, die für den Wohnturm am besten geeignet war.« Connor zuckte mit den Achseln. »Wenn dir ein besserer Name einfällt, ein männlicherer, dann denke ich darüber nach. Oder besser noch Diarmot. Denn er wird der neue Laird von Clachthrom. Und Antony kann Ald-dabhach für uns übernehmen.« Connor wandte sich wieder dem Grafen zu. »Diarmot wird Euch einen genauen Bericht über den Besitz meines Onkels zusenden, Mylord. Ich glaube, Sir Neil hat das Jahre lang nicht mehr getan.«

Zumindest keinen ehrlichen, dachte Gillyanne. Die Art und Weise, wie der Graf und Connor sich anblickten, sagte ihr, dass sie beide dasselbe dachten. Sie wusste nicht genau, was Diarmot eben zugesprochen bekommen hatte, aber so erging es wohl allen, doch sie wusste, er würde etwas Gutes daraus machen, und sie freute sich für ihn.

»Ihr werdet Diarmot also zum Laird von Clachthrom machen?«, fragte der Graf. Connor nickte. »Wie alt sind Eure beiden anderen Brüder?«

»Antony ist zweiundzwanzig«, antwortete Connor, »und Angus zwanzig. Einen der Brüder lasse ich immer zu Hause. Dieses Mal ist es Drew, Andrew, und der ist achtzehn.«

»Nun, Diarmot, Antony und Angus.« Der Graf winkte die drei jungen Männer zu sich. »Seid ihr denn schon zum Ritter geschlagen?«

»Nein, Mylord«, erwiderte Diarmot. »Connor dachte, das Beste wäre, wenn uns diese Ehre von einem anderen Laird zuteil würde, weil der Titel in den Augen der anderen dann mehr Gewicht hat, als wenn er vom eigenen Bruder verliehen wird. Knobby hat ihn von Sir Robert erhalten, als er ihm einmal half, ein paar Diebe von seinem Land zu verjagen, aber wir waren damals noch ein bisschen jung.«

»Nun, das seid ihr jetzt nicht mehr.«

»Aber wir haben nicht gekämpft, um uns den Titel zu verdienen, Mylord.«

»Nein? Mit eurem Bruder habt ihr darum gekämpft zu überleben und zu gedeihen, und ihr habt in einem großen Landstrich meiner Zuständigkeit zwölf Jahre lang den Frieden bewahrt. Das ist doch wohl mehr als genug. Euren Andrew schickt ihr dann in zwei, drei Jahren zu mir«, fuhr er an Connor gewandt fort, »oder auch früher, wenn er Lust hat, sich außerhalb von Deilcladach ein paar Sporen zu verdienen. Ich werde mich darum kümmern, dass er das kann.«

Gillyanne gesellte sich zu Fiona, als die drei Brüder ihre Titel in Empfang nahmen, und weinte vor Freude. Payton verdrehte die Augen und tupfte ihr und Fiona mit einem feinen Leinentüchlein die Tränen ab. Dann küsste er sie auf die Wange und legte ihr einen Arm um die Schulter.

»Wir sehen uns bald«, sagte er am Ende der Zeremonie zu Gillyanne. Connor gratulierte seinen Brüdern herzlich und blickte dann finster auf Payton und die beiden Frauen.

»Wie bald?«, fragte Gillyanne. Sie beobachtete Connor, wie er auf sie zukam, und hoffte, er werde nicht gleich wieder versuchen, Payton niederzuschlagen.

»Übermorgen. Noch zwei Nächte. Wie du sie verbringst, ist deine Sache, Liebes.«

»Wenn wir gleich aufbrechen, kannst du mir zu Hause noch mein Bad richten«, sagte Connor, zog sie von Payton weg und führte sie aus dem großen Saal des Grafen hinaus.

Gillyanne war entsetzt über die Nachricht, die Payton ihr mitgeteilt hatte, aber sie schaffte es trotzdem noch, sich bei dem herzlich lachenden Grafen hastig zu bedanken und zu verabschieden. Zwei Nächte, hatte Payton gesagt. Zwei sehr kurze Nächte, in denen sie versuchen konnte, Zeichen der Zuneigung von ihrem Gemahl zu bekommen, bevor sie eine Entscheidung treffen musste. Heute Nacht, beschloss sie, würde sie sich einfach nur darüber freuen, dass Connor frei und unversehrt war. Nach allem, was seit ihrer Verwundung geschehen war, hatte sie nicht die Kraft, irgendetwas zu entscheiden oder Pläne zu schmieden.

Besonders schwierig würde es werden, wenn schon wieder – ihr Atem stockte – die Hand ihres Gemahls unter ihren Röcken nach oben glitt. Sie ergriff seinen Arm im Versuch, ihn abzuhalten, doch er ließ sich nicht beirren. Gillyanne drehte sich um und bemerkte, dass sie allein waren; die anderen ritten ein Stück weit vor ihnen. Außerdem hatte Connor dafür gesorgt, dass ihre Umhänge neugierige Blicke abhielten. Anscheinend ist es gefährlich, in der Nähe dieses Mannes nicht auf sich aufzupassen, dachte sie und erbebte, als er sie zärtlich streichelte.

»Connor«, protestierte sie schwach, »die anderen ...«

»Können uns nicht sehen«, sagte er. »Ich habe das vermisst.«

»Aber ich werde gleich laut.«

»Dann werde ich dich mit einem Kuss ersticken.«

»Sie werden erraten, was wir tun.«

»Wenn sie herschauen, werden sie nur denken, dass ich meine Frau umwerbe.«

»Das ist werben?«

»Ja.« Er knabberte an ihrem Ohr. »Schweig jetzt, Gemahlin«, murmelte er, »und reite.«

Kapitel 21

Gillyanne streckte sich und setzte sich dann auf. Die Helligkeit im Schlafgemach verwirrte sie. Es war die Sonne, der volle helle Schein der Vormittagssonne. Offenbar hatte Connor angeordnet, sie nicht zu stören und ausschlafen zu lassen. Das war aufmerksam von ihm, nett – vielleicht sogar ein Zeichen, dass er Zuneigung für sie empfand. Aber es war auch das Allerletzte, was sie sich an diesem Morgen gewünscht hätte. Sie hatte einfach viel zu viel zu erledigen, um den halben Tag verschlafen zu können.

Als sie sich aus dem Bett schälte, standen ihre beiden Katzen aus den Kuhlen in der zerwühlten Decke auf und streckten sich ebenfalls. Da sie nicht auf dem Bett schliefen, wenn Connor bei ihr war, hatten sie sich anscheinend darüber gefreut, dass sie so lange geschlafen hatte. Sie streichelte die beiden und erzählte ihnen ein wenig. Connor war sehr gut zu ihnen, was Gillyanne anfangs überrascht hatte. Er hatte ihnen nicht verboten, sich auf das Bett zu legen, aber seine Größe und seine Ruhelosigkeit hatten die zwei rasch davon überzeugt, dass es besser war, auf dem Schaffell zu schlafen, das er in einer Ecke für sie hingelegt hatte. Gillyanne hatte ihn auch schon dabei ertappt, wie er ihre beiden Lieblinge gestreichelt und ihnen kleine Häppchen zugesteckt hatte. Ob das ein Zeichen war, dass Connor gar nicht so hart war, wie er schien?

Mit einem leisen Fluch ging sie daran, sich zu waschen und anzuziehen. Wie traurig, dass sie versuchen musste, Hinweise auf Connors Gefühle in der Art und Weise zu finden, wie er mit ihren Katzen umging. Sie entschied, dass es jetzt an der Zeit sei, das Raten zu beenden und von ihm eine klare Aussage darüber zu verlangen, was er für sie fühlte.

Frag dich, ob dir dein Stolz wirklich ein solcher Trost ist. Überleg dir, wie viel du riskieren willst, ehe du Connor aufgibst.

Bei dem Gedanken an den Rat ihrer Mutter musste Gillyanne noch einmal fluchen. Ihre Mutter hatte Recht, das wusste sie. Aber trotzdem wünschte sie sich, dass es anders wäre. Leider hatte sie auch noch das Beispiel ihrer Cousinen Elspeth und Avery, bei denen sich der Ratschlag ihrer Mutter als richtig erwiesen hatte. Beide hatten ihren Stolz überwunden, um ihre Ehemänner für sich zu gewinnen, und Gillyanne wusste, dass sie das keinen Augenblick lang bereut hatten. Wahrscheinlich waren die beiden ebenso uneins mit sich gewesen, wie sie es jetzt war. Ja, sie selbst hatte damals einiges von Averys Verwirrung mitbekommen. Zwar war die Situation jeweils eine andere gewesen als bei ihr, und die Probleme ebenfalls, doch die Entscheidung war letztlich dieselbe gewesen. War dieser Mann es wert, dass sie ihren Stolz unterdrückte, und wenn auch nur für eine Nacht? Die Antwort war: Ja.

Gillyanne band sich die Haare zurück und folgte ihren Katzen die Treppe hinunter in den großen Saal. Der Gedanke, einem Mann ihr Herz zu öffnen, der ihr so wenig gezeigt hatte, was er für sie empfand, ihm ihre Gefühle darzulegen, dieser Gedanke machte ihr Angst. Connor war besitzsüchtig, aber nun, das waren die meisten Männer. Bei seinem Pferd war er es auch. Er war inzwischen nicht mehr der heiße Liebhaber in der Nacht und der eiskalte Unnahbare bei Tag, aber er war noch immer nicht herzlich und liebevoll. Er redete jetzt auch mehr mit ihr, aber nur, wenn sie im Schlafgemach allein waren, und auch dann sprach er nur sehr wenig über die Dinge, die ihn bewegten, freuten oder verletzten. Ihre Leidenschaft war heiß und heftig, aber Gillyanne war sich nicht sicher, ob seine Liebe für sie ebenso tief, so vollständig war wie das, was sie für ihn empfand. Bei ihr war die Leidenschaft untrennbar mit ihrer Liebe für ihn verquickt, aber bei Connor war es womöglich nicht mehr als simple männliche Lust. Und das war wohl der springende Punkt. Sie würde ihm alles geben, obwohl sie nicht wusste, wie es in seinem Herzen aussah, und einfach nur darauf hoffen, dass er ihr für ihr Geschenk auch etwas zu geben hatte. Aber wenn das nicht geschah, würde sie so sehr verletzt sein, dass sie daran gar nicht zu denken wagte. Kein Wunder also, dass sie Angst hatte.

»Ah, Joan, gut«, sagte sie, als die Magd mit einem Tablett mit Brot, Käse, Äpfeln und Haferflocken aus der Küche kam. »Ich muss mit dir reden.« Gillyanne setzte sich und schenkte sich einen Becher Apfelmost ein. »Mein Cousin Payton hat mir gesagt, dass morgen meine Familie kommt.«

Joan stellte erschrocken das Tablett ab und nahm auf dem Stuhl neben Gillyanne Platz. »Wollt Ihr uns denn verlassen?«, fragte sie kleinlaut.

»Kann man hier eigentlich gar keine Geheimnisse haben?«

»Nicht viele. Wir haben alle gehört, was Sir James zu unserem Laird gesagt hat. Ihr könnt diese Ehe auflösen, weil sie Euch aufgezwungen wurde.«

»Ja«, sagte Gillyanne etwas zögerlich und stocherte in ihrem Essen herum. »Wenn mein Vater zurückkommt, bringt er mir so gut wie sicher das Recht mit, meine Ehe mit Connor zu beenden. Es wäre ganz gut, wenn Connor erst morgen erfahren würde, dass ich diese Entscheidung treffen muss.«

»Ich werde ihm nichts sagen.« Joan verzog das Gesicht. »Das ist wohl ein bisschen treulos, aber wirklich nur ein bisschen. *Wollt* Ihr ihn denn verlassen?«

»Ach … nein. Ich liebe ihn ja schon, diesen Riesen, aber …«

Joan nickte. »Ja, aber?«

»Ist es falsch, dass ich mir ein bisschen etwas von ihm wünsche, nur ein kleines bisschen Zuneigung? Ist das denn wirklich zu viel verlangt?«

»Nein, Mylady. Wenn Ihr keine Wahl hättet, würde ich sagen, macht das Beste daraus, sucht Euer Glück, so gut es geht. Vielleicht mit den Kindern, die Ihr bekommen würdet, oder dadurch, dass Ihr einen ausgezeichneten Haushalt führt, oder auch mit Euren Heilkünsten. Aber Ihr habt die Wahl. Ihr habt es Euch nicht ausgesucht, unseren Laird zu heiraten, und auch Eure Verwandtschaft hat ihn nicht für Euch gewählt. Ihr habt ein schönes Land mit eingebracht und so manch guten neuen Verbündeten. Ganz ehrlich gesagt, Ihr habt diesem Mann eine Menge gegeben, und Ihr habt ihm sogar gezeigt, dass es nicht wehtut, sich auch ein wenig am Leben zu erfreuen. Er könnte Euch gut und gern ein wenig mehr geben, als dass er Euch treu ist und Euch vor Lust zum Schreien bringt. Auch wenn das etwas ist, was man nicht verachten sollte.«

»Ja, und ich schätze beides sehr«, erwiderte Gillyanne. Doch wenn ansonsten nichts da ist, dann wird das auf die Dauer nicht ausreichen, nicht wahr?«

»Stimmt. Traurig, denn ich glaube tatsächlich, da ist mehr. Ich würde sogar darauf schwören. Aber ...« Sie zuckte die Achseln.

»Ja – aber. Ist es da oder nicht? Und wenn es da ist, wird er es mit mir teilen, oder lässt er es begraben wie so vieles andere? Diese Ehe hat viel Gutes, vor allem im Vergleich mit so manch anderer. Aber das reicht mir nicht, Joan. Ich muss wissen, ob ich diesem Mann wirklich etwas bedeute, ob ich einen Platz in seinem Herzen habe. Wenn ich ehrlich bin, wünsche ich mir alles, aber für den Augenblick würde mir schon ein Teil reichen, eine echte Hoffnung.«

»Ich glaube nicht, dass es einen Zweck hat, ihn einfach zu fragen.«

»Nein. Aber ich habe einen Plan.«

Gillyanne lachte leise, als Joan eine betroffene Miene machte.

»Ich werde den Rat meiner Mutter befolgen. Sie meinte, es wäre vielleicht das Beste, wenn ich meinen Stolz hintanstelle und diesen Mann genau wissen lasse, was er verliert, wenn ich ihn verlasse.«

»Eine kluge Frau. Aber wie wollt Ihr das machen?« Plötzlich schmunzelte Joan. »Ich glaube, er weiß über fast alles Bescheid, was Ihr zu bieten habt, Mylady.«

Gillyanne kicherte. »Traurig, aber wahr. Nein, ich will diesem Mann alles zeigen, was in meinem Herzen ist. Ich war nicht so zurückhaltend wie er, aber ich bin vorsichtig, ich habe mein Herz beschützt. Stolz. Man will nicht alles anbieten, so lange man Gefahr läuft, abgewiesen zu werden. Das birgt einen Schmerz, den herauszufordern man Mut braucht. Aber ich werde es tun, denn immerhin besteht die Möglichkeit, dass er, wenn ich ihm alles zeige, ein wenig weicher wird und mir etwas gibt, woran ich meine Hoffnung heften kann. Wenn er das nicht tut – na ja, die Demütigung wird nicht lange währen, denn dann kann ich morgen allem Adieu sagen.«

»Und wenn er Euch nicht einmal diese Hoffnung gibt, dann hat er es verdient, wenn Ihr ihn verlasst. Aber was, wenn er erst später zu Verstand kommt?«

»Mit dieser Hoffnung will ich mich nicht abquälen, aber ich werde ihn auch nicht abweisen. Wenn er mir auch nur ein bisschen etwas von dem anbietet, was ich brauche, dann komme ich zurück. Denn ich liebe ihn einfach zu sehr.«

»Und wie kann ich Euch helfen?«, fragte Joan.

»Nun, allmählich befürchte ich ja, dass bald ganz Schottland weiß, in welcher Hinsicht Connor und ich wirklich gut zusammenpassen. Wenn wir uns – sagen wir mal – kuschelig fühlen, fällt es mir leichter zu sagen, was ich sagen will. Und wenn ich es ihm sage, wenn wir beide leidenschaftlich sind, ist er vielleicht auch unbefangen genug, sich mir zu öffnen. Ich möchte auch, dass alles ein wenig anders ist – verführerisch, romantisch.« Joan nickte. »Denn dann fühlt Ihr Euch vielleicht auch so, und das gibt Euch den nötigen Mut.«

»Genau«, stimmte Gillyanne ihr zu. »Vielleicht ein paar Kräuter für das Bad. Solche, die einem Mann gefallen, natürlich. Wenn er Rosen oder Lavendel riecht, dann läuft er mir wahrscheinlich bis nach Edinburgh davon.« Sie lachten beide. »Kerzen.«

»Gute, vielleicht mit ein wenig Duft. Ja, solche haben wir schon ein paar.«

»Dinge, die er besonders gern isst, vor allem Süßes. Aber keine Erdbeeren. Bei meinem Glück esse ich eine aus Versehen, und dann sehe ich aus, als ob ich die Masern hätte.«

»Das wäre nicht sehr verführerisch.«

»Nein. Ein paar zusätzliche weiche Decken. Mein Cousin Payton sagte mir einmal, weiche Dinge gefallen den Männern, und Frauen spüren sie gern auf der Haut. Und wenn sich jemand mit solchen Dingen auskennt, dann Payton.«

»Und er spricht darüber mit Euch?«

»Normalerweise nur nach ein paar Humpen gutem Wein. Außerdem wird er nie zu eindeutig. Oh, und dann noch etwas Reizendes zum Anziehen. Das habe ich aber schon.«

»Wirklich?«

Gillyanne nickte. »Ja. Meine Cousine Avery gibt mir gelegentlich solche Sachen. Sie sagt, ich soll sie anziehen, wenn ich dumm genug bin zu glauben, ich sei nicht hübsch. Weil sich eine Frau in solchen Sachen schön und verführerisch fühlt. Und sie meint sogar, manchmal findet ein Mann eine Frau, die so etwas anhat, attraktiver, als wenn sie ganz nackt dastünde. Man neckt ihn, indem man ihn das, was er will, nur ahnen oder ihn nur einen flüchtigen Blick darauf erhaschen lässt.«

»Dafür, dass Ihr noch ein Mädchen wart, haben Euch Eure Cousinen aber ein paar recht seltsame Dinge erzählt.« Joan errötete leicht. »Vielleicht könnten wir darüber mal ausführlicher reden, wenn Ihr bleibt. Vielleicht steigt ja mein Malcolm keiner anderen mehr nach, wenn ich ein bisschen – hm, klüger geworden bin.«

»Also, ich erzähle dir gern alles, was du hören willst, Joan. Aber ich glaube wirklich nicht, dass Malcolm sich Meg ausgesucht hat. Und er ist auch nicht in ihrem Bett gelandet, weil er bei dir etwas vermisst hat, oder weil sie besonders verführerisch war. Nach dem wenigen zu urteilen, das ich gehört habe, und das meiste davon stammt von Meg selbst, war diese Frau nicht mehr als – na ja, ein Kuss, ein bisschen fummeln und dann rammeln. Außerdem vermute ich, dass Malcolm ebenso wie Connor vieles von dem glaubte, was dieser abscheuliche Trottel Neil ihnen im Lauf der Jahre erzählte – zum Beispiel, dass es absolut in Ordnung sei, neben der Ehefrau auch noch Geliebte zu haben, dass alle Männer das tun und dass die Frauen es wissen und zulassen, oder sogar wollen.«

Joan lächelte ein wenig. »So etwas sagte Malcolm tatsächlich, als er vor lauter Entschuldigung vor mir zu Kreuze kroch. Er dachte wirklich, das würde mir nichts ausmachen und ich würde doch wissen, dass Männer das nun einmal so machten. Ich fürchte, dass ihm die Ohren geklungen haben, so oft wie ich ihm sagte, dass das völliger Schwachsinn ist.«

»Gut für dich. Ich halte es für die heilige Pflicht einer Frau, es einen Mann wissen zu lassen, wenn er nichts als Unsinn daherredet.« Sie lachten kurz zusammen. »Aber jetzt machen wir uns an die Pläne für meine Nacht des Geständnisses!«

»Ach, Mylady, ich hoffe so sehr, dass es klappt!«

»Ich auch, Joan, ich auch. Wirklich.«

* * *

Als Connor das Schlafgemach betrat, blieb er überrascht stehen. Langsam schloss er die Tür hinter sich. Sein Bad war bereitet, aber sonst war alles anders. Ein Duft nach frischen Kräutern lag in der Luft, den er als sehr angenehm empfand. Da die Nacht warm war, brannte kein Feuer, aber überall standen Kerzen, die den Raum in ein wohliges, weiches Licht tauchten. Auf dem Boden lagen weiche Schaffelle, sogar über die Stühle waren Felle drapiert, und das Bett war mit dunkelrotem Samt bedeckt. Auf dem Tisch neben dem Kamin war eine große Auswahl an köstlichen Speisen und Getränken angerichtet. Gillyanne stand neben dem Bottich, lediglich mit einem Nachthemd und einem Umhang aus feinstem Leinen bekleidet, das er je gesehen hatte, und beide schmiegten sich nur mit Hilfe von ein paar dünnen Bändchen an ihren geschmeidigen Körper.

»Was hat das alles zu bedeuten?«, fragte er, während er langsam auf sie zuging und sein Wams öffnete.

»Eine kleine Feier. Du bist frei und die Gefahr ist vorüber«, entgegnete sie und half ihm, sich auszuziehen.

Allein schon, sie zu beobachten, zu sehen, wie sich der dünne Stoff an ihrem Körper bewegte, wie ihr langes, dichtes Haar in einem betörenden Tanz um sie herumwirbelte, erweckte in ihm den Wunsch, sie einfach auf eines der Felle zu werfen und sich tief in sie zu vergraben. »Du hast schon gebadet?«, fragte er.

»Ja.« Gillyanne legte sorgfältig seine Kleidung beiseite, und er stieg in den Bottich. »Diese Nacht ist für dich.«

»Für mich?« Als sie begann, ihn zu waschen, musste er gegen den Wunsch ankämpfen, sie zu sich ins Wasser zu ziehen. »Ich hätte dich gern bei mir im Wasser.«

»Nein. Immer mit der Ruhe. Heute Abend versuchen wir einmal, uns in Geduld zu üben. Wir haben die ganze Nacht Zeit.«

Das klingt ja sehr verführerisch, dachte Connor. Geduld und Beherrschtheit waren Eigenschaften, mit denen er durchaus aufwarten konnte – zumindest, bis er Gillyanne kennen gelernt und entdeckt hatte, wie es war, sie zu lieben. Auch der Gedanke, seine wiedergewonnene Freiheit zu feiern, gefiel ihm. Er hatte eigentlich schon letzte Nacht feiern wollen, doch nach einem kurzen, wenn auch sehr befriedigenden Liebesspiel hatte er gemerkt, dass Gillyanne erschöpft war. Über all dem Hin und Her, das sie durchmachen musste, um ihm aus seiner schwierigen Lage zu helfen, hatte er fast vergessen, dass sie erst vor kaum einer Woche verwundet worden war. Aber jetzt ist sie wieder gut erholt, dachte er, als er aus dem Bottich stieg und sie ihn abzutrocknen begann.

Sein Erstaunen wuchs, als er nach dem Tuch, mit dem sie ihm zärtlich den Rücken abtrocknete, ihre warmen Lippen spürte. Er schloss die Augen und versuchte fast verzweifelt, sich zu beherrschen, als sie das kühle Wasser von seiner Haut abrieb und sie gleichzeitig mit heißen Küssen bedeckte. Dann küsste und kniff sie auch noch zärtlich seinen Po. Connor erschauerte.

Sie trat vor ihn hin, trocknete und küsste seine Arme. »Wie langsam willst du es denn haben?«, fragte er mit halb erstickter Stimme, als sie das Grübchen unter seinem Kehlkopf küsste.

»Sehr, sehr langsam«, murmelte sie und ließ erst das Handtuch, dann ihre Lippen über sein Schlüsselbein wandern. »Du wirst doch deiner Frau nicht die Chance nehmen wollen, sich an diesem schönen starken Körper zu erfreuen, sich an diese samtweiche Haut, diese wunderbare Wärme zu schmiegen?«

Connor bebte, als sie seine Brustwarzen leckte. Dann wanderte sie abwärts, trocknete ihn und liebkoste ihn mit ihrer Zunge und flüsterte Schmeicheleien. Er wusste, dass er groß und stark war, dass er den Frauen ganz gut gefiel, aber keine hatte ihm das je mit solcher Leidenschaft gesagt. Gillyanne sprach aus, was er oft schon in ihren Blicken zu sehen geglaubt hatte, und er merkte, dass ihn das geradezu berauschte. Er war schön für sie, er war für sie alles, was ein Mann sein sollte, und das bewegte ihn tief. Es war natürlich Unsinn, und er glaubte nicht einen Augenblick daran, aber Gillyanne glaubte es, und das gab ihm ein außerordentlich gutes Gefühl.

»Du hast eine Stelle vergessen«, sagte er, als sie von seinem Bauch zu den Beinen weiterwanderte und jenen Teil ausließ, der sich am meisten nach ihrer Berührung sehnte.

»Als ob ich die vergessen könnte!«, murmelte sie, während

sie seine langen Beine trocknete, küsste und ihn zärtlich in die Innenseite seiner Schenkel biss. »Ich habe mir nur das Beste für zuletzt aufgehoben.«

Mit weit mehr Aufmerksamkeit als notwendig begann sie, ihn zwischen den Beinen trockenzureiben.

»Alles, was eine Frau begehrt«, sagte sie mit samtener Stimme und legte das Handtuch zur Seite, um ihn mit den Fingern zärtlich weiter zu streicheln.

»Ich finde, du bist sehr schön. Alles Seide und Stahl. Wenn ich dich so sehe, dann kann ich nur an eines denken – wie es ist, wenn du meine Lust anstachelst.«

Connor stöhnte leise und vergrub die Finger in ihrem Haar, als sie begann, mit ihrer Zunge und ihren Lippen an ihm zu spielen. »Hör mal, ich bin schon jetzt bis zum Zerreißen angespannt, ich weiß nicht, wie viel ich davon noch aushalten kann.«

»Genieße es, so lange du kannst, mein Liebster. Ich kann warten. Genieße es bis zum Höhepunkt, wenn du willst.«

Er wollte sie fragen, was sie damit genau meinte, ob sie ihm wirklich eine Freude machen wollte, die er bisher nur vom Hörensagen kannte, weil er noch nie den Mut gefunden hatte, darum zu bitten oder sie sich einfach zu nehmen, aber als sie begann, ihn mit dem Mund zu lieben, brachte er nur mehr ein weiteres Stöhnen heraus. Die Leidenschaft ihrer Lippen, das Streicheln ihrer Zunge, die Zärtlichkeit ihrer Finger ließen alle seine Versuche, ihr für das, was sie ihm schenkte, dankbare, schmeichelnde Worte zu sagen, wie dummes Geschwätz klingen.

Er schaute ihr zu, so lange er konnte, obwohl er wusste, dass es dadurch noch schwerer war, die Beherrschung nicht zu verlieren. Manch einer hätte eine Frau so als unterwürfig betrachtet, aber in dieser Situation war er es, der ihr verfallen war. Schließlich entglitt ihm jegliche Fähigkeit, einen klaren Gedanken zu fassen; er verlor sich in der Tiefe der Lust, die sie ihm gewährte, und betete darum, den Willen zu finden, diesen Ansturm der Leidenschaft möglichst lange Zeit auszuhalten.

Erst Augenblicke nach einem Höhepunkt, der ihn fast um den Verstand brachte und seinen ganzen Körper erbeben ließ, merkte Connor, was er getan hatte. Gillyanne hatte ihn so lange hingehalten, dass er nicht mehr sicher war, wann er ihn genau erreicht hatte. Vorsichtig öffnete er die Augen, ließ sich Mut davon machen, dass sie sanft seinen Bauch küsste, seine Beine streichelte. Als er sie hochzog, schaute sie nur ein bisschen benebelt, und ihr Gesicht war von heißem Begehren gerötet. Aber sie zeigte nicht den geringsten Anschein von Widerwillen. Innerlich hüpfte er vor Freude und Erleichterung, als er sie zu einem der beiden Stühle neben dem Tisch mit dem Essen führte. Er setzte sich und zog sie zu sich auf den Schoß.

Dann begann er, Gillyanne köstliche Häppchen in den Mund zu schieben, und ließ sich von ihr füttern. Er sah, wie ihr Atem allmählich langsamer wurde und das Verlangen aus ihrem Blick wich. Er schätzte sich glücklich, eine so aufregende, leidenschaftliche Geliebte zu haben. Nie hätte er geglaubt, eine solche in dieser zierlichen, vornehm erzogenen Frau zu finden. Gelegentlich flammten bei Gillyanne zwar Scheu und Schamgefühl auf und versuchten, ihrer Leidenschaft Grenzen zu setzen, doch sie ließ diese Gefühle nicht die Oberhand gewinnen. Er reichte ihr mehrmals den Becher mit Wein, denn er wollte diese beiden das Blut kühlenden Impulse so gut es ging vertreiben und mit seiner Liebe dem, was sie ihm gegeben hatte, nicht nachstehen. Bei dem, was er sich nun vornahm, war es leichter für ihn, wenn seine Frau auch vom Wein ein wenig beflügelt wurde.

Aber irgendetwas beschäftigte ihn. Irgendwo in seinem Inneren nagte ein Schmerz, eine Unzufriedenheit, und das war einfach unbegreiflich. Worüber konnte ein Mann in seiner Situation unzufrieden sein? Er hatte eine Gemahlin, die ein sehr fruchtbares Land mit in die Ehe einbrachte, mit der er die höchste Leidenschaft teilen konnte, die dem wieder aufgebauten Deilcladach Schönheit und Eleganz verlieh wie wahrscheinlich nie zuvor, die ihn selbst schön fand und ihn ihren Liebsten nannte.

Er verschluckte sich fast an dem Wein, als ihm dieses Wort wieder einfiel. *Mein Liebster*. Sie hatte ihn *mein Liebster* genannt. Plötzlich wusste Connor, dass er sich nichts sehnlicher wünschte, als dass dies die Wahrheit war. Er wollte, dass sie mehr war als leidenschaftlich, dass sie nicht nur seinen Körper mochte, nicht nur pflichtgetreu und gehorsam war. Er wollte, dass sie ihn mochte, dass sie ihn liebte. Hier lag der Grund für seine Unzufriedenheit! Eigentlich wusste er gar nicht, was sie für ihn fühlte, er konnte es lediglich daraus erahnen, wie sie ihn anschaute, wie sie ihn berührte. Immer, wenn er überlegt hatte, wie er sie an seiner Seite halten konnte, hatte er an die Leidenschaft gedacht, die sie miteinander teilten, ja sogar daran, sie zu schwängern, aber nun wusste er es: Nur Liebe würde sie in Deilcladach halten können. Gillyanne musste ihn lieben; andernfalls würde er nie sicher sein können, dass sie bei ihm blieb. Connor fasste den Entschluss, herauszufinden, wie es in ihrem Herzen aussah, noch bevor sie diesen Raum wieder verließen.

»Das war ein feines Festmahl, mein Mädchen«, sagte er, als er sie auf ihre Füße stellte.

Gillyanne wankte noch einen Augenblick und stutzte, als Connor plötzlich begann, den Tisch abzuräumen. »Du musst das nicht machen«, meinte sie.

»Doch, das muss ich.« Sobald er damit fertig war, setzte er sich und blickte sie unverwandt an. »Diese Nacht ist für mich, ja? Zum Feiern?«

»Ja.«

Dann zieh dieses hübsche Ding aus, mein Schatz.«

»Das sollte dich eigentlich verführen.«

»Oh, das hat es. Deswegen hätte ich jetzt gern, dass du es ausziehst.«

Connor schaute ihr zu, wie sie sorgfältig den Umhang und ihr Nachthemd aufschnürte und zu Boden gleiten ließ. Ihr langes, im Schein der Kerzen rötlich schimmerndes Haar bedeckte sie etwas, während sie die Kleidungsstücke faltete und ordentlich auf einen Stuhl legte, bevor sie sich erneut ihm zuwandte. Er achtete nicht auf ihr Erröten, sondern blickte sie nur eine Weile an, und dann drehte er sie um. Gillyanne war schlank und klein, aber er fand ihren geschmeidigen Körper einfach schön.

Sie schauderte, als er begann, ihre Wirbelsäule vom Hals an abwärts zu küssen, sie dann sanft in ihren süßen Po biss und wieder umdrehte. Er schob ihre Haare über die Schultern zurück und ließ seine Hände zu ihren Brüsten gleiten. Zufrieden stellte er fest, dass ihre Brustwarzen unter seiner sanften Berührung hart wurden und ihr Atem sich beschleunigte. Langsam ließ er seine Hände über ihren Bauch nach unten wandern. Ein kurzer Blick in ihr Gesicht sagte ihm, dass sie etwas verlegen war.

»Ach, mein Mädchen, du sagst, ich sei schön. Aber für mich«, und er streichelte sie erneut, »für mich ist das schön.« Er stand auf, breitete das Schaffell auf dem Tisch aus und setzte sie darauf.

»Lass mich in dieser Schönheit schwelgen«, murmelte er, zog den Stuhl an den Tisch und setzte sich.

»Connor«, hauchte sie, doch seine breiten Schultern hinderten sie daran, ihre Beine zu schließen.

»Jetzt« – er schob ihre Hand beiseite, mit der sie sich bedecken wollte –, »jetzt möchte ich dir die Freude gönnen, die du mir geschenkt hast.«

»Aber Connor, du bist ein Mann. Männer haben kein Schamgefühl!«

»Ich möchte dir beibringen, ebenfalls keines zu haben, wenn wir hier drinnen zusammen sind.«

Er beugte sich nach vorn und verwöhnte ihre kleinen Brüste mit seinem Mund, bis er spürte, dass die Anspannung in ihrem Körper nachließ. Er streichelte ihre Beine, legte sie dann über seine Schultern und küsste ihre Schenkel, arbeitete sich langsam nach oben, bis sie sich auf dem Tisch wand und jene leisen, begehrlichen Laute von sich gab, die er so gerne hörte. Doch als er sein Ziel erreicht hatte und ihre weichen, rötlich-braunen Locken küsste, spannte sich plötzlich ihr ganzer Körper an.

»Meine schöne Gilly«, sagte er leise, »sei ehrlich, dir gefällt das so sehr wie mir. Ich revanchiere mich nur für das Geschenk, das du mir gemacht hast.« Er küsste sie wieder. »Sag es mir, Gilly. Sag mir, wie sehr du es magst.«

Gillyanne schrie auf mit einer Mischung aus Lust und Widerstreben, als sein Kuss ihren ganzen Körper entflammte, doch er nahm ihr jegliches Widerstreben und ließ ihr nur die Leidenschaft. »Ja, Connor, ja! Du machst mich beinahe verrückt!«

Sie ließ ihre Finger durch sein Haar gleiten und streichelte ihn. Einesteils wand sie sich vor Schock über ihre eigene Schamlosigkeit, während sie beobachtete, was er tat, aber andererseits verstand sie auf einmal, warum er sie beobachtet hatte, als sie ihm Lust bereitete. Es war berauschend, es steigerte die Lust. Aber schon bald ließ die Stärke ihres Begehrens sie die Augen schließen. Als sie den Höhepunkt erreichte, ließ sie sich auf die Tischplatte sinken und rief seinen Namen, doch er ließ nicht von ihr ab und entflammte ihre Lust aufs Neue, noch ehe sie ganz nachgelassen hatte. Bei ihrem zweiten Höhepunkt schrie sie, dass sie ihn liebte.

Als Gillyanne ihre Fassung wieder gewann, spürte sie, wie Connor sanft ein kühlendes Tuch auf ihren Unterleib drückte. Das löste zwiespältige Gefühle in ihr aus; und nicht zuletzt schimpfte sie sich insgeheim selbst für ihre Lüsternheit. Eine kleine Erinnerung flackerte in ihr auf; sie begriff, dass sie sich ihren großartigen Plan wohl selbst erschwert hatte. Sie errötete und musste lächeln, als Connor sich über sie beugte und sie auf die Wange küsste. Gleich, so sagte sie sich, würde sie die Kraft finden, sich mit einem Versuch in Sachen Schamgefühl zu arrangieren.

»Meine kleine Gemahlin liebt mich also«, hauchte Connor, während er an ihrem Ohr knabberte.

Das ist es, womit ich es mir erschwert habe, dachte sie.

Mehr als nur erschwert, vereitelt, dachte sie weiter. Es war eher ein totales Aufgeben jedes Plans, den sie gemacht, jedes Vorsatzes, den sie gefasst hatte. Ja, sie hatte vorgehabt, ihm zu sagen, was sie fühlte. Aber sie hatte vorgehabt, es ihm auf eine romantische Art zu sagen, auf eine Art, bei der sie das Geschehen in der Hand hatte. Es herauszuschreien, während sie flach auf dem Tisch lag wie ein filetierter Schellfisch – das entbehrte jeder Würde. Schlimmer noch, es gab Connor die Oberhand und forderte ihn nicht im Geringsten dazu heraus, ihr seinerseits ein paar Worte der Zuneigung zu sagen.

»Das hat deine kleine Gemahlin gesagt, ja?«

Sie war etwas überrascht, dass sie noch so viel Kraft in den Beinen hatte, sie in Position zu halten, als er sie um seine Taille legte.

Connor beobachtete sie genau, während er wie von selbst in sie eindrang. »Ja, das hat sie gesagt.«

»Vielleicht hast du es dir nur eingebildet.« Ihr begieriger Körper begann sich zu regen, und sie streichelte seine Beine mit ihren Füßen.

»So laut, wie du es geschrien hast, könnte ich wahrscheinlich jeden im Saal bitten, es zu bezeugen. Und die Stallburschen vielleicht auch noch.«

»Ich beginne zu glauben, dass ich missverstanden wurde«, sagte sie gedehnt und keuchte leise, als er sich plötzlich fast ganz zurückzog, sie dann an den Hüften fasste und heftig wieder in sie eindrang.

»Und ich glaube, ich muss dich dazu bringen, es mir noch einmal zu sagen. Nur um sicher zu sein, weißt du.«

*

Gillyanne blickte zur Decke des Schlafgemachs hinauf und wiederholte jeden Fluch, den sie kannte. Er hatte sie dazu gebracht, es noch einmal zu sagen. Wahrscheinlich hatte sie es ihm sogar ein halbes Dutzend Mal gesagt, als er sie an den Handgelenken an die Bettpfosten gefesselt und eingedickte Sahne von ihrem Körper abgeleckt hatte. Ihr einziger Trost war, dass sie ihre Stimme einigermaßen im Zaum hatte halten können, so dass sie ihre Kapitulation nicht über ganz Deilcladach hinweg geschrien hatte.

Und was hatte sie von ihm bekommen? Nichts. Absolut gar nichts. Wenn sie sich noch einmal alles durch den Kopf gehen ließ, was er im Verlauf dieser bis zur Erschöpfung leidenschaftlichen Nacht zu ihr gesagt hatte, dann fand sie nicht ein Wort, das irgendein tiefes Gefühl ausdrückte. Sie kannte seine Leidenschaft, wusste, wie sie zu entfachen war, ja, sie wusste sogar ein paar Dinge, wie sie seine große Beherrschtheit durchbrechen konnte, aber von dem, was in seinem Herzen vorging, wusste sie nichts, absolut nichts.

Gillyanne stand auf und wusch sich. Sie spürte den starken Drang, einfach weinend zusammenzubrechen, doch sie wollte ihm nicht nachgeben. Sie hatte es nicht zustande gebracht, Connor mit Leidenschaft einige Worte der Liebe zu entlocken. Und ganz gewiss wollte sie ihm nicht eine schwache, vage Erklärung aus der Nase ziehen, nur weil er sie bedauerte oder weil er wollte, dass sie aufhörte zu weinen.

Sie schenkte sich einen Kelch süßen Most ein und wollte sich gerade wieder ins Bett legen, als sie die beiden Streifen aus weichem Leinen von den Bettpfosten herunterhängen sah. Von dort wanderte ihr Blick zu ihrem Gemahl, der auf dem Rücken lag und schlief, zu dem Topf dicker süßer Sahne auf dem Tisch neben dem Bett und wieder zurück zu den Stoffstreifen. Gillyanne hatte keine Hoffnung, dass ein letzter Reigen der Leidenschaft Connor Worte der Zuneigung entlocken würde. Aber irgendwann im Verlauf der letzten Nacht hatte sie die Kontrolle über das Spiel verloren, das sie so sorgfältig geplant hatte. Vielleicht war es an der Zeit, diese Kontrolle zurückzugewinnen. Dann konnte sie sich zumindest später, wenn die Erinnerung an diese Nacht sie quälte, sagen, sie hatte damit geendet, dass sie die Zügel in der Hand gehalten hatte.

Connor wachte auf, weil er spürte, wie sich ein kühles, feuchtes Tuch über seinen Körper bewegte. Als er die Augen öffnete, sah er, wie Gillyanne gerade das Tuch zur Seite warf, mit dem sie ihn gewaschen hatte. Sie kniete an seiner Seite, mit wunderschön geröteten Wangen, wunderbar nackt, und nippte an einem Kelch. Als er nach ihr greifen wollte, bekam er große Augen. Ein rascher Blick versicherte ihm, dass er fest an die Bettpfosten gefesselt war. Anscheinend wusste seine kleine Gemahlin sehr gut über Knoten Bescheid. Er betrachtete sie.

Sie stellte den Kelch ab und nahm den Topf mit Sahne zur Hand – was war das für ein unglaubliches Gefühl gewesen, sie von ihr abzulecken! Er spürte, wie erneut heißes Begehren seinen ganzen Körper durchflutete. Als sich ihre Blicke trafen, meinte er, bei ihr eine tiefe Sorge und einen Schmerz zu sehen, doch es war zu schnell vorüber, als dass er sicher sein konnte.

»Sinnst du auf Vergeltung, meine Süße?«, fragte er.

»Ja.«

Der Gedanke an die Liebe, die sie gleich teilen würden, vertrieb ihren Kummer.

»Nun, darf der arme Gefangene um eine kleine Gnade bitten?«

»Erwartest du denn Gnade?«

»Ein wenig schon. Wenn ich die Liebesqual nicht mehr aushalte, meine Süße, dann lass mich in dich ein. Ich möchte tief in deiner Lust begraben sein, wenn mein Ende kommt.«

»Ich werde es mir überlegen«, sagte sie und räusperte sich rasch, damit ihre belegte Stimme nicht verriet, dass sie schon wieder Lust verspürte.

»Und vielleicht bist du auch so gnädig, mir ab und zu so nahe zu kommen, dass ich einen kleinen süßen Teil von dir schmecken kann.«

Als sie sich fragte, welchen *kleinen süßen Teil* sie ihm zuerst präsentieren sollte, fluchte Gillyanne innerlich. So viel also dazu, dass sie die Kontrolle hatte wieder erlangen wollen!

Kapitel 22

»Connor, ich glaube, du hast ein Problem.« Plötzlich aus der wunderbaren Erinnerung herausgerissen, wie er und Gillyanne sich liebten und sie ihm dabei ihre Liebe gestand, brauchte Connor einen Moment, bis er die Bedeutung von Diarmots Worten begriff.

»Ein Problem?«, fragte er.

»Ja. Die Murrays sind wieder da.«

Er schob langsam die Papiere beiseite, auf die er sich ohnehin nicht hatte konzentrieren können, und wandte sich seinem Bruder zu. »Wo ist Gillyanne?«

»Hinausgegangen, um sie zu empfangen.« Diarmot trat hastig zur Seite, als Connor aufsprang und rasch die Kammer verließ, in der er sich um die Geschäfte von Deilcladach kümmerte. »Sie war schon vor dem Tor, noch ehe ihre Verwandten angehalten hatten. Sie wusste, dass sie kommen würden.«

Und jetzt wusste Connor, was die letzte Nacht wirklich bedeutet hatte. Entweder hatte sich Gillyanne von ihm verabschiedet, oder sie hatte etwas von ihm erwartet, das er ihr nicht gegeben hatte. Den Gedanken, dass das alles vielleicht nicht mehr als ein leidenschaftliches Adieu gewesen war, verwarf er jedoch sofort, obwohl ihm die andere Möglichkeit noch mehr missfiel. Eine Frau redete nicht so mit einem Mann, wie sie es getan hatte, sie legte nicht ihre Seele bloß, wenn sie ihn verlassen wollte. Nein, sie hatte ihn bewegen wollen, ihr einen Grund zum Bleiben zu geben, etwas über die Leidenschaft hinaus, mit der sie sich übersättigt hatten – doch er hatte es nicht bemerkt.

Am Tor hielt er an und starrte auf ihre Habseligkeiten, die ordentlich gepackt bereitstanden. Die Katzen blickten aus ihrem Korb zu ihm auf. Connor hatte den Eindruck, sie schauten ihn vorwurfsvoll, ja enttäuscht, an, und sagte sich, er solle nicht so ein Dummkopf sein. Es war seine eigene Schuld und seine Furcht, die ihm solche Gedanken einflößten. Er schaute zu Gillyanne, die gerade mit ihrem Vater sprach; daneben stand eine kleine Frau, die wohl ihre Mutter war, dazu James und der einfach viel zu schöne Payton. Er ignorierte Diarmots leise Warnung, Vorsicht walten zu lassen, und schritt auf die Murrays zu, ohne zu merken, dass seine Brüder und Knobby ihm folgten.

*

»Nun, mein Mädchen, ich kann dich jetzt sofort mitnehmen«, sagte Eric, nachdem Gillyanne ihre Mutter herzlich begrüßt hatte.

»War Zwang ein Teil der Abmachung?«, fragte Gillyanne und versuchte, den Schmerz, der in ihr aufstieg, zu unterdrücken.

»Ja.« Eric lächelte ein wenig, als er seinen Arm unter dem ihren durchschob. »Wie steht es um deine Wunde?«

»Ist zum Reiten gut genug verheilt.«

»Gilly, meine Süße«, sagte Bethia, »beantworte mir drei Fragen.«

Gillyanne blickte seufzend zu Boden und fragte sich, wieso sie jemals geglaubt hatte, sie könne ihrer Mutter ihre Gefühle verheimlichen. »Muss ich?«, fragte sie.

»Ja, du musst. Liebst du ihn?«

»Ja.«

»Willst du ihn verlassen?«

»Nein.«

»Bist du von ihm schwanger?«

Allein schon diese Frage in Betracht zu ziehen, machte Gillyanne Angst. Ihre Mutter hatte sie kaum gestellt, als sie das Gefühl hatte, ihr Magen drehe sich um. Sie überlegte, wann sie ihre letzte Periode gehabt hatte. Die Einzige, an die sie sich erinnern konnte, war kurz vor ihrer Hochzeit vorüber gewesen. Einen Augenblick lang versuchte sie, ihren wachsenden

Argwohn mit Ausreden vom beschwerlichen Reisen bis hin zu ihrer Verwundung zu ersticken, aber es gelang ihr nicht.

Sie blickte noch immer auf den Boden. Am liebsten hätte sie sich hingeworfen, hätte gestrampelt und geschrien wie ein wütendes kleines Kind.

Es ist nicht fair, dachte sie. Eine Ehe mit einem Mann, den sie anbetete, der aber sie nicht liebte oder nicht lieben konnte – das würde die Hölle auf Erden sein. Ihr Vater war in der Lage, ihr dieses schreckliche Schicksal zu ersparen, aber jetzt war sie nicht sicher, ob sie sich zur Flucht entschließen konnte.

»Oh, Gilly«, murmelte Bethia und seufzte kopfschüttelnd.

»Ich bin mir nicht sicher«, entgegnete Gillyanne, aber sie wusste, ihr Protest klang so schwach, wie sie sich plötzlich fühlte.

»Du bist dir sicher. Ich sehe es dir an. Jetzt ist es nicht mehr so leicht.«

»Es war auch davor nicht leicht«, murrte Gillyanne. Sie verschränkte trotzig die Arme vor der Brust und kämpfte gegen die Tränen an.

»Kannst du ihn nicht dazu bewegen, etwas zu sagen, damit du bleibst? Besteht wirklich keine Hoffnung, dass er dich mag, wenn nicht schon jetzt, dann später?«

»Ich habe auf alle Fälle keine entdeckt, obwohl ich mir alle Mühe gegeben habe, wenigstens den Schimmer einer Hoffnung zu finden.«

Bethia lächelte. »Dessen bin ich mir ganz sicher.«

»Du hast gesagt, er ist ein harter, sehr beherrschter Mann«, erklärte Eric. »Vielleicht suchst du nicht gründlich genug. Du kannst nicht erspüren, was er denkt und fühlt. Erwartest du, dass er reagiert wie die Männer in deiner Familie?« Er streichelte ihre Wange. »Du hast mit Männern noch nicht viel Glück gehabt.«

»Ich habe mit Männern noch gar kein Glück gehabt, Vater«, erwiderte Gillyanne betrübt.

»Die meisten sind nun einmal Dummköpfe. Aber vielleicht beeinträchtigt diese Enttäuschung dein Urteil.« Er fuhr sich mit den Fingern durch die Haare. »Ach, meine liebe Gilly, ich weiß, warum du Angst hast, ich weiß, warum du dich jahraus, jahrein davor fürchten würdest – aber bist du wirklich sicher, dass dich das erwarten würde? Du liebst den Kerl doch, davor kannst du nicht einfach weglaufen. Und wenn ein Kind unterwegs ist …«

»Dann verändert das ohnehin alles«, beendete sie den Satz für ihn. »Was soll ich denn tun, Vater? Ich weiß, es wäre nicht recht, ihn zu verlassen, wenn ich sein Kind in mir trage, aber wenn ich bleibe, bis ich sicher bin …« Sie zuckte mit den Schultern. »Wenn ich noch nicht schwanger bin und bleibe, dann werde ich es bald sein.«

»Ach du liebe Güte«, murmelte Bethia. »Ist es tatsächlich so, ja?«, fragte sie, doch sie blickte dabei nicht zu Gillyanne. »Er ist ja wirklich groß.«

Gillyanne seufzte. »Jetzt kommt er, nicht wahr?«

»Ja. Und wer sind diese Leute hinter ihm?«

»Knobby und Connors Brüder«, antwortete Gillyanne, nachdem sie sich umgedreht und gesehen hatte, wie ihr Gemahl auf sie zugeschritten kam. »Diarmot, Nanty, Angus und Drew. Fiona sehe ich nicht. Oh Gott, und es sieht aus, als würden alle in Deilcladach hierher schauen. Es war wahrscheinlich dumm zu glauben, ich könnte das Ganze einigermaßen privat halten. Und Connor macht wahrhaftig nicht den Eindruck, als wollte er uns eine Freude machen.«

»Es kann einen Mann sehr zornig machen, wenn seine Frau sich entschließt, ihn zu verlassen«, murmelte Eric und handelte sich dafür sowohl von seiner Gemahlin als auch seiner Tochter einen tadelnden Blick ein.

Kurz vor Gillyanne und ihrer Familie blieb Connor stehen. Sie hatte wieder diesen traurigen, verletzten Blick in den Augen. Er wusste, das war seine Schuld, aber er wusste nicht recht, was er tun konnte, um diesen Blick zu vertreiben. Sie wollte etwas von ihm, doch er war sich nicht sicher, ob er ihren Wunsch erfüllen konnte. Die Gefühle, die sie suchte, waren alle in ihm, das konnte er nicht mehr leugnen, aber er wusste einfach nicht, wie er Gillyanne dies wissen lassen konnte, ohne seine Seele bloßzulegen. Es war akzeptabel, wenn eine Frau über solche Dinge sprach, aber er war ein Mann, ein Laird. Wenn er der Welt zeigte, wie sehr er Gillyanne brauchte, würde er schwach und weichlich erscheinen. Sie musste doch verstehen, dass er das nicht zulassen konnte!

»Gemahlin«, sagte er und streckte die Hand aus, »komm zu mir.«

Gillyanne trat erst einen Schritt auf ihn zu, doch dann merkte sie, was sie tat, und blieb stehen. »Warum?«

»Warum? Du bist meine Gemahlin.«

»Aber nicht mehr lange.«

»Du hast es gelobt.«

»Erzwungenermaßen.«

»Verdammt noch mal, Gilly!«

Seine Brüder und Knobby schnitten ihm das Wort ab; sie umstellten und zwangen ihn, einige Schritte zurückzutreten. Connor sah, wie wütend sie waren. Er wusste, dass er sich von seinem Zorn hatte überwältigen lassen, aber zornig zu sein war wesentlich besser, als die Furcht zu zeigen, die in seinen Eingeweiden nagte. Zu brüllen war gewiss männlicher, als auf die Knie zu fallen und zu bitten, dass sie bleiben möge.

»Du nimmst nicht ein Wort von dem ernst, was wir alle zu dir gesagt haben!«, fuhr Diarmot ihn an. Stimmt's?«

»Da keiner von euch verheiratet ist«, gab Connor zurück, »werdet ihr mir ja wohl verzeihen, dass ich keinen von euch als Experten in dieser Sache betrachtet habe!«

»Laird«, sagte Knobby, »Ihr werdet sie nicht aufhalten können, wenn Ihr sie die ganze Zeit nur anschreit.«

Connor atmete tief durch, um sich zu beruhigen, aber es wollte nicht recht klappen. Am liebsten hätte er Gillyanne einfach gepackt und in ihr Schlafgemach eingeschlossen.

Dann hätte er genügend Zeit gehabt, um herauszufinden, wie er der starke Laird sein konnte, den Deilcladach benötigte, und gleichzeitig seiner Gemahlin die Zuwendung geben konnte, die sie brauchte. Jetzt hatte er diese Zeit nicht. Er kam sich in die Enge getrieben vor, und das fand er unerträglich. »Also gut. Einverstanden. Ich werde sie nicht mehr anschreien.«

»Ein paar Worte über Gefühle würden auch nicht schaden«, sagte Diarmot, gerade als Connor sich wieder den Murrays zuwandte.

»Komm mit mir zurück nach Deilcladach, Gillyanne«, sagte er in der Hoffnung, einen ruhigen Tonfall erwischt zu haben. »Lass uns reden. Du willst doch gar nicht weg.«

»Nein? Wozu sollte ich denn bleiben?« Gillyanne war überrascht, tatsächlich etwas von ihm zu spüren. Connor war äußerst aufgeregt.

»Du bist meine Gemahlin. Du liebst mich.«

»Ja, wir haben gehört, dass du das zu ihm gesagt hast«, meldete sich jetzt Drew zu Wort. »Fast alle in Deilcladach haben es gehört, so laut hast du geschrien!«

Gillyanne wollte Diarmot fast dafür danken, dass er seinen Bruder mit einem gezielten Schlag zum Verstummen brachte. Sie hörte, wie ihr Vater das Wort *schreien* murmelte und zwang sich, ihn nicht anzusehen. Das Wichtigste war jetzt Connor und ob er ihr einen Grund zu bleiben geben würde oder nicht.

»Ja, vergiss das nicht«, sagte Connor und ignorierte die hinter ihm gemurrten Flüche. »Ich kann dich zum Schreien bringen.«

Es tat ihr fast weh, dem Drang, ihn zu treten, zu widerstehen, vor allem, als sie hörte, wie ihr Vater ein Lachen unterdrückte, was ihr sagte, dass er Drews Gerede vom Schreien jetzt verstanden hatte. »Ich nehme an, irgendwann einmal werde ich auch einen anderen finden, der das kann.« Trotz der Spannung und der Traurigkeit, die sie erfassten, konnte sie ein wenig lächeln, als sie die empörten Mienen von Connors Brüdern und Knobby sah.

»Nein, das wirst du nicht!«, presste Connor hervor. »Du bist *meine* Gemahlin!«

»Connor«, erwiderte sie ruhig und trat einen Schritt auf ihn zu, »ich brauche einen Grund, um diese Ehe fortzuführen. Ja, ich liebe dich. Aber wiewohl ich deshalb nur zu gerne bleiben möchte, ist eben dies auch der Grund, weshalb ich gehen muss.«

»Das macht keinen Sinn.«

»Oh doch. Ich kann nicht bleiben und dich lieben, wenn ich von dir nichts zurückbekomme. Nein!«, unterbrach sie ihn, als er zu reden ansetzte. »Ich spreche nicht von unserer Leidenschaft füreinander. Leidenschaft kann man fast überall finden. Aber wenn ich bleibe, dann wird meine Liebe für dich bald mehr Fluch als Segen sein. Ich sehe Tage vor mir, in denen ich dir alles gebe, was ich zu geben habe, und langsam daran zugrunde gehe, dass ich nichts von dir bekomme. Diesen Gedanken kann ich nicht ertragen. Vielleicht bin ich selbstsüchtig, aber ich brauche etwas von dir. Es muss nicht alles oder nichts sein. Aber ich will ein kleines Stück von deinem Herzen.«

Er blickte von einem zum anderen und schließlich wieder zu ihr. Connor wusste, was sie brauchte, doch die Worte wollten ihm nicht in den Sinn kommen. Stattdessen wurde er wütend – auf sie, weil sie ihn so weit trieb, auf die Murrays, weil sie versuchten, sie ihm wegzunehmen, ja sogar auf seine eigene Familie, die so viel von ihm erwartete. Er war der harte Mann geworden, den Deilcladach brauchte, und das hatte sie alle gerettet, aber jetzt schienen sie alle unzufrieden mit ihm und wollten, dass er sich änderte!

»Dann geh!«, fauchte er eiskalt. »Brich dein Gelübde!« Er machte auf dem Absatz kehrt und schritt auf Deilcladach zu.

»Er kommt wieder«, sagte Diarmot und folgte ihm dann zusammen mit den anderen.

Gillyanne merkte, wie ihre Mutter einen Arm um ihre Schultern legte, doch sie spürte kein unmittelbares Bedürfnis nach Trost. Der Mann, den sie liebte, hatte ihr soeben gesagt, sie solle gehen, und hatte sie stehen gelassen. Eigentlich hätte sie sich am Boden zerstört fühlen müssen, aber sie tat es nicht. Zu ihrer Überraschung keimte sogar eine gewisse Hoffnung in ihr auf. Dann merkte sie es – sie hatte wirklich gespürt, was Connor fühlte. Er hatte sich zum ersten Mal für sie geöffnet. Seine Gefühle waren nicht gerade angenehm – er kämpfte an gegen Zorn, Enttäuschung, Verwirrung und zu ihrer Überraschung auch Furcht, aber das war nicht wichtig. Sie hatte ihn gespürt, und sie war sicher, das konnte nur gut sein.

»Gilly, bist du verstimmt, meine Liebe?«, fragte ihre Mutter und musterte mit gerunzelter Stirn Gillyannes nachdenkliche Miene.

»Nein«, antwortete sie. »Ich glaube, ich war vielleicht ein bisschen unfair, weil ich erwartete, dass Connor in gut zwei Monaten zwölf harte Jahre beiseite wirft, die ihn geprägt haben. Aber ich habe jetzt zum allerersten Mal gespürt, was er fühlt, Mutter«, fügte sie leise hinzu.

»Du hast den armen Kerl ganz schön zornig gemacht«, meinte Eric. Er verschränkte die Arme und schmunzelte, als sie sahen, dass Connor vor dem Tor von Deilcladach von einer großen Gruppe Frauen aufgehalten wurde. »Deine Verbündeten, nehme ich an.«

»Oh Gott!«, murmelte Gillyanne, als sie vor der Gruppe, die offenbar aus allen Frauen und Mädchen von Deilcladach bestand, Mairi, Joan und Fiona erkannte. »Das wird ihn nicht gerade glücklich machen. Er ist der Laird. Und er nimmt es sehr genau damit, was er tun und sein muss, um seine Pflichten als ihr Laird zu erfüllen.« Als sie merkte, dass ihr Vater sie streng anblickte, runzelte sie fragend die Stirn. »Was ist denn?«

»Soeben hast du die Antwort gegeben, mein Mädchen«,

sagte Eric. »Erinnere dich an die Geschichte, die du mir von seinem Leben erzählt hast. Er setzte sich selbst Regeln, damit seine Leute ihm folgten, obwohl er noch ein junger Bursche war. Diese Gesetze hielten sie alle am Leben – zumindest glaubt er das. Ehrlich gesagt, meine Liebe, ich habe gesehen, wie dieser Kerl dir befahl, nach Hause zu kommen, und ich sah einen jungen Mann, der dir wahrscheinlich geben würde, was immer dein kleines Herz begehrt – aber er meint, er kann es nicht.«

»Nicht, wenn er ein starker Laird bleiben will und wenn er will, dass Deilcladach sicher bleibt.«

»Genau.« Eric deutete mit einem Kopfnicken auf Connor. »Und ich glaube nicht, dass du bei ihm eine durchgreifende Veränderung bewirken kannst. Seine Leute müssen ihm begreiflich machen, dass er in ihren Augen nichts von seiner Größe einbüßt, wenn er seiner kleinen Gemahlin gegenüber zärtlicher wird.«

»Vielleicht müssen sie ihm zeigen, dass er um ihre Anerkennung und Loyalität nicht mehr kämpfen muss. Denn er hat sie schon längst.«

*

»Du hast anscheinend deine Gemahlin vergessen, Connor«, sagte Fiona mit einem finsteren Blick auf ihren Bruder.

»Sie will gehen«, entgegnete er. Doch als er die vielen verächtlichen Laute vernahm, die die Frauen von sich gaben, bekam er große Augen.

»Wenn sie gehen will, dann nur deshalb, weil du nichts tust, um sie zum Bleiben zu bewegen! Warum kannst du ihr denn nicht ab und zu mal etwas Nettes sagen? Sag ihr, dass sie schön ist.« Die ganze Gruppe murmelte zustimmend.

»Das sage ich ihr doch!«, protestierte er. Aber es war ziemlich beunruhigend, wenn so viele Frauen angewidert die Augen verdrehten.

»Es hilft nicht viel, ihr das zu sagen, wenn ihr sowieso gerade auf dem Weg ins Bett seid«, erklärte Joan. »Ich meine, ein Mann wird auch einer Frau mit einer riesigen, haarigen Warze auf dem Kinn sagen, sie sei die Schönste, die er je gesehen hat, wenn er sie so dazukriegt, die Röcke hochzuheben. Ihr müsst es ihr schon auch zu anderen Zeiten sagen, damit sie weiß, dass Ihr es ernst meint.«

Connor fragte sich, wann die Dinge so sehr aus dem Ruder gelaufen waren, dass sich seine Leute nun schon erdreisteten, ihm Anweisungen zu erteilen. »Ich bin ein Laird und ein Mann, und ein Mann ist nicht – aua!« Wütend funkelte er die große, schlaksige Frau an, die ihm soeben einen Schlag mit einem knorrigen Gehstock verpasst hatte. »Mutter Mary!«

Knobby versuchte, seiner Mutter den Stock abzunehmen, und bekam dafür einen Stoß in die Magengrube. »Mutter, du darfst ihn nicht schlagen. Er ist doch unser Laird!«

»Das weiß ich auch. Und er ist jung genug, um mein eigener Bub zu sein«, fügte die Frau hinzu. »Ich war dabei, als er geboren wurde. Ich war seine Amme! Und das ist das Recht, das ich jetzt in Anspruch nehme – das Recht einer alten Frau, die seine schmutzigen Windeln gewechselt und ihn an der Brust gehabt hat!« Sie packte Connor am Ohr. »Diese Frau wird jetzt ein Hühnchen mit dir rupfen, mein Sohn«, sagte sie und zog ihn ein Stück von den anderen weg. »Wenn ich noch ein Wort davon höre, was ein Mann tut oder nicht tut, Connor MacEnroy, dann schlage ich dich windelweich! Begrab diesen Schwachsinn mit dem Schurken, der ihn dir beigebracht hat – seine giftige Seele möge in der Hölle schmoren!«

»Ja, Ihr habt ja Recht«, sagte Connor etwas kleinlaut und rieb sich das geschundene Ohr. »Aber es ist schwer, Dinge zu vergessen, die man als Heranwachsender gelernt hat.«

»Einige hättest du erst gar nicht lernen sollen. Ach, mein Junge, die Kleine liebt dich doch. Und, ist dir das egal?«

»Ihr versteht das nicht. Ich muss stark sein für den Clan. Ein starker Mann ...«

»Lässt nicht zu, dass seine Frau ihn verlässt.«

»Mutter Mary, ein Laird kann sich keine Schwächen erlauben. Ein Laird darf nur an seinen Clan denken, an dessen Fortleben.«

Sie drückte ihre langen knochigen Finger auf seine Lippen. »Du bist stark, Connor. Ich glaube sogar, du bist einer der stärksten Männer, die ich je in meinem Leben gekannt habe. Als wir damals aus unseren Verstecken gekrochen kamen und nichts fanden als Tod und Zerstörung, da konnte ich fast sehen, wie sich der Stahl in deinem Kreuz formte. Einerseits weinte ich um den Knaben, der du gewesen warst und der nun vor meinen Augen verblasste, aber andererseits sagte ich mir, ja, so ist das nun einmal, mein Junge. Werde hart, werde zäh. Das ist es, was wir brauchen. Und wir haben es gebraucht! Wir brauchten Härte, um die schweren Zeiten durchzustehen, den Hunger und die Kälte, den schweren Verlust von so vielen unserer Leute. Aber, mein Junge, das ist jetzt vorbei! Wir haben überlebt. Wir haben Frieden. Du musst nicht der einzige Felsen sein, an den wir uns klammern können. Die Witwen sind nun wieder stark, die Burschen und Mädchen sind jetzt Männer und Frauen, und sogar die meisten der kleinen Kinder haben überlebt.«

»Aber wir müssen stark sein, damit wir so bleiben können. Ich muss stark sein.«

»Kam dir der Vater des Mädchens etwa wie ein Schwächling vor? Einer, von dem du das Gefühl hattest, du kannst ihn ignorieren?«

»Nein«, erwiderte er ohne zu zögern.

»Dann schau dir diesen Laird einmal genau an! Sieh, wie er seinem Mädchen über das Haar streicht, wie er seine Frau umarmt. Er lächelt sie an, er küsst sie vor den Augen seiner Leute, er scherzt mit ihnen und den Burschen. Und alle dürfen diese Sanftheit, diese Milde sehen. Und trotzdem ist das

Mädchen fest davon überzeugt, dass er ihr helfen und sie beschützen kann. Er befiehlt, und seine Männer gehorchen. Diese beiden Frauen wissen, dass sie geliebt und in Ehren gehalten werden, und dennoch blicken sie zu diesem Mann auf.«

»Weil sie es müssen. Sie sind ja noch kleiner als er«, brummte Connor, aber er wusste, was Mutter Mary ihm zu erklären versuchte, und er verstand sie auch. Er hatte diesen Mann beobachtet, wie er die Wange seiner Tochter streichelte, und seine innige Zuneigung für sie war ihm anzusehen; aber dennoch wusste Connor instinktiv, sollte er ihm einmal im Gefecht gegenüberstehen müssen, dann würden seine geringe Größe und sein Gewicht keine Rolle spielen, dann würde er um sein Leben kämpfen müssen.

Die alte Frau lachte auf. »Du Narr! Dieses Mädchen liebt dich, und damit macht sie dir ein wunderbares Geschenk. Nach dem, was ich gehört habe, passt ihr im Schlafgemach sehr gut zueinander. Bist du so dumm, auch das noch achtlos wegzuwerfen? Sie ist aus dem Krankenbett aufgestanden, als du wegen der Wahrheit über deinen Onkel so niedergeschlagen warst. Sie hat dich davon kuriert, oder etwa nicht? Und dann hat sie keine Ruhe gegeben, bis du frei warst, dein Name und deine Ehre wiederhergestellt waren. Sie sieht mir aus wie ein kleines, zartes Geschöpf, aber nach allem, was ich höre, hat sie nicht weniger Stahl im Kreuz wie du!«

»Ja, sie ist sehr stark«, pflichtete Connor ihr bei. »Klug. Und voller Leben.«

»Sie ist die perfekte Gemahlin für einen Laird. Und ein guter Laird würde auch an das schöne Land denken, das sie mit in die Ehe bringt, und an all die neuen Verbündeten, die seinen Clan nur stärker machen können.«

Ein leises, zustimmendes Murmeln wurde laut. Connor seufzte. »Sie sind alle näher gekommen, nicht wahr.«

»Ja.«

»Seit wann hören sie nicht mehr auf mich?«

»Ach, Laird, wir verdanken dir unser Leben. Vielleicht wollen wir nur sichergehen, dass du das deine nicht ruinierst. Geh jetzt, mein Junge. Sag ihr ein nettes Wort, oder auch zwei, und bring deine kleine Gemahlin nach Hause.« Sie tätschelte seine Wange. »Vertrau einer alten Frau. Es wird dir nicht sehr wehtun.«

Das leise Gelächter, das diese Bemerkung auslöste, verstummte abrupt, als sich Connor umdrehte und die Frauen musterte. »Wenn es mir gelingt, meine störrische Gemahlin zurückzubringen, werden die Murrays Essen und Nachtlager brauchen. Wir wollen ja schließlich nicht, dass sie von der Gastfreundschaft in Deilcladach enttäuscht sind, oder?«

Als die Frauen, gefolgt von der alten Mutter Mary, davoneilten, fühlte sich Connor etwas besser. Er richtete sich kerzengerade auf und ging zu seiner Gemahlin zurück. Schon allein die Tatsache, dass sie noch hier war, gab ihm etwas Zuversicht. Ein bisschen peinlich war es schon, dass er sich erst von der alten Mutter Mary die Leviten hatte lesen lassen müssen, um die Wahrheit zu erkennen. Er wünschte sich nur, sie hätte ihm auch gleich den Mut geben können, ungezwungen mit Gillyanne zu sprechen, oder besser noch, die richtigen Worte.

*

»Dein Gemahl kommt zurück«, sagte Eric. »Ich würde ja zu gern wissen, wer die Frau war, die ihn am Ohr gezogen hat.«

»Das könnte Knobbys Mutter sein«, erwiderte Gillyanne. Sie spürte, wie sie sich in ihr Hoffnung regte. Er würde ja schließlich sicher nicht zurückkommen, nur um ihr zu sagen, dass ihr Abschied viel zu lange dauerte. »Aber er schaut ziemlich grimmig drein, nicht wahr?«

»Er hat ja auch etwas sehr Schwieriges vor sich. Aber wenn er keine dummen Sachen mehr sagt, wirst du ihn nicht mehr allzu lange zappeln lassen, oder?«

Gillyanne wandte den Blick kurz von Connor ab, der sich mit weit ausholenden Schritten näherte, und lächelte ihrem Vater zu. »In den letzten Wochen mit Connor habe ich genug gelernt, um zu wissen, dass bei ihm ein wenig manchmal in der Tat sehr viel bedeuten kann. Ich denke einfach ab und zu daran, dass kein Mann getan haben könnte, was er für seinen Clan tat, wenn er nicht wirklich ein sehr großes Herz hätte.«

»Kluges Kind«, murmelte Eric. Dann blieb Connor etwa einen Fuß von ihnen entfernt stehen.

»Bist du gekommen, um dich zu verabschieden?«, fragte Gillyanne, verschränkte die Arme und blickte ihm direkt in die Augen.

Wie gewöhnlich war seinem Blick oder seiner Miene wenig zu entnehmen, doch sie spürte die Unruhe in ihm. Und trotz des Unbehagens, das ihr solch wirre, aber starke Gefühle normalerweise bereiteten, freute sie sich jetzt überschwänglich. Sein Panzer war dabei zu brechen. Vielleicht war es nur eine kurze, flüchtige Verbindung zwischen ihnen, die ihr diesen Eindruck ermöglichte, aber es hätte zu keinem besseren Zeitpunkt passieren können.

»Nein«, erwiderte Connor. »Ich habe das nur gesagt, weil ich, na ja, verärgert war.« Ihre offensichtliche Ruhe reizte ihn etwas.

»Verärgert?«

Er ignorierte den angedeuteten Sarkasmus in ihrer Stimme. »Ich will nicht, dass du gehst.« Connor reichte ihr seine Hand. »Ich möchte nicht, dass du mich verlässt«, sagte er sanft.

In seinem Ton lag eine Sehnsucht, die sie bewegte, und sie legte vorsichtig eine Hand in seine. »Ich auch nicht, Connor.«

»Weil du mich liebst.«

»Ja.«

Er zog sie an sich. »Ich brauche dich«, flüsterte er.

Gillyanne war zutiefst ergriffen, nicht nur von seinen Worten, sondern von dem Gefühl, das darin mitschwang. Seltsam war nur, dass Connor fast krank aussah. Schweiß glänzte auf seiner Stirn, und er war blass. Sein Herz auszuschütten war für ihn offenbar eine Tortur. Sie musste ein Lächeln unterdrücken. Niemals hätte er verstehen können, dass der Grund für dieses Lächeln Liebe war, Freude darüber, dass diese Liebe augenscheinlich erwidert wurde, und auch Mitgefühl dafür, wie schwer es ihm fiel, etwas zu offenbaren, nachdem er ein halbes Leben lang versucht hatte, alles zu verbergen.

»Du liebst mich«, sagte er.

»Ja, aber ich glaube, das ist inzwischen allgemein bekannt.«

»Dann sollte es doch nicht so verdammt schwer sein!«

Gillyannes Mitgefühl gewann die Oberhand über ihre anderen Bedürfnisse. Sie umarmte ihn fest. »Lass es gut sein, mein Wikinger. Ich kann warten. Du kannst es später noch mal versuchen, wenn wir allein sind.«

Das war ein sehr verlockendes Angebot, doch Connor widerstand dem Drang, es anzunehmen. Gillyanne bekannte offen ihre Liebe zu ihm. Zumindest einmal konnte er doch dasselbe für sie tun! Schließlich wollte er sich ja auch nicht von Verwirrung und Furcht leiten lassen. Es waren doch nur drei kleine Worte. Er *würde* sie sagen!

»Nein, ich *werde* es tun. Jetzt.« Er holte tief Luft und zog ihr Gesicht nahe an das seine. »Ich liebe dich«, sagte er.

Gillyanne presste das Gesicht an seine breite Brust. Es überraschte sie nicht, dass sie Tränen in den Augen hatte. All ihre Ängste waren verbannt, alle ihre Hoffnungen lebten wieder auf mit diesen drei kleinen Worten. Das Einzige, was sie davon abhielt, wie ein Baby zu weinen, war eine gewisse Komik dieser Situation. Denn als Connor die Worte zwischen zusammengebissenen Zähnen herauspresste, war er so fahl gewesen, als würde er gleich in Ohnmacht fallen, und sein Seufzer der Erleichterung danach fiel so heftig aus, dass er bestimmt alle Luft aus seiner Lunge gepustet hatte.

»Ist es jetzt gut?«, fragte er.

Sie blickte zu ihm auf und lächelte. »Ja.«

Als er sie hochhob und mit langen Schritten auf Deilcladach zustürmte, stieß sie vor Überraschung einen leisen Schrei aus. Nach ein paar Metern begann er, immer schneller zu laufen. Sie erhaschte einen Blick auf Fiona, die ausgelassen auf ihre Familie zuhüpfte, und damit wusste sie, dass sie alle gut versorgt würden. Ein paar Einwände, die ihr noch gegen Connors hektischen Lauf in den Sinn kamen, schlug sie in den Wind, sobald sie merkte, dass er geradewegs ihr Schlafgemach ansteuerte.

*

»Glaubst du, er hat es gesagt?«, fragte Bethia ihren Gemahl, während sie zuschaute, wie ihre Tochter fortgetragen wurde.

»Ja«, antwortete Eric. »Aber für ein Weilchen hat er ganz schön krank ausgesehen.« Er lachte mit Bethia zusammen und wandte sich dann schmunzelnd dem hübschen Mädchen in einem dunkelblauen Kleid zu, das vor ihnen zum Stehen kam. »Gott zum Gruße, junge Frau.«

»Ich grüße euch, Mylord«, erwiderte Fiona. »Ich bin Lady Fiona MacEnroy, die Schwester dieses Barbaren, der gerade einfach weggelaufen ist. Ich heiße Euch in Deilcladach herzlich willkommen und bitte Euch, mir in die Burg zu folgen.«

Sie machte einen Knicks, stemmte die Hände in die Hüften und lächelte den Murrays stolz zu. »Ich freue mich sehr, auch Euch in der Familie willkommen zu heißen. Gillyanne ist unser Schatz. Sie bringt mir bei, eine Lady zu werden.«

Fiona blinzelte, als das kurze Schweigen der Murrays mit einem herzhaften Lachen endete, in das sogar ihre bewaffneten Begleiter einstimmten. Gilly hatte Recht gehabt; ihre Familie fand den Gedanken, dass sie jemandem beibrachte, sich wie eine Lady zu benehmen, absolut komisch. Dann lächelte Fiona froh. Connor hatte seine Gillyanne, aber aus dieser Verbindung mit den Murrays kam ja noch viel mehr als eine liebende Gemahlin, gutes Land und starke Verbündete – Freude nämlich. Und eine Liebe zum Leben. Bald würden diese Geschenke auch in Deilcladach aufblühen. Als sie sich bei den Eltern ihrer neuen Schwester einhakte und sie nach Deilcladach hineinführte, wusste sie, dass das Glück ihnen damals, als Connor nach Ald-dabhach ritt, um dessen Herrin für sich zu fordern, allen hold gewesen war. Aber vermutlich hatte Connor das gewusst. Für einen Bruder war er ja manchmal überraschend klug.

*

»Habe ich Fiona gerade in einem Kleid gesehen?« Connor stützte sich auf einen Ellbogen und blickte auf seine Gemahlin.

»Ja«, erwiderte Gillyanne. Zu weiteren Erklärungen war sie noch zu schwach, ihr ganzer Körper kribbelte noch vor Leidenschaft.

Connor war versucht, nach unten zu gehen und sich dieses Wunder näher zu betrachten, doch dann sah er wieder auf seine kleine Gemahlin und kam zu dem Schluss, dass sie viel verführerischer war. »Hättest du mich wirklich verlassen?«, fragte er plötzlich, während seine Finger zwischen ihren Brüsten nach unten bis zu ihrem Bauch glitten.

»Das hatte ich eigentlich vor.«

Ihr Ton brachte ihn zur nächsten Frage. »Und du hast es dir anders überlegt?«

Gillyanne seufzte und streichelte seinen Rücken. »Ja. Mutter hat mir ein paar Fragen gestellt.«

»Welche Fragen?«

»Liebe ich dich?«

»Und du sagtest ja.«

»Genau. Dann, ob ich dich wirklich verlassen wolle.« Gillyane runzelte die Stirn.

»Und du sagtest nein.«

»Schon, aber ich hatte noch immer entsetzliche Angst davor zu bleiben, dich so sehr zu lieben, ohne zu wissen, welche Gefühle du für mich hegst.«

Sie akzeptierte seinen langsamen Kuss als die stumme Entschuldigung, die er sein sollte.

»Und die dritte Frage?« Connor küsste sie zärtlich in den Nacken.

»Bist du von ihm schwanger?« Gillyanne war etwas überrascht, wie absolut still Connor wurde.

»Und?«

»Und da fing ich an zu denken, dass ich meine Pläne vielleicht ändern muss.«

Connor kniete sich über sie, die Hände neben ihren Schultern auf das Bett gestützt. »Du wärst gegangen und hättest mein Kind mitgenommen?« Sie streichelte seine Brust. »Nein. Das hätte ich nicht gekonnt.«

»Aber du hast mich trotzdem in die Enge getrieben.«

»Hättest du nicht dasselbe gemacht?«

Er dachte an letzte Nacht. »Das habe ich«, sagte er dann. Er setzte sich auf und legte eine Hand auf ihren Bauch. »Bist du dir sicher?«

»Ja. Ich habe seit dem Tag vor unserer Hochzeit keine Periode mehr gehabt.«

Er legte sich vorsichtig auf sie und umschloss ihr Gesicht mir beiden Händen. »Es wird alles gut gehen.«

»Ja, weil du mich liebst.«

»So wie du mich liebst.«

»Ja, so wie ich dich liebe.«

Connor brummte zufrieden und küsste sie. Innerlich jauchzte Gillyanne vor Entzücken. Wahrscheinlich würde ihr Wikinger es nie zur Meisterschaft in der Kunst bringen, sie mit liebevollen und zärtlichen Worten zu umschmeicheln.

Aber sie hatte alles, was sie brauchte. Als er sich anschickte, sie erneut zu verführen, dachte sie an das Sprichwort, dass Taten mehr sagen als Worte. Zumindest konnten sie viel, viel schöner sein.

Epilog

»Eine Armee kommt auf uns zu!« Connor, der gerade versuchte, seinem sechs Wochen alten Sohn Beathan beizubringen, wie man mit aller angemessenen Würde und ernsten Autorität finster dreinschaute, blickte auf. Für die schwerwiegende Bedeutung seiner Worte wirkte Diarmot bemerkenswert gelassen. Als er nichts weiter sagte und sich stattdessen einen Krug Ale einschenkte, wünschte sich Connor, er hätte die Hände frei, denn offenbar brauchte sein Bruder nichts anderes als eine schallende Ohrfeige.

»Nachdem kein Alarm gegeben wurde, gehe ich davon aus, dass wir nicht angegriffen werden«, sagte er gedehnt.

»Kommt darauf an, wie man es sehen will.«

»Wenn du mir nicht sofort eine vernünftige Antwort gibst, wirst du es gleich mit zwei blauen Augen sehen können.«

Bevor Diarmot etwas erwidern konnte, kam Gillyanne in den großen Saal gestürmt. »Connor, meine Familie ist hier!«, rief sie.

Im nächsten Augenblick hatte Connor auch noch sein Töchterchen im Arm und blickte seiner Gemahlin nach, die aus dem Saal rannte. Sie sah nicht aus wie eine Frau, die bis vor etwas über einem Monat Zwillinge ausgetragen hatte, und sie benahm sich auch nicht so. Er schaute auf seine Kinder, die seinen Blick aus ihren von der Mutter geerbten, leicht unterschiedlichen Augen erwiderten. Connor bezweifelte, dass er je würde aufhören können, darüber zu staunen, dass seine kleine Gemahlin ihm gesunde Zwillinge geschenkt hatte, und das auch noch mit einem Selbstbewusstsein, über das viele im Clan noch heute redeten.

»Ich glaube, ich gehe besser hinaus und begrüße sie«, sagte Connor und stand auf, nachdem Diarmot seinen Sohn genommen hatte.

»Mach dich auf eine größere Anzahl von Leuten gefasst!«, meinte Diarmot, der mit Connor den Saal verließ.

Als Connor ins Freie trat, blieb ihm fast die Luft weg. Sein Burghof war voller Leute, Wagen und Pferde. Diarmot hatte ganz zu Recht von einer Armee gesprochen. Die Murrays hatten Deilcladach gestürmt!

Er war noch immer etwas schockiert, als Diarmot ihn die Treppe hinunterstupste, um drei der wenigen Menschen zu begrüßen, die er kannte. Während Gillyannes Eltern und James die Zwillinge bewunderten, beruhigte sich Connor und ließ den Blick über die Menge streifen. Es sind viel zu viele gut aussehende Männer dabei, dachte er und begann, nach seiner Gemahlin zu suchen.

*

»Mein Gott, er ist wirklich groß!«

Gillyanne lächelte Elspeth zu und nickte. »Mein riesiger Wikinger!«

Auch Avery nickte und setzte sich ihren kleinen Craig bequem auf die Hüfte. »Und du liebst ihn.«

»Oh ja.« Zusammen mit ihren Cousinen betrachtete Gillyanne ihren hünenhaften Gemahl. »Ich freue mich so, dass ihr gekommen seid. Ich hatte eigentlich gar nicht mit euch gerechnet!«

»Na ja, als wir hörten, wie wenige von deiner Familie kommen können, meinten Elspeth und ich, das reicht einfach nicht. Cameron war auch unserer Meinung und außerdem sehr neugierig, was für ein Mann so klug und stark war, dich zur Frau zu nehmen. Und dann kam die Sache ins Rollen. Um diese Jahreszeit ist viel zu tun, aber nach und nach fanden sich doch für einige Mittel und Wege, die Reise anzutreten. Onkel Balfpur und Tante Maldie wollten auch kommen, aber dann bekam er ein leichtes Fieber und sie drohte, ihn ans Bett zu fesseln. Also kamen stattdessen die Cousins Ewan und Liam mit ihren Gemahlinnen und den größeren Kindern.«

»Ich sehe, dass Cameron Malcolm mitgebracht hat, aber Katherine nicht.«

»Katherine steht kurz vor ihrer Entbindung. Da das Land, das Cameron ihnen gab, nicht sehr weit von hier ist, dachte er, es sei wichtig, dass Malcolm deinen Gemahl kennen lernt.« Avery schüttelte den Kopf. »Es ist erstaunlich, wie sehr sich Katherine verändert hat.«

»Sie ist erwachsen geworden«, sagte Elspeth und nahm ihren drei Jahre alten Sohn Ewing auf den Arm, der an ihrem Rock gezogen hatte. »Jetzt hat dich dein Gemahl endlich in der Menge gefunden, Gilly.«

Gillyanne winkte ihrem Mann zu und hakte sich dann bei ihren Cousinen ein. »Machen wir alle miteinander bekannt. Dann können wir uns unterhalten, und ich kann meine Kinder herzeigen und ihr die eueren.«

*

»Dieser Priester ist anscheinend nicht begeistert von dir, Connor«, murmelte Cameron. Er stand mit Cormac und Connor im Saal, und sie warteten darauf, dass das Fest begann.

»Wir haben eine kleine Meinungsverschiedenheit«, erklärte Connor und fragte sich, ob Lady Bethia, die offenbar versuchte, den Zorn des Priesters zu besänftigen, dies fertig brachte. »Er behauptet, ich würde ihn ständig entführen, und ich sage, ich hole ihn nur, damit er seine priesterliche Pflicht erfüllt. Als ich um Gilly freite, hielt ich ihn eine knappe Woche lang fest. Dann behielt ich ihn ein paar Tage hier, als die Zwillinge zur Welt kamen, damit er sich von Anfang an um ihre kleinen Seelen kümmern konnte. Und jetzt habe ich ihn für dieses Fest geholt, weil Gilly meint, nur so ist es eine richtige Taufe. Er ist erst seit zwei Tagen hier. Aber ich schätze, dass Beathan sein schönes Priesterkleid nass machte, hat seine Laune auch nicht sonderlich gehoben.« Er grinste, und die beiden anderen Männer lachten lauthals.

»Meinst du, unsere Frauen reden über uns?«, fragte Cormac mit einem Kopfnicken auf die drei Cousinen zu.

»Wahrscheinlich«, antwortete Cameron.

»Wer ist denn der Bursche, der mit meiner Schwester spricht?«, fragte Connor.

»Mein Sohn Christopher«, erwiderte Cormac. »Er kam mit in meine Ehe, nachdem meine Geliebte, seine Mutter, gehängt wurde.«

»Und der Bursche neben ihm ist der Sohn, den ich mit in meine Ehe brachte«, erklärte Cameron. »Alans Mutter war früher meine Geliebte, und auch sie wurde gehängt.«

Connor starrte verblüfft auf die beiden. »Meine Geliebte wurde auch gehängt.«

»Oh Gott, das ist ja ein seltsamer Zufall«, murmelte Cormac. »Aber bei euch gibt es kein Kind.«

»Nein.«

»Hättest du dadurch auch beinahe deine Frau verloren? Ich war dumm genug, Elspeth gehen zu lassen.«

»Und ich Avery«, sagte Cameron leise.

»Ich hätte Gillyanne beinahe gehen lassen«, gestand Connor und lächelte leise. »Alle unsere Namen beginnen mit C, und wir sind alle groß.«

»Und sehen gut aus«, fügte Cameron hinzu. »Und sind gute Liebhaber.«

»Ja.«

»Und wahrscheinlich haben wir alle viel mehr Glück, als wir verdienen«, meinte Cormac und erhob seinen Krug zu einem stummen Salut, den Cameron und Connor rasch erwiderten.

*

Das Fest ging auf sein Ende zu. Connor schluckte nervös, denn der Zeitpunkt für die feierlichen Trinksprüche rückte immer näher. Die von Freunden und Verwandten bislang ausgebrachten hatten ihn sehr gefreut; er war froh zu wissen, dass seine Kinder immer jemanden haben würden, an den sie sich wenden konnten, was auch immer geschehen mochte. Aber jeder Toast brachte ihn dem Moment näher, in dem er das Wort ergreifen musste. Er spürte, wie ihm sachte der Schweiß den Rücken hinunterlief.

»Geht es dir gut?«, fragte Gillyanne, da sie den Eindruck hatte, er sehe etwas kränklich aus.

»Alles in Ordnung, Gemahlin. Ich bereite mich nur darauf vor zu sprechen.«

»Du musst nicht, Connor.«

»Doch, ich muss.«

Als Connor an der Reihe war, stand er entschlossen auf. »Ich danke euch allen für euer Kommen zur Taufe unserer Kinder. Und ich danke für die vielen schönen Geschenke. Aber am meisten möchte ich euch, den Murrays, für meine Gemahlin danken. Sie ist die Freude meines Lebens und das schönste Geschenk, mit dem ein Mann je beglückt wurde.« Er erhob seinen Krug. »Ich liebe dich!«

Gillyanne hörte die Freudenrufe kaum, als ihr Gemahl auf ihr Wohl trank. Sobald er wieder saß, ergriff sie seine Hand. Er wirkte ein bisschen fahl und schwitzte ganz deutlich, aber ihrer Meinung nach hatte er noch nie so gut ausgesehen. Er blickte sie finster an, und sie küsste ihn.

»Zum Weinen wollte ich dich eigentlich nicht bringen«, brummte Connor und wischte ihr mit einer Serviette die Tränen von den Wangen.

»Oh Connor, das war so schön!«

»Nun, ich wollte dir danken. Ich wusste, alle würden die Kinder ehren, und ich ehre dich. Ich liebe die Kinder …«

Gillyanne legte einen Finger auf seine Lippen. »Das weiß ich.« Sie küsste seine Handfläche. »Niemand hat mir je ein schöneres Geschenk gemacht.«

Innerlich fluchte er, denn er spürte, dass er rot angelaufen war. »Na ja, du hast es verdient.«

Gillyanne lächelte. Er hatte allen gesagt, dass er sie liebte. Würde er je wissen, wie viel ihr das bedeutete? Es war ein Geschenk von solcher Größe und Lauterkeit, dass sie nicht wusste, ob sie es je würde erwidern können. Aber, dachte sie, als sie mit ihren Cousinen ein Grinsen austauschte, heute Nacht würde sie auf jeden Fall ihr Bestes geben.

* * *

Connor seufzte zufrieden, als er sein Schlafgemach betrat. Gillyannes Mutter hatte den Priester beruhigt, das Fest war prächtig und gut vorbereitet gewesen, er hatte Worte gefunden, die seiner Gemahlin gefallen hatten, und die ganze Familie seiner Frau schien zufrieden. Ein bisschen entmutigend fand er lediglich, dass er sie noch gar nicht alle kennen gelernt hatte. Aber er fühlte sich von allen, mit denen er geredet hatte, akzeptiert. Und er hatte das Gefühl, starke Verbündete gewonnen zu haben.

Er schloss die Tür hinter sich und blieb dann verdutzt stehen. Irgendetwas war anders. Er drehte sich um und blickte auf die Tür.

»Wir haben eine neue Tür!« Connor schaute auf die andere Tür im Raum, die ins Kinderzimmer und zu Gillys Kammer führte. »Zwei neue Türen.« Er öffnete die Tür und spürte plötzlich, wie schwer sie war. »Mein Gott, die ist aber sehr dick.« Er schloss sie wieder.

Gillyanne fragte sich, wann ihr Gemahl endlich bemerken würde, dass ein Badezuber bereitstand und sie nichts anhatte bis auf ein Tuch um ihre Hüften. »Nicht wahr«, sagte sie. Wirklich sehr, sehr dick! Man hört absolut nichts durch.«

»Bist du sicher?« Er musterte die Tür noch einmal.

»Sehr sicher. Und wir haben jetzt auch eine schöne neue Glocke, um die Jungs zum Essen zu rufen. Ich werde diese Rolle nicht mehr übernehmen.«

Connor lachte. »Ach Gilly, mein Schatz!«

Sie lief zu ihm und direkt in seine weit ausgebreiteten Arme. »Ich liebe dich.«

»Und ich liebe dich.« Er küsste sie; jetzt erst merkte er, dass sie kaum bekleidet war. »Gilly?«

»Ich dachte, du möchtest vielleicht baden.«

»Die Kinder sind erst sechs Wochen alt. Bist du sicher?«

In Anbetracht der Tatsache, dass sie bereits seine Kleidung aufschnürte, hielt sie diese Frage für dumm. »Ich bin mir nicht nur sicher, ich bin verzweifelt.«

»Na, das geht natürlich nicht«, meinte Connor. Er half ihr dabei, ihn auszuziehen und trug sie dann zum Badezuber. »Oh, meine Gemahlin, du bist mein Ein und Alles, die Freude meines Lebens, ein wahrer Segen.«

»Und das bist du auch für mich, mein Wikinger. Auf immer und ewig!«

»Das ist doch ganz gut für den Anfang. Und jetzt lass uns probieren, ob die neuen Türen halten, was sie versprechen!«

ENDE